傅雷 注释版
译作全编

〔法〕伏尔泰/著　普罗斯佩·梅里美/著　傅雷/译

老实人 ｜ 天真汉

嘉尔曼 ｜ 高龙巴

巴蜀书社

图书在版编目(CIP)数据

老实人／（法）伏尔泰著；傅雷译.null／（法）
伏尔泰著；傅雷译. —成都：巴蜀书社，2018.8
（傅雷译作全编：注释版）
本书与"高龙巴"合订
ISBN 978 - 7 - 5531 - 1027 - 1

Ⅰ.①老… ②n… Ⅱ.①伏… ②普… ③傅…
Ⅲ.①小说集—法国—近代 Ⅳ.①I565.44

中国版本图书馆 CIP 数据核字(2018)第 182588 号

《老实人》《天真汉》《嘉尔曼》《高龙巴》 （法）伏尔泰著 傅雷译

策划组稿	施 维
责任编辑	施 维 张 行
出 版	巴蜀书社
	成都市槐树街2号 邮编610031
	总编室电话：(028)86259397
网 址	www.BSbook.com
发 行	巴蜀书社
	发行科电话：(028)86259422 86259423
经 销	新华书店
内文排版	四川泽雨文化有限公司
印 刷	四川省南方印务有限公司
版 次	2018 年 11 月第 1 版
印 次	2018 年 11 月第 1 次印刷
成品尺寸	170mm×240mm
印 张	19
字 数	380 千
书 号	ISBN 978 - 7 - 5531 - 1027 - 1
定 价	49.00 元

本书若有印装质量问题,请与本社发行科联系调换

目　　录

老实人 / 1

关于译名 ··· 3

第一章　老实人在一座美丽的宫堡中怎样受教育，
　　　　怎样被驱逐 ······································ 4

第二章　老实人在保加利亚人中的遭遇 ··············· 6

第三章　老实人怎样逃出保加利亚人的掌握，
　　　　以后又是怎样的遭遇 ··························· 8

第四章　老实人怎样遇到从前的哲学老师
　　　　邦葛罗斯博士，和以后的遭遇 ················ 10

第五章　飓风，覆舟，地震；邦葛罗斯博士，
　　　　老实人和雅各的遭遇 ·························· 13

第六章　怎样的举办功德大会禳解地震，
　　　　老实人怎样的被打板子 ······················ 15

第七章　一个老婆子怎样的照顾老实人，

　　　　老实人怎样的重遇爱人 ……………………………… 17

第八章　居内贡的经历 ……………………………………… 19

第九章　居内贡，老实人，大法官和犹太人的遭遇 ………… 21

第十章　老实人，居内贡和老婆子怎样

　　　　一贫如洗的到加第士，怎样的上船 ………………… 23

第十一章　老婆子的身世 …………………………………… 25

第十二章　老婆子遭难的下文 ……………………………… 28

第十三章　老实人怎样的不得不和

　　　　　居内贡与老婆子分离 …………………………… 31

第十四章　老实人与加刚菩，在巴拉圭的

　　　　　耶稣会士中受到怎样的招待 …………………… 33

第十五章　老实人怎样杀死他亲爱的居内贡的哥哥 ……… 36

第十六章　两个旅客遇到两个姑娘，两只猴子，

　　　　　和叫作大耳朵的野蛮人 ………………………… 38

第十七章　老实人和他的随从怎样到了黄金国，见到些什么 …… 41

第十八章　他们在黄金国内的见闻 ………………………… 44

第十九章　他们在苏利南的遭遇，老实人与玛丁的相识 ……… 48

第二十章　老实人与玛丁在海上的遭遇 …………………… 52

第二十一章　老实人与玛丁驶近法国海岸，

　　　　　　他们的议论 …………………………………… 54

第二十二章　老实人与玛丁在法国的遭遇 ………………… 56

第二十三章　老实人与玛丁在英国海岸上见到的事 ……… 63

第二十四章　巴该德与奚罗弗莱的故事 …………………… 64

第二十五章　佛尼市贵族波谷居朗泰访问记 ……………… 67

第二十六章　老实人与玛丁和六个外国人同席，

　　　　　　外国人的身份 ………………………………… 71

第二十七章　老实人往君士坦丁堡 ………………………… 74

第二十八章　老实人，居内贡，邦葛罗斯和

　　　　　　玛丁等等的遭遇 …………………………… 77

第二十九章　老实人怎样和居内贡与老婆子相会 ………… 79

第三十章　　结局 …………………………………………… 80

天真汉 / 83

第一章　　小山圣母修院的院长兄妹怎样的

　　　　　遇到一个休隆人 …………………………… 85

第二章　　叫作天真汉的休隆人认了本家 ………………… 90

第三章　　天真汉皈依正教 ………………………………… 93

第四章　　天真汉受洗 ……………………………………… 95

第五章　　天真汉堕入情网 ………………………………… 97

第六章　　天真汉跑到爱人家里，大发疯劲 ……………… 99

第七章　　天真汉击退英国人 …………………………… 101

第八章　　天真汉到王宫去，路上和迁葛奴党人一同吃饭 … 103

第九章　　天真汉到了凡尔赛，宫廷对他的招待 ………… 105

第十章　　天真汉和一个扬山尼派的教徒

　　　　　一同关在巴斯蒂监狱 ………………………… 108

第十一章　天真汉怎样发展他的天赋 …………………… 112

第十二章　天真汉对于剧本的意见 ……………………… 115

第十三章　美丽的圣·伊佛到凡尔赛去 ………………… 117

第十四章　天真汉思想的进步 …………………………… 121

第十五章　美丽的圣·伊佛不接受暧昧的条件 ………… 123

第十六章　她去请教一个耶稣会士 ……………………… 125

第十七章　她为了贤德而屈服 …………………………… 127

第十八章　她救出了她的爱人和扬山尼派教士 ……………………… 129

第十九章　天真汉，美人圣·伊佛，与他们的家属相会 ………… 132

第二十章　美人圣·伊佛之死和死后的情形 …………………… 137

嘉尔曼 / 143

高龙巴 / 189

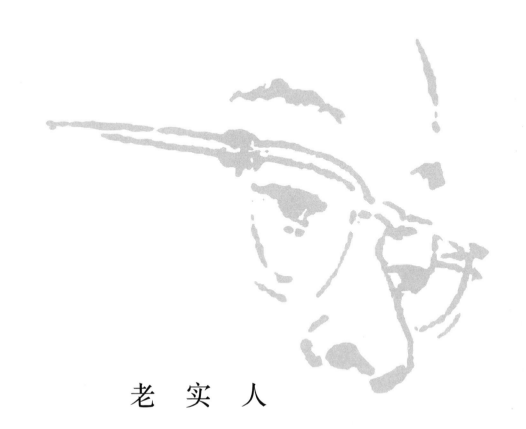

老 实 人

关于译名

　　本文第一篇《老实人》，过去音译为"戆第特"；这译名已为国内读者所熟知。但服尔德的小说带着浓厚的寓言色彩①；"戆第特（Candide）"在原文中是个常用的字（在英文中亦然），正如《天真汉》的原文 Ingenu 一样；作者又在这两篇篇首说明主人翁命名的缘由；故不如一律改用意译，使作者原意更为显豁，并且更能传达原文的风趣。

译　者

---

① 服尔德：今译伏尔泰。

第　一　章

老实人在一座美丽的宫堡中
怎样受教育，怎样被驱逐

从前威斯发里地方，森特－登－脱龙克男爵大人府上，有个年轻汉子，天生的性情最是和顺。看他相貌，就可知道他的心地。他颇识是非，头脑又简单不过；大概就因为此，人家才叫他做老实人。府里的老用人暗中疑心，他是男爵的姊妹和邻近一位安分善良的乡绅养的儿子；那小姐始终不肯嫁给那绅士，因为他旧家的世系只能追溯到七十一代，其余的家谱因为年深月久，失传了。

男爵是威斯发里第一等有财有势的爵爷，因为他的宫堡有一扇门，几扇窗。大厅上还挂着一幅毡幕。养牲口的院子里所有的狗，随时可以编成狩猎大队；那些马夫是现成的领队；村里的教士是男爵的大司祭。他们都称男爵为大人；他一开口胡说八道，大家就跟着笑。

男爵夫人体重在三百五十斤上下，因此极有声望，接见宾客时那副威严，越发显得她可敬可佩。她有个十七岁的女儿居内贡，面色鲜红，又嫩又胖，教人看了馋涎欲滴。男爵的儿子样样都跟父亲并驾齐驱。教师邦葛罗斯是府里的圣人，老实人年少天真，一本诚心的听着邦葛罗斯的教训。

邦葛罗斯教的是一种包罗玄学、神学、宇宙学的学问。他很巧妙的证明天下事有果必有因，又证明在此最完美的世界上，男爵的宫堡是最美的宫堡，男爵夫人是天底下好到不能再好的男爵夫人。

他说："显而易见，事无大小，皆系定数；万物既皆有归宿，此归宿自必为最美满的归宿。岂不见鼻子是长来戴眼镜的吗？所以我们有眼镜。身上安放两条腿是为穿长裤的，所以我们有长裤。石头是要人开凿，盖造宫堡的，所以男爵大人有一座美轮美奂的宫堡；本省最有地位的男爵不是应当住得最好吗？猪是生来给人吃的，所以我们终年吃猪肉。谁要说一切皆善简直是胡扯，应当说尽善尽美才对。"

老实人一心一意的听着，好不天真的相信着，因为他觉得居内贡小姐美丽无比，虽则从来没胆子敢对她这么说。他认定第一等福气是生为男爵；第二等福气是生为居内贡小姐；第三等福气是天天看到小姐；第四等福气是听到邦葛罗斯大师的高论，他是本省最伟大的，所以是全球最伟大的哲学家。

有一天，居内贡小姐在宫堡附近散步，走在那个叫作猎场的小树林中，忽然瞥见丛树之间，邦葛罗斯正替她母亲的女仆，一个很俊俏很和顺的棕发姑娘，上一课实验物理学。居内贡小姐素来好学，便屏气凝神，把她亲眼目睹的，三番四复搬演的实验，观察了一番。她清清楚楚看到了博学大师的根据，看到了结果和原因，然后浑身紧张，胡思乱想的回家，巴不得做个博学的才女；私忖自己大可做青年老实人的根据，老实人也大可做她的根据。

回宫堡的路上，她遇到老实人，不由得脸红了；老实人也脸红了；她跟他招呼，语不成声；老实人和她答话，不知所云。第二天，吃过中饭，离开饭桌，居内贡和老实人在一座屏风后面，居内贡把手帕掉在地下，老实人捡了起来，她无心的拿着他的手，年轻人无心的吻着少女的手，那种热情，那种温柔，那种风度，都有点异乎寻常。两人嘴巴碰上了，眼睛射出火焰，膝盖直打哆嗦，手往四下里乱动。森特－登－脱龙克男爵打屏风边过，一看这个原因这个结果，立刻飞起大腿，踢着老实人的屁股，把他赶出大门。居内贡当场晕倒，醒来挨了男爵夫人一顿巴掌。于是最美丽最愉快的宫堡里，大家为之惊惶失措。

第 二 章
老实人在保加利亚人中的遭遇

老实人，赶出了地上的乐园，茫无目的，走了好久，一边哭一边望着天，又常常回头望那座住着最美的男爵小姐的最美的宫堡。晚上饿着肚子，睡在田里，又遇着大雪。第二天，老实人冻僵了，挣扎着走向近边一个市镇，那市镇叫作伐特勃谷夫－脱拉蒲克－狄克陶夫。他一个钱没有，饿得要死，累得要死，好不愁闷的站在一家酒店门口。两个穿蓝衣服_{当时招募新兵的差役都穿蓝制服}的人把他看在眼里，其中一个对另外一个说："喂，伙计，这小伙子长得怪不错，身量也合格。"他们过来很客气的邀他吃饭。老实人挺可爱挺谦逊的答道："承蒙相邀，不胜荣幸，无奈我囊空如洗，付不出份头啊。"两个穿蓝衣之中的一个说："啊，先生，凭你这副品貌才具，哪有破钞之理①！你不是身长五尺半吗?"老实人鞠了一躬，道："不错，我正是五尺半高低。"——"啊，先生，坐下吃饭罢。我们不但要替你惠钞②，而且决不让你这样一个人物缺少钱用。患难相助，人之天职，可不是吗?"老实人回答："说得有理，邦葛罗斯先生一向这么告诉我的，我看明白了，世界真是安排得再好没有。"两人要他收下几块银洋，他接了钱，想写一张借据，他们执意不要。宾主便坐下吃饭。他们问："你不是十分爱慕?……"老实人答道："是啊，我十分爱慕居内贡小姐。"两人之中的一个忙说："不是这意思；我们问你是否爱慕保加利亚国王?"老实人道："不，我从来没见过他。"——"怎么不? 他是天底下最可爱的国王，应当为他干一杯。"——"好罢，我遵命就是了。"说着便干了一杯。两人就说："得啦得啦，现在你已经是保加利亚的柱石、股肱、卫士、英雄了；你利禄也到手了，功名也有望了。"随即把老实人

---

① 破钞：花钱、出钱。
② 惠钞：在饭馆、茶楼等处邂逅亲友，代为付账、付钱。

上了脚镣，带往营部，叫他向左转、向右转，扳上火门、扳下火门，瞄准、开放，快步跑，又赏他三十军棍。第二天他操练略有进步，只挨了二十棍；第三天只吃了十棍，弟兄们都认为他是天才。

老实人莫名其妙，弄不清他怎么会成为英雄的。一日，正是美好的春天，他想出去溜溜，便信步前行，满以为随心所欲的调动两腿，是人和动物共有的权利。还没走上七八里地，四个身长六尺的英雄追上来，把他捆起，送进地牢。他们按照法律规定，问他喜欢哪一样：还是让全团弟兄鞭上三十六道呢，还是脑袋里同时送进十二颗子弹？他声明意志是自由的，他两样都不想要。只是枉费唇舌，非挑一样不可。他只能利用上帝的恩赐，利用所谓自由，决意挨受三十六道鞭子。他挨了两道。团里共有两千人，两道就是四千鞭子：从颈窝到屁股，他的肌肉与神经统统露在外面了。第三道正要开始，老实人忍受不住，要求额外开恩，干脆砍掉他的脑袋。他们答应了，用布条蒙住他的眼睛，教他跪下。恰好保加利亚国王在旁走过，问了犯人的罪状。国王英明无比，听了老实人的情形，知道他是个青年玄学家，世事一窍不通，便把他赦免了。这宽大的德政，将来准会得到每份报纸每个世纪的颂扬。一位热心的外科医生，用希腊名医狄俄斯戈里传下的伤药，不出三星期就把老实人治好。他已经长了些新皮，能够走路了，保加利亚王和阿伐尔 阿伐尔人一称阿巴尔人，匈奴族的一支，曾于七八世纪时侵入欧洲，后为查理曼大帝逐走。自第 10 世纪后即不见史料记载。服尔德仅以之为寓言材料，读者幸勿以史实论之 王却打起仗来。

第 三 章

老实人怎样逃出保加利亚人的掌握，以后又是怎样的遭遇

两支军队的雄壮、敏捷、辉煌和整齐，可以说无与伦比。喇叭、横笛、长箫、军鼓、大炮，合奏齐鸣，连地狱里也从来没有如此和谐的音乐。先是大炮把每一边的军队轰倒六千左右，排枪又替最美好的世界扫除了九千到一万名玷污地面的坏蛋。刺刀又充分说明了几千人的死因。总数大概有三万上下。老实人像哲学家一样发抖，在这场英勇的屠杀中尽量躲藏。

两国的国王各自在营中叫人高唱吾主上帝，感谢神恩；老实人可决意换一个地方去推敲因果关系了。他从已死和未死的人堆上爬过去，进入一个邻近的村子，只见一片灰烬。那是阿伐尔人的村庄，被保加利亚人依照公法焚毁的。这儿是戳满窟窿的老人，眼睁睁的看着他们被杀的妻子，怀中还有婴儿衔着血污的奶头；那儿是满足了英雄们的需要，被开肠破肚的姑娘，正在咽最后一口气；又有些烧得半死不活的，嚷着求人结果他们的性命。地下是断臂折腿，旁边淌着脑浆。

老实人拔步飞奔，逃往另外一个村子：那是保加利亚人的地方，阿伐尔人对付他们的手段也一般无二。老实人脚下踩着的不是瓦砾，便是还在扭动的肢体。他终于走出战场，褡裢内带着些干粮①，念念不忘的想着居内贡小姐。到荷兰境内，干粮完了。但听说当地人人皆是富翁，并且是基督徒，便深信他们待客的情谊决不亚于男爵府上，就是说和他没有为了美丽的居内贡而被逐的时代一样。

他向好几位道貌岸然的人求布施。他们一致回答，倘若他老干这一

---

① 褡裢（dā lián）：一种中间开口而两端装东西的口袋，大的可以搭在肩上，小的可以挂在腰袋上。

行，就得送进感化院，教教他做人之道。

接着他看见一个人在大会上演讲，一口气讲了一个钟点，题目是乐善好施。他讲完了，老实人上前求助。演说家斜视着他，问道："你来干什么？你是不是排斥外道，拥护正果的？"老实人很谦卑的回答："噢！天下事有果必有因，一切皆如连锁，安排得再妥当没有。我必须从居内贡小姐那边被赶出来，必须挨鞭子。我必须讨面包，讨到我能自己挣面包为止。这都是必然之事。"演说家又问："朋友，你可相信教皇是魔道吗_{荷兰在宗教革命时代为新教徒的大本营，当然反对教皇}？"老实人回答："我还没听见这么说过，他是魔道也罢，不是魔道也罢，我缺少面包是真的。"那人道："你不配吃面包，滚开去，坏蛋，滚，流氓，滚，别走近我。"演说家的老婆在窗口探了探头，看到一个不信教皇为魔道的人，立刻向他倒下一大……噢，天！妇女的醉心宗教竟会到这个地步！

一个未受洗礼的，_{再浸礼派再浸礼派为基督教中的一小派，认为婴儿受洗完全无效，必于成人后再行洗礼。该派起源于 16 世纪，正当日耳曼若干地区发生农民革命的时期}信徒，名叫雅各，看到一个同胞，一个没有羽毛而有灵魂的两足动物，受到这样野蛮无礼的待遇，便带他到家里，让他洗澡，给他面包、啤酒，送他两个弗洛冷_{弗洛冷是一种货币名称，13 世纪起由翡冷翠政府发行①，原为金币。以后各国皆有仿制，并改铸为银币，法、荷、奥诸国均有}，还打算教老实人进他布厂学手艺，布厂的出品是在荷兰织造，而叫作波斯呢的一种印花布。老实人差不多扑在他脚下，叫道："邦葛罗斯老师早告诉我了，这个世界上样样都十全十美。你的慷慨豪爽，比着那位穿黑衣服的先生和他太太的残酷，使我感动多了。"

第二天，他在街上闲逛，遇到一个化子②，身上长着脓疱，两眼无光，鼻尖烂了一截，嘴歪在半边，牙齿乌黑，说话逼紧着喉咙，咳得厉害，呛一阵就掉一颗牙。

---

① 翡冷翠：现通译佛罗伦萨，意大利城市。
② 化子：即"花子"，亦称"叫花子"，旧称乞丐。

第 四 章

老实人怎样遇到从前的哲学老师
邦葛罗斯博士，和以后的遭遇

　　老实人一见之下，怜悯胜过了厌恶，把好心的雅各送的两个弗洛冷给了可怕的化子。那鬼一样的家伙定睛瞧着他，落着眼泪，向他的脖子直扑过来。老实人吓得后退不迭。"唉！"那个可怜虫向这个可怜虫说道："你认不得你亲爱的邦葛罗斯了吗？"——"什么！亲爱的老师，是你？你会落到这般悲惨的田地？你碰上了什么倒楣事呀？干么不住在最美的宫堡里了？居内贡小姐，那女中之宝，天地的杰作，又怎么了呢？"邦葛罗斯说道："我支持不住了。"老实人便带他上雅各家的马房，给他一些面包。等到邦葛罗斯有了力气，老实人又问："那么居内贡呢？"——"她死了。"老实人一听这话就晕了过去。马房里恰好有些坏醋，邦葛罗斯拿来把老实人救醒了。他睁开眼叫道："居内贡死了！啊，最美好的世界到哪里去了？她害什么病死的？莫非因为看到我被她令尊大人一边踢，一边赶出了美丽的宫堡吗？"邦葛罗斯答道："不是的，保加利亚兵先把她蹂躏得不像样了，又一刀戳进她肚子，男爵上前救护，被乱兵砍了脑袋，男爵夫人被人分尸，割作几块。我可怜的学生和他妹妹的遭遇完全一样。宫堡变了平地，连一所谷仓，一头羊，一只鸭子，一棵树都不留了。可是人家代我们报了仇，阿伐尔人对近边一个保加利亚男爵的府第，也如法炮制。"

　　听了这番话，老实人又昏迷了一阵。等到醒来，把该说的话说完了，便追问是什么因，什么果，什么根据，把邦葛罗斯弄成这副可怜的形景。邦葛罗斯答道："唉，那是爱情啊！是那安慰人类，保存世界，为一切有情人的灵魂的、甜蜜的爱情啊。"老实人也道："噢！爱情，这个心灵的主宰，灵魂的灵魂，我也领教过了。所得的酬报不过是一个亲吻，还有屁股上挨了一二十下。这样一件美事，怎会在你身上产生这样丑恶的后果呢？"

于是邦葛罗斯说了下面一席话："噢，亲爱的老实人！咱们庄严的男爵夫人有个俊俏的侍女，叫作巴该德，你不是认识的吗？我在她怀中尝到的乐趣，赛过登天一般，乐趣产生的苦难却像堕入地狱一样，使我浑身上下受着毒刑。巴该德也害着这个病，说不定已经死了。巴该德的那件礼物，是一个芳济会神甫送的①，他非常博学，把源流考证出来了：他的病是得之于一个老伯爵夫人，老伯爵夫人得之于一个骑兵上尉，骑兵上尉得之于一个侯爵夫人，侯爵夫人得之于一个侍从，侍从得之于一个耶稣会神甫②，耶稣会神甫当修士的时候，直接得之于哥仑布的一个同伴。至于我，我不会再传给别人了，我眼看要送命的了。"

老实人嚷道："噢，邦葛罗斯！这段家谱可离奇透了！祸根不都在魔鬼身上吗？"——"不是的，"那位大人物回答，"在十全十美的世界上，这是无可避免的事，必不可少的要素。固然这病不但毒害生殖的本源，往往还阻止生殖，和自然界的大目标是相反的。但要是哥仑布没有在美洲一座岛上染到这个病，我们哪会有巧克力，哪会有做胭脂用的胭脂虫颜料？还得注意一点：至此为止，这病和宗教方面的争论一样，是本洲独有的。土耳其人、印度人、波斯人、中国人、暹罗人③、日本人，都还没见识过，可是有个必然之理，不出几百年，他们也会领教的。目前这病在我们中间进步神速，尤其在大军之中，在文雅、安分，操纵各国命运的佣兵所组成的大军之中。倘有三万人和员额相等的敌军作战，每一方面必有两万人身长毒疮。"

老实人道："这真是妙不可言。不过你总得医啊。"邦葛罗斯回答："我怎么能医？朋友，我没有钱呀。不付钱，或是没有别人代付钱，你走遍地球也不能放一次血_{至 19 世纪中叶为止，放血为欧洲最普遍的一种治疗方法，其作用略如吾国民间之"放痧"，}洗一个澡。"

听到最后几句，老实人打定了主意；他去跪在好心的雅各面前，把朋友落难的情形说得那么动人，雅各竟毫不迟疑，招留了邦葛罗斯博士，出钱给他治病。治疗的结果，邦葛罗斯只损失了一只眼睛和一只耳朵。他笔

---

① 芳济会：也译称为方济各会，是天主教托钵修会派别之一。其会士着灰色会服，故亦称"灰衣修士"。

② 耶稣会：天主教主要修会之一，1534 年由西班牙贵族罗耀拉创立于巴黎，1540 年经教皇保罗三世批准。耶稣会是半军事组织，仿军队建制，强调对教皇的绝对服从。

③ 暹罗：中国对泰国的古称。

下很来得，又精通算术。雅各派他当账房。过了两月，雅各为了生意上的事要到里斯本去，把两位哲学家带在船上。邦葛罗斯一路向他解释，世界上一切都好得无以复加。雅各不同意。他说："无论如何，人的本性多少是变坏了，他们生下来不是狼，却变了狼。上帝没有给他们二十四磅的大炮<small>二十四磅炮即发射二十四磅重的炮弹的炮</small>，也没有给他们刺刀，他们却造了刺刀大炮互相毁灭。多少起的破产，和法院攫取破产人财产，侵害债权人利益的事，我可以立一本清账。"独眼博士回答道："这些都是应有之事，个人的苦难造成全体的幸福，个人的苦难越多，全体越幸福。"他们正在这么讨论，忽然天昏地黑，狂风四起，就在望得见里斯本港口的地方，他们的船遇到了最可怕的飓风。

第 五 章

飓风，覆舟，地震；邦葛罗斯博士，
老实人和雅各的遭遇

　　船身颠簸打滚，人身上所有的液质_{此液质（humeur）指人身内部的各种液体，}如血，淋巴等等和神经都被搅乱了：这些难以想象的痛苦使半数乘客软瘫了，快死了，没有气力再为眼前的危险着急。另外一半乘客大声叫喊，做着祷告。帆破了，桅断了，船身裂了一半。大家忙着抢救，七嘴八舌，各有各的主意，谁也指挥不了谁。雅各帮着做点儿事，他正在舱面上，被一个发疯般的水手狠狠一拳，打倒在地。水手用力过猛，也摔出去倒挂着吊在折断的桅杆上。好心的雅各上前援救，帮他爬上来，不料一使劲，雅各竟冲下海去，水手让他淹死，看都不屑一看。老实人瞧着恩人在水面上冒了一冒，不见了。他想跟着雅各跳海，哲学家邦葛罗斯把他拦住了，引经据典的说：为了要淹死雅各，海上才有这个里斯本港口的。他正在高谈因果以求证明的当口，船裂开了，所有的乘客都送了性命，只剩下邦葛罗斯，老实人和淹死善人雅各的野蛮水手。那坏蛋很顺利的泅到了岸上，邦葛罗斯和老实人靠一块木板把他们送上陆地。

　　他们惊魂略定，就向里斯本进发。身边还剩几个钱，只希望凭着这点儿盘川①，他们从飓风中逃出来的命，不至于再为饥饿送掉。

　　一边走一边悼念他们的恩人。才进城，他们觉得地震了_{影射1755年11月7日的里斯本地震。}港口里的浪像沸水一般往上直冒，停泊的船给打得稀烂。飞舞回旋的火焰和灰烬，盖满了街道和广场；屋子倒下来，房顶压在地基上，地基跟着坍毁，三万名男女老幼都给压死了。水手打着嗯哨，连咒带骂的说道："哼，这儿倒可以发笔财呢。"邦葛罗斯说："这现象究竟有何根据呢？"老实人嚷道："啊！世界末日到了！"水手闯进瓦砾场，不顾性

老实人

---

　　① 盘川：亦称为"盘缠"，即路费，旅费。

命，只管找钱，找到了便揣在怀里。喝了很多酒，醉醺醺的睡了一觉，在倒坍的屋子和将死已死的人中间，遇到第一个肯卖笑的姑娘，他就掏出钱来买。邦葛罗斯扯着他袖子，说道："朋友，使不得，使不得，你违反理性了，干这个事不是时候。"水手答道："天杀的，去你的罢！我是当水手的，生在巴太维亚，到日本去过四次，好比十字架上爬过四次，理性，理性，你的理性找错人了！"

几块碎石头砸伤了老实人，他躺在街上，埋在瓦砾中间，和邦葛罗斯说道："唉，给我一点儿酒和油罢，我要死了。"邦葛罗斯答道："地震不是新鲜事儿，南美洲的利马去年有过同样的震动。同样的因，同样的果，从利马到里斯本，地底下准有一道硫磺的伏流。"——"那很可能，"老实人说，"可是看上帝份上，给我一些油和酒呀。"哲学家回答："怎么说可能？我断定那是千真万确的事。"老实人晕过去了，邦葛罗斯从近边一口井里拿了点水给他。

第二天，他们在破砖碎瓦堆里爬来爬去，弄到一些吃的，略微长了些气力。他们跟旁人一同救护死里逃生的居民。得救的人中有几个请他们吃饭，算是大难之中所能张罗的最好的一餐。不用说，饭桌上空气凄凉得很，同席的都是一把眼泪，一口面包。邦葛罗斯安慰他们，说那是定数："因为那安排得不能再好了，里斯本既然有一座火山，这座火山就不可能在旁的地方。因为物之所在，不能不在，因为一切皆善。"

旁边坐着一位穿黑衣服的矮个子，是异教裁判所的一个小官，他挺有礼貌的开言道："先生明明不信原始罪恶了，倘使一切都十全十美，人就不会堕落，不会受罚了 _{最后两句指亚当与夏娃偷食禁果之事}。"

邦葛罗斯回答的时候比他礼貌更周到："敬请阁下原谅，鄙意并非如此。人的堕落和受罚，在好得不能再好的世界上，原是必不可少的事。"那小官儿又道："先生莫非不信自由吗？"邦葛罗斯答道："敬请阁下原谅，自由与定数可以并存不悖，因为我们必须自由，因为坚决的意志……"邦葛罗斯说到一半，那小官儿对手下的卫兵点点头，卫兵便过来替他斟包多酒或是什么奥包多酒。

第　六　章
怎样的举办功德大会禳解地震，
老实人怎样的被打板子

地震把里斯本毁了四分之三，地方上一般有道行的人，觉得要防止全城毁灭，除了替民众办一个大规模的功德会，别无他法。科印勃勒大学科印勃勒大学为葡萄牙有名的大学。1756 年 6 月 20 日，葡萄牙确曾举办此种"功德大会"的博士们认为，在庄严的仪式中用文火活活烧死几个人，是阻止地震万试万灵的秘方。

因此他们抓下一个皮斯加伊人，两个葡萄牙人。皮斯加伊人供认娶了自己的干亲妈教徒受洗时有教父教母各一人，干亲妈为教父对教母的称谓，葡萄牙人的罪名是吃鸡的时候把同煮的火腿扔掉。刚吃过饭的邦葛罗斯和他的门徒老实人也被捕了，一个是因为说了话，一个是因为听的神气表示赞成。两人被分别带进一间十分凉快，永远不会受到阳光刺激的屋子。八天以后，他们俩穿上特制的披风，头上戴着尖顶纸帽：老实人的披风和尖帽，画的是倒垂的火焰，一些没有尾巴没有爪子的魔鬼；邦葛罗斯身上的魔鬼又有尾巴又有爪子，火焰是向上的。他们装束停当十六七世纪时，异教裁判所执行火刑时，犯人装束确如作者所述，跟着大队游行，听了一篇悲壮动人的讲道，紧跟着又是很美妙的几部合唱的音乐。一边唱歌，一边就有人把老实人按着节拍打屁股。皮斯加伊人和两个吃鸡没吃火腿的葡萄牙人，被烧死了，邦葛罗斯是吊死的，虽然这种刑罚与习惯不合。当天会后，又轰隆隆的来了一次惊心动魄的地震1755 年 12 月 21 日葡萄牙再度地震。

老实人吓得魂不附体，目瞪口呆，头里昏昏沉沉，身上全是血迹，打着哆嗦，对自己说道："最好的世界尚且如此，别的世界还了得？我挨打屁股倒还罢了，保加利亚人也把我打过的，可是亲爱的邦葛罗斯！你这个最伟大的哲学家！我连你罪名都不知道，竟眼看你吊死，难道是应该的吗？噢，亲爱的雅各，你这个最好的好人，难道应该淹死在港口里吗？

噢，居内贡小姐，你这女中之宝，难道应当被人开肠剖肚吗？"

　　老实人听过布道，打过屁股，受了赦免，受了祝福，东倒西歪，挣扎着走回去，忽然有个老婆子过来和他说："孩子，鼓起勇气来，跟我走。"

第 七 章

一个老婆子怎样的照顾老实人，
老实人怎样的重遇爱人

　　老实人谈不到什么勇气，只跟着老婆子走进一所破屋。她给他一罐药膏叫他搽，又给他饮食。屋内有一张还算干净的床，床边摆着一套衣服。她说："你尽管吃喝，但愿阿多夏的圣母，巴杜的圣·安东尼，刚波斯丹的圣·雅各，一齐保佑你：我明儿再来。"老实人对于见到的事，受到的灾难，始终莫名其妙，老婆子的慈悲尤其使他诧异。他想亲她的手。老婆子说道："你该亲吻的不是我的手。我明儿再来。你搽着药膏，吃饱了好好的睡罢。"

　　老实人虽则遭了许多横祸，还是吃了东西，睡着了。第二天，老婆子送早点来，看了看他的背脊，替他涂上另外一种药膏；过后又端中饭来；傍晚又送夜饭来。第三天，她照常办事。老实人紧盯着问："你是谁啊？谁使你这样大发善心的？教我怎么报答你呢？"好心的女人始终不出一声。晚上她又来了，却没有端晚饭，只说："跟我走，别说话。"她扶着他在野外走了半里多路，到一所孤零零的屋子，四周有花园，有小河。老婆子在一扇小门上敲了几下。门开了，她带着老实人打一座暗梯走进一个金漆小房间，叫他坐在一张金银铺绣的便榻上，关了门，走了。老实人以为是做梦，他把一生看做一个恶梦，把眼前看做一个好梦。

　　一忽儿老婆子又出现了，好不费事的扶着一个浑身发抖的女子，庄严魁伟，戴着面网，一派的珠光宝气。老婆子对老实人说："你来，把面网揭开。"老实人上前怯生生的举起手来。哪知不揭犹可，一揭就出了奇事！他以为看到了居内贡小姐，他果然看到了居内贡小姐，不是她是谁！老实人没了气力，说不出话，倒在她脚下。居内贡倒在便榻上。老婆子灌了许多酒，他们才醒过来，谈话了：先是断断续续的一言半语，双方同时发问，同时回答，不知叹了多少气，流了多少泪，叫了多少声。老婆子教他们把声音放低一些，丢下他们走了。老实人和居内贡说："怎么，是你！你还活着！怎么会在葡萄牙碰到你？邦葛罗斯说你被人强奸，被人开肠剖肚，都是不确的吗？"美丽的居内贡答道："一点不假。可是一个人受了这两种难，不一定就死的。"——"你爸爸妈妈被杀死，可是真的？"——"真的，"居内贡哭着回答。——"那么你的哥哥呢？"——"他也被杀死了。"——"你怎么在葡萄牙的？怎么知道我也在这里？你用了什么妙计，教人带我到这屋子来的？"那女的说道："我等会儿告诉你。你先讲给我听：从你给了我纯洁的一吻，被踢了一顿起，到现在为止，经过些什么事？"

老实人恭恭敬敬听从了她的吩咐。虽则头脑昏沉，声音又轻又抖，脊梁还有点儿作痛，他仍是很天真的把别后的事统统告诉她。居内贡眼睛望着天，听到雅各和邦葛罗斯的死，不免落了几滴眼泪。接着她和老实人说了后面一席话，老实人一字不漏的听着，目不转睛的瞅着她，仿佛要把她吞下去似的。

第 八 章

居内贡的经历

　　"我正躺在床上，睡得很熟，不料上天一时高兴，打发保加利亚人到我们森特－登－脱龙克美丽的宫堡中来，他们把我父亲和哥哥抹了脖子，把我母亲割做几块。一个高大的保加利亚人，身长六尺，看我为了父母的惨死昏迷了，就把我强奸，这一下我可醒了，立刻神志清楚，大叫大嚷，拼命挣扎、口咬、手抓，恨不得挖掉那保加利亚高个子的眼睛。我不知道我父亲宫堡中发生的事原是常有的。那蛮子往我左腋下戳了一刀，至今还留着疤。"天真的老实人道："哎哟！我倒很想瞧瞧这疤呢。"居内贡回答："等会给你瞧。先让我讲下去。""好，讲下去罢。"老实人说。

　　她继续她的故事："那时一个保加利亚上尉闯进来，看我满身是血，那兵若无其事，照旧干他的。上尉因为蛮子对他如此无礼，不禁勃然大怒，就在我身上把他杀了，又叫人替我包扎伤口，带往营部作为俘虏。我替他煮饭洗衣，其实也没有多少内衣可洗。不瞒你说，他觉得我挺美，我也不能否认他长得挺漂亮，皮肤又白又嫩。除此以外，他没有什么思想，不懂什么哲学，明明没受过邦葛罗斯博士的熏陶。过了三个月，他钱都花完了，对我厌倦了，把我卖给一个犹太人，叫作唐·伊萨加，在荷兰与葡萄牙两地做买卖的，极好女色。他对我很中意，可是占据不了，我抗拒他不像抗拒保加利亚兵那样软弱。一个清白的女子可能被强奸一次，但她的贞操倒反受了锻炼。

　　"犹太人想收服我，送我到这座乡下别墅来。我一向以为森特－登－脱龙克宫堡是世界上最美的屋子，现在才发觉我错了。

　　"异教裁判所的大法官有天在弥撒祭中见到我，用手眼镜向我瞄了好几回，叫人传话，说有机密事儿和我谈。我走进他的府第，说明我的出身。他解释给我听，让一个以色列人霸占对我是多么有失身份。接着有人出面向唐·伊萨加提议，要他把我让给法官大人。唐·伊萨加是宫廷中的

老
实
人

19

银行家，很有面子，一口回绝了。大法官拿功德会吓他。犹太人受不了惊吓，讲妥了这样的条件：这所屋子跟我作为他们俩的共有财产，星期一、三、六，归犹太人，余下的日子归大法官。这协议已经成立了六个月。争执还是有的，因为决不定星期六至星期日之间的那一夜应该归谁。至于我，至今对他们俩一个都不接受，大概就因为此，他们对我始终宠爱不衰。

"后来为了禳解地震，同时为了吓吓唐·伊萨加，大法官办了一个功德大会。我很荣幸的被邀观礼，坐着上席，弥撒祭和行刑之间的休息时期，还有人侍候女太太们喝冷饮。看到两个犹太人和娶了干亲妈的那个老实的皮斯加伊人被烧死，我的确非常恐怖，但一见有个身穿披风，头戴纸帽的人，脸孔很像邦葛罗斯，我的诧异、惊惧、惶惑，更不消说了。我抹了抹眼睛，留神细看，他一吊上去，我就昏迷了。我才苏醒，又看到你剥得精赤条条的。我那时的恐怖、错愕、痛苦、绝望，真是达于极点。可是老实说，你的皮肤比我那保加利亚上尉的还要白，还要红得好看。我一见之下，那些把我煎熬把我折磨的感觉更加强了。我叫着嚷着，想喊：'喂，住手呀！你们这些蛮子！'只是喊不出声音，而且即使喊出来也未必有用。等你打完了屁股，我心里想：怎么大智大慧的邦葛罗斯和可爱的老实人会在里斯本，一个挨了鞭子，一个被吊死？而且都是把我当做心肝宝贝的大法官发的命令！邦葛罗斯从前和我说，世界上一切都十全十美，现在想来，竟是残酷的骗人话。

"紧张，慌乱，一忽儿气得发疯，一忽儿四肢无力，快死过去了，我头脑乱糟糟的，想的无非是父母兄长的惨死，下流的保加利亚兵的蛮横，他扎我的一刀，我的沦为奴仆，身为厨娘，还有那保加利亚上尉，无耻的唐·伊萨加，卑鄙的大法官，邦葛罗斯博士的吊死，你挨打屁股时大家合唱的圣诗，尤其想着我最后见到你的那天，在屏风后面给你的一吻。我感谢上帝教你受尽了折磨仍旧回到我身边来。我吩咐侍候我的老婆子照顾你，能带到这儿来的时候就带你来。她把事情办得很妥当。现在能跟你相会，听你说话，和你谈心，我真乐死了。你大概饿极了罢，我肚子闹饥荒了，来，咱们先吃饭罢。"

两人坐上饭桌，吃过晚饭，又回到上文提过的那张便榻上，他们正在榻上的时候，两个屋主之中的一个，唐·伊萨加大爷到了。那天是星期六，他是来享受权利，诉说他的深情的。

第 九 章

居内贡，老实人，大法官
和犹太人的遭遇

自从以色列国民被移置巴比仑到现在，这伊萨加是性情最暴烈的希伯来人希伯来族自所罗门王薨后①，分为犹太与以色列两国，公元前6世纪为巴比仑王尼布甲尼撒二世征服，大批希伯来人被移往巴比仑为奴。西方所谓希伯来人，以色列人，犹太人，皆指同一民族。他说："什么！你这加利利加利利人为异教徒对基督徒之称谓，因伊萨克为犹太人，居内贡为基督徒的母狗，养了大法官还不够，还要我跟这个杂种平分吗？"说着抽出随身的大刀，直扑老实人，没想到老实人也有武器。咱们这个威斯发里青年，从老婆子那儿得到衣服的时候也得了一把剑。他虽是性情和顺，也不免拔出剑来，教以色列人直挺挺的横在美丽的居内贡脚下。

她嚷起来："圣母玛丽亚！怎么办呢？家里出了人命了！差役一到，咱们就完啦。"老实人说："邦葛罗斯要没有吊死，在这个危急的关头，一定能替咱们出个好主意，因为他是大哲学家。既然他死了，咱们去跟老婆子商量罢。"她非常乖巧，刚开始发表意见，另外一扇小门又开了。那时已经半夜一点，是星期日了。这一天是大法官的名分。他进来，看见打过屁股的老实人握着剑，地下躺着个死人，居内贡面无人色，老婆子正在出主意。

那时老实人转的念头是这样的："这圣徒一开口叫人，我就万无侥幸，一定得活活烧死，他对居内贡也可能如法炮制。他多狠心，叫人打我屁股，何况又是我的情敌，现在我杀了人，被他当场撞见，不能再三心两意了。"这些念头来得又快又清楚，他便趁大法官还在发愣的当口，马上利剑一挥，把他从前胸戳到后背，刺倒在犹太人旁边。"啊，又是一个！"

---

① 薨（hōng）：古代称诸侯或有爵位的大官死去。

老
实
人

居内贡说。"那还有宽赦的希望吗？我们要被驱逐出教，我们的末日到了。你性子多和顺，怎么不出两分钟会杀了一个犹太人一个主教的^{异教裁判}_{所的法官均系高级的教士兼的}？"老实人答道："美丽的小姐，一个人动了爱情，起了妒性，被异教裁判所打了屁股，竟变得连自己也认不得了。"

老婆子道："马房里有三匹安达鲁齐马，鞍辔俱全，叫老实人去套好牲口。太太有的是金洋钻石。快快上马，奔加第士去，我只有半个屁股好骑马，也顾不得了。天气很好，趁夜凉赶路也是件快事。"

老实人立刻把三匹马套好。居内贡，老婆子和他三人一口气直赶了四五十里。他们在路上逃亡的期间，公安大队到了那屋子。他们把法官大人葬在一所华丽的教堂内，把犹太人扔在垃圾堆上。

老实人，居内贡和老婆子，到了莫雷那山中的一个小镇，叫作阿伐赛那。他们在一家酒店里谈了下面一段话。

第　十　章

老实人，居内贡和老婆子怎样一贫
如洗的到加第士，怎样的上船

　　居内贡一边哭一边说："啊，谁偷了我的比斯多^{比斯多为西班牙的一种金币}和钻石的？教咱们靠什么过活呢？怎么办呢？哪里再能找到大法官和犹太人，给我金洋和钻石呢？"老婆子道："唉！昨天晚上有个芳济会神甫，在巴大育和我们宿在一个客栈里，我疑心是他干的事。青天在上，我决不敢冤枉好人，不过那神甫到我们房里来过两次，比我们早走了不知多少时候。"老实人道："哎啊！邦葛罗斯常常向我证明，尘世的财富是人类的公产，人人皆得而取之。根据这原则，那芳济会神甫应当留下一部分钱，给我们做路费。美丽的居内贡，难道他什么都不留给我们吗？"她说："一个子儿都没留。"老实人道："那怎办呢？"老婆子道："卖掉一匹马罢，我虽然只有半个屁股，还是可以骑在小姐背后，这样我们就可以到加第士了。"

　　小客栈中住着一个本多会修院的院长，花了很低的价钱买了马。老实人，居内贡和老婆子，经过罗赛那、基拉斯、莱勃列克撒，到了加第士。加第士正在编一个舰队，招募士兵，预备教巴拉圭的耶稣会神甫^{南美之巴拉圭于17世纪时为西班牙属国，西王腓列伯三世授权耶稣会教士统治，直至1767年此神权政治方始告终}就范，因为有人告他们煽动某个部落反抗西班牙与葡萄牙的国王。老实人在保加利亚吃过粮①，便到那支小小的远征军中，当着统领的面表演保加利亚兵操，身段动作那么高雅、迅速、利落、威武、矫捷，统领看了，立即分拨一连步兵归他统率。他当了上尉，带着居内贡小姐，老婆子，两名当差和葡萄牙异教裁判所大法官的两匹安达鲁齐马，上了船。

　　航行途中，他们一再讨论可怜的邦葛罗斯的哲学。老实人说："现在

---

①　吃过粮：亦称"吃粮"，指"当兵"。

咱们要到另外一个世界去了，大概那个世界是十全十美的。因为老实说，我们这儿的物质生活和精神生活，的确有点儿可悲可叹。"居内贡道："我真是一心一意的爱你，可是我所看到的，所经历的，使我还惊慌得很呢。"——"以后就好啦，"老实人回答，"这新世界的海洋已经比我们欧洲的好多了，浪更平静，风也更稳定。最好的世界一定是新大陆。"居内贡说："但愿如此！可是在我那世界上，我遭遇太惨了，几乎不敢再存什么希望。"老婆子说："你们都怨命，唉！你们还没受过我那样的灾难呢。"居内贡差点儿笑出来，觉得老婆子自称为比她更苦命，未免可笑，她道："哎！我的老妈妈，除非你被两个保加利亚兵强奸，除非你肚子上挨过两刀，除非你有两座宫堡毁掉，除非人家当着你的面杀死了你两个父亲两个母亲，除非你有两个情人在功德会中挨打，我就不信你受的灾难会超过我的，还得补上一句：我是七十二代贵族之后，身为男爵的女儿，结果竟做了厨娘。"——"小姐，"老婆子回答，"你不知道我的出身，你要是看到我的屁股，就不会说这种话，也不会下这个断语了。"这两句话大大的引起了居内贡和老实人的好奇心。老婆子便说出下面一番话来。

第十一章
老婆子的身世

"我不是一向眼睛里长满红筋,眼圈这么赤红的,鼻子也不是一向碰到下巴的,我也不是一向当用人的。我是教皇厄尔彭十世和巴莱斯德利那公主生的女儿。十四岁以前住的王府,把你们日耳曼全体男爵的宫堡做它的马房还不配,威斯发里全省的豪华,还抵不上我一件衣衫。我越长越美,越风流,越多才多艺。我享尽快乐,受尽尊敬,前程远大。我很早就能挑动人家的爱情了。乳房慢慢的变得丰满,而且是何等样的乳房!又白,又结实,模样儿活像梅迭西斯的《维纳斯》希腊古雕塑中有许多维纳斯像,均系杰作。后人均以掘得该像之所在地,或获得该像之诸侯之名之。梅迭西斯为文艺复兴期统治翡冷翠的大族身上的。还有多美的眼睛!多美的眼皮!多美的黑眉毛!两颗眼珠射出来的火焰,像当地的诗人们说的,直盖过了天上的星光。替我更衣的女用人们,常常把我从前面看到后面,从后面看到前面,看得出神了,所有的男人都恨不得做她们的替工呢。

"我跟玛沙-加拉的王子订了婚。啊!一位多么体面的王子!长得跟我一样美,说不尽的温柔,风雅,而且才华盖世,热情如火。我爱他的情分就像初恋一样,对他五体投地,如醉若狂。婚礼已经开始筹备了。场面的伟大是空前未有的,连日不断的庆祝会,骑兵大操,滑稽歌剧。全意大利争着写十四行诗来歌颂我,我还嫌没有一首像样的。我快要大喜的时候,一个做过王子情妇的老侯爵夫人,请他到家里去喝巧克力茶。不到两小时,他抽搐打滚,形状可怕,竟自死了。这还不算一回事。我母亲绝望之下——其实还不及我伤心——想暂时离开一下那个不祥之地。她在迦伊埃德附近有块极好的庄田。我们坐着一条本国的兵船,布置得金碧辉煌,好比罗马圣·比哀教堂的神龛。谁知海盗半路上来袭击,上了我们的船。我们的兵不愧为教皇的卫队,他们的抵抗是丢下枪械,跪倒在地,只求饶命。

"海盗立即把他们剥得精光，像猴子一般，我的母亲，我们的宫女，连我自己都在内。那些先生剥衣服手法的神速，真可佩服。但我还有更诧异的事呢：他们把手指放在我们身上的某个部分，那是女人平日只让医生安放套管的。这个仪式，我觉得很奇怪。一个人不出门就难免少见多怪。不久我知道，那是要瞧瞧我们有没有隐藏什么钻石。在往来海上的文明人中间，这风俗由来已久，从什么时代开始已经不可考了。我知道玛德会的武士们玛德会—名耶路撒冷的圣·约翰会，为基督旧教中的一个宗派，纯属军事性质的教会团体；创于11世纪，以地中海的玛德岛为根据地俘获土耳其人的时候，不论男女，也从来不漏掉这个手续，这是没有人违反的一条公法。

"一个年轻公主，跟着母亲被带往摩洛哥去当奴隶，那种悲惨也不必细说了。在海盗船上受的罪，你们不难想象。我母亲还非常好看，我们的宫女，连一个普通女仆的姿色，也是全非洲找不出来的。至于我，长得那么迷人，赛过天仙下凡，何况还是个处女。但我的童贞并没保持多久：我替俊美的王子保留的一朵花，给海盗船上的船长硬摘了去。他是一个奇丑无比的黑人，自以为大大抬举了我呢。不必说，巴莱斯德利那公主和我，身体都很壮健，因此受尽折磨，还能捱到摩洛哥。闲言少叙，这些事也太平常了，不值一提。

"我们到的时节，摩洛哥正是一片血海。摩莱·伊斯玛伊皇帝的五十个儿子各有党派，那就有了五十场内战；黑人打黑人，黑人打半黑人半黑人指皮肤黝黑，近于紫铜色的人，半黑人打半黑人，黑白混血种人打黑白混血种人。全个帝国变了一个日夜开工的屠宰场。

"才上岸，与我们的海盗为敌的一帮黑人，立刻过来抢他的战利品。最贵重的东西，除了钻石与黄金，就要算到我们了。我那时看到的厮杀，你们休想在欧洲地面上看到。这是水土关系，北方人没有那种热血，对女人的疯劲也不像在非洲那么普遍。欧洲人血管里仿佛羼着牛奶；阿特拉斯山阿特拉斯为北非大山脉，主山在摩洛哥境内一带的居民，血管里有的是硫酸，有的是火。他们的厮杀就像当地的狮虎毒蛇一般猛烈，目的是要抢我们。一个摩尔人抓着我母亲的右臂，我船上的大副抓着她的左臂，一个摩尔兵拽着她的一条腿，我们的一个海盗拽着另外一条。全体妇女几乎同时都被四个兵拽着，船长把我藏在他身后，手里握着大弯刀；敢冒犯他虎威的，他都来一个杀一个。临了，所有的意大利妇女，连我母亲在内，全被那些你争我夺的魔王撕裂了，扯做几块。海盗、俘虏、兵、水手、黑人、半黑人、白人、黑白混血种人，还有我那船长，全都死了。我压在死人底下，只剩一口气。同样的场面出现在一千多里的土地上，可是谟罕默德规定的一天五次祈祷①，从来没耽误。

　　"我费了好大气力，从多少鲜血淋漓的尸首下面爬出来，一步一步，挨到附近一条小溪旁边，一株大橘树底下：又惊又骇，又累又饿，不由得倒下去了。我疲倦已极，一忽儿就睡着。那与其说是休息，不如说是晕厥。正当我困惫昏迷，半死半活的时候，忽然觉得有件东西压在我身上乱动。睁开眼来，只见一个气色很好的白种人，叹着气，含含糊糊说出几个意大利字：多倒楣啊，一个人没有了……"

---

　　①　谟罕默德：现在通译"穆罕默德"。

第十二章

老婆子遭难的下文

　　"我听到本国的语言惊喜交集，那句话也同样使我诧异。我回答他说，比他抱怨的更倒楣的事儿，多得很呢。我三言两语，说出我才经历的悲惨事儿，但我精神又不济了。他抱我到邻近一所屋子里，放在床上，给我吃东西，殷勤服侍，好言相慰，恭维我说，他从来没见过我这样的美人儿，他对自己那个无可补救的损失，也从来没有这样懊恼过。他道：'我生在拿波里，地方上每年要阉割两三千儿童：有的割死了，有的嗓子变得比女人的还好听，又有的大起来治理国家大事^{影射西班牙的加洛·勃罗斯几（1705—}影射西班牙的加洛·勃罗斯几（1705—1782），他被封为贵族，执掌初政，煊赫一时。我的手术非常成功，在巴莱斯德利那公主府上当教堂乐师。'我叫起来：'那是我的母亲啊！'——'你的母亲！'他哭着嚷道。'怎么！你就是我带领到六岁的小公主吗？你现在的才貌，那时已经看得出了。'——'是我呀，我母亲就离开这儿四百步的地方，被人剁了几块，压在一大堆死尸底下……'

　　"我告诉了他前前后后的遭遇，他也把他的经历告诉了我。某基督教强国派他来见摩洛哥王，商量一项条约，规定由某强国供给火药、大炮、船只，帮助摩洛哥王破坏别个基督教国家的商业。"那太监说：'我的使命已经完成，正要到葛太去搭船，可以带你回意大利。可是多倒楣啊，一个人没有……'

　　"我感动得流下泪来，向他千恩万谢。但他并不带我回意大利，而是带往阿尔泽，把我卖给当地的总督。我刚换了主人，蔓延欧、亚、非三洲的那场大瘟疫，就在阿尔泽发作了，来势可真不小。你们见过地震，可是，小姐，你可曾见过鼠疫？"——"没有，"男爵小姐回答。

　　老婆子又道："要是见过，你们就会承认比地震可怕得多。鼠疫在非洲是常事，我也传染了。你们想想罢：一个教皇的女儿，只有十五岁，短短三个月时间就变做赤贫，变做奴隶，几乎天天被强奸，眼看母亲的肢体四分五裂，自己又尝遍饥饿和战争的味道，在阿尔泽得了九死一生的鼠疫。可是我竟没有死。不过我那个太监和总督，以及总督的姬妾，都送了命。

"可怕的鼠疫第一阵袭击过了以后，总督的奴隶被一齐出卖。有个商人把我买下来，带往突尼斯，转卖给另一个商人，他带我上的黎波里，又卖了。从的黎波里卖到亚历山大，从亚历山大卖到斯麦那，从斯麦那卖到君士坦丁堡。最后我落入苏丹御林军中的一个军官手里，不久他奉派出去，帮阿左夫抵抗围困他们的俄罗斯人影射1695至1696年间的战事。服尔德当时正为其所著的《俄国史》搜集材料。

"那军官是个多情种子，把全部姬妾都带着走，安置在阿左夫海口上一个小炮台里，拨两个黑人太监和二十名士兵保护。我们这边杀了无数俄罗斯人，俄罗斯人也照样回敬我们。阿左夫变了一片火海血海，男女老幼无一幸免，只剩下我们的小炮台。敌人打算教我们活活饿死，可是二十名卫队早就赌神发咒，决不投降。他们饿极了，没有办法，只得拿两名太监充饥，生怕违背他们发的愿。几天以后，他们决意吃妇女了。

"我们有个很虔诚很慈悲的回教祭司，对卫兵恳切动人的讲了一次道，劝他们别把我们完全杀死。他说：'你们只消把这些太太们割下半个屁股，就可大快朵颐，倘若再有需要，过几天还有这么丰盛的一餐等着你们。你们这种大慈大悲的行为，足以上感苍天，得到救助的。'

"他滔滔雄辩，把卫兵说服了。我们便受了这个残酷的手术。祭司拿阉割的儿童用的药膏，替我们敷上。我们差不多全要死下来了。

"卫兵们刚吃完我们供应的筵席，俄罗斯人已经坐了平底船冲进来，把卫兵杀得一个不留。俄罗斯人对我们的情形不加理会。幸而世界上到处都有法国军医，其中有个本领挺高强的来救护我们，把我们治好了。我一辈也不会忘记，我的伤疤完全结好的那天，他就向我吐露爱情。同时还劝我们大家别伤心，说好几次围城的战争都发生同样的事，那是战争的定律。

"等到我的同伴们都能走路了，就被带往莫斯科。分派之下，我落在一个贵族手里，他叫我种园地，每天赏我二十鞭子。两年之后，宫廷中互相倾轧的结果，我那位爵爷和三十来个别的贵族，都被凌迟处死。我乘机逃走，穿过整个俄罗斯，做了多年酒店侍女，先是在里加，后来在罗斯托克，维斯玛，来比锡，卡塞尔，攸德累克德，来顿，海牙，罗忒达姆。贫穷和耻辱，磨得我人也老了。我只剩着半个屁股，永远忘不了是教皇之女，几百次想自杀，却始终丢不下人生。这个可笑的弱点，大概就是我们的致命伤：时时刻刻要扔掉的枷锁，偏偏要继续背下去；一面痛恨自己的生命，一面又死抓不放；把咬你的毒蛇搂在怀里抚摩，直到它吃掉你的心肝为止：这不是愚不可及是什么？"

"在我命里要飘流过的地方上，在我当过侍女的酒店里，诅咒自己生命的人，我不知见过多多少少，但自愿结束苦命的，只见到十二个：三个黑人，四个英国人，四个日内瓦人，还有一个叫作罗贝克的德国教授。最后我在犹太人唐·伊萨克家当老妈子，他派我服侍你，美丽的小姐。我关切着你的命运，对你的遭遇比对我自己的还要操心。我永远不会提到自己的苦难，要不是你们把我激了一下，要不是船上无聊，照例得讲些故事消遣消遣。总而言之，小姐，我有过经验，见过世面，你不妨请每个乘客讲一讲他们的历史，借此解闷。只要有一个人不自怨其生，不常常自命为世界上最苦的人，你尽管把我倒提着摔下海去。"

第十三章

老实人怎样的不得不和
居内贡与老婆子分离

　　美丽的居内贡听了老婆子的故事，便按照她的身份与品德，向她施礼。居内贡也听了老婆子的主意，邀请全体乘客挨着次序讲自己的身世。老实人和居内贡听着，承认老婆子有理。老实人说："可惜葡萄牙的功德大会不照规矩，把大智大慧的邦葛罗斯吊死了，要不然他对于海陆两界的物质与精神的痛苦，准能发挥一套妙论，而我也觉得颇有胆气，敢恭恭敬敬的向他提出几点异议。"

　　每个乘客讲着他的故事，不觉航行迅速，已经到了布韦诺斯·爱累斯①_{即今南美阿根廷的京城}。居内贡，老实人上尉和老婆子，一同去见唐·斐南多总督，他有伊巴拉_{伊巴拉等五个名字，乃175年9月谋刺葡萄牙王凶犯之名，作者借做总督封邑之名}，腓加罗阿，玛斯卡林，朗波尔陶和索萨五处封邑。那位大人拥有这么多头衔，自然有一副高傲的气概，配合他的身份。他和人说话，用的鄙夷不屑的态度，鼻子举得那么高，嗓子喊得那么响，口吻那么威严，神情那么傲慢，使晋见的人都恨不得揍他一顿。他好色若命，觉得居内贡是他生平第一次见到的美人儿，一开口便问她是不是上尉的老婆。老实人看了问话的神气吓了一跳：他既不敢说是老婆，因为她其实不是，又不敢说是姊妹，因为她其实也不是。虽则这一类的谎话在古人中很通行_{此系隐指亚伯拉罕在基拉尔地方伪称妻子为妹的故事，详见《旧约·创世纪》第二十章}，对今人也有很多方便，但老实人太纯洁了，不敢有半点儿隐瞒，便道："承蒙居内贡小姐不弃，已经答应下嫁小人，我们还要请大人屈尊，主持婚礼呢。"

　　唐·斐南多·特·伊巴拉翘起胡子，狞笑了一下，吩咐老实人去检阅

老
实
人

部队，老实人只得遵命。总督留下居内贡小姐，向她表示热情，宣布第二天就和她成婚，不管在教堂里行礼还是用别的仪式，他太喜欢她的姿色了。居内贡要求宽限一刻钟，让她定定神，跟老婆子商量一下，而她自己也得打个主意。

老婆子对居内贡说："小姐，你没有一个小钱，空有七十二代的家谱。总督是南美洲最有权势的爵爷，长着一绺漂亮胡子，要做总督夫人只在你自己手里。莫非你还心高气傲，打算苦熬苦守，从一而终吗？你已经被保加利亚人强奸，一失身于犹太人，再失身于大法官。吃苦吃多了，也该尝尝甜头。换了我，决不三心两意，一定嫁给总督大人，一方面提拔老实人，帮他升官发财。"老婆子正凭着年龄与经验，说着这番考虑周详的话，港口里却驶进一条小船，载着一个法官和几名差役。事情是这样的：

老婆子原没猜错，当初居内贡和老实人匆匆忙忙逃走，在巴大育镇上失落的珠宝，的确是一个宽袍大袖的芳济会神甫偷的。他想把一部分宝石卖给一个珠宝商，珠宝商识破是大法官的东西。神甫被吊死以前，供认珠宝是偷来的，说出失主的面貌行踪。官方发觉了居内贡和老实人逃亡的路由，一直追踪到加第士，到了加第士，立即派一条船跟着来。那船已经进入布韦诺斯·爱累斯港，外面纷纷传说，有个法官就要上岸，缉捕谋杀大主教的凶手。机灵的老婆子当下心生一计，对居内贡说道："你不能逃，也不用怕，杀大主教的不是你，何况总督喜欢你，决不让人家得罪你的，你尽管留在这儿。"她又赶去找老实人，说道："快快逃罢，要不然一小时之内，你就得送上火刑台。"事情果然紧急，一刻都耽误不得，可是怎么舍得下居内贡呢？又投奔哪儿去呢？

第十四章

老实人与加刚菩，在巴拉圭的
耶稣会士中受到怎样的招待*

老实人曾经在加第士雇了一个当差。在西班牙沿海和殖民地上，那种人是很多的。他名叫加刚菩，四分之一是西班牙血统，父亲是图库曼图库曼为今阿根廷的一个省份地方的一个混血种。他当过助祭童子，圣器执事，水手，修士，乐器工匠，大兵，跟班。加刚菩非常喜欢他的东家，因为东家待人宽厚。当下他抢着把两匹安达鲁齐马披挂停当，说道："喂，大爷，咱们还是听老婆子的话，三十六着走为上。"老实人掉着泪说："噢！我亲爱的居内贡！总督大人正要替我们主婚了，我倒反而把你扔下来吗？路远迢迢的来到这里，你如今怎么办呢？"加刚菩道："由她去罢，女人家自有本领，她有上帝保佑，咱们快走罢。"——"你把我带往哪儿呢？咱们上哪里去呢？没有了居内贡，咱们如何是好呢？"——"哎，"加刚菩回答，"你原本是要去攻打耶稣会士的，现在不妨倒过来，去替他们出力。我认得路，可以送你到他们国内，他们手下能有个会保加利亚兵操的上尉，要不高兴才怪！你将来一定飞黄腾达。这边不得意，就上那边去。何况广广眼界，干点儿新鲜事也怪有趣的。"

老实人问："难道你在巴拉圭耽过吗？"加刚菩道："怎么没耽过？我在阿松西翁学院做过校役，我对于耶稣会政府，跟加第士的街道一样熟。那政府真是了不起。国土纵横千余里，划作三十行省。神甫们无所不有，老百姓一无所有，那才是理智与正义的杰作。以我个人来说，我从来没见过像那些神甫一样圣明的人，他们在这里跟西班牙王葡萄牙王作战，在欧

---

* 服尔德曾为其所著《风俗论》（1758）搜集有关巴拉圭耶稣教士的材料；1754至1758年间，作者又将此项题材写成重要文字多篇。本章所述，服尔德大抵皆有考据。

洲听西班牙王葡萄牙王的忏悔；在这里他们见到西班牙人就杀，在玛德里把西班牙人送上天堂①，我觉得有意思极了。咱们快快赶路罢。包你此去成为世界上第一个有福的人。神甫们知道有个会保加利亚兵操的上尉投奔，不知要怎样快活哩！"

到了第一道关塞，加刚菩告诉哨兵，说有个上尉求见司令。哨兵把话传到守卫本部，守卫本部的一个军官亲自去报告司令。老实人和加刚菩的武器先被缴掉，两匹安达鲁齐马也被扣下。两个陌生人从两行卫兵中间走过去，行列尽头便是司令：他头戴三角帽，撩起着长袍，腰里挂着剑，手里拿着短枪。他做了一个记号，二十四个兵立刻把两个生客团团围住。一个班长过来传话，要他们等着，司令不能接见，因为省长神甫不在的时节，不许任何西班牙人开口，也不许他们在本地逗留三小时以上。加刚菩问："那么省长神甫在哪儿呢？"班长答道："他做了弥撒，阅兵去了，要过三个钟点，你们才能亲吻他的靴尖。"——"可是，"加刚菩说，"敝上尉是德国人，不是西班牙人。他和我一样饥肠辘辘，省长神甫没到以前，能不能让我们吃顿早饭？"

班长立即把这番话报告司令。司令说："感谢上帝！既然是德国人，我就可以跟他说话了。带他到我帐下来。"老实人便进入一间树荫底下的办公厅，四周是绿的云石和黄金砌成的列柱，十分华丽。笼内养着鹦鹉，蜂雀，小纹鸟和各种珍异的飞禽。黄金的食器盛着精美的早点。巴拉圭土人正捧着木盅在大太阳底下吃玉蜀黍②，司令官却进了办公厅。

司令少年英俊，脸颊丰满，白皮肤，好血色，眉毛吊得老高，眼睛极精神，耳朵绯红，嘴唇红里带紫，眉宇之间有股威武的气概，但不是西班牙人的，也不是耶稣会士的那种威武。老实人和加刚菩的兵器马匹都发还了。加刚菩把牲口拴在办公厅附近，给它们吃燕麦，时时刻刻瞟上一眼，以防万一。

老实人先亲吻了司令的衣角，然后一同入席。耶稣会士用德文说道："你原来是德国人？"老实人回答："是的，神甫。"两人这么说着，都不由自主的觉得很惊奇，很激动。耶稣会士又问："你是德国哪个地方的？"——"敝乡是该死的威斯发里省。我的出生地是森特－登－脱龙克宫堡。"——"噢，天！怎么可能呢？"那司令嚷着。老实人也叫道：

———————————

① 玛德里：现通译"马德里"，西班牙首都。

② 玉蜀黍：即玉米。

"啊！这不是奇迹吗？"司令问："难道竟是你吗？"老实人道："这真是哪里说起！"两人往后仰了一跤，随即互相拥抱，眼泪像小溪一般直流。"怎么，神甫，你就是美人居内贡的哥哥吗？就是被保加利亚人杀死的，就是男爵大人的儿子吗？怎么又在巴拉圭做了耶稣会神甫？这世界真是太离奇了。噢，邦葛罗斯！邦葛罗斯！你要不是吊死的话，又该怎么高兴啊！"

几个黑奴和巴拉圭人端着水晶盅在旁斟酒，司令教他们回避了。

他对上帝和圣·伊涅斯_{圣·伊涅斯（1491—1556）一名圣·伊涅斯·特·雷育拉，为耶稣会的创办人}千恩万谢，把老实人搂在怀里，两人哭做一团。老实人道："再告诉你一件事，你还要诧异，还要感动，还要莫名其妙哩。你以为令妹居内贡被人戳破肚子，送了性命，其实她还在人世，健康得很呢。"——"在哪里？"——"就在近边，在布韦诺斯·爱累斯的总督府上，我是特意来帮你们打仗的。"他们那次长谈，每句话都是奇闻。两人的心都跳上了舌尖，滚到了耳边，在眼内发光。因为是德国人，他们的饭老吃不完，一边吃一边等省长神甫回来。司令官又对老实人讲了下面一番话。

第十五章

老实人怎样杀死他
亲爱的居内贡的哥哥

"我一世也忘不了那悲惨的日子，看着父母被杀，妹妹被强奸。等到
保加利亚人走了，大家找来找去，找不到我心爱的妹子。七八里以外，有
一个耶稣会的小教堂：父亲，母亲，我，两个女用人和三个被杀的男孩
子，都给装上一辆小车，送往那儿埋葬。一位神甫替我们洒圣水，圣水咸
得要命，有几滴洒进了我的眼睛，神甫瞧见我眼皮眨了一下，便摸摸我的
心，觉得还在跳，就把我救了去。三个星期以后，我痊愈了。亲爱的老实
人，你知道我本来长得挺好看，那时出落得越发风流倜傥，所以那修院的
院长，克罗斯德神甫，对我友谊深厚，给我穿上候补修士的法衣，过了一
晌又送我上罗马。总会会长正在招一批年轻的德国耶稣会士。巴拉圭的执
政不欢迎西班牙的耶稣会士，喜欢用外国籍教士，觉得容易管理。总会会
长认为我宜于到那方面去传布福音。所以我们出发了，一共是三个人，一
个波兰人，一个提罗尔人，一个就是我。一到这儿，我就荣任少尉和助理
祭司之职，现在已经升了中校，做了神甫。我们对待西班牙王上的军队毫
不客气，我向你担保，他们早晚要被驱逐出教，被我们打败的。你这是上
帝派来帮助我们的。告诉我，我的妹子可是真的在近边，在布韦诺斯·爱
累斯总督那儿？"老实人赌神发咒，回答说那是千真万确的事。于是两人
又流了许多眼泪。

男爵再三再四的拥抱老实人，把他叫作兄弟，叫作恩人。他说："啊，
亲爱的老实人，说不定咱们俩将来打了胜仗，可以一同进城去救出我的妹
子来。"老实人回答："这正是我的心愿，我早打算娶她的，至今还抱着
这个希望。"——"怎么！混蛋！"男爵抢着说。"我妹妹是七十二代贵族
之后，你好大胆子，竟想娶她？亏你有这个脸，敢在我面前说出这样狂妄
的主意！"老实人听了这话呆了一呆，答道："神甫，家谱有什么用？我

把你妹妹从一个犹太人和一个大法官怀中救出来，她很感激我，愿意嫁给我。老师邦葛罗斯常说的，世界上人人平等，我将来非娶她不可。"——"咱们走着瞧罢，流氓！"那森特－登－脱龙克男爵兼耶稣会教士一边说，一边拿剑背往老实人脸上狠狠的抽了一下。老实人马上拔出剑来，整个儿插进男爵神甫的肚子，等到把剑热腾腾的抽出来，老实人却哭着嚷道："哎哟！我的上帝！我杀了我的旧主人，我的朋友，我的舅子了，我是天底下最好的好人，却已经犯了三条人命，内中两个还是教士！"

在办公厅门口望风的加刚菩立刻赶进来。主人对他道："现在只有跟他们拼命了，多拼一个好一个。他们一定要进来的，咱们杀到底罢。"加刚菩事情见得多，镇静非凡，他剥下男爵的法衣穿在老实人身上，把死人头上的三角帽也给他戴了，扶他上马。这些事，一眨眼之间就安排停当了。"大爷，快走罢，他们会当你是神甫出去发布命令，即使追上来，咱们也早过了边境了。"说话之间，加刚菩已经长驱而出，嘴里用西班牙文叫着："闪开！闪开！中校神甫来啦！"

第十六章

两个旅客遇到两个姑娘，两只猴子，
和叫作大耳朵的野蛮人

老实人和他的当差出了关塞，那边营里还没人知道德国神甫的死。细心的加刚菩办事周到，把行囊装满了面包、巧克力、火腿、水果，还有几升酒。他们骑着两匹安达鲁齐马，进入连路都没有的陌生地方。后来发见一片青葱的草原，中间夹着几条小溪。两位旅客先让牲口在草地上大嚼一顿。加刚菩向主人提议吃东西，他自己以身作则，先吃起来了。老实人说道："我杀了男爵大人的儿子，又一世见不到美人儿居内贡，教我怎么吃得下火腿呢？和她离得这么远，又是悔恨，又是绝望，这样悲惨的日子，过下去还有什么意思？德雷甫的《见闻录》18 世纪时，耶稣会于法国索纳州德雷甫城办一刊物，名《见闻录》，抨击当时反宗教的哲学思想又要怎样的说我呢？"

他这么说着照旧吃个不停。太阳下山了。两位迷路的人听见几声轻微的呼叫，好像是女人声音。他们辨不出是痛苦的叫喊，还是快乐的叫喊。一个人在陌生地方不免提心吊胆，他们俩便急忙站起。叫喊的原来是两个赤身露体的姑娘，在草原上奔跑，身子非常轻灵，两只猴子紧跟在后面，咬她们的屁股。老实人看了大为不忍。他在保加利亚军中学会了放枪，能够在树林中打下一颗榛子，决不碰到两旁的叶子。他便拿起他的西班牙双膛枪，一连两响，把两只猴子打死了，说道："亲爱的加刚菩，我真要感谢上帝，居然把两个可怜的姑娘救了命。杀掉一个大法官和一个耶稣会士，固然罪孽不轻，这一来也可以将功赎罪了。或许她们是大人家的女儿，可能使我们在本地得到不少方便呢。"

他还想往下说，不料两个姑娘不胜怜爱的抱着两只猴子，放声大恸①，四下里只听见一片凄惨的哭声。老实人顿时张口结舌，愣住了。终

---

① 大恸：极度悲伤。

于他对加刚菩道："想不到有这样好心肠的人。"加刚菩答道："大爷，你做得好事，你把这两位小姐的情人打死了。"——"她们的情人！怎么可能？加刚菩，你这是说笑话罢？教我怎么能相信呢？"加刚菩回答说："大爷，你老是这个脾气，对什么事都大惊小怪。有些地方，猴子会博得女人欢心，有什么希奇！它们也是四分之一的人，正如我是四分之一的西班牙人。"老实人接着道："不错，老师邦葛罗斯讲过，这一类的事从前就有，杂交的结果，生下那些半羊半人的怪物，古时几位名人还亲眼见过，但我一向以为是无稽之谈。"加刚菩道："现在你该相信了罢！你瞧，没有教育的人会做出什么事来。我只怕这两个女的捣乱，暗算我们。"

　　这番中肯的议论使老实人离开草原，躲到一个树林里去。他和加刚菩吃了晚饭，两人把葡萄牙异教裁判所的大法官，布韦诺斯·爱累斯的总督，森特－登－脱龙克男爵，咒骂了一顿，躺在藓苔上睡着了。一早醒来，他们觉得动弹不得了。原来当地的居民大耳人_{此系印第安族的一支，戴大木耳环，故被称为大耳人}，听了两个女子的密告，夜里跑来用树皮把他们捆绑了。周围有五十来个大耳人，拿着箭、棍、石斧之类，有的烧着一大锅水，有的在端整烤炙用的铁串。他们一齐喊着："捉到了一个耶稣会士！捉到了一个耶稣会士！我们好报仇了，我们有好东西吃了，大家来吃耶稣会士呀，大家来吃耶稣会士呀！"

　　加刚菩愁眉苦脸，嚷道："亲爱的大爷，我不是早告诉你吗？那两个女的要算计我们的。"老实人瞧见锅子和铁串，叫道："我们不是被烧烤，就得被白煮。啊！要是邦葛罗斯看到人的本性如此这般，不知又有什么话说！一切皆善！好，就算一切皆善，可是我不能不认为，失去了居内贡小姐，又被大耳人活烤，总是太残忍了。"加刚菩老是不慌不忙，对发愁的老实人道："我懂得一些他们的土话，让我来跟他们说罢。"老实人道："千万告诉他们，吃人是多么不人道，而且不大合乎基督的道理。"

　　加刚菩开言道："诸位，你们今天打算吃一个耶稣会士，是不是？好极了，对付敌人理当如此。天赋的权利就是教我们杀害同胞，全世界的人都是这么办的。我们没有运用吃人的权利，只因为我们有旁的好菜可吃，但你们不像我们有办法。把胜利的果实扔给乌鸦享受，当然不如自己把敌人吃下肚去。可是诸位，你们决不吃你们的朋友的。你们以为要烧烤的是一个耶稣会士，其实他是保护你们的人，你们要吃的是你们敌人的敌人。至于我，我是生在你们这里的，这位先生是我的东家，非但不是耶稣会士，还杀了一个耶稣会士，他穿的便是从死人身上剥下来的衣服，所以引起了你们的误会。为了证明我的话，你们不妨拿他穿的袍子送往神甫们的边境，打听一下我的主人是不是杀了一个耶稣会军官。那要不了多少时间，倘若我是扯谎，你们照旧可以吃我们。但要是我并无虚言，那么你们对于公法、风俗、法律的原则，认识太清楚了，我想你们决不会不饶赦我们的。"

大耳人觉得这话入情入理，派了两位有声望的人士做代表，立即出发去调查真假。两位代表多才多智，不辱使命，很快就回来报告好消息。大耳人解了两个俘虏的缚，对他们礼貌周到，供给他们冷饮，妇女，把他们送出国境，欢呼道："他们不是耶稣会士！他们不是耶稣会士！"

老实人对于被释放的事赞不绝口。他道："喝！了不起的民族！了不起的人！了不起的风俗！我幸而把居内贡小姐的哥哥一剑刺死，要不然决无侥幸，一定给吃掉的了。可是，话得说回来，人的本性毕竟是善的，这些人非但不吃我，一知道我不是耶稣会士，还把我奉承得无微不至。"

第十七章

老实人和他的随从怎样到了
黄金国，见到些什么*

到了大耳人的边境，加刚菩和老实人说："东半球并不胜过西半球，听我的话，咱们还是抄一条最近的路回欧洲去罢。"——"怎么回去呢？"老实人道。"又回哪儿去呢？回到我本乡罢，保加利亚人和阿伐尔人正在那里见一个杀一个；回葡萄牙罢，要给人活活烧死；留在这儿罢，随时都有被烧烤的危险。可是居内贡小姐住在地球的这一边，我怎有心肠离开呢？"

加刚菩道："还是往开颜开颜为南美洲东北角上一小岛，属法国那方面走。那儿可以遇到法国人，世界上到处都有他们的踪迹，他们会帮助我们，说不定上帝也会哀怜我们。"

到开颜去可不容易：他们知道大概的方向，可是山岭，河流，悬崖绝壁，强盗，野蛮人，遍地都是凶险的关口。他们的马走得筋疲力尽，死了，干粮吃完了，整整一个月全靠野果充饥，后来到了一条小河旁边，两旁长满椰子树，这才把他们的性命和希望支持了一下。

加刚菩出计划策的本领，一向不亚于老婆子。他对老实人道："咱们撑不下去了，两条腿也走得够了，我瞧见河边有一条小船，不如把它装满椰子，坐在里面顺流而去，既有河道，早晚必有人烟。便是遇不到愉快的事，至少也能看到些新鲜事儿。"老实人道："好，但愿上帝保佑我们。"

---

* 相传南美洲有一遍地黄金的国土，叫作黄金国（El Dorado），位于亚马逊河及俄利诺科河之间，居屋皆以白银为顶，国王遍体皆饰黄金。自马可·波罗以来即有此传说，哥仑布及以后之西班牙、葡萄牙殖民冒险家，均曾寻访。18 世纪后期，一般人对此神奇的国土犹抱幻想。服尔德本章所述，均采自各旅行家之游记，其中事实与幻想，杂然并列。

41

老实人

他们在河中飘流了十余里，两岸忽而野花遍地，忽而荒瘠不毛，忽而平坦开朗，忽而危崖高耸。河道越来越阔，终于流入一个险峻可怖，岩石参天的环洞底下。两人大着胆子，让小艇往洞中驶去。河身忽然狭小，水势的湍急与轰轰的巨响，令人心惊胆战。过了一昼夜，他们重见天日，可是小艇触着暗礁，撞坏了，只得在岩石上爬，直爬了三四里地。最后，两人看到一片平原，极目无际，四周都是崇山峻岭，高不可攀。土地的种植，是生计与美观同时兼顾的，没有一样实用的东西不是赏心悦目的。车辆赛过大路上的装饰品，式样新奇，构造的材料也灿烂夺目，车中男女都长得异样的俊美，驾车的是一些高大的红绵羊，奔驰迅速，便是安达鲁奇，泰图安，美基内斯的第一等骏马，也望尘莫及。

老实人道："啊，这地方可胜过威斯发里了。"他和加刚菩遇到第一个村子就下了地。几个村童，穿着稀烂的金银铺绣衣服，在村口玩着丢石片的游戏。从另一世界来的两位旅客，一时高兴，对他们瞧了一会：他们玩的石片又大又圆，光芒四射，颜色有黄的，有红的，有绿的。两位旅客心中一动，随手捡了几块：原来是黄金，是碧玉，是红宝石，最小的一块也够蒙古大皇帝做他宝座上最辉煌的装饰。加刚菩道："这些孩子大概是本地国王的儿女，在这里丢着石片玩儿。"村塾的老师恰好出来唤儿童上学。老实人道："啊，这一定是内廷教师了。"

那些顽童马上停止游戏，把石片和别的玩具一齐留在地下。老实人赶紧捡起，奔到教师前面，恭恭敬敬的捧给他，用手势说明，王子和世子们忘了他们的金子与宝石。塾师微微一笑①，接过来扔在地下，很诧异的对老实人的脸瞧了一会，径自走了。

两位旅客少不得把黄金、碧玉、宝石，捡了许多。老实人叫道："这是什么地方呀？这些王子受的教育太好了，居然会瞧不起黄金宝石。"加刚菩也和老实人一样惊奇。他们走到村中第一家人家，建筑仿佛欧洲的宫殿。一大群人都向门口拥去，屋内更挤得厉害，还传出悠扬悦耳的音乐，一阵阵珍馐美馔的异香。加刚菩走近大门，听见讲着秘鲁话，那是他家乡的语言。早先交代过，加刚菩是生在图库曼的，他的村子里只通秘鲁话。他便对老实人说："我来替你当翻译，咱们进去罢，这是一家酒店。"

店里的侍者，两男两女，穿着金线织的衣服，用缎带束着头发，邀他们入席。先端来四盘汤，每盘汤都有两只鹦鹉；接着是一盘白煮神鹰，直

---

① 塾师：旧时私塾的老师。

有两百磅重，然后是两只香美异常的烤猴子；一个盘里盛着三百只蜂雀，另外一盘盛着六百只小雀；还有几道烧烤，几道精美的甜菜；食器全部是水晶盘子。男女侍者来斟了好几种不同的甘蔗酒。

食客大半是商人和赶车的，全都彬彬有礼，非常婉转的向加刚菩问了几句，又竭诚回答加刚菩的问话，务必使他满意。

吃过饭，加刚菩和老实人一样，以为把捡来的大块黄金丢几枚在桌上，是尽够付账的了。不料铺子的男女主人见了哈哈大笑，半天直不起腰来。后来他们止住了笑。店主人开言道："你们两位明明是外乡人，我们却是难得见到的。抱歉得很，你们拿大路上的石子付账，我们见了不由得笑起来。想必你们没有敝国的钱，可是在这儿吃饭不用惠钞。为了便利客商，我们开了许多饭店，一律归政府开支。敝处是个小村子，地方上穷，没有好菜敬客，可是别的地方，无论上哪儿你们都能受到应有的款待。"加刚菩把主人的话统统解释给老实人听，老实人听的时候，和加刚菩讲的时候同样的钦佩，惊奇。两人都说："外边都不知道有这个地方，究竟是什么国土呢？这儿的天地跟我们的完全不同！这大概是尽善尽美的乐土了，因为无论如何，世界上至少应该有这样一块地方。不管邦葛罗斯怎么说，我总觉得威斯发里样样不行。"

第十八章
他们在黄金国内的见闻

加刚菩把心中的惊异告诉店主人，店主人回答说："我无知无识，倒也觉得很快活，可是这儿有位告老的大臣，是敝国数一数二的学者，最喜欢与人交谈。"说完带着加刚菩去见老人。那时老实人退为配角，只能陪陪他的当差了。他们进入一所顶朴素的屋子，因为大门只是银的，屋内的护壁只是金的，但镂刻的古雅，比着最华丽的护壁也未必逊色。固然，穿堂仅仅嵌着红宝石与碧玉，但镶嵌的式样补救了质料的简陋。

老人坐在一张蜂鸟毛垫子的沙发上，接见两位来宾，叫人端酒敬客，酒瓶是钻石雕的。接着他说了下面一席话，满足他们的好奇心：

"我今年一百七十二岁，先父做过王上的洗马①，亲眼见到秘鲁那次惊人的革命，把情形告诉了我。我们现在的国土原是古印加族疆域的一部分，印加族当初冒冒失失的出去扩张版图，结果却亡于西班牙人之手。

"留在国内的王族比较明哲，他们征得老百姓的同意，下令任何居民不得越出我们小小的国境，这才保证了我们的纯洁和快乐。西班牙人对这个地方略有所知，不得其详，他们把它叫作黄金国。还有一个叫作拉莱爵士的英国人，一百年前差不多到了这儿附近，幸亏我们四面都是高不可攀的峻岭和峭壁，所以至今没有膏欧洲各民族的馋吻，他们酷爱我们的石块和泥巴，爱得发疯一般，为了抢那些东西，可能把我们杀得一个不留的。"

他们谈了很久，谈到政体、风俗、妇女、公共娱乐、艺术。素好谈玄说理的老实人，要加刚菩探问国内有没有宗教。

老人红了红脸，说道："怎么你们会有这个疑问呢？莫非以为我们是无情无义的人吗？"加刚菩恭恭敬敬请问黄金国的宗教是哪一种。老人又红了红脸，答道："难道世界上还有两个宗教不成？我相信我们的宗教是

---

① 洗马：教王上政事、文理的官员。

跟大家一样的，我们从早到晚敬爱上帝。"加刚菩始终替老实人当着翻译，说出他心中的疑问："你们只崇拜一个上帝吗?"老人道："上帝总不见得有两个，三个，四个罢? 我觉得你们世界上的人发的问题怪得很。"老实人絮絮不休，向老人问长问短，他要知道黄金国的人怎样祈祷上帝的。那慈祥可敬的哲人回答说："我们从来不祈祷，因为对他一无所求，我们所需要的，他全给了我们了，我们只是不断的感谢他。"老实人很希望看看他们的教士，问他们在哪儿。老人微微一笑，说道："告诉两位，我们国内人人都是教士，每天早上，王上和全国人民的家长都唱着感谢神恩的赞美诗，庄严肃穆，由五六千名乐师担任伴奏。"——"怎么! 你们没有修士专管传教，争辩，统治，弄权窃柄，把意见不同的人活活烧死吗?"老人道："那我们不是发疯了吗? 我们这儿大家都意见一致，你说的你们那些修士的勾当，我完全莫名其妙。"老实人听着这些话出神了，心上想："那跟威斯发里和男爵的宫堡完全不同，倘若邦葛罗斯见到了黄金国，就不会再说森特－登－脱龙克宫堡是世界上的乐土了，可见一个人非游历不可。"

长谈过后，慈祥的老人吩咐套起一辆六羊驾驶的四轮轿车，派十二名仆役送两位旅客进宫。他说："抱歉得很，我年纪大了，不能奉陪。但王上接见两位的态度，决不至于得罪两位，敝国倘有什么风俗习惯使两位不快，想必你们都能原谅的。"

老实人和加刚菩上了轿车，六头绵羊像飞一样，不消四个钟点，已经到达京城一端的王宫前面。宫门高二十二丈，宽十丈，说不出是什么材料造的。可是不难看出，那材料比我们称为黄金珠宝的石子沙土，不知要贵重多少倍。

老实人和加刚菩一下车，就有二十名担任御前警卫的美女迎接，带他们去沐浴，换上蜂鸟毛织成的袍子，然后另有男女大臣引他们进入内殿，按照常例，两旁各各站着一千名乐师。走近御座所在的便殿，加刚菩问一位大臣，觐见王上该用何种敬礼："应当双膝下跪，还是全身伏在地下? 应当把手按在额上，还是按着屁股? 或者用舌头舐地下的尘土? 总而言之，究竟是怎样的仪式?"大臣回答："惯例是拥抱王上，亲吻他的两颊。"老实人和加刚菩便扑上去勾着王上的脖子，王上对他们优礼有加，很客气的请他们晚间赴宴。

宴会之前，有人陪他们去参观京城，看那些高入云表的公共建筑，千百列柱围绕的广场，日夜长流的喷泉：有的喷射清澈无比的泉水，有的喷射蔷薇的香水，有的喷射甘蔗酒。规模宏大的广场，地下铺着一种宝石，散出近乎丁香与肉桂的香味。老实人要求参观法院和大理院，据说根本没有这些机关，从来没有人打官司的。老实人问有没有监狱，人家也回答说没有。但他看了最惊异最高兴的是那个科学馆，其中一个走廊长两百丈，摆满着数学和物理的仪器。

整个下午在京城里逛了大约千分之一的地方，他们回到王宫。席上老实人坐在国王、加刚菩和几位太太之间。他们从来没有享受过更美的筵席，国王在饭桌上谈笑风生的雅兴，也从来没有人能相比。加刚菩把陛下的妙语——解释给老实人听，虽然经过了翻译，还照样趣味盎然。这一点和旁的事情一样使老实人惊异赞叹。

两人在此宾馆中住了一个月。老实人再三和加刚菩说："朋友，我生长的宫堡固然比不上这个地方，可是，究竟居内贡不在此地，或许你也有个把情人在欧洲。住在这里，我们不过是普通人，不如回到我们的世界中去，单凭十二头满载黄金国石子的绵羊，我们的财富就能盖过普天之下的国王，也不必再害怕异教裁判所，而要接回居内贡小姐也易如反掌了。"

这些话正合加刚菩的心意：人多么喜欢奔波，对自己人炫耀，卖弄游历的见闻，所以两个享福的人决意不再享福，去向国王要求离境。

国王答道："你们这是发傻了。敝国固是蕞尔小邦①，不足挂齿，但我们能苟安的地方，就不应当离开。我自然无权羁留外客，那种专制手段不在我们的风俗与法律之内；每个人都是自由的，你们随时可以动身，但出境不是件容易的事。你们能从岩洞底下的河里进来，原是奇迹，不可能再从原路出去。环绕敝国的山岭高逾千仞，陡若城墙，每座山峰宽三四十里，除了悬崖之外，别无他路可下。你们既然执意要走，让我吩咐机械司造一架机器，务必很方便的把你们运送出去。一朝到了山背后，可没有人能奉陪了，我的百姓发誓不出国境，他们不会那么糊涂，违反自己发的愿的。现在你们喜欢什么东西，尽管向我要罢。"加刚菩说："我们只求陛下赏几头绵羊，驮些干粮，石子和泥巴。"国王笑道："你们欧洲人这样喜欢我们的黄土，我简直弄不明白：好罢，你们爱带多少就带多少，但愿你们因此得福。"

国王随即下令，要工程师造一架机器把两个怪人举到山顶上，送他们出境。三千名优秀的物理学家参加工作，半个月以后，机器造好了，照当

① 蕞尔：多形容比较小的地区。

地的钱计算，只花了两千多万镑。老实人和加刚菩坐在机器上，带着两头鞍辔俱全的大红绵羊，给他们翻过山岭以后代步的；二十头载货的绵羊驮着干粮；三十头驮着礼品，都是当地最稀罕的宝物；五十头驮着黄金、钻石、宝石。国王很亲热的把两个流浪汉拥抱了。

他们动身了，连人带羊举到山顶上的那种巧妙方法，确是奇观。工程师们送他们到了安全地方，便和他们告别。此时老实人心中只有一个愿望，一个目的，就是把羊群去献给居内贡小姐。他说："倘若人家肯把居内贡小姐标价，我们的财力尽够向布韦诺斯·爱累斯总督纳款了。咱们上开颜去搭船，再瞧瞧有什么王国可以买下来。"

第十九章

他们在苏利南的遭遇，
老实人与玛丁的相识

路上第一天过得还愉快。想到自己的财富比欧、亚、非三洲的总数还要多，两人不由得兴致十足。老实人兴奋之下，到处把居内贡的名字刻在树上。第二天，两头羊连着货物陷入沼泽，过了几日，另外两头不堪劳顿，倒毙了，接着又有七八头在沙漠中饿死，几天之后，又有些堕入深谷。走了一百天，只剩下两头羊。老实人对加刚菩道："你瞧，尘世的财富多么脆弱，只有德行和重见居内贡小姐的快乐才可靠。"加刚菩答道："对。可是我们还剩下两头羊，西班牙王一辈子也休想有它们身上的那些宝物。我远远的看到一个市镇，大概就是荷兰属的苏利南①。好啦，咱们苦尽甘来了。"

靠近市镇，他们瞧见地下躺着一个黑人，衣服只剩一半，就是说只穿一条蓝布短裤：那可怜虫少了一条左腿，缺了一只右手。老实人用荷兰话问他："唉，天哪！你这个样子好不凄惨，待在这儿干么呢？"黑人回答："我等着我的东家，大商人范特登杜据专家考证，此名影射范·杜仑（Van Düren）；范为荷兰出版商，服尔德谓其在版税上舞弊，损害服尔德权益。"老实人说："可是范特登杜先生这样对待你的？"——"是的，先生，这是老例章程。他们每年给我们两条蓝布短裤，算是全部衣着。我们在糖厂里给磨子碾去一个手指，他们就砍掉我们的手；要是想逃，就割下一条腿：这两桩我都碰上了。我们付了这代价，你们欧洲人才有糖吃。可是母亲在几尼亚海边得了十块钱把我卖掉的时节，和我说：'亲爱的孩子，你得感谢我们的神道，永远向他们礼拜，他们会降福于你，你好大面子，当上咱们白大人的奴隶，你爹妈也靠着你发迹了。'——唉！我不知他们有没有靠着我发迹。

---

① 苏利南：今译"苏里南"。

反正我没有托他们的福。狗啊，猴子啊，鹦鹉啊，都不像我们这么苦命。人家教我改信的荷兰神道，每星期日告诉我们，说我们不分黑白，全是亚当的孩子。我不懂家谱，但只要布道师说得不错，我们都是嫡堂兄弟。可是你得承认，对待本家不能比他们更辣手了。"

"噢，邦葛罗斯！"老实人嚷道，"你可没想到这种惨无人道的事。得啦得啦，我不再相信你的乐天主义了。"——"什么叫作乐天主义？"加刚菩问。——"唉！就是吃苦的时候一口咬定百事顺利。"老实人瞧着黑人，掉下泪来。他一边哭一边进了苏利南。

他们第一先打听，港内可有船把他们载往布韦诺斯·爱累斯。问到的正是一个西班牙船主，答应跟他们公平交易，约在一家酒店里谈判。老实人和加刚菩便带着两头羊上那边去等。

老实人心直口快，把经过情形向西班牙人和盘托出，连要抢走居内贡小姐的计划也实说了。船主回答"我才不送你们上布韦诺斯·爱累斯去呢；我要被吊死，你们俩也免不了。美人居内贡如今是总督大人最得宠的外室。"老实人听了好比晴天霹雳，哭了半日，终于把加刚菩拉过一边，说道："好朋友，还是这么办罢：咱们每人口袋里都有价值五六百万的钻石，你比我精明，你上布韦诺斯·爱累斯去取居内贡小姐。要是总督作难，给他一百万，再不肯，给他两百万。你没杀过主教，他们不会防你的。我另外包一条船，上佛尼市等你，那是个自由地方，不用怕保加利亚人，也不用怕阿伐尔人，也不必担心犹太人和异教裁判所。"加刚菩一听这妙计，拍手叫好，但要跟好东家分手，不由得悲从中来，因为他们俩已经成为知心朋友了。幸而他还能替主人出力，加刚菩想到这一点，就转悲为喜，忘了分离的痛苦。两人抱头大哭了一场，老实人又吩咐他别忘了那老妈子。加刚菩当日就动身。他可真是个好人哪。

老实人在苏利南又住了一晌，希望另外有个船主，肯把他和那硕果仅存的两头绵羊载往意大利。他雇了几个用人，把长途航行所需要的杂物也办齐了。终于有一天，一条大帆船的主人，范特登杜先生，来找他。老实人道："你要多少钱，才肯把我，我的下人，行李，还有两头绵羊，一径载往佛尼市？"船主讨价一万银洋。老实人一口答应了。

机灵的范特登杜在背后说："噢！噢！这外国人一出手就是一万！准是个大富翁。"过了一会便回去声明，少了两万不能开船。老实人回答：两万就两万。"

"哎呀！"那商人轻轻的自言自语，"这家伙花两万跟一万一样的满不在乎。"他又回去，说少了三万不能把他送往佛尼市。老实人回答："好，依你三万就是了。"——"噢！噢！"荷兰人对自己说："三万银洋还不在他眼里，可见两头绵羊一定驮着无价之宝。别多要了，先教他付了三万，再瞧着办。"老实人卖了两颗小钻，其中一颗很小的，价值就不止船主所要的数目。他先付了钱。两头绵羊装上去了。老实人跟着坐了一条小艇，预备过渡到港中的大船上。船长认为时机已到，赶紧扯起篷来，解缆而去，又遇着顺风帮忙。老实人看着，目瞪口呆，一刹那就不见了帆船的踪影。他叫道："哎哟！这一招倒比得上旧大陆的杰作。"他回到岸上，说不出么痛苦，因为抵得上一二十位国王财富的宝物，都白送了。

他跑去见荷兰法官，性急慌忙，敲门不免敲得太粗暴了些，进去说明案由，叫嚷的声音不免太高了些。法官因为他闹了许多声响，先罚他一万银洋，方始耐性听完老实人的控诉，答应等那商人回来，立即审理。末了又要老实人缴付一万银洋讼费。

这种作风把老实人气坏了。不错，他早先遇到的倒楣事儿，给他的痛苦还百倍于此，但法官和船主这样不动声色的欺负人，使他动了肝火，悲观到极点。人心的险毒丑恶，他完全看到了，一肚子全是忧郁的念头。后来有条开往波尔多的法国船，他既然丢了满载钻石的绵羊，便花了很公道的代价，包下一间房舱。他又在城里宣布，要找一个诚实君子做伴，船钱饭食，一应归他，再送两千银洋酬劳。但这个人必须是本省遭遇最苦，最怨恨自己的行业的人。

这样就招来一大群应征的人，便是包一个舰队也容纳不下。老实人存心要在最值得注目的一批中去挑，当场选出一二十个看来还和气，又自命为最有资格入选的人，邀到酒店里，请他们吃饭；条件是要他们发誓，毫不隐瞒的说出自己的历史。老实人声明，他要挑一个他认为最值得同情，最有理由怨恨自己行业的人；其余的一律酌送现金，作为酬报。

这个会直开到清早四点。老实人听着他们的遭遇，一边想着老婆子当初来的时候说的话，赌的东道，断定船上没有一个人不受过极大的灾难。每听一个故事，他必想着邦葛罗斯，他道："恐怕邦葛罗斯不容易再证明他的学说了罢！可惜他不在这里。世界上果真有什么乐土，那一定是黄金国，决不在别的地方。"末了他挑中一个可怜的学者，在阿姆斯特登的书店里做过十年事①。他认为世界上没有一个职业比他的更可厌的了。

———————————

① 阿姆斯特登：现通译"阿姆斯特丹"，荷兰首都及最大城市。

那学者原是个好好先生，被妻子偷盗，被儿子殴打，被跟着一个葡萄牙人私奔的女儿遗弃。他靠着过活的小差事，最近也丢了，苏利南的牧师还迫害他，说他是**索星尼派**索星尼派为16世纪神学家索星所创，否认三位一体及耶稣为神之说。其实别的人至少也跟他一样倒楣，但老实人暗中希望这学者能在路上替他消愁解闷。其余的候选人认为老实人极不公平，老实人每人送了一百银洋，平了大家的气。

第二十章
老实人与玛丁在海上的遭遇

老学者名叫玛丁，跟着老实人上船往波尔多。两人都见多识广，饱经忧患，即使他们的船要从苏利南绕过好望角开往日本，他们对于物质与精神的痛苦也讨论不完。

老实人比玛丁占着很大的便宜：他始终希望和居内贡小姐相会，玛丁却一无希望；并且老实人有黄金钻石，虽然丢了一百头满载世界最大财富的大绵羊，虽然荷兰船主拐骗他的事始终不能忘怀，但一想到袋里剩下的宝物，一提到居内贡小姐，尤其在酒醉饭饱的时候，他又倾向邦葛罗斯的哲学了。

他对学者说："玛丁先生，你对这些问题有何意见？你对物质与精神的苦难又怎样想法？"玛丁答道："牧师们指控我是索星尼派，其实我是马尼教徒。"——"你这是说笑话罢？马尼教徒马尼教为纪元 3 世纪时波斯人马奈斯所创，是一种二元论的宗教，言原人为善神所造，其性善；今人为恶神所造，其性恶，唯认识真理后方能解脱罪恶；并称世界上的光明与黑暗是永远斗争不已的早已绝迹了。"——"还有我呢，"玛丁回答。"我也不知道信了这主义有什么用，可是我不能有第二个想法。"老实人说："那你一定是魔鬼上身了。"玛丁道："魔鬼什么事都要参预，既然到处有他的踪迹，自然也可能附在我身上。老实告诉你，我瞧着地球——其实只是一颗小珠子——我觉得上帝的确把它交给什么恶魔了，当然黄金国不在其内。我没见过一个城市不巴望邻近的城市毁灭的，没见过一个家庭不希望把别的家庭斩草除根的。弱者一面对强者卑躬屈膝，一面暗中诅咒，强者把他们当做一群任凭宰割的绵羊。上百万编号列队的杀人犯在欧洲纵横驰骋，井井有条的干着焚烧掳掠的勾当，为的是糊口，为的是干不了更正当的职业。而在一些仿佛太平无事，文风鼎盛的都市中，一般人心里的妒羡，焦虑，忧急，便是围城中大难当头的居民也不到这程度。内心的隐痛比外界的灾难更残酷。一句话说完，我见得多了，受的折磨多了，所以变了马尼教徒。"老实人回答道："究竟世界上还有些好东西呢。"玛丁说："也许有罢，可是我没见识过。"

辩论之间，他们听见一声炮响，接着越来越紧密。各人拿起望远镜，瞧见三海里以外有两条船互相轰击，风把它们越吹越近，法国船上的人可以舒舒服服的观战。后来，一条船放出一阵排炮，不偏不倚，正打在另外一条的半中腰，把它轰沉了。老实人和玛丁清清楚楚看得甲板上站着一百多人，向天举着手臂，呼号之声惨不忍闻。一忽儿他们都沉没了。

玛丁道："你瞧，人与人就是这样相处的。"老实人道："不错，这简直是恶魔干的事。"言犹未了，他瞥见一堆不知什么鲜红的东西在水里游泳。船上放下一条小艇，瞧个究竟，原来是老实人的一头绵羊。老实人找回这头羊所感到的喜悦，远过于损失一百头满载钻石的绵羊所感到的悲伤。

不久，法国船长看出打胜的一条船，船主是西班牙人，沉没的那条，船主是一个荷兰海盗，便是拐骗老实人的那个。他抢去的偌大财宝，跟他一齐葬身海底，只逃出了一头羊。老实人对玛丁道："你瞧，天理昭彰，罪恶有时会受到惩罚的，这也是荷兰流氓的报应。"玛丁回答："对。可是船上的搭客，难道应当和他同归于尽吗？上帝惩罚了恶棍，魔鬼淹死了无辜。"

法国船和西班牙船继续航行，老实人和玛丁继续辩论，一连辩了半个月，始终没有结果。可是他们总算谈着话，交换着思想，互相安慰着。老实人抚摩着绵羊，说道："我既然能把你找回来，一定也能找回居内贡的。"

第二十一章
老实人与玛丁驶近法国海岸，他们的议论

    终于法国海岸在望了。老实人问："玛丁先生，你到过法国吗？"玛丁回答："到过，我去过好几州。有的州里，半数居民都害着狂疾，有几州民风奸刁得很，有几州的人性情和顺，相当愚蠢，又有几州的人喜欢卖弄才情；全国一致的风气是：第一，谈情说爱，第二，恶意中伤，第三，胡说八道。"——"玛丁先生，你可曾到过巴黎？"——"到过的，那儿可是各色人等，一应俱全了，只看见一片混乱，熙熙攘攘，人人都在寻求快乐，结果没有一个人找到，至少我觉得如此。我没耽搁多久，才到巴黎，身边的钱就给圣·日耳曼节场上的小偷扒光了。人家还把我当做小偷，抓去关了八天牢。以后我进印刷所当校对，想挣一笔路费，拼着两腿走回荷兰。我认识一批写文章的，掀风作浪的，为宗教入迷的，都不是东西。有人说巴黎也有些挺文雅的君子，但愿这话是真的。"

    老实人道："我没兴致游历法国，你不难想象，在黄金国待过一个月的人，除了居内贡小姐之外，世界上什么东西都不想再看了。我要经过法国到意大利，上佛尼市等她，你不陪我走一遭吗？"玛丁道："一定奉陪，听说那地方，只有佛尼市的贵族才住得，可是本地人待外乡人很客气，只要外乡人十二分有钱。我没有钱，你有的是，不论你上哪儿，我都跟着走。"老实人道："我想起一件事要问你，我们的船主有一本厚厚的书，书中说咱们的陆地原本是海洋，你相信吗？"玛丁回答："我才不信呢，近年来流行的那些梦话，我全不信。"

    老实人道："那么干么要有这个世界呢？"——"为了气死我们的。"玛丁回答。老实人又说："我给你讲过大耳人那里有两个姑娘爱上猴子的事，你不觉得奇怪吗？"——"我才不呢。"玛丁说，"我不觉得这种情欲有什么可怪，怪事见得多了，就什么都不以为怪了。"老实人道："你可相信

人一向就互相残杀，像现在这样的吗？一向就是扯谎，欺诈，反复无常，忘恩负义，强取豪夺，懦弱，轻薄，卑鄙，妒羡，馋痨①，酗酒，吝啬，贪婪，残忍，毁谤，淫欲无度，执迷不悟，虚伪，愚妄的吗？"玛丁回答说："你想鹞子看到鸽子是否一向都吃的？"——"那还用说吗？"——玛丁道："既然鹞性不改，为什么希望人性会改呢？"——"噢！那是大不相同的，因为人的意志可以自由选择……"议论之间，他们到了波尔多。

---

① 馋痨：亦作"馋劳"，痨病患者食欲强，故讥人贪食曰"馋痨"。

第二十二章

老实人与玛丁在法国的遭遇

　　老实人在波尔多办了几件事就走了。他在当地卖掉几块黄金国的石子，包定一辆舒服的双人座的驿车，因为他和哲学家玛丁成了形影不离的好友。他不得不把绵羊忍痛割爱，送给波尔多的科学院，科学院拿这头羊作为当年度悬赏征文的题目，要人研究为什么这头羊的毛是红的。得奖的是一个北方学者，他用 A 加 B，减 C，用 Z 除的算式，证明这头羊应当长红毛，也应当害疱疮死的_{此处所谓疱疮原是羊特有的病症。}

　　可是，老实人一路在酒店里遇到的旅客都告诉他："我们上巴黎去。"那股争先恐后的劲，终于打动了老实人的兴致，也想上京域去观光一番了，好在绕道巴黎到弗尼市，并没有多少冤枉路。

　　他从圣·玛梭城关进城，当下竟以为到了威斯发里省内一个最肮脏的村子。

　　老实人路上辛苦了些，一落客店便害了一场小病。因为他手上戴着一只其大无比的钻戒，行李中又有一口重得非凡的小银箱，所以立刻来了两名自告奋勇的医生，几位寸步不离的好友，两个替他烧汤煮水的虔婆。玛丁说："记得我第一次到巴黎也害过病，我穷得很，所以既没有朋友，也没有虔婆，也没有医生，结果我病好了。"

　　又是吃药，又是放血，老实人的病反而重了。一个街坊上的熟客，挺和气的来问他要一份上他世界去的通行证_{此系指忏悔证书。今日旧教徒结婚之前，教会尚限令双方缴纳忏悔证书。街坊上的熟客即暗指教士。}老实人置之不理，两位虔婆说这是新时行的规矩。老实人回答，他不是一个时髦人物。玛丁差点儿把来客摔出窗外，教士赌咒说，老实人死了，决不给他埋葬。玛丁赌咒说，他倒预备埋葬教士，要是教士再纠缠不清。你言我语，越吵越凶。玛丁抓着教士的肩膀，使劲撺了出去。这事闹得沸沸扬扬，连警察局都动了公事。

老实人复元了，养病期间，颇有些上流人士来陪他吃晚饭，另外还赌钱，输赢很大。老实人从来抓不到爱司外国纸牌中普通最大的王牌为 A，读如爱司（As），觉得莫名其妙；玛丁却不以为怪。

老实人的向导中间，有个矮小的班里戈登神甫。巴黎不少像他那样殷勤的人，老是机灵乖巧，和蔼可亲，面皮既厚，说话又甜，极会趋奉人，专门巴结过路的外国人，替他们讲些本地的丑闻秘史，帮他们花大价钱去寻欢作乐。这位班里戈登神甫先带老实人和玛丁去看戏。那日演的是一出新编的悲剧。老实人座位四周都是些才子，但他看到表演精彩的几幕，仍禁不住哭了。休息期间，旁边有位辩士和他说："你落眼泪真是大错特错了：这女戏子演得很糟，搭配的男戏子比她更糟，剧本比戏子还要糟。剧情明明发生在阿拉伯，剧作者却不懂一句阿拉伯文，并且他不信先天观念论笛卡儿的哲学系统以生来自具之观念为意识之内容，此生来自具之观念即名为"先天观念"。明天我带二十本攻击他的小册子给你看。"老实人问神甫："先生，法国每年有多少本新戏？"——"五六千本"——老实人说："那很多了，其中有几本好的呢？"神甫道："十五六本。"玛丁接着道："那很多了。"

有一位女戏子，在一出偶尔还上演的、平凡的悲剧中，串伊丽莎白王后，老实人看了很中意，对玛丁道："我很喜欢这演员，她颇像居内贡小姐，倘使能去拜访她一次，倒也是件乐事。"班里戈登神甫自告奋勇，答应陪他去。老实人是从小受的德国教育，便请问当地的拜见之礼，不知在法国应当怎样对待英国王后。神甫说："那要看地方而定，在内地呢，带她们上酒店；在巴黎，要是她们相貌漂亮，大家便恭而敬之，死了把她们摔在垃圾堆上此段故事系隐指法国有名的女演员勒戈佛渫（1692—1730）事，生前声名藉盛，死后教堂拒绝为之举行葬扎，卒埋于巴黎蒲高涅街路角，塞纳河畔。"老实人嚷起来："怎么，把王后摔在垃圾堆上！"玛丁接口道："是的，神甫说得一点不错。从前莫尼末小姐，像大家说的从此世界转到他世界去的时候，我正在巴黎，那时一般人不许她享受所谓丧葬之礼，所谓丧葬之礼，是让死人跟街坊上所有的小子，躺在一个丑恶不堪的公墓上一同腐烂。莫尼末小姐只能孤零零的埋在蒲高涅街的转角上，她的英魂一定因此伤心透顶的，因为她生前思想很高尚。"老实人道："那太没礼貌了。"玛丁道："有什么办法！这儿的人便是这样。在这个荒唐的国内，不论是政府、法院、教堂、舞台，凡是你想象得到的矛盾都应有尽有。"老实人问："巴黎人是不是老是嘻嘻哈哈的？"神甫回答："是的。他们一边笑，一边生气；他们对什么都不满意，而抱怨诉苦也用打哈哈的方式；他们甚至一边笑一边干着

老实人

最下流的事。"

老实人又道："那混账的胖子是谁？我为之感动下泪的剧本，我极喜欢的演员，他都骂得一文不值。"——"那是个无耻小人，所有的剧本，所有的书籍，他都要毁谤，他是靠此为生的。谁要有点儿成功，他就咬牙切齿，好比太监怨恨作乐的人。那是文坛上的毒蛇，把凶狠仇恨做粮食的，他是个报屁股作家。"——"什么叫作报屁股作家？"——"专门糟蹋纸张的，所谓弗莱隆_{弗莱隆（1719—1776）为法国政论家，终身与百科全书派为敌，攻击服尔德尤为激烈}之流。"神甫回答。

成群的看客拥出戏院，老实人、玛丁、班里戈登，却在楼梯高头大发议论。老实人道："虽则我急于跟居内贡小姐相会，倒也很想和格兰龙小姐吃顿饭，我觉得她真了不起。"

格兰龙小姐只招待上等人，神甫没资格接近。他说：今天晚上她有约会，但是我可以带你去见一位有身份的太太，你在她府上见识了巴黎，就赛过在巴黎住了四年。"

老实人天性好奇，便跟他到一位太太府上，坐落在圣·奥诺雷城关的尽里头，有人在那儿赌法老_{法老是一种纸牌的赌博}：十二个愁眉不展的赌客各自拿着一叠牌，好比一本登记他们恶运的账册。屋内鸦雀无声，赌客脸上暗淡无光，庄家脸上焦急不安，女主人坐在铁面无情的庄家身边，把尖利的眼睛瞅着赌客的加码，谁要把纸牌折个小角儿，她就教他们把纸角展开，神色严厉，态度却很好，决不因之生气，唯恐得罪了主顾。那太太自称为特·巴洛里涅侯爵夫人。她的女儿十五岁，也是赌客之一。众人为了补救牌运而做的手脚，她都眨着眼睛做报告。班里戈登神甫，老实人和玛丁走进屋子，一个人也没站起来，一个人也没打招呼，甚至瞧都不瞧一眼，大家一心都在牌上。老实人说："哼，森特－登－脱龙克男爵夫人还比他们客气一些。"

神甫凑着侯爵夫人耳朵说了几句，她便略微抬了抬身子，对老实人嫣然一笑，对玛丁很庄严的点点头，教人端一张椅子，递一副牌给老实人。玩了两局，老实人输了五万法郎。然后大家一团高兴的坐下吃晚饭。在场的人都奇怪老实人输了钱毫不介意，当差们用当差的俗谈，彼此说着："他准是一位英国的爵爷。"

和巴黎多数的饭局一样，桌上先是静悄悄的，继而你一句我一句，谁也听不清谁，最后是说笑打诨，无非是没有风趣的笑话，无稽的谣言，荒谬的议论，略为谈几句政治，缺德话说上一大堆。也有人提到新出的书。

班里戈登神甫问道："神学博士谷夏先生的小说，你们看到没有？"一位客人回答："看到了，只是没法念完。荒唐的作品，咱们有的是，可是把全体坏作品加起来，还及不上神学博士谷夏的荒唐。这一类恶劣的书泛滥市场，像洪水一般，我受不了，宁可到这儿来睹法老的。"神甫说："教长Ｔ某某写的随笔，你觉得怎么样？"巴洛里涅太太插嘴道："噢！那个可厌的俗物吗？他把老生常谈说得非常新奇；把不值一提的东西讨论得酸气冲天；剽窃别人的才智，手段又笨拙透顶，简直是点金成铁！他教我讨厌死了！可是好啦，现在用不着我讨厌了，教长的大作只要翻过几页就够了。"

桌上有位风雅的学者，赞成侯爵夫人的意见。接着大家谈到悲剧，女主人问，为什么有些悲剧还能不时上演，可是剧本念不下去。那位风雅的人物，把一本戏可能还有趣味而毫无价值的道理，头头是道的解释了一番。他很简括的说明，单单拿每部小说都有的，能吸引观众的一二情节搬进戏文，是不够的，还得新奇而不荒唐，常常有些崇高的境界而始终很自然，识透人的心而教这颗心讲话，剧作者必须是个大诗人而剧中并不显得有一个诗人，深得语言三昧，文字精练，从头至尾音韵铿锵，但决不让韵脚妨碍意义。他又补充说："谁要不严格遵守这些规则，他可能写出一二部悲剧博得观众掌声，却永远算不得一个好作家。完美的悲剧太少了，有些是文字写得不差，韵押得很恰当的牧歌；有些是教人昏昏欲睡的政论，或者是令人作恶的夸张；又有些是文理不通，中了邪魔的梦呓；再不然是东拉西扯，因为不会跟人讲话，便长篇大论的向神道大声疾呼；还有似是而非的格言，张大其辞的陈言俗套。"

老实人聚精会神的听着，以为那演说家着实了不起。既然侯爵夫人特意让他坐在身旁，他便凑到女主人耳畔，大着胆子问，这位能言善辩的先生是何等人物。她回答说："他是一位学者，从来不入局赌钱，不时由神甫带来吃顿饭的。他对于悲剧和书本非常内行，自己也写过一出悲剧，被人大喝倒彩，也写过一部书，除掉题赠给我的一本之外，外边从来没有人看到过。"老实人道："原来是个大人物！不愧为邦葛罗斯第二。"

于是他转过身去，朝着学者说道："先生，你大概认为物质世界和精神领域都十全十美，一切都是不能更改的罢？"学者答道："我才不这么想呢，我觉得我们这里一切都倒行逆施，没有一个人知道他自己的身份，自己的责任，知道他做些什么，应当做什么。除了在饭桌上还算痛快，还算团结以外，其余的时候大家都喧呶争辩，无理取闹：扬山尼派攻击莫利尼派莫利尼派为耶稣会中的一支，16 世纪时由耶稣会神学家莫利尼创立，以调和人的自由与神的恩宠为主要学说，司法界攻击教会，文人攻击文人，幸臣攻击幸臣，金融家攻击老百姓，妻子攻击丈夫，亲戚攻击亲戚，简直是一场无休无歇的战争。"

老实人回答说："我见过的事比这个恶劣多呢，可是有位倒了楣被吊死的哲人，告诉我这些都十全十美，都是一幅美丽的图画的影子。"玛丁道："你那吊死鬼简直是嘲笑我们，你所谓影子其实是丑恶的污点。"老实人说："污点是人涂上去的，他们也是迫不得已。"玛丁道："那就不能怪他们了。"大半的赌客完全不懂他们的话，只顾喝酒，玛丁只管和学者辩论，老实人对主妇讲了一部分自己的经历。

吃过晚饭，侯爵夫人把老实人带到小房间里，让他坐在一张长沙发上，问道："喂，这么说来，你是一往情深，永远爱着居内贡小姐了？"——"是的，"老实人回答。侯爵夫人对他很温柔的一笑："你这么回答，表示你真是一个威斯发里的青年，换了一个法国人，一定说：我果然爱居内贡小姐，可是见了你，太太，我恐怕要不爱她了。"老实人说："好罢，太太，你要我怎样回答都行。"侯爵夫人又道："你替居内贡小姐捡了手帕才动情的，现在我要你替我捡吊袜带。"——"敢不遵命，"老实人说着，便捡了吊袜带。那太太说："我还要你替我扣上去。"老实人就替她扣上了。太太说："你瞧，你是个外国人，我常常教那些巴黎的情人害上半个月的相思病，可是我第一夜就向你投降了，因为对一个威斯发里的年轻人，我们应当竭诚招待。"美人看见外国青年两手戴着两只大钻戒，不由得赞不绝口。临了两只钻戒从老实人手上过渡到了侯爵夫人手上。

老实人做了对不起居内贡小姐的事，和班里戈登神甫一路回去，一路觉得良心不安，神甫对他的痛苦极表同情。老实人在赌台上输的五万法郎和两只半送半骗的钻戒，神甫只分润到一个小数目。他存心要利用结交老实人的机会，尽量捞一笔，便和他大谈其居内贡。老实人对他说，将来在佛尼市见了爱人，一定要求她饶恕他的不忠实。

班里戈登变得格外恭敬，格外体贴了，老实人说什么，做什么，打算做什么，神甫都表示热心和关切。

他问老实人："那么先生，你是在佛尼市有约会了？"老实人答道："是啊，神甫，我非到佛尼市去跟居内贡小姐相会不可。"他能提到爱人真是太高兴了，所以凭着心直口快的老脾气，把自己和大名鼎鼎的威斯发里美人的情史，讲了一部分。

神甫说："大概居内贡小姐极有才气，写的信也十分动人罢？"老实人道："我从来没收到过，你想，我为了钟情于她而被赶出爵府的时候，我不能写信给她。不久听说她死了，接着又和她相会，又和她分手，最后我在离此一万多里的地方，派了一个当差去接她。"

神甫留神听着，若有所思。不一会他和两个外国人亲热的拥抱了一下，告辞了。第二天，老实人睁开眼来就收到一封信，措辞是这样的：

> 我最亲爱的情人，我病在此地已有八天了，听说你也在城中。要是我能动弹，早已飞到你怀抱里来了。我知道你路过波尔多，我把忠心的加刚菩和老婆子留在那边，让他们随后赶来。布韦诺斯·爱累斯总督把所有的宝物都拿去了，可是我还有你的一颗心。快来罢，见了你，我就有命了，要不然我也会含笑而死。

这封可爱的信，这封意想不到的信，老实人看了说不出的欢喜，心爱的居内贡病倒的消息又使他痛苦万分。老实人被两种情绪搅乱了，急忙拿着黄金钻石，教人把他和玛丁两个带往居内贡的旅馆。他走进去，紧张得全身打战①，心儿乱跳，说话带着哭声，他想揭开床上的帐幔，教人拿支蜡烛过来。"不行，见了光她就没有命了，"女用人说着，猛的把帐幔放下了。老实人哭道："亲爱的居内贡，你觉得好些吗？你不能见我的面，至少跟我说句话呀。"女用人道："她不能说话。"接着她从床上拉出一只滚圆的手，让老实人把眼泪浇在上面，浇了半天，他拿几颗钻石塞在那只手里，又在椅子上留下一袋黄金。

他正在大动感情，忽然来了一个差官，后面跟着班里戈登神甫和几名差役。差官道："嘿！这两个外国人形迹可疑！"随即喝令手下的人把他们逮捕，押往监狱。老实人道："黄金国的人可不是这样对待外客的。"玛丁道："啊！我更相信马尼教了。"老实人问："可是，先生，你把我们带往哪儿去呢？"——"进地牢去，"差官回答。

玛丁定下心神想了想，断定冒充居内贡的是个女骗子，班里戈登神甫是个男骗子，他看出老实人天真不过，急于下手；差官又是一个骗子，可是容易打发的。

---

① 打战：指战栗、颤抖。

为了避免上公堂等等的麻烦，老实人听了玛丁劝告，又急于和货真价实的居内贡相会，便向差官提议送他三颗小钻，每颗值三千比斯多。差官说道："啊，先生，哪怕你十恶不赦，犯尽了所有的罪，你也是世界上第一个规矩人，三颗钻石！三千比斯多一颗！我替你卖命都来不及，怎么还会把你送地牢？公家要把外国人全部抓起来，可是我有办法，我有个兄弟住在诺曼地的第埃普海港，让我带你去，只要你有几颗钻石给他，他会像我一样的侍候你。"

老实人问："为什么要把外国人都抓起来呢？"班里戈登神甫插嘴道："因为有个阿德雷巴西的光棍此系作者影射达眠安事件：1757 年 1 月 5 日，一个精神不健全的乡下人，名叫达眠安，以小刀刺伤路易十五，卒被凌迟处死，听了混账话，做了大逆不道的事，不是像 1610 年 5 月的案子，而是像 1594 年 12 月的那件1594 年 12 月，亨利四世被约翰·夏丹行刺；又于 1610 年 5 月，被拉伐伊阿克行刺，重伤死亡。以上各案均与 16 世纪时宗教斗争有关，还有像别的一些案子，是别的光棍听了混账话，在别的年份别的月份犯的。"

差官把案情1757 年达眠安处死以前，备受酷刑；拿过凶器的手被用火焚烧，又浇以沸油及熔化的铅解释给老实人听，老实人叫道："啊！这些野兽！一个整天唱歌跳舞的国家，竟有这样惨无人道的事！这简直是猴子耍弄老虎的地方，让我快快逃出去罢。我在本乡见到的是大熊，只有在黄金国才见过人！差官先生，看上帝份上，带我上佛尼市罢，我要在那儿等居内贡小姐。"差官道："我只能送你上诺曼地。"① 当下教人开了老实人和玛丁的脚镣，说是误会了，打发了手下的人，亲自把两人送往诺曼地，交给他兄弟。那时港中泊着一条荷兰船。靠了另外三颗钻石帮忙，诺曼地人马上成为天下第一个热心汉，把老实人和玛丁送上船，开往英国的朴次茅斯海港。那不是到佛尼市去的路，但老实人以为这样已经逃出了地狱，打算一有机会就取道上佛尼市。

---

① 诺曼地：现通译"诺曼底"。

第二十三章

老实人与玛丁在
英国海岸上见到的事

"啊,邦葛罗斯!邦葛罗斯!啊,玛丁!玛丁!啊,亲爱的居内贡!这是什么世界呀?"老实人在荷兰船上这么叫着。玛丁答道:"都是些疯狂丑恶的事儿。"——"你到过英国,那边的人是不是跟法国人一样疯狂的?"——玛丁道:"那是另外一种疯狂。英法两国正为了靠近加拿大的几百亩雪地打仗,为此英勇的战争所花的钱,已经大大超过了全加拿大的价值。该送疯人院的人究竟哪一国更多,恕我资质愚钝,无法奉告。我只知道我们要遇到的人性情忧郁,肝火很旺。"

说话之间,他们进了朴次茅斯港,港内泊着舰队。岸上人山人海,睁着眼睛望着一个胖子,他跪在一条兵船的甲板上,四个兵面对着他,每人若无其事的朝他脑袋放了三枪。岸上的看客便心满意足的回去了。老实人道:"怎么回事呀?哪个魔鬼这样到处发威的?"他向人打听,那个在隆重的仪式中被枪毙的胖子是谁。"是个海军提督影射1757年3月英国海军提督平格被杀事,因平格于1756年与法国舰队作战败绩,"有人回答。"为什么要杀他呢?"——"因为他杀人杀得不够,他和一个法国海军提督作战,离开敌人太远了。"老实人道:"可是法国提督离开英国提督不是一样远吗?"旁边的人回答:"不错;可是这个国家,每隔多少时候总得杀掉个把海军提督,鼓励一下别的海军提督。"

老实人对于所见所闻,又惊骇,又厌恶,简直不愿意上岸。当下跟荷兰船主讲妥价钱,把船直放佛尼市,哪怕这船主会像苏利南的那个一样的拐骗他,也顾不得了。

两天以后,船主准备停当,把船沿着法国海岸驶去,远远望见里斯本的时候,老实人吓得直打哆嗦。接着进了海峡,驶入地中海,终于到了佛尼市。老实人搂着玛丁叫道:"哎啊!谢谢上帝!这儿我可以和美人居内贡相会了。我相信加刚菩跟相信我自己一样。苦尽甘来,否极泰来,不是样样都十全十美了吗?"

第二十四章

巴该德与奚罗弗莱的故事

　　老实人一到佛尼市，就着人到所有的酒店、咖啡馆、妓院去找加刚菩，不料影踪全无。他每天托人去打听大小船只，只是没有加刚菩的消息。他对玛丁说："怎么的！我从苏利南到波尔多，从波尔多到巴黎，从巴黎到第埃普，从第埃普到朴次茅斯，绕过了葡萄牙和西班牙的海岸，穿过地中海，在佛尼市住了几个月：这么长久的时间，我的美人儿和加刚菩还没到！我非但没遇到居内贡，倒反碰上了一个女流氓和一个班里戈登神甫！她大概死了罢，那我也只有一死了事。啊！住在黄金国的乐园里好多了，不应当回到这该死的欧洲来的。亲爱的玛丁，你说得对，人生不过是些幻影和灾难。"

　　他郁闷不堪，既不去看时行的歌剧，也不去欣赏狂欢节的许多游艺节目，也没有一个女人使他动心。玛丁说："你太傻了，你以为一个混血种的当差，身边带着五六百万，真会到天涯海角去把你的情妇接到佛尼市来吗？要是找到的话，他就自己消受了。要是找不到，他也会另找一个。我劝你把你的当差和你的情人居内贡，一齐丢开了罢。"玛丁的话只能教人灰心。老实人愈来愈愁闷，玛丁还再三向他证明，除了谁也去不了的黄金国，德行与快乐在世界上是很少的。

　　一边讨论这个大题目，一边等着居内贡，老实人忽然瞧见一个年轻的丹阿德会 丹阿德会为旧教中的一派，16 世纪时由丹阿多主教创立 修士，搀着一位姑娘在圣·马克广场上走过。修士年富力强，肥肥胖胖，身体精壮结实，眼睛很亮，神态很安详，脸色很红润，走路的姿势也很威武。那姑娘长得很俏，嘴里唱着歌，脉脉含情的瞧着修士，常常拧他的大胖脸表示亲热。老实人对玛丁道："至少你得承认，这两人是快活的了。至此为止，除了黄金国以外，地球上凡是人住得的地方，我只看见苦难；但这个修士和这个姑娘，我敢打赌是挺幸福的人。"玛丁道："我打赌不是的。"老实人说：

"只要请他们吃饭，就可知道我有没有看错了。"

他过去招呼他们，说了一番客套话，请他们同到旅馆去吃通心粉、龙巴地鹧鸪、鲟鱼蛋，喝蒙德毕岂阿诺酒，拉克利玛－克利斯底酒，希普酒，萨摩酒。小姐红了红脸，修士却接受了邀请；女的跟着他，又惊异又慌张的瞧着老实人，甚至于含着一包眼泪。才跨进老实人的房间，她就说："怎么，老实人先生认不得巴该德了吗？"老实人原来不曾把她细看，因为一心想着居内贡，听了这话，回答说；"唉！可怜的孩子，原来是你把邦葛罗斯博士弄到那般田地的？"巴该德道："唉，先生，是呀。怪道你什么都知道了。我听到男爵夫人和居内贡小姐家里遭了横祸。可是我遭遇的残酷也不相上下。你从前看见我的时候，我还天真烂漫。我的忏悔师是一个芳济会修士，轻易就把我勾搭上了。结果可惨啦，你被男爵大人踢着屁股赶走以后，没几天我也不得不离开爵府。要不是一个本领高强的医生可怜我，我早死了。为了感激，我做了这医生的情妇。他老婆妒忌得厉害，天天下毒手打我，像发疯一样。医生是天底下顶丑的男人，我是天底下顶苦的女人，为了一个自己并不喜欢的男人整天挨打。先生，你知道，泼妇嫁给医生是很危险的。他受不了老婆的凶悍，有天给她医小伤风，配了一剂药，灵验无比，她吃下去抽搐打滚，好不怕人，两小时以内就送了命。太太的家属把先生告了一状，说他谋杀，他逃了，我坐了牢。倘不是我还长的俏，尽管清白无辜也救不了我的命。法官把我开脱了，条件是由他来顶医生的缺。不久一位情敌又补了我的缺，把我赶走，一个钱也没给。我只得继续干这个该死的营生。你们男人以为是挺快活的勾当，我们女人只觉得是人间地狱。我到佛尼市来也是做买卖的。啊！先生，不管是做生意的老头儿，是律师，是修士，是船夫，是神甫，我都得赔着笑脸侍候。无论什么耻辱，什么欺侮，都得准备捱受。往往衣服都没有穿了，借着别人的裙子走出去，让一个混账男人撩起来。从东家挣来的钱给西家偷去，衙门里的差役还要来讹诈你，前途有什么指望呢？还不是又老又病，躺在救济院里，扔在垃圾堆上！先生，你要想想这个滋味，就会承认我是天底下最苦命的女人了。"

巴该德在小房间里，当着玛丁对老实人说了这些知心话。玛丁和老实人道："你瞧，我赌的东道已经赢了一半。"

奚罗弗莱修士坐在饭厅里，喝着酒等开饭。老实人和巴该德道："可是我刚才碰到你，你神气多快活，多高兴，你唱着歌，对教士那么亲热，好像是出于真心的，你自己说苦得要命，我看你倒是乐得很呢。"巴该德答道："啊！先生，那又是我们这一行的苦处呀。昨天一个军官抢了我的钱，揍了我一顿，今天就得有说有笑的讨一个修士喜欢。"

老实人不愿意再听了，他承认玛丁的话不错。他们跟巴该德和丹阿德修士一同入席，饭桌上大家还高兴，快吃完的时候，说话比较亲密了。老实人道："神甫，我觉得你的命很不差，大可羡慕，你的脸色表示你身体康健，心中快乐，又有一个挺漂亮的姑娘陪你散心，看来你对丹阿德修士这个职业是顶满意的了。"

奚罗弗莱修士答道："嘿，先生，我恨不得把所有的丹阿德修士都沉到海底去呢。我几次三番想把修道院一把火烧掉，去改信回回教。我十五岁的时候，爹娘逼我披上这件该死的法衣，好让一个混账的、天杀的哥哥多得一份产业。修道院里只有妒忌、倾轧、疯狂。我胡乱布几次道，挣点儿钱，一半给院长克扣，一半拿来养女人。但我晚上回到修道院，真想一头撞在卧房墙上，而我所有的同道都和我一样。"

玛丁转身朝着老实人，照例很冷静的说道："喂，我赌的东道不是全赢了吗？"老实人送了两千银洋给巴该德，送了一千给奚罗弗莱修士，说道："我担保，凭着这笔钱，他们就快乐了。"玛丁道："我可不信，这些钱说不定把他们害得更苦呢。"老实人道："那也管不了，可是有件事我觉得很安慰：你以为永远不会再见的人竟会再见。既然红绵羊和巴该德都遇到了，很可能也会遇到居内贡。"玛丁说："但愿她有朝一日能使你快活，可是我很怀疑。"——"你的心多冷，"老实人说。——"那是因为我事情经得多了，"玛丁回答。

老实人道："你瞧那些船夫，不是老在唱歌吗_{佛尼市游艇有名于世，舟子之善歌亦有名于世}？"玛丁道："你没瞧见他们在家里，跟老婆和小娃娃们在一起的情形呢。执政_{佛尼市共和城邦的政府首长，自 7 世纪至 18 世纪末均称 Doge，原义为公爵，但易与普通的公爵相混，故暂译做"执政"}有执政的烦恼，船夫有船夫的烦恼。固然，通盘算起来，还是船夫的命略胜一筹，可是也相差无几，不值得计较。"

老实人道："外边传说这里有位元老，叫作波谷居朗泰，住着勃朗泰河上那所华丽的王府，招待外国人还算客气。听说他是一个从来没有烦恼的人。"玛丁说："这样少有的品种，我倒想见识见识。"老实人立即托人向波谷居朗泰大人致意，要求准许他们第二天去拜访。

第二十五章

佛尼市贵族波谷居朗泰访问记

　　老实人和玛丁坐着游艇，驶进勃朗泰河，到了元老波谷居朗泰的府上。花园布置得很雅，摆着美丽的白石雕像。王府建筑极其宏丽。主人年纪六十左右，家财巨万，接见两位好奇的来客颇有礼貌，可并不热烈。老实人不免有点局促，玛丁倒还觉得满意。

　　两个相貌漂亮，衣着大方的姑娘，先端上泡沫很多的巧克力敬客。老实人少不得把她们的姿色，风韵和才干，称赞一番。元老说道："这两个姑娘还不错，有时我让她们睡在我床上，因为我对城里的太太们，对她们的风情，脾气，妒忌，争吵，狭窄，骄傲，愚蠢，还有非给她们写不可的，或者非教人写不可的十四行诗，都厌倦透顶，可是这两个姑娘也教我起腻了。"

　　吃过早点，老实人在画廊中散步，看着美不胜收的画惊叹不已。他问那开头的两幅是谁的作品。主人说："那是拉斐尔的。几年前，为了虚荣我花大价钱买了来，据说是全意大利最美的东西，我却一点不喜欢，颜色已经暗黄了，人体不够丰满，表现得不够有力，衣褶完全不像布帛。总而言之，不管别人怎么说，我觉得这两幅画不够逼真。一定要像看到实物一样的画，我才喜欢，但这种作品简直没有。我藏着不少画，早就不看了。"

　　饭前，波谷居朗泰教人来一支合奏曲。老实人觉得音乐美极了。波谷居朗泰道："这种声音可以让你消遣半个钟点，再多，大家就听厌了，虽然没有一个人敢说出来。现在的音乐，不过是以难取胜的艺术，仅仅是难奏的作品，多听几遍就没人喜欢。

　　"我也许更爱歌剧，要不是人家异想天开，把它弄成怪模怪样的教我生气。那些谱成音乐的要不得的悲剧，一幕一幕只是没来由的插进几支可笑的歌，让女戏子卖弄嗓子：这种东西，让爱看的人去看罢。一个阉割的男人哼哼唧唧，扮演凯撒或加东，在台上愣头傻脑的踱方步：谁要愿意，谁要能够，对这种东西低徊叹赏，尽管去低徊叹赏。至于我，我久已不愿领教了。这些浅薄无聊的玩艺儿，如今却成为意大利的光荣，各国的君主还不惜重金罗致呢。"老实人很婉转的，略微辩了几句。玛丁却完全赞成元老的意见。

他们吃了一餐精美的饭，走进书房。老实人瞥见一部装订极讲究的《荷马全集》，便恭维主人趣味高雅。他说："这一部是使伟大的邦葛罗斯，德国最杰出的哲学家，为之陶醉的作品。"波谷居朗泰冷冷的答道："我并不为之陶醉。从前人家硬要我相信这作品很有趣味，可是那些翻来覆去，讲个不休的大同小异的战争，那些忙忙碌碌而一事无成的神道，那战争的祸根，而还够不上做一个女戏子的海仑，那老是围困而老是攻不下的脱洛阿城，都教我厌烦得要死。有时候我问几位学者，是不是看了这书跟我一样发闷。凡是真诚的都承认看不下去，但书房中非有一部不可，好比一座古代的纪念碑，也好比生锈而市面上没人要的古徽章。"

老实人问："大人对维琪尔的见解不是这样罢?"波谷居朗泰答道："我承认他的《埃奈伊特》拉丁诗人维琪尔（公元前70—19年）著有未完成的史诗《埃奈伊特》①，叙述荷马史诗中的英雄定居意大利的故事，以埃奈伊为主角。全书完成的有十二卷第二、第四、第六各卷都很精彩，但是那虔诚的埃奈伊，勇武的格劳昂德，好友阿夏德，小阿斯加尼于斯，昏君拉底奴斯，庸俗的阿玛太，无聊的拉维尼亚，却是意趣索然，令人生厌。我倒更喜欢塔索和阿利渥斯托笔下那些荒诞不经的故事意大利诗人塔索（1544—1595），著有史诗《耶路撒冷之解放》。诗人阿利渥斯托（1474—1533）著有长诗《狂怒的洛朗》。"

老实人道："恕我冒昧，先生读荷拉斯是不是极感兴趣呢?"波谷居朗泰回答："不错，他写了些格言，对上流人物还能有点益处，而且是用精悍的诗句写的，比较容易记。可是他描写勃兰特的旅行，吃得挺不舒服的饭，两个粗人的口角，说什么一个人好比满口脓血，另外一个好比一嘴酸醋等等，我都懒得理会。他攻击老婆子和女巫的诗，粗俗不堪，我只觉得恶心。他对他的朋友曼塞纳说，如果自己能算得一个抒情诗人，一定高傲得昂然举首，上触星辰：这等话我也看不出有什么价值拉丁诗人荷拉斯（公元前65—前8年）与当时皇帝奥古斯德为友②，尤受政治家曼塞纳知遇；荷拉斯曾于有名的献词中，言人各有愿望理想，己之理想则为抒情诗人。愚夫愚妇对于一个大名家的东西，无有不佩服的。可是我读书只为我自己，只有合我脾胃的才喜欢。"老实

---

① 维琪尔：现通译"维吉尔"，其史诗名著又译《埃涅阿斯纪》。

② 荷拉斯：亦译"贺拉斯"。

人所受的教育，使他从来不会用自己的眼光判断，听了主人的话不由得大为惊奇，玛丁却觉得波谷居朗泰的思想方式倒还合理。

老实人忽然叫道："噢！这儿是一部西塞罗_{西塞罗（公元前106—前43年）为}罗马共和时代之政治家、演说家；这个大人物的作品，阁下想必百读不厌罢？"那弗尼市元老说："我从来不看的。他替拉皮里于斯辩护也罢，替格鲁昂丢斯辩护也罢，反正跟我不相干。我自己经手的案子已经多得很了，我比较惬意的还是他的哲学著作，但看到他事事怀疑，我觉得自己的知识跟他相差不多，也用不着别人再来把我教得愚昧无知了。"

"啊！"玛丁叫道："这儿还有科学院出版的二十四册丛刊，也许其中有些好东西罢？"波谷居朗泰说道："哼，只要那些作家中间有一个，能发明做别针的方法，就算是好材料了，可是这些书里只有空洞的学说，连一种实用的学识都找不到。"

老实人道："这里又是多少剧本啊！有意大利文的，有西班牙文的，有法文的。"元老回答："是的，一共有三千种，精彩的还不满三打。至于这些说教的演讲，全部合起来还抵不上一页赛纳克_{赛纳克（公元前4年—公元65年）为罗马时代哲学家，遗著除哲学论文外，尚有讽刺文集}，还有那批卷帙浩繁的神学书，你们想必知道我是从来不翻的，不但我，而且谁也不翻的。"

玛丁看到书架上有好几格都插着英文书，便道："这些书多半写的毫无顾忌，阁下既是共和城邦的人，想必喜欢的罢？"波谷居朗泰回答说："不错，能把自己的思想写出来是件美事，也是人类独有的权利。我们全意大利的人，笔下写的却不是心里想的。凯撒与安东尼的同乡，没有得到多明我会修士的准许，就不敢自己转一个念头。启发英国作家灵感的那种自由，倘不是被党派的成见与意气，把其中一切有价值的部分糟蹋了，我一定会喜爱的。"

老实人看见一部《弥尔敦诗集》①，便问在他眼里，这作家是否算得大人物。波谷居朗泰说道："谁？他吗？这野蛮人用生硬的诗句，为《创世纪》第一章写了十大章注解：这个模仿希腊作家的俗物把创造世界的本事弄得面目全非，摩西明明说上帝用言语造出世界的，那俗物却教弥赛亚到天堂的柜子里，去拿一个圆规来画出世界的轮廓_{《创世纪》第一章有"神说：要有光，就有光"等等之语，故基督教素来认为上帝是用言语创造世界的。摩西相传为《创世纪》的作者，今人考证，则谓《创世纪》系犹太人于公元6世纪时得之于巴比伦传说。弥尔敦诗}

———————————

① 弥尔敦：现通译"弥尔顿"，英国诗人，政论家。

中（《失乐园》）则谓弥赛亚（意为神之子）以金圆规画出世界，使有边际，不致浩瀚无涯！我会把他当做大人物吗？塔索笔下的魔鬼和地狱都给他糟蹋了 魔鬼虽从基督教观念中来，塔索写之仍用异教徒笔法，与古代拉丁诗人同；不若弥尔敦之形容魔鬼，高踞于地狱之中，横卧于火湖之上，半沉半浮，身遭缧绁。以纯粹古典趣味之服尔德观之，弥尔敦与塔索之描写，自有雅俗之分。魔鬼有许多名字，吕西番其一也，吕西番一忽儿变了癞蛤蟆，一忽儿变了小矮子，一句话讲到上百次。还要辩论神学，阿利渥斯托说到火枪的发明，原是个笑话，他却一本正经的去模仿，教魔鬼们在天上放大炮 阿利渥斯托在《狂怒的洛朗》（在意大利文则为《狂怒的奥朗多》）中曾谓弗列查（Friza）之王有一兵器（火枪）举世莫敌。弥尔敦于《失乐园》中称魔鬼发明枪炮以攻天堂。这样的人我会敬重吗？不用说我，全意大利也没有人喜欢这种沉闷乏味，无理取闹的作品。什么罪恶与死亡的结合，什么罪恶生产的毒蛇 此为服尔德误忆。《失乐园》第十卷中仅言邪恶与死在地狱中等候，一知撒旦诱亚当与夏娃堕落一事成功，即结伴同贺，并未提及结婚。撒旦返地狱，自夸功绩，上帝罚之忽为蛇形，手下诸魔亦变为蛇，并非邪恶所生产，只要口味比较文雅一些的人都会看了作呕，他描写病院的长篇大论，只配筑坟墓的工人去念 《失乐园》第十一卷，天使弥盖尔示亚当以将来世界，有病院中各种呻吟痛苦之状。这部晦涩、离奇、丑恶的诗集，一出世就教人瞧不起，我现在对待他的态度，跟他同时代的本国人一样。并且，我只知道说出自己的思想，决不理会别人是否跟我一般思想。"老实人听了这话大为懊丧，他是敬重荷马，也有点喜欢弥尔敦的。他轻轻的对玛丁道："唉，我怕这家伙对我们的德国诗人也不胜鄙薄呢。"玛丁道："那也何妨？"老实人又喃喃说道："噢！了不起的人物！这波谷居朗泰竟是个大天才！他对什么都不中意。"

他们把书题过目完了，下楼到花园里去。老实人把园子的美丽极口称赞了一番。主人道："这花园恶俗不堪，只有些无聊东西，明儿我就叫人另起一所，布置得高雅一些。"

两个好奇的客人向元老告辞了，老实人对玛丁说："喂！这一回你总得承认见到了一个最快乐的人罢？因为他一无所惑，超脱一切。"玛丁道："你不看见他对自己所有的东西都厌恶吗？柏拉图早说过，这个不吃，那个不受的胃，决不是最强健的胃。"老实人道："能批评一切，把别人认为美妙的东西找出缺点来，不也是一种乐趣吗？"玛丁回答："就是说把没有乐趣当做乐趣，是不是？"老实人叫道："啊！世界上只有我是快乐的，只要能和居内贡小姐相会。"——"能够希望总是好的，"玛丁回答。

可是几天过去了，几星期过去了，加刚菩始终不回来。老实人陷在痛苦之中，甚至巴该德和奚罗弗莱修士谢都没来谢一声，他也不以为意。

第二十六章

老实人与玛丁和六个外国人同席，
外国人的身份

一天晚上，老实人和玛丁两人，正要和几个同寓的外国人吃饭，一个皮色像煤烟似的人从后面过来，抓着他的手臂，说道："请你准备停当，跟我们一起走，别错过了。"老实人掉过头来，一看是加刚菩。他惊喜交集的情绪，只比见到居内贡差一点。他几乎快乐得发疯，把朋友拥抱着叫道："啊！居内贡一定在这里了，在哪儿呢？快点带我去，让我跟她一块儿欢天喜地的快活一阵。"加刚菩道："居内贡不在这里，她在君士坦丁堡。"——"啊！天哪！在君士坦丁堡！不过哪怕她在中国，我也要插翅飞去，咱们走罢。"加刚菩答道："我们吃过晚饭才走，现在不能多谈，我做了奴隶，主人等着我，我得侍候他用餐，别多讲话，快去吃饭，准备出发。"

老实人一半快乐一半痛苦：高兴的是遇到了他忠心的使者，奇怪的是加刚菩变了奴隶，他只想着跟情人相会，心乱得很，头脑搅昏了。当下他去吃饭，同桌的是玛丁——他看到这些事，态度是很冷静的——还有到佛尼市来过狂欢节的六个外国人。

加刚菩替内中的一个外国人管斟酒，席终走近他的主人，凑着耳朵说道："陛下随时可以动身了，船已经准备停当。"说完便出去了。同桌的人诧异之下，一声不出，彼此望了望。另外一个仆人走近他的主人，说道："陛下的包车在巴杜等着，渡船已经准备好了。"主人点点头，仆人走了。同桌的人又彼此望了望，觉得更奇怪了。第三个用人也走近第三个外国人，说道："陛下不能多留了，我现在就去准备一切。"说完也马上走了。

老实人和玛丁，以为那是狂欢节中乔装取笑的玩艺。第四个仆人和第四个主人说："陛下随时可以动身了。"然后和别人一样，出去了。第五个用人对第五个主人也是这一套。但第六个用人，对坐在老实人旁边的第六个主人说的话大不相同："陛下，人家不肯再赊账了，今天晚上我和陛下都可能关进监狱，我现在去料理一些私事，再见罢。"

六个仆人都走了，老实人，玛丁和六个外国人，都肃静无声。最后，老实人忍不住开口道："诸位，这个取笑的玩艺儿真怪，为什么这个那个，你们全是国王呢？老实说，我和玛丁两个可不是的。"

加刚菩的主人一本正经用意大利文说道："我不是开玩笑，我是阿赫美特三世，做过好几年苏丹，我篡了我哥哥的王位，我的侄儿又篡了我的王位；我的宰相都砍了头，我如今在冷宫里养老。我的侄儿谟罕默德苏丹有时让我出门疗养①，这一回是到佛尼市来过狂欢节的。"

阿赫美特旁边的一个青年接着说："我叫作伊凡，从前是俄罗斯皇帝，在摇篮中就被篡位了，父母都被幽禁，我是在牢里长大的。有时我可以由看守的人陪着，出门游历。这一回是到佛尼市来过狂欢节的。"

第三个人说道："我是英王查理－爱德华，父亲把王位让给我，我奋力作战维持我的权利。人家把我手下的八百党羽挖出心来，打在他们脸上，把我下了狱。现在我要上罗马去看我的父王，他跟我和我的祖父一样是被篡位的。这回我到佛尼市来过狂欢节。"

第四个接着说："我是波拉葛 17世纪时服役法国的波兰骑兵叫作波拉葛 的王，因为战事失利，丢了世袭的国土。我父亲也是同样的遭遇，如今我听天由命，像阿赫美特苏丹，伊凡皇帝，英王查理－爱德华一样，但愿上帝保佑他们长寿。这回我是到佛尼市来过狂欢节的。"

第五个说："我也是波拉葛的王，丢了两次王位，但上帝给了我另外一个行业，我做的好事，超过所有萨尔玛德王在维斯丢拉河边做的全部好事，我也是听天由命。这一回是到佛尼市来过狂欢节的。"

那时轮到第六个王说话了。他道："诸位，我不是像你们那样的天潢贵胄，但也做过王，像别的王一样。我叫作丹沃陶，高斯人立我为王。当初人家称我陛下，现在称我先生都很勉强。我铸过货币，如今囊无分文；有过两位国务大臣，结果只剩一个跟班；我登过宝座，后来却在伦敦坐了多年的牢，睡在草垫上。我很怕在这儿会受到同样的待遇，虽则我和诸位陛下一样，是到佛尼市来过狂欢节的。"

其余五个王听了这番话非常同情，每人送了二十金洋给丹沃陶添置内

---

① 苏丹：某些伊斯教国家最高统治者的称号。

外衣服。老实人送了价值两千金洋的一枚钻石。五个王问道："这位是谁？一个平民居然拿得出一百倍于你我的钱，而且肯随便送人！"

离开饭桌的时候，旅馆里又到了四位太子殿下，也是因战事失利，丢了国家，到佛尼市来过最后几天的狂欢节的。老实人对新来的客人根本没注意。他一心只想到君士坦丁堡去见他心爱的居内贡。

第二十七章

老实人往君士坦丁堡

忠心的加刚菩，和载送阿赫美特苏丹回君士坦丁堡的船主讲妥，让老实人和玛丁搭船同行。老实人和玛丁向落难的苏丹磕过头，便出发上船。一路老实人对玛丁说："你瞧，和我们一同吃饭的竟有六个废王，内中一个还受我布施。更不幸的王侯，说不定还有许多。我啊，我不过丢了一百头绵羊，现在却是飞到居内贡怀抱中去了。亲爱的玛丁，邦葛罗斯毕竟说得不错：万事大吉。"玛丁道："但愿如此。"老实人道："可是我们在佛尼市遇到的事也真怪。六位废王在客店里吃饭，不是见所未见，闻所未闻吗？"玛丁答道："也未必比我们别的遭遇更奇。国王被篡位是常事，我们叨陪末座，和他们同席，也没什么了不起，不足挂齿。"

老实人一上船，就搂着他从前的当差，好朋友加刚菩的脖子。他说："哎，居内贡怎么啦？还是那么姿容绝世吗？照旧爱我吗？她身体怎么样？你大概在君士坦丁堡替她买了一所行宫罢？"

加刚菩回答："亲爱的主人，居内贡在普罗篷提特海边洗碗，在一位并没多少碗盏的废王家里当奴隶，废王名叫拉谷斯基，每天从土耳其皇帝手里领三块钱过活。更可叹的是，居内贡变得奇丑无比了。"老实人道："啊，美也罢，丑也罢，我是君子人，我的责任是对她始终如一。但你带着五六百万，怎么她还会落到这般田地？"加刚菩道："唉，我不是先得送布韦诺斯·爱累斯总督两百万，赎出居内贡吗？余下的不是全给一个海盗好不英勇的抢了去吗？那海盗不是把我们带到马塔班海角，带到弥罗，带到尼加利阿，带到萨摩斯，带到彼特拉，带到达达尼尔，带到斯康塔里吗？临了，居内贡和老婆子两人落在我刚才讲的废王手里，我做了前任苏丹的奴隶。"老实人道："哎哟，祸不单行，一连串的倒楣事儿何其多啊！幸而我还有几颗钻石，不难替居内贡赎身。可惜她人变丑了。"

他接着问玛丁："我跟阿赫美特苏丹、伊凡皇帝、英王查理－爱德华，你究竟觉得哪一个更可怜？"玛丁道："我不知道，除非我钻在你们肚里。"老实人说："啊，要是邦葛罗斯在这里，就能告诉我了。"玛丁道："我不知道你那邦葛罗斯用什么秤，称得出人的灾难和痛苦。我只相信地球上有几千几百万的人，比英王查理－爱德华，伊凡皇帝和阿赫美特苏丹不知可怜多少倍。"——"那很可能。"老实人说。

　　不多几天，他们进入黑海的运河。老实人花了很大的价钱赎出加刚菩，随即带着同伴改搭一条苦役船，到普罗篷提特海岸去寻访居内贡，不管她丑成怎样。

　　船上的桨手队里有两名苦役犯，划桨的手艺很差，船主是个小亚细亚人，不时用牛筋鞭子抽着那两个桨手的赤露的背。老实人无意中把他们特别细瞧了一会，不胜怜悯的走近去。他觉得他们完全破相的脸上，某些地方有点像邦葛罗斯和那不幸的耶稣会士，就是那位男爵，居内贡小姐的哥哥。这印象使他心中一动，而且很难过，把他们瞧得更仔细了。他和加刚菩道："真的，要不是我眼看邦葛罗斯被吊死，要不是我一时糊涂，亲手把男爵杀死，我竟要相信这两个划桨的就是他们了。"

　　听到男爵和邦葛罗斯的名字，两个苦役犯大叫一声，放下了桨，呆在凳上不动了。船主奔过来，越发鞭如雨下。老实人叫道："先生，别打了，别打了，你要多少钱我都给。"一个苦役犯嚷道："怎么！是老实人！"另外一个也道："怎么！是老实人！"老实人道："我莫非做梦不成？我究竟醒着还是睡着？我是在这条船上吗？这是我杀死的男爵吗？这是我眼看被吊死的邦葛罗斯大师吗？"

　　两人回答："是我们啊，是我们啊。"玛丁问："怎么，那位大哲学家就在这儿？"老实人道："喂，船主，我要赎出森特－登－脱龙克男爵，日耳曼帝国最有地位的一个男爵，还有全日耳曼最深刻的玄学家邦葛罗斯先生：你要多少钱？"船主答道："狗东西的基督徒！既然这两条苦役狗是什么男爵，什么玄学大家，那一定是他们国内的大人物了，我要五万金洋！"——"行！先生，赶快送我上君士坦丁堡，越快越好，到了那里我马上付钱。啊，不，你得带我上居内贡小姐那儿。"船主听到老实人要求赎出奴隶，早已掉转船头，向君士坦丁堡进发，教手下的人划得比飞鸟还快。

　　老实人把男爵和邦葛罗斯拥抱了上百次——"亲爱的男爵，怎么我没有把你杀死的？亲爱的邦葛罗斯，怎么你吊死以后还活着的？你们俩又怎么都在土耳其船上做苦役的？"男爵道："我亲爱的妹妹果真在这里吗?"——"是的，"加刚菩回答。邦葛罗斯嚷道："啊，我又见到我亲爱的老实人了。"老实人把玛丁和加刚菩向他们介绍了。他们都互相拥抱，抢着说话。船飞一般的向前，已经到岸了。他们叫来一个犹太人，老实人把一颗价值十万的钻石卖了五万，犹太人还用亚伯拉罕的名字赌咒，说无论如何不能多给了。老实人立刻付了男爵和邦葛罗斯的身价。邦葛罗斯扑在地下，把恩人脚上洒满了眼泪，男爵只点点头表示谢意，答应一有机会就偿还这笔款子。他说："我的妹子可是真的在土耳其?"加刚菩答道："一点不假，她在一位德朗西未尼亚的废王家里洗碗。"他们又找来两个犹太人，老实人又卖了两颗钻，然后一齐搭着另外一条船去赎居内贡。

第二十八章

老实人，居内贡，邦葛罗斯和玛丁等等的遭遇

老实人对男爵道："对不起，男爵，对不起，神甫，请你原谅我把你一剑从前胸戳到后背。"男爵道："别提了，我承认当时我火气大了一些。但你既然要知道我怎么会罚做苦役的，我就告诉你听：我的伤口经会里的司药修士医好之后，一队西班牙兵来偷袭，把我活捉了，下在布韦诺斯·爱累斯牢里，那时我妹妹正好离开那儿。我要求遣回罗马总会。总会派我到驻君士坦丁堡的法国大使身边当随从司祭。到任不满八天，有个晚上遇到一位宫中侍从，年纪很轻，长得很美。天热得厉害，那青年想洗澡，我也借此机会洗澡。谁知一个基督徒和一个年轻的回教徒光着身子在一起，算是犯了大罪。法官教人把我脚底打了一百板子，罚做苦役。我不信世界上还有比这个更冤枉的事。但我很想知道，为什么我妹妹替一个亡命在土耳其的，德朗西未尼亚废王当厨娘？"

老实人道："那么你呢，亲爱的邦葛罗斯，怎么我又会见到你呢？"邦葛罗斯道："不错，你是看我吊死的，照例我是应当烧死的，可是你记得，他们正要动手烧我，忽然下起雨来，雨势猛烈，没法点火，他们无可奈何，只得把我吊死了事。一个外科医生买了我的尸体，拿回去解剖。他先把我从肚脐到锁骨，一横一直划了两刀。我那次吊死的手续，做得再糟糕没有。执行异教裁判所救世大业的是个副司祭，烧死人的本领的确天下无双，但吊人的工作没做惯，绳子浸饱了雨水，不大滑溜了，中间又打了结，因此我还有一口气。两刀划下来，我不禁大叫一声，那外科医生仰面朝天摔了一跤，以为解剖到一个魔鬼了，吓得掉过身子就逃，在楼梯上又栽了一个筋斗。他的女人听见叫喊，从隔壁房里跑来，看我身上划着两刀躺在桌上，比她丈夫吓得更厉害，赶紧逃走，跌在丈夫身上。等到他们惊魂略定，那女的对外科医生说：'朋友，怎么你心血来潮，会解剖一个邪

教徒的？你不知道这些人老有魔鬼附身吗？让我马上去找个教士来念咒退邪。'一听这话，我急坏了，迸着最后一些气力叫救命。终于那葡萄牙理发匠_{自古中古时代起，欧洲的外科手术大多操于理发匠之手；法国直至 1743 年，路易十五始下诏将外科医生与理发匠二业完全分离}大着胆子，把我伤口缝起来，连他的女人也来照顾我了，半个月以后我下了床。理发匠帮我谋了一个差事，荐给一个玛德会修士做跟班，随他上佛尼市，但那主人付不出工钱，我就去侍候一个佛尼市商人，跟他到君士坦丁堡。

"有一天我一时高兴，走进一座清真寺。寺中只有一个老法师，还有一个年轻貌美的信女在那里念念有词。她袒着胸部，两个乳头之间缀着一个美丽的花球，其中有郁金香，有蔷薇，有白头苗，有土大黄，有风信子，有莲馨花。她一不留神，把花球掉在地下，我急忙捡起，恭恭敬敬替她放回原处。我放回原处的时间太久了些，恼了老法师，他一知道我是基督徒，就叫出人来，带我去见法官。法官着人把我脚底打了一百板子，罚做苦役。我恰好和男爵同时锁在一条船上，一条凳上。同船有四个马赛青年，五个拿波里教士，两个科孚岛上的修士，都说这一类的事每天都有。男爵认为他的案子比我的更冤枉，我呢，我认为替一个女人把花球放回原处，不像跟一个侍从官光着身子在一起那样有失体统。我们为此争辩不已，每天要挨二十鞭子，不料凡事皆有定数，你居然搭着我们的船，把我们赎了出来。"

老实人问他："那么，亲爱的邦葛罗斯，你被吊死，解剖，鞭打，罚做苦工的时候，是不是还认为天下事尽善尽美呢？"邦葛罗斯答道："我的信心始终不变，因为我是哲学家，不便出乎反乎。来布尼兹的话不会错的①，先天谐和的学说，跟空间皆是实体和奇妙的物质等等，同样是世界上的至理名言_{先天谐和（一译"预定调和"）为德国哲学家来布尼兹（1646—1716）解释宇宙之学说；本书中常常提到天下是尽善尽美的话，亦系来布尼兹之说。奇妙的物质为笛卡儿解释万物动力的学说，谓宇宙间到处皆有一种液质推动万物。}"

---

① 来布尼兹：现通译"莱布尼兹"。

第二十九章

老实人怎样和居内贡与老婆子相会

老实人，男爵，邦葛罗斯，玛丁和加刚苦，讲着他们的经历，谈着世界上一切偶然的或非偶然的事故，讨论着因果关系，精神痛苦与物质痛苦，自由与命运，在土耳其商船上如何自慰等等，终于到了普罗篷提特海边上，德朗西末尼亚王的屋子前面。一眼望去，先就看到居内贡和老婆子在绳上晾饭巾。

男爵一见，脸就白了。多情的老实人，看到他美丽的居内贡皮肤变成棕色，眼中全是血筋，乳房干瘪了，满脸皱纹，通红的手臂长满着鱼鳞般的硬皮，不由得毛发悚然，倒退了几步，然后为了礼貌关系，只得走近去。居内贡把老实人和她的哥哥拥抱了，大家也拥抱了老婆子。老实人把她们俩都赎了出来。

附近有一块分种田，老婆子劝老实人暂且拿下，等日后大家时来运转，再做计较。居内贡不知道自己变丑了，也没有一个人向她道破：她和老实人提到当年的婚约，口气那么坚决，忠厚的老实人竟不敢拒绝。他便通知男爵，说要和他的妹子结婚了。男爵道："像她那样的下流，像你那样的狂妄，我万万不能容忍，我决不为这桩玷辱门楣的事分担责任：我妹妹的儿女将来永远不能写上德国的贵族谱。告诉你，我的妹子只能嫁给一个德国的男爵。"居内贡倒在他脚下，哭着哀求，他执意不允。老实人对他说："你疯了，我把你救出苦役，付了你的身价，付了你妹妹的身价；她在这儿替人洗碗，变得这么丑，我好心娶她为妻，你倒胆敢拒绝，逼我性子，恨不得把你再杀一次才好！"男爵道："再杀就再杀，要我活着答应你娶我的妹子，可是休想。"

第三十章
结　　局

　　老实人其实绝无意思和居内贡结婚。但男爵的蛮横恼了他，觉得非结婚不可了。何况居内贡逼得那么紧，他也不便翻悔。他跟邦葛罗斯，玛丁和忠心的加刚菩商量。邦葛罗斯写了一篇出色的论文，证明男爵绝无权利干涉妹子的事，她依照德国所有的法律，尽可嫁给老实人。玛丁主张把男爵扔在海里，加刚菩主张送还给小亚细亚船主，仍旧教他做苦工，有了便船，再送回罗马，交给他的总会会长。大家觉得这主意挺好，老婆子也赞成，便瞒着妹子，花了些钱把这件事办妥了：教一个耶稣会士吃些苦，把一个骄傲的德国男爵惩罚一下，谁都觉得高兴。

　　经过了这许多患难，老实人和情人结了婚，跟哲学家邦葛罗斯，哲学家玛丁，机灵的加刚菩和老婆子住在一起，又从古印加人那儿带了那么多钻石回来，据我们想象，老实人应当过着世界上最愉快的生活了。但他被犹太人一再拐骗，除掉那块分种田以外已经一无所有。他的女人一天丑似一天，变得性情暴戾，谁都见了头痛。老婆子本来是残废的人，那时比居内贡脾气更坏。加刚菩种着园地，挑菜上君士坦丁堡去卖，操劳过度，整天怨命。邦葛罗斯因为不能在德国什么大学里一露锋芒，苦闷不堪。玛丁认定一个人到处都是受罪，也就耐着性子。老实人，玛丁，邦葛罗斯，偶尔谈玄说理，讨论讨论道德问题。窗下常常看见一些船只，载着当地的贵族，官员，祭司，充军到来姆诺斯①，米底兰纳，埃斯卢姆。又看见一些别的祭司，贵族，官员未接任，然后再受流配。也看到一些包扎得挺好的人头送往大苏丹的宫门。这些景象增加了他们辩论的题材。不辩论的时候，大家就厌烦得要死，甚至有一天老婆子问他们："我要知道，被黑人海盗强奸一百次，割掉半个屁股，被保加利亚人鞭打，在功德大会中挨板

---

　　① 来姆诺斯：亦译"莱姆诺斯"。

子，上吊，被解剖，在苦役船上划桨，受尽我们大家所受的苦难，跟住在这儿一无所事比起来，究竟哪一样更难受？"老实人道："嗯，这倒是个大问题。"

这一席话又引起众人新的感想。玛丁下了断语，说人天生只有两条路：不是在忧急骚动中讨生活，便是在烦闷无聊中挨日子。老实人不同意这话，但提不出别的主张。邦葛罗斯承认自己一生苦不堪言，可是一朝说过了世界上样样十全十美，只能一口咬定，坚持到底，虽则骨子里完全不信。

那时又出了一件事，使玛丁那种泄气的论调多了一个佐证，使老实人更加彷徨，邦葛罗斯更不容易自圆其说。有一天他们看见巴该德和奚罗弗莱修士狼狈不堪，走到他们的分种田上来。两人把三千银洋很快就吃完了，一忽儿分手，一忽儿讲和，一忽儿吵架，坐牢，越狱，奚罗弗莱终于改信了回回教。巴该德到处流浪，继续做她的买卖，一个钱也挣不到了。玛丁对老实人道："我早跟你说的，你送的礼不久就会花光，他们的生活倒反更苦。你和加刚菩发过大财，有过几百万银洋，却并没比巴该德和奚罗弗莱更快活。"邦葛罗斯和巴该德说："啊，啊，可怜的孩子，你又到我们这儿来了，大概是天意吧！你知道没有，你害我损失了一个鼻尖，一只眼睛和一只耳朵？如今你也完啦！这世界真是怎么回事啊！"这件新鲜事儿，使众人对穷通祸福越发讨论不完。

附近住着一位大名鼎鼎的回教修士，公认为土耳其最有智慧的哲学家。他们去向他请教，由邦葛罗斯代表发言，说道："师傅，请你告诉我们，世界上为什么要生出人这样一种古怪的动物？"

修道士回答："你问这个干什么？你管它做什么？"老实人道："可是，大法师，地球上满目疮痍，到处都是灾祸啊。"修道士说："福也罢，祸也罢，有什么关系？咱们的苏丹打发一条船到埃及去，可曾关心船上的耗子舒服不舒服？"邦葛罗斯道：那么应当怎办呢？"修道士说："闭上你的嘴。"邦葛罗斯道："我希望和你谈谈因果，谈谈十全十美的世界，罪恶的根源，灵魂的性质，先天的谐和。"修道士听了这话，把门劈面关上了。

谈话之间，听到一个消息，说君士坦丁堡绞死了两个枢密大臣，一个大司祭，他们不少朋友都受了木柱洞腹的极刑。几小时以内，这桩可怕的事沸沸扬扬，传遍各地。邦葛罗斯，老实人，玛丁，回去的路上遇到一个和善的老人，在门外橘树荫下乘凉。邦葛罗斯好奇不亚于好辩，向老人打听那绞死的大司祭叫甚名字，老人回答："我素来不知道大司祭等等姓甚名谁。你说的那件事，我根本不晓得。我认为顾问公家事情的人，有时会死于非命，这也是他们活该。我从来不打听君士坦丁堡的事，我不过把园子里种出来的果子送去卖。"他说着把这几个外乡人让进屋子，两个儿子和两个女儿端出好几种自制的果子露敬客，还有糖渍的佛手，橘子，柠檬，菠萝，花生，纯粹的莫加咖啡，不羼一点儿巴太维亚和中美洲群岛的坏咖啡的。回教徒的两个女儿又替老实人、邦葛罗斯、玛丁，胡子上喷了香水。

老实人问土耳其人："想必你有一大块良田美产了？"土耳其人回答："我只有二十阿尔邦地—阿尔邦等于五十亩，每亩等于一百方尺，我亲自和孩子们耕种，工作可以使我们免除三大害处：烦闷，纵欲，饥寒。"

老实人回到自己田庄上，把土耳其人的话深思了一番，对邦葛罗斯和玛丁说道："那个慈祥的老头儿安排的生活，我觉得比和我们同席的六位国王好多了。"邦葛罗斯道：根据所有哲学家的说法，荣华富贵，权势地位，都是非常危险的；摩阿布的王埃格隆被阿奥特所杀；阿布萨隆被吊着头发缢死，身上还戳了三枪；泽罗菩阿姆的儿子内达布王，死于巴萨之手；伊拉王死于萨勃利之手；奥谷齐阿斯死于奚于；阿太里亚死于约伊阿达；约金，奚谷尼阿斯，赛台西阿斯诸王，都沦为奴隶以上均系古希伯来族的王，见《圣经》。至于克雷絮斯，阿斯蒂阿琪，大流士，西拉叭斯的特尼，彼拉斯，班尔赛，汉尼拔，朱革塔，阿利俄维斯塔，凯撒，庞培，尼罗，奥东，维德卢维阿斯，多密喜安以上均为自利提亚起至罗马帝国为止的国王、将军及皇帝，英王理查二世，爱德华二世，亨利四世，理查三世，玛丽·斯丢阿德，查理一世，法国的三个亨利，罗马日耳曼皇帝亨利四世，他们怎样结局，你是都知道的。你知道……"老实人说："是的，我还知道应当种我们的园地。"邦葛罗斯道："你说得很对：上帝把人放进伊甸园是叫他当工人，要他工作的，足见人天生不是能清闲度日的。"玛丁道："少废话，咱们工作罢，唯有工作，日子才好过。"

那小团体里的人一致赞成这个好主意，便各人拿出本领来。小小的土地出产很多。居内贡固然奇丑无比，但变了一个做糕饼的能手，巴该德管绣作，老婆子管内衣被褥。连奚罗弗莱也没有闲着，他变了一个很能干的木匠，做人也规矩了。有时邦葛罗斯对老实人说："在这个十全十美的世界上，所有的事情都是互相关连的，你要不是为了爱居内贡小姐，被人踢着屁股从美丽的宫堡中赶出来，要不是受到异教裁判所的刑罚，要不是徒步跋涉美洲，要不是狠狠的刺了男爵一剑，要不是把美好的黄金国的绵羊一齐丢掉，你就不能在这儿吃花生和糖渍佛手。"老实人道："说得很妙；可是种咱们的园地要紧。"

天　真　汉

第 一 章

小山圣母修院的院长兄妹
怎样的遇到一个休隆人

从前有个圣·邓斯顿，爱尔兰是他的本邦，圣徒是他的本行_{圣·邓斯顿}为历史上实有的人物，生存于 10 世纪，为英国主教兼政治家；死后被奉为圣者，有一天搭着一座向法国海岸飘去的小山，从爱尔兰出发。他坐了这条渡船一径来到圣·马罗海湾，上了岸，给小山祝福了，小山向他深深鞠了一躬，又从原路回爱尔兰去了。

邓斯顿在当地创办一个小修院，命名为小山修院，大家知道，这名字一直传到如今。

1689 年_{该时法王路易十四为支援雅各二世夺回英国王位，方与英国宣战}7 月 15 日傍晚，小山圣母修院院长特·甘嘉篷神甫，陪着他妹妹特·甘嘉篷小姐，在海滨散步纳凉。上了年纪的院长是个挺和善的教士，当年颇得一般邻女欢心，如今又很受邻人爱戴。他的可敬特别因为地方上只有他一个教士，和同僚饱餐之后，无须别人扛抬上床。他还算通晓神学，圣·奥古斯丁的著作念得没劲了，便拿拉勃雷消遣：因此人人都说他好话_{圣·奥古斯丁（354—430）为基督旧教中最伟大的宗教家，神学家。拉勃雷为 16 世纪法国大文豪，所作小说多批评时事，发掘人性，揭露教会黑暗，讽刺教士，不遗余力；又以诙谐滑稽的文笔，为高卢式幽默之典型。}

特·甘嘉篷小姐从来没嫁过人，虽则心里十分有意。年纪已经四十五，还是很娇嫩。她生性柔和，感情丰富，喜欢娱乐，同时也热心宗教。

院长望着海景对妹子说："唉！我们的好哥哥好嫂子，1669 年上搭着飞燕号兵船到加拿大去从军，便是在这儿上船的。要是他没有阵亡，我们还能希望和他相会呢。"

特·甘嘉篷小姐道："你可相信，我们的嫂子果真像人家说的，是被伊罗夸人吃掉的吗？的确，要不吃掉，她早回国了。为了这嫂子，我一辈子都要伤心，她多可爱啊；至于我们的哥哥，聪明绝顶，不死一定能发大财的。"

两人正为了旧事伤感，忽然看见一条小船，趁着潮水驶进朗斯湾，原来是些英国人来卖土产的。他们跳上岸来，对院长先生和他的令妹瞧都没瞧一眼。特·甘嘉蓬小姐因为受人冷淡，好生气恼。

可是有一个长得很体面的年轻人，态度大不相同，他把身子一纵，从同伴头上直跳过来，正好站在小姐面前。他没有鞠躬的习惯，只向小姐点点头，他的脸和装束引起了教士兄妹的注意。他光着头，光着腿，脚踏芒鞋，头上盘着很长的发辫，身上穿着短袄，显得腰身细软，神气威武而善良。他一手提着一小瓶巴巴杜酒_{巴巴杜酒是一种以柠檬皮与橘皮浸的酒}，一手提着一只袋，里面装着一个杯子和一些香美的硬饼干。他法文讲得很通顺，请甘嘉蓬小姐和她的哥哥喝巴巴杜酒，自己也陪着一起喝，让过一杯又是一杯，态度那么朴实那么自然，兄妹俩看了很中意。他们问他可有什么事需要帮忙，打听他是什么人，上哪儿去。年轻人回答说他没有什么目的，只是为了好奇，来看看法国的海岸，就要回去的。

院长先生听他的口音，认为他不是英国人，便问他是哪里人氏。年轻人答道："我是休隆人_{北美印第安族有一支名阿尔工金人，内有分支名休隆人，居于加拿大翁泰利俄省之半岛上，为棕色人种最文明的一族。17世纪时，欧洲人以休隆人泛指加拿大的某种野蛮人。}"

甘嘉蓬小姐发现一个休隆人对她如此有礼，又惊奇又高兴，邀他吃晚饭。他不用三邀四请，立即答应，三人便同往小山修院。

矮胖的小姐，拼命睁着她的小眼睛打量年轻人，再三对院长说："这高大的小伙子兼有百合和蔷薇的色调。想不到一个休隆人皮肤这样好看！"院长道："妹妹，你说得不错。"她接二连三提了上百个问题，客人的回答都很中肯。

一会儿，外面纷纷传说，修院里来了一个休隆人。乡里的上流人物便全部赶到修院来吃晚饭。特·圣·伊佛神甫带着他的妹妹同来，那是一个下布勒塔尼_{布勒塔尼为法国古行省名，下布勒塔尼为该省中地形较低的一部分}姑娘，长得极美，很有教养。法官，税务官，和他们的太太也来了。陌生人坐在甘嘉蓬小姐和圣·伊佛小姐之间。大家不胜赞叹的瞧着他，争先恐后和他攀谈，向他发问。休隆人不慌不忙，他好像采取了菩林布鲁克爵士_{菩林布鲁克子爵（1678—1751）为英国政治家}的见怪不怪的箴言。但后来也受不了众人的聒噪，便很和气的，但带着坚决的意味，说道："诸位，敝乡的人说话是一个挨着一个的，你们教我听不见你们的话，我怎么能回答呢？"听到讲理，人总是会想一想的。当下便寂静无声。法官先生是全省第一位盘问大家，无论在什么人家遇到生客，总死盯着问个不休，他把嘴张到半尺大，说道："先生，请问你叫什么名字？"休隆人回答："人家一向叫我天真汉，到了英国，大家还是这样称呼我，因为我老是很天真的想什么说什么，想做什么就做什么。"

"先生既然是休隆人，怎么会到英国的？"——"我是被人带去的。我跟英国人打架，竭力抵抗了一番，终于做了俘虏。他们喜欢勇敢的人，因为他们自己很勇敢，也和我们一样公平交易。他们问我愿意回家还是愿意上英国，我挑了第二个办法，因为我天性极喜欢游览。"

法官口气很严厉，问道："你怎么能这样的抛下父母？"陌生人道："我从来没见过爸爸，也没见过妈妈。"在座的人听了很感动，一齐说着："噢！没见过爸爸，也没见过妈妈！"甘嘉篷小姐对她哥哥说："那么咱们可以做他的爹妈啊！这位休隆先生真有意思！"天真汉向她道谢，客气之中带些高傲，表示他并不需要。

庄严的法官说道："天真汉先生，我觉得你法文讲得很好，不像一个休隆人讲的。"他说："我很小的时候，我们在休隆捉到一个法国人，我跟他做了好朋友，法文就是他教我的，我喜欢的东西学得很快。后来在普利穆斯，又遇到一些逃亡的法国人，不知为什么你们叫作迁葛奴党_{法国从宗}_{教改革时代起，即称新教徒为迁葛奴（Huguenots）}，其中有一位帮我进修法文，等到我说话能达意了，就来游历贵国，因为我喜欢法国人，只要他们不多发问。"

虽然客人话中有因，圣·伊佛神甫依旧问他休隆话，英国话，法国话三种语言，最喜欢哪一种。天真汉回答："不消说得，当然是休隆话了。"甘嘉篷小姐嚷道："真的？我一向以为天下最好听的语言，除了下布勒塔尼话，就是法国话。"

于是大家抢着问天真汉，烟草在休隆话里是怎么说的，他回答说：塔耶；吃饭怎么讲的，他回答说：埃桑当。甘嘉篷小姐定要知道恋爱两字怎么说，他回答：脱罗王台_{以上各字确系休隆语。——原注。}天真汉振振有辞，说这些字和英法文中的同义字一样的妙。在座的人都觉得脱罗王台很好听。

院长先生书房里藏着一本休隆语文法，是有名的传教师，芳济会修士萨迦·丹沃达送的。他离开饭桌去翻了一翻。从书房回来，欣喜与感动几乎使他气都喘不过来。他承认天真汉是个货真价实的休隆人。随后谈锋转

天真汉

到世界上语言的庞杂，他们一致同意，要不是当初出了巴别塔的事《圣经》载：洪水之后，挪亚方舟的遗民要造一座通天的塔；耶和华怒其狂妄，变乱造塔的人的口音，使他们彼此言语不通，无法合作。今欧洲人以此譬喻，作为天下方言不一的原因。"巴别"即变乱之意。事见《创世纪》第十一章，普天之下一定都讲法文的。

好问的法官原来还不大相信天真汉，此刻才十分佩服，说话也比前客气了些，但天真汉并没发觉。

圣·伊佛小姐渴想知道，休隆地方的人怎么样谈恋爱的。他答道："我们拿高尚的行为，去讨好一个像你这样的人物。"同桌的人听了，惊叹叫好。圣·伊佛小姐红了红脸，心里好不舒服。甘嘉篷小姐也红了红脸，可并不那么舒服，那句奉承话不是对自己说的，未免有点儿气恼。但她心肠太好了，对休隆人的感情并不因之冷淡。她一团和气的问，他在休隆有过多少情人。天真汉答道："只有过一个，叫作阿巴加巴小姐，是我奶妈的好朋友。哎，她呀，灯芯草不比她身体更挺拔，鼬鼠不比她皮肤更白皙，绵羊不及她和顺，老鹰不及她英俊，麋鹿不及她轻灵。有一天她在我们附近，离开我们住处两百里的地方，追一头野兔。一个住在四百里外的，没教育的阿尔工金人，抢掉了她的野兔。我知道了，赶去把阿尔工金人一棍打翻，绑着拖到我情人脚下。阿巴加巴家里的人想吃掉他；我可从来不喜欢这一类的大菜，把他放了，跟他交了朋友。阿巴加巴被我的行为感动得不得了，在许多情人里头挑中了我。要不给熊吃掉的话，她至今还爱我呢。我杀了熊，拿它的皮披在身上，披了好些时候，可是没用，我始终很伤心。"

圣·伊佛小姐听着故事，听到天真汉只有过一个情人，而且阿巴加巴已经死了，不由得暗中欣喜，但说不出为什么。众人目不转睛的望着天真汉，因为他不让同乡吃掉一个阿尔工金人，把他着实称赞了一番。

无情的法官追问不休的脾气，好比一股怒潮，简直按捺不住：他问休隆先生信的什么教，是英国国教呢，是迦里甘教呢法国旧教徒中抵制教皇干涉法国王权的一派，叫作迦里甘派，还是迂葛奴教？他回答："我信我的教，正像你们信你们的教。"甘嘉篷小姐叫道："唉！我断定那些糊涂的英国人根本没想到给他行洗礼。"圣·伊佛小姐道："啊，天哪！怎么休隆人不是迦特力教徒呢？难道耶稣会的神甫们没有把他们全部感化吗？"天真汉回答说，在他本乡，谁也休想感化谁；一个真正的休隆人从来不改变意见的，他们的语言中间没有朝三暮四这句话。听到这里，圣·伊佛小姐快活极了。

甘嘉篷小姐对院长道："那么咱们来给他行洗礼罢。亲爱的哥哥，这是你的光荣啊，我一定要做他的干妈^{基督徒受洗，均有教父教母为之护法，但教父、教母、教子的称呼，对吾国读者毫无印象，故改译为干爸、干妈、干儿子}；带往圣洗缸的职司归圣·伊佛神甫：你瞧着罢，那个盛大的典礼一定会轰动全下布勒塔尼。那咱们脸上才光彩呢。"在场的人都附和女主人的意见，嚷着："咱们来给他行洗礼罢！"天真汉回答说，英国从来没人干涉别人的生活。他表示不欢迎他们的提议，休隆人的礼法至少和下布勒塔尼人的一样高明，最后他声明第二天就要动身回去的。众人把他的一瓶巴巴杜酒喝完，分头睡觉去了。

　　天真汉进了卧房，甘嘉篷小姐和她的朋友圣·伊佛小姐忍不住把眼睛凑在一个很大的锁眼上，要瞧瞧休隆人怎么睡觉的。她们看见他把床上的被褥铺在地板上，摆着世界上最好看的姿势躺下了。

第 二 章

叫作天真汉的休隆人认了本家

英国人和休隆人都把鸡鸣叫作白天的讯号，天真汉照例听到鸡鸣就跟着太阳一同醒来。他不像上流人，太阳已经走了一半路，还懒洋洋的躺在床上，既睡不着，也起不来，在那个阴阳交界地带浪费了多少宝贵的光阴，倒还慨叹人生太短促。

他已经走了八九里地，打了三十来件野味回来，看见圣母修院院长和他稳重的妹子，戴着睡帽在小园中散步。他把打来的鸟兽尽数送给他们，又从衬衣内摘下一条符咒般的小东西，平时老挂在脖子里的，要他们接受，表示答谢他们招待的盛意。他说："这是我独一无二的宝贝，据说只要把这小玩艺儿带在身上，就能百事如意，我送给你们，希望你们百事如意。"

院长和小姐看到天真汉这样天真，感动之下，笑了一笑。那礼物是两幅很拙劣的小型画像，用一根油腻的皮带拴在一起的。

甘嘉篷小姐问休隆地方可有画家。天真汉答道："没有的。从前加拿大的法国人和我们打仗，我奶公从死人身上拿到一些遗物，内中就有这件稀罕物儿，后来奶妈给了我，别的我都不知道。"

院长细细瞧着画像，忽然脸色变了，紧张起来，双手发抖。他叫道："啊，小山圣母在上！这不就是我那个当上尉的哥哥和他的女人吗？"小姐同样兴奋地端详了一会，下了同样的断语。两人又惊，又喜，又伤心，都动了感情，哭了，心忐忑的乱跳，叫着嚷着，把两幅肖像抢来抢去，一秒钟之内，两人拿过来，递过去，直有一二十回。他们直瞪着眼，瞅着肖像和休隆人，恨不得连人带画一齐吞下肚去。他们轮流问他，又同时问他，什么时候，什么地方，这两幅像落到他奶妈手里的。他们想起上尉离家的时间，计算了一下，记得收到过他的信，说是到了休隆地方，从此就没有消息了。

天真汉告诉过他们，从来没见过父亲或是母亲。院长是个有见识的人，留意到天真汉长着一些胡子，他知道休隆人是没有胡子的。他想："他下巴上有一层绒毛，准是欧洲人的儿子。我的兄嫂从1669年出征休隆以后就失踪了，当时我的侄子应当还在吃奶，一定是休隆的奶妈救了他的命，做了他的养娘。"总之，经过了无数的问答，院长和他的妹妹断定这休隆人就是他们的嫡亲侄儿。他们流着泪拥抱他。天真汉却哈哈大笑，觉得一个休隆人竟会是下布勒塔尼地方一个修院院长的侄子，简直不能想象。

客人都下楼了，圣·伊佛神甫是个骨相学大家①，把两幅画像和天真汉的脸比来比去，很巧妙的指出，他眼睛像母亲，鼻子和脑门像已故的甘嘉篷上尉，脸颊却又像父亲又像母亲。

圣·伊佛小姐从来没见过天真汉的父母，也一口咬定天真汉的长相跟他的爸爸妈妈一模一样。大家觉得冥冥之中自有天意，万事皆如连索，不免赞叹了一番。临了，他们把天真汉的身世肯定了又肯定，连天真汉本人也应允做院长先生的侄儿了，他说认院长做叔父或是认别人做叔父，他都一样的乐意。

院长他们到小山修院的教堂里去向上帝谢恩，休隆人却满不在乎的留在屋里喝酒。

带他来的英国人预备开船回去，跑来催他动身。他说："大概你们没有找到什么叔父什么姑母，我可是留在这儿了。你们回普利穆斯罢。我的行李全部奉送，做了院长先生的侄儿，我应有尽有，不会短少什么的了。"那些英国人便扬帆而去，天真汉在下布勒塔尼有没有家属，根本不在他们心上。

等到叔父姑母一行人唱完了吾主上帝，等到法官把天真汉重新盘问了半天，等到惊奇、喜悦、感动，所能引起的话都说尽了，小山修院院长和圣·伊佛神甫决定教天真汉受洗，越早越好。无奈对付一个二十二岁的休隆人，不比超度一个听人摆布的儿童。第一先要他懂得教理，这就很不容易：因为据圣·伊佛神甫的想法，一个不生在法国的人是没有头脑的。

院长提醒众人，他的侄子天真汉先生虽则没福气生在下布勒塔尼，却并不缺少下布勒塔尼人的灵性，只要听他所有的答话就可证明，而他凭着

---

① 骨相学：古代西方思想家认为头骨的形状决定其性情，18世纪以来学者多以科学方法进行研究，遂形成骨相学。

天真汉

父系母系双方的遗传，一定是个得天独厚的人物。

他们先问他可曾念过什么书。他说念过拉勃雷的英译本，念过而且能背得莎士比亚的几本戏，那是从美洲搭船往普利穆斯的时候，在船主那儿看到的，他读了很满意。法官少不得考问他书中的内容。天真汉道："老实说，我只懂得书中的一部分，余下的可不明白。"

圣·伊佛神甫发表意见说，他自己看书也是这样的，多数人看书也很少不是这样的。接着他问休隆人："你一定念过《圣经》罢？"——"没念过，船主的藏书中间没有这一本，我也从来没听人提到过。"甘嘉篷小姐嚷道："那些该死的英国人就是这样！他们把莎士比亚，李子布丁，甘蔗酒，看得比《前五经》《旧约》中的《创世纪》，《出埃及记》，《利未记》，《民数记》，《申命记》称为前五经，昔时特别受人敬重还重。难怪他们在美洲从来没感化过一个人。英国人一定是被上帝诅咒的，等着瞧罢，他们的牙买加和弗基尼阿①，咱们很快就会拿过来的牙买加为中美洲安提耳群岛中最大的岛，弗基尼阿为北美东部一大洲，当时均系英属地。"

不管怎么样，他们找了圣·马罗最有本领的裁缝来，给天真汉从头到脚做衣服。客人散了，法官到旁的地方发问题去了。圣·伊佛小姐临行，频频回头望着天真汉，天真汉对她深深的鞠躬，至此为止，他对谁也没行过这样的大礼。

法官告辞之前，把他一个才从中学出来的大戆儿子，介绍给圣·伊佛小姐，圣·伊佛小姐连瞧都没瞧，因为一心只想着休隆人对他的礼貌。

---

① 弗基尼阿：现通译"弗吉尼亚"。

第 三 章
天真汉皈依正教

院长先生眼看自己岁数大了，如今上帝给了他一个侄子，让他有个安慰，便决意把教职传给侄儿，只要能使他受洗，劝他进教会。

天真汉记性极好。下布勒塔尼人的头脑天生就坚固，再经加拿大水土的锻炼，越发敲上去毫无知觉，而一朝有什么东西刻了上去，又永远磨不掉，他样样牢记在心。童年时代不像我们装满了许多废物和谬论，所以他的思想特别明确，有力，外界的印象进到他脑子里都清清楚楚，没有半点儿云翳。院长想了想，决定教他念《新约》。天真汉挺高兴的吞下去了，但不知道书中的事发生在何时何地，以为就在下布勒塔尼，便赌咒要把该亚法和彼拉多的鼻子耳朵一齐割掉，万一碰到那些坏蛋的话。

叔父看他有这种心愿，十分快慰，随即把事情向他解释清楚。他赞美天真汉的热诚，但告诉他这热诚是没用的，那批人_{该亚法为犹太人的大祭司，即审讯耶稣的人；彼拉多为派驻犹太国的罗马总督，虽认为耶稣无罪，仍将耶稣交给犹太教的法官判刑}已经死了大约有一千六百九十年了。不久，天真汉差不多整本书都背得了，有时提出些疑问，使院长发窘，不得不常去请教圣·伊佛神甫，他也不知道如何解答，又找一个下布勒塔尼的耶稣会士来帮忙，领导休隆人皈依正教。

终于天真汉受了上帝感应，答应做基督徒了，并且深信第一要从割礼做起。他说："他们要我看的那本书里，没有一个人不行割礼的，可见我的包皮非牺牲不可，而且愈早愈好。"他决不左思右想，就叫人把村里的外科医生找来，要他施行手术，以为这件事办妥了，准能使甘嘉篷小姐和她周围的人皆大欢喜。从未做过这手术的理发匠，通知了家属，家属听了直叫起来。好心的甘嘉篷小姐急坏了，她觉得侄儿是个坚决与性急的人，深怕他自己动手，冒冒失失地造成一些悲惨的后果。那是妇女们因为心地慈悲，一向最关切的。

院长纠正了休隆人的思想，说明割礼已经不时行了，洗礼比这个温和得多，卫生得多，《新约》里的教规不像《旧约》里的教规。天真汉通情达理，秉性正直，争辩了一番，承认自己错了。欧洲人辩论的时候可不大肯认错的。最后他应允受洗，无论哪一天都可以。

受洗之前，必须经过忏悔，这件事可难办了。天真汉把叔父给的书老带在身边，他找来找去没看到有使徒忏悔的事，便固执起来。院长翻出《圣·雅各书》中，你们应当互相认罪那句使邪教徒最难堪的话，堵住了天真汉的嘴。休隆人便一声不出，向一个芳济会神甫去忏悔。忏悔完毕，他把芳济会神甫拖出忏悔亭，一把揪着，自己往亭子里坐了，叫他跪在地下，说道：“朋友，书上写的：你们应当互相认罪，我已经把罪孽告诉了你，你不把你的罪孽告诉我，休想出去。”这么说着，他把粗大的膝盖顶着对方的胸脯。神甫大叫大嚷，声震屋宇。大家赶来，看见预备受洗的人正用着圣·雅各的名义殴打教士。只因为替一个下布勒塔尼人兼休隆人兼英国人行洗礼，是件天大的喜事，所以出了这些岔子，谁也不以为意。甚至很多神学家认为，忏悔也是多此一举，洗礼就可以包括一切了。

他们和圣·马罗的主教约了日期。主教听说要给一个休隆人行洗礼，得意非凡，便大排仪仗，带着全班执事到了。圣·伊佛小姐一边祝福上帝，一边穿上她最漂亮的衣衫，从圣·马罗叫了一个梳头的老妈子来，准备在典礼中大大炫耀一番。好问的法官和地方上全体名流都赶到了。教堂布置得十分华丽。但等到要把休隆人带往圣洗缸去的时候，休隆人却不知去向了。

叔叔和姑母到处寻找。众人以为他像平时一样打猎去了。来宾全体出动，跑遍了附近的树林村子，休隆人竟是影踪全无。

大家不免担心他回英国去了，他亲口说过非常喜欢那个国家。院长先生兄妹深信英国是从来不替人行洗礼的，不禁为侄儿的灵魂提心吊胆。主教心烦意乱，预备回去了，院长和圣·伊佛神甫慌作一团，法官照例拿出一本正经的神气，把路上的人一个一个盘问过来。甘嘉篷小姐哭了。圣·伊佛小姐没有哭，可是长吁短叹，表示她对于圣礼的关切。她们俩闷闷不乐，沿着朗斯小河边上的杨柳和芦苇走去，忽然瞥见河中有一个白白的高大的人影，两手抱着胸部。她们大叫一声，急忙掉过头去。但一忽儿好奇心战胜了所有的顾虑，两人轻轻地溜入芦苇，等到确实知道人家看不见她们了，她们就想瞧个究竟。

第 四 章
天真汉受洗

院长和神甫都赶来了，问天真汉待在那里干什么。"哎，诸位，我等着受洗啊。我全身泡在水里，浸到脖子，已经有一个钟点了，你们让我着凉真是太不客气了。"

院长柔声柔气的对他说："亲爱的侄儿，我们下布勒塔尼人受洗不是这样的，穿上衣服，跟我们来罢。"圣·伊佛小姐听了，轻轻的对她的女伴说："小姐，你想他会不会马上穿衣服呢?"

不料休隆人回答院长说："这回不比上回，你哄不倒我了，我仔细研究过，知道得清清楚楚，受洗没有第二种办法。干大基王后的太监便是在溪水中受洗的_{见《新约·使徒行传》第八章}；倘若另有一种洗礼，你得在书里找出证据来。要不在河中受洗，我就不受洗了。"众人向他解释，习惯改变了，只是枉费唇舌。天真汉固执得厉害，因为他又是下布勒塔尼人，又是休隆人。他口口声声提到干大基王后的太监。躲在杨柳中觑着他的姑母和圣·伊佛小姐，明明应当告诉他不该拿这种人自比，但她们觉得体统攸关，不便出口。主教亲自来和他谈话，那当然很郑重了，但也毫无用处，休隆人居然跟主教都争论起来。

他说："只要在叔父给我的书里，找出一个不在河中受洗的人，我就依你们。"

姑母绝望之下，记得侄儿第一次行礼，对圣·伊佛小姐的鞠躬比对谁都鞠得深，他对主教行礼，也不及向这位美丽的小姐那样恭敬而亲热。为了打开僵局，她决意向圣·伊佛小姐求救，想借重她的面子劝休隆人依照下布勒塔尼人的办法受洗，她相信倘若侄儿坚持在流水中受洗，就永远做不了基督徒。

圣·伊佛小姐受到这样重要的使命，不由得暗中欣喜，脸都红了。她羞答答的走近天真汉，十分庄重的握着他的手："我要求你做点儿事，难道你不愿意吗?"说着她拿出妩媚动人的风度,把眼睛低下去又抬起来。"噢! 小姐,你的要求,你的命令,我无有不依,水的洗礼也行,火的洗礼也行,血的洗礼也行,只要你吩咐下来,我决不拒绝。"院长的热诚,法官反复不已的问话,甚至主教的谆谆劝导都办不到的事,圣·伊佛小姐好大面子,一句话就解决了。她感觉到自己的胜利,可还没有估计到这胜利的范围。

在主持的方面和受洗的方面,洗礼的进行都极其得体、堂皇、愉快。叔父和姑母,把带往圣洗缸的荣誉让给了圣·伊佛神甫兄妹。圣·伊佛小姐做了干妈,眉飞色舞。她不知道这个煊赫的头衔会给她什么束缚,她接受了荣誉,没想到可怕的后果。

照例大典之后必有盛宴,所以洗礼完毕就入席。几个爱取笑的下布勒塔尼人,认为酒是不能受洗礼的俗语有替酒或牛奶行洗礼的话,就是屬水的意思。院长先生引证所罗门的话,说酒是使人开怀的。主教又补充一番,说古时的犹大长老此处的犹大长老是《创世纪》所载雅各十二子之一把驴子拴在葡萄园里,把大氅浸在葡萄汁内①,可惜上帝没有把葡萄藤赏赐下布勒塔尼,我们不能学犹大的样。每人争着对天真汉的受洗说几句笑话,对干妈说几句奉承话。好问的法官问休隆人在教堂里发的愿,是否能信守不渝。休隆人答道:"在圣·伊佛小姐手中发的愿,我怎么会翻悔呢?"

休隆人兴奋起来,为他的干妈一连干了好几杯。他说:"要是你替我行洗礼,我会觉得浇在头发上的水变做开水,把我烫坏的。"法官觉得这句话诗意太浓了,殊不知这个譬喻在加拿大普通得很。并且干妈听了,说不出的高兴。

大家替受洗的人取了一个圣名,叫作赫格利斯。圣·马罗的主教再三打听这个本名神是谁,他从来没听见过赫格利斯为希腊神话中以神勇著称的人物,与基督教里的圣者风马牛不相及。博学的耶稣会士告诉他,那是一位有过十二奇迹的圣者。还有一个抵得上十二奇迹的第十三奇迹,不便从耶稣会士的嘴里说出来,就是赫格利斯一夜之间把五十个少女都变了妇人。在座一位爱说笑的人,道破了这个奇迹,说得有声有色。所有的妇女都低下头去,觉得照天真汉的相貌看来,他决不会辱没那圣者的名字的。

---

① 大氅:即大衣,外套。

第 五 章
天真汉堕入情网

行过洗礼，吃过酒席，圣·伊佛小姐很热切的希望主教再举行个盛大的典礼，好让她和天真汉－赫格利斯一同参加。但是她知书识礼，极有廉耻，虽然动了柔情，也不敢对自己承认。偶尔在一瞥一视，一言半语，一举一动之间有所流露，她也要用羞怯动人的表情，像帷幕一般的遮盖起来。总而言之，她又多情，又活泼，又稳重。

主教刚走，天真汉和圣·伊佛小姐就不约而同的碰在一起。他们谈着话，也没想过有什么可谈。天真汉先诉说他一往情深，说他在本乡爱得如痴如醉的、美丽的阿巴加巴，万万比不上她。圣·伊佛小姐拿出平日端庄娴雅的态度，回答说这件事应该赶快告诉他的叔叔院长先生，和他的姑母甘嘉篷小姐，她那方面要和她亲爱的哥哥圣·伊佛神甫去谈，预料他们都会同意的。

天真汉回答，他不需要征求谁的同意，把自己分内的事去问别人，太可笑了，只要双方自愿，就无须第三者撮合。他说；"我想吃，打猎，睡觉的时候，从来不跟别人商量。我知道为了爱情的事，不妨征求对方同意，但我既不爱上我的叔父，也不爱上我的姑母，当然不用去请教他们，倘若相信我这个话，你也不必去问圣·伊佛神甫。"

我们不难想象，为了要休隆人遵守礼法，那位下布勒塔尼美人简直用尽了她的聪明才智。她甚至一忽儿着恼，一忽儿回嗔作喜。总之，要不是傍晚时分，圣·伊佛神甫带着妹子回去，两人的谈话竟不知如何结束呢。天真汉让叔父姑母先睡了，他们两办了喜事，吃了酒席，已经有点支持不住。他却花了半夜功夫，用休隆文为爱人写情诗。世界上无论什么地方，一个人有了爱情未有不成为诗人的。

第二天，吃过早点，叔父当着极端感动的甘嘉篷小姐的面，对天真汉说道："亲爱的侄儿，靠上帝保佑，你居然很荣幸的做了基督徒，做了下布勒塔尼人，可是事情还没圆满，我年纪大了，我哥哥只留下一块很小的地，没有多大出息，我修院的产业，收入还可观，只要你像我所希望的，肯做修士，我日后就把修院移交给你，一则我老来有了安慰，二则你生活也可以过得不错。"

天真汉答道："叔父在上，但愿你福躬康健，长命百岁！我不知道什么叫作修士，什么叫作移交，但是我都可以接受，只要圣·伊佛小姐能归我支配。"——"噢，天哪！你说什么？难道你爱上那位美丽的小姐，为她风魔了吗？"——"是的，叔叔。"——"唉！侄儿，你要娶她是不可能的。"——"很可能，叔叔，她不但临走握了我的手，还答应托人向我说亲，我一定要娶她的。"——"告诉你，这是不可能的，她是你的干妈，干妈握干儿子的手就犯了天大的罪孽，并且一个人不能跟他的干妈结婚，教内教外的法律都禁止的。"——"哎唷，叔叔，你这是跟我开玩笑了，干妈既然年轻貌美，为什么不能娶她？你给我的那本书，从来没说跟帮助人家受洗的姑娘结婚是不好的。我每天都发觉，那本书里不叫人做的事，大家做了不知多多少少，叫人做的，大家倒一件没做。老实告诉你，这种情形使我看了奇怪，看了生气。倘若你们拿受洗做借口，不许我娶美丽的圣·伊佛，我就把她抢走，把我的洗礼作废。"

院长心里慌了，他的妹妹哭了。她道："亲爱的哥哥，我们万万不能让侄儿堕入地狱，我们的教皇圣父可以替他开脱，那他就能和他的爱人快快活活的过日子，而仍旧不失其为基督徒了。"天真汉把姑母拥抱了，问："这个多么可爱，多么慈悲，肯成全青年男女的婚姻的人是谁啊？我马上去跟他商量。"

他们给他解释什么叫作教皇，天真汉听了更诧异不置。"亲爱的叔叔，你的书里一句都没提到这种事，我出过门，识得海路，我们这儿是在大西洋边上，你们要我离开了圣·伊佛小姐，跑到一千六百里以外的地中海那边，向一个跟我言语不通的人，要求准许我爱圣·伊佛小姐？这简直可笑得莫名其妙了。我马上去见圣·伊佛神甫，他离此不过四里地，我向你们担保，不到天黑，我一定和我的爱人结婚了。"

说话之间，法官闯进来，照例问他上哪儿去。天真汉一边奔一边回答："结婚去。"一刻钟以后，他已经到了他心爱的，美丽的下布勒塔尼姑娘府上。她还睡着。甘嘉篷小姐对院长道："啊！哥哥，你永远没法教我们的侄儿当修士的。"

法官对于这次旅行大不高兴，因为他一厢情愿，要圣·伊佛小姐嫁给他儿子，那儿子却比老子还要愚蠢，还要讨厌。

第 六 章
天真汉跑到爱人家里，大发疯劲

天真汉一到，向老妈子打听他爱人的房间，房门没有关严，他猛力推开了，直奔卧床。圣·伊佛小姐惊醒过来，叫道："怎么！是你！啊！是你！站住！你来干什么？"他答道："我来跟你做夫妻。"真的，要不是她把一个有教育的人的礼义廉耻，全部拿出来抗拒，他当场就做了她的丈夫了。

天真汉看事情非常认真，认为对方的抗拒是蛮不讲理。他道："我的第一个情人阿巴加巴小姐就不是这样的，你不老实，你答应嫁给我，却不肯结婚，失信是违反荣誉的第一条规则，我要来教你守信，教你敦品修德。"

天真汉富有刚强勇猛的德性，不愧为赫格利斯的寄名弟子①，他正要把德性全部施展出来，那小姐却凭着更文雅的德性大叫大喊，惊动了稳重的圣·伊佛神甫。他带着一个女管家，一个虔诚的老当差和教区里的一位神甫，赶来了。看到这些人，天真汉进攻的锐气不禁为之稍挫。神甫说："哎，天哪！亲爱的邻居，你这是干什么？"年轻人回答："尽我的责任啊，我是来履行我神圣的诺言的。"

圣·伊佛小姐红着脸整理衣衫。天真汉被带往另外一间屋子。神甫责备他行为非礼。天真汉抬出自然界的规律替自己辩护，那是他知道得很清楚的。神甫竭力解释，说人为的法律高于一切，人与人之间倘没有习惯约束，自然律不过是一种天然的强盗行为。他告诉天真汉："结婚要有公证人，教士，证人，婚书，教皇的特许状。"天真汉的感想和所有的野蛮人一样，他答道："你们之间要防这个，防那个，可见你们都不是好人。"

神甫很不容易解答这个难题。他道："我承认，我们中间有的是反复

---

① 赫格利斯：古希腊神话中的大力士，亦译"海格利斯""海格力斯"。

的小人，卑鄙的流氓，倘若休隆人聚居在大城市里，这种人也不会太少，但我们也有安分、老实、明理的人，定法律的便是这等人。你越是正人君子，越应当守法，给坏蛋们一个榜样，看到有德的人如何以礼自防，他们也会有所顾忌了。"

这一席话引起了天真汉的注意。大家早已看出他思路很清楚。当下便用好言相慰，让他存着希望。这两个圈套，东半球西半球的人都逃不过的，圣·伊佛小姐梳洗完毕以后，他们还让他见面。他所有的举动都很斯文了。但圣·伊佛小姐看到天真汉－赫格利斯明晃晃的眼睛，仍不免低下头去，在场的人也不免提心吊胆。

他们千方百计哄他回家，只是没用。临了还得借重美人圣·伊佛的力量。圣·伊佛越觉得他对自己百依百顺，心里越爱他。她叫他走了，可是说不出的难过。她的哥哥不但比她年纪大了很多，并且是她的监护人。休隆人去后，圣·伊佛神甫决计不让强项的情人再用那种激烈手段追求他的妹妹。他去找法官商量。法官一向有心把自己的儿子配给神甫的妹妹，便主张把可怜的姑娘送往修道院。这一下可真是辣手：普通女子送进修院，尚且要大哭大闹，一个动了爱情的，又贤慧又温柔的姑娘，当然更痛不欲生了。

天真汉回到叔父家里，凭着他的天真脾气把事情全说了。他受了一顿同样的教训，对他的思想略微有些作用，对他的情感却毫无影响。第二天他正想到美丽的情人家中，和她讨论自然的规律和人为的法律，法官却摆着一副教人难堪的得意样儿，向他宣布她已经进了修道院。天真汉道："好，我就到修道院去跟她讨论。"法官道："那是办不到的。"然后长篇大论的解释修道院的性质，说这个名称是从一个拉丁字来的，那拉丁字的意义是集会。休隆人弄不明白为什么他不能参加这个集会。最后他懂得，所谓集会是幽禁少女的监狱，是一种在休隆和英国都闻所未闻的残酷的手段。他登时大发雷霆，那股疯劲不亚于他的本名神赫格利斯。因为当年奥加里王欧利德的女儿伊奥莱，和圣·伊佛小姐一样美，奥加里王又和圣·伊佛神甫一样残酷，不肯把女儿嫁给赫格利斯赫格利斯因此率领大军攻打奥加里，杀其国王，将伊奥莱劫走。天真汉竟想放火烧修道院，不是把情人抢走，便是和她一同烧死。甘嘉篷小姐惊骇之下，从此死心塌地，不敢再希望侄儿当修士了，她哭着说，自从他受洗之后，魔鬼就上了他的身。

第　七　章
天真汉击退英国人

　　天真汉垂头丧气，郁闷不堪。他沿着海滨散步，肩上背着双膛枪，腰里插着短刀，偶尔朝着飞鸟放几枪，常常想把自己当做枪靶，但为了圣·伊佛小姐，还不愿意轻生。他一忽儿把叔父，姑母，下布勒塔尼，洗礼，都咒骂一顿；一忽儿又祝福他们，因为没有他们，他不会认识他的爱人的。他立意到修道院去放火，才下了决心又马上打消，生怕烧坏了爱人。多少矛盾的思潮在他胸中骚动，便是英吉利海峡中受东风西风激荡的浪潮也不过如此。

　　他茫无目的，迈着大步走去，忽然听见一阵鼓声，看见远远的一大群人，一半奔向海边，一半逃往内地。

　　四面八方喊成一片，受了好奇心与冒险心鼓动，他立即向人声鼎沸的方面奔去，连窜带跑，飞也似的赶到了。民团司令在院长家和他同过席，马上认得是他，张着手臂迎上来，嚷道："啊！天真汉来了，他一定帮我们的。"吓得半死的民兵放了心，也叫道："天真汉来了！天真汉来了！"

　　他道："诸位，怎么回事呀？为什么慌成这样？是不是人家把你们的爱人送进了修道院？"几十个人乱哄哄的嚷道："你不看见英国人靠岸了吗？"休隆人回答："那有什么关系？他们都是好人，从来没要我做修士，也没架走我的爱人。"

　　民团司令告诉他，英国人要来抢劫小山修院，喝他叔父的酒，说不定还要架走圣·伊佛小姐。又说他上回搭着到下布勒塔尼来的小船，原来是刺探虚实的，他们并没和法国宣战，却先来骚扰地方，全省都受到危险了。天真汉道："啊！要是真的，他们就是不守自然规律，我有办法，我在他们国内住过很久，懂得他们的话，让我去交涉，我不信他们会有这样恶毒的用意。"

　　说话之间，一小队英国兵船驶近了。休隆人便迎上前去，跳进一条小

天
真
汉

船，划到司令官的旗舰旁边，上去问他们，可是真的不正式宣战，就来骚扰地方。司令官和舰上的人员哈哈大笑，请他喝了甜酒，把他打发走了。

天真汉禁不起众人一激，一心只想帮着同乡人和院长，跟他以前的朋友们大杀一场。附近的乡绅从四下里赶到，他和他们合在一起，手头有几尊炮，他忙着上弹药，拨准方向，一尊一尊的放起来。英国人下船了，他迎上去亲手杀了三个，把取笑他的司令官也打伤了。他的勇敢替整个民团壮了胆子，英国人退回船上，沿海只听见一片胜利的呼声："王上万岁！天真汉万岁！"人人都来拥抱他。他受了几处轻伤，大家都抢着替他止血。他道："啊！要是圣·伊佛小姐在这儿，她一定替我包扎得好好的。"

法官在厮杀的当口躲在家中地窖里，这时也跟别人一起来恭维他。不料天真汉－赫格利斯身边围着十来个跃跃欲试的小伙子，他对他们说道："弟兄们，咱们救了小山修院还不够，还得去救一位姑娘。"激烈的青年人，单单听了这两句，火气就来了。法官在旁不由得大吃一惊。一大群人已经跟着他往修道院出发了。要不是法官立刻通知民团司令，要不是马上有人去追回那批疯疯癫癫的青年，事情就大了。众人把天真汉送回给他的叔叔和姑母，他们俩十分感动，把眼泪洒了他一身。

叔叔对他道："我看明白了，你永远做不成修士，做不成院长，你要当了军官，比我当上尉的哥哥还要勇敢，说不定也和他一样是个穷光蛋。"甘嘉篷小姐哭个不停，搂着他说道："他要把性命送掉的，和我们的哥哥一样，还是让他做修士的好。"

天真汉在厮杀的时候捡到一个大荷包，满满的装着基尼亚^{基尼亚为英国昔时金币，值二十一先令}，大概是英国司令失落的。他以为这笔钱可以把下布勒塔尼全省都买下来，至少也能使圣·伊佛小姐一变而为贵妇人。个个人劝他到凡尔赛去受赏。民团司令，高级军官，纷纷给他出立证书。叔叔和姑母也赞成侄子去走一遭。他毫无困难，一定能见到王上。单是这一点，他在外省就是一个大人物了。两位好人拿出一大笔积蓄，加入那个英国荷包。天真汉心里想："等我见了王上，就要求他准许我和圣·伊佛小姐结婚，他决不会拒绝的。"于是他动身了，一乡的人都来送行，欢声雷动，把他拥抱得气都喘不过来，姑母把眼泪洒了他一身，叔父给他祝福了，他自己却是默默的向美人圣·伊佛致意。

第 八 章

天真汉到王宫去，路上和
迁葛奴党人一同吃饭

　　天真汉取道萨缪，搭的是驿车，当时也没有别的车辆。到了萨缪，看见城里十室九空，好几份人家正在搬场，他心中很纳闷。有人告诉他，六年以前城里有一万五千人口，如今还不到六千。晚上在客店里吃饭，他少不得提起此事。同桌有好几个新教徒：有的满嘴牢骚，有的义愤填胸，有的一边哭一边说了两句拉丁文①。天真汉不懂拉丁，问了人家，才知道那两句话的意思是：田园温暖，不得不抛；故乡虽好，不得不逃。

　　"诸位，干么你们要逃出家乡呢？"——"因为人家要我们承认教皇。"——"你们为什么不肯承认他？难道你们不想娶你们的干妈吗？听说他可以发特许状的。"——"啊！先生，教皇自称为国王领土的主人翁。"——"你们是干哪一行的？"——"我们多半是做布生意的和办工厂的。"——"倘若教皇自称为你们的布匹和工厂的主人，那么不承认他是应该的，但王上的领土是王上的事，你们管它做什么？"于是有一个穿黑衣服的矮个子，头头是道的说出众人的怨恨，慷慨激昂的提到《南德敕令》的撤销，替五万个逃亡的家庭，还有五万个被龙骑兵强迫改宗的家庭叫屈，连天真汉也为之流泪了_{法国宗教战争（1562—1593）告终以后，亨利四世于1598年颁布敕令，史称《南德敕令》，保障新教徒之信仰自由，与旧教徒受平等待遇。路易十四于1685年将此项敕令撤销，并听从特·路伏侯爵之计划，发动大批龙骑兵，至各处威逼新教徒改信旧教，致新教徒纷纷流亡国外。此项新教徒即所谓迁葛奴党，彼等之逃亡为法国史上最大的移民运动。}他道："一个这样伟大的国王，声威远播，连休隆人都久闻大名的，怎么会把成千累万愿意爱戴他的人，愿意为他出力的人，轻易放弃呢？"

---

　　① 拉丁文：古代罗马人所用文字。

穿黑衣服的人答道："因为他像别的伟大的君王一样，受人蒙蔽。人家哄他，说只要他开一声口，所有的人都会跟他一般思想。他可以叫我们改变宗教，和他的乐师吕利一刹那间更换歌剧的布景一样。可是他不但丧失了五六十万有用的国民，并且还逼他们与他为敌。如今在英国当政的威廉王，把原来乐意为本国拼命的法国人，编成了好几个联队。

"这样一桩祸国殃民的事特别令人奇怪：路易十四为了现任的教皇牺牲自己的一部分百姓，但这教皇明明是路易十四的死冤家。九年以来，他们俩还闹得很凶呢。法国甚至于希望，把这外国人几百年来套在它身上的枷锁完全摆脱，连世界上第一样要紧东西，金钱，也不再供给教皇。可见王上是受人欺骗，对自己的权力与利益都看不清了，他宽宏的度量也受到影响了。"

天真汉越来越感动，问究竟是哪些人，胆敢蒙蔽一个连休隆人都不胜爱戴的国王。人家回答说："都是些耶稣会教士，尤其是王上的忏悔师拉·希士神甫。希望有一天上帝会惩罚他们，把他们驱逐出境，像他们现在赶走我们一样。我们受着世界上最大的苦难。特·路伏先生派了耶稣会士和龙骑兵，到处来难为我们拉·希士（1624—1709）与特·路伏均为法国史上实有的人物。前者为路易十四的忏悔师；后者为路易十四的陆军大臣，以治军著名，但性情残忍，迫害新教徒之手段尤为残酷。"

天真汉再也按捺不住，说道："诸位，我立了功劳，正要到凡尔赛去受赏，我可以跟那位特·路伏先生谈一谈，听说就是他在办公室里策划军事的。我能见到王上，要把真相告诉他，一个人知道了真相，不会不接受的。不久我得回来和圣·伊佛小姐结婚，请你们都来观礼。"那些老实人听了，以为他是个微服出游的大贵人，为了避人眼目，特意搭着驿车。也有人把他当做王上身边的小丑。

饭桌上有个便服乔装的耶稣会士，正是拉·希士神甫的间谍，事无大小，他都报告拉·希士，再由拉·希士转告特·路伏。当下他就动笔。那份报告书和天真汉差不多同时到达凡尔赛。

第　九　章

天真汉到了凡尔赛，宫廷对他的招待

　　天真汉搭的车停在御厨房外面的院子里。他问轿夫，几点钟可以见到王上。轿夫对他当面打个哈哈，像那个英国海军司令一样。天真汉用同样的方法对付，把他们打了，他们也预备回敬，差点儿大打出手，幸好有个当御前侍卫的布勒塔尼乡绅走过，把他们劝开了。天真汉对侍卫说："先生，我看你是个好人，我是小山圣母修院院长先生的侄子，杀了几个英国人，要跟王上说话。请你把我带到他屋里去。"侍卫遇到一个不识宫廷规矩的同乡人，大为高兴，告诉他觐见王上不能这么随便，必须由特·路伏大人带引。"那么，请你带我去见这位特·路伏大人，他准会把我引见的。"侍卫答道："要跟特·路伏大人说话，比跟王上说话还要难。让我带你去见陆军部秘书亚历山大先生，见了他就等于见了陆军大臣。"两人说着，就到亚历山大府上，可是进不去：秘书正和一位内廷的太太商量公事，来宾一律挡驾。侍卫道："好罢，没有关系，咱们去找亚历山大先生的秘书，见了他就像见了亚历山大先生一样。"

　　天真汉不胜惊奇，只得跟着走。两人在一间小穿堂里等了半小时。天真汉问道："怎么的？这里所有的人都不见客吗？在下布勒塔尼和英国人打仗，比到凡尔赛衙门里找人方便多了。"为了消磨时间，他把自己的恋爱故事讲给同乡听。可是时钟一响，侍卫要去上班了。两人约好第二天再见。天真汉在穿堂中又等了半小时，心里想着圣·伊佛小姐，也想着要见王上和秘书们多么不容易。

　　终于主人出现了。天真汉对他道："我等了这么久才见到你，要是我也等这么些时间去迎击英国人，他们此刻尽可以称心像意，把下布勒塔尼一抢而空。"这几句话使秘书怔了怔，说道："你来要求什么？"——"我要求酬劳，我的文书都带来了。"他把证件一齐摆在秘书面前。秘书看了，说也许可以准他买一个少尉的缺。"买一个少尉的缺！因为我打退了英国人，所以要我出钱吗？我得花了钱，才有权利去替你们拼命，让你们在这儿消消停停的会客，是不是？大概你是说笑话罢？我要不出一钱，带领一个骑兵连。我要王上把圣－伊佛小姐放出修道院，准许我和她结婚。我要跟王上谈谈五万个家庭的事，我打算劝他们回心转意，拥戴王上。总而言之，我要替国家出力，我要政府用我，提拔我。"

秘书问："先生，你是谁？说话这样高声大气的？"天真汉答道："噢！噢！你没有看过我的证件吗？原来你们是这样办事的！我名叫赫格利斯·特·甘嘉篷，受过洗礼，住在蓝钟饭店。我要在王上面前告你一状。"秘书和那些萨缪人一样，认为他头脑有点毛病，没把他放在心上。

当天，路易十四的忏悔师拉·希士神甫，收到间谍的信，指控布勒塔尼人甘嘉篷袒护迁葛奴党，痛骂耶稣会士的行为。特·路伏先生方面，也收到好问的法官来信，把天真汉形容做无赖光棍，图谋火烧修道院，绑架姑娘。

天真汉在凡尔赛花园中散了一会步，觉得很无聊。照着下布勒塔尼人和休隆人的款式吃过晚饭，睡觉了。他存着甜蜜的希望，以为第二天能见到王上，准他与圣·伊佛小姐结婚，至少给他带一个骑兵连，王上也会制止对迁葛奴党的迫害。他正想着这些念头自得其乐，忽然公安大队的几个骑兵闯进屋子，先把他的双膛枪和大刀没收了。

他们把他的现金点了数，带他到都奈尔城门口，圣·安多纳街旁边的宫堡中去，那是约翰二世的儿子，查理五世修盖的<small>此即历史上有名的巴斯蒂监狱①，建于 14 世纪，原为防御英军而筑的碉堡。权相黎希留当政，始改为监狱；卒于 1789 年 7 月大革命爆发时，被民众焚毁。</small>

天真汉一路怎样的诧异，读者不妨自己去想象。他先疑心是做梦，只觉得昏昏沉沉。过了一会，他突然疯劲发作，力气长了一倍，把车内两个押送的卫兵掐着脖子，摔出车厢，自己也跟着往外扑去，第三个卫兵过来拉他，连带滚下了。天真汉用劲过度，栽倒在地。大家把他捆起，重新扛上车。他道："哼，把英国人赶出下布勒塔尼，落得这个酬报！美丽的圣·伊佛，你要看到我这个情形，又怎么说呢？"

终于到了公家派定的住处。卫兵们一声不出，像抬一个死人进墓园似的，把他抬进牢房。房内有一个保尔－洛阿伊阿派<small>保尔－洛阿伊阿派即扬山尼派，为旧教中的一个宗派，盛行于 17 世纪，谓自亚当堕落以后，人类即无自由意志，个人的为善</small>

---

① 巴斯蒂：现通译"巴士底"。

与灵魂得救均有赖于上帝的恩宠，非人力所能致。此派被教皇斥为异端，并与耶稣会明争暗斗，17世纪时备受压迫的老修士，叫作高尔同，已经不死不活的待了两年了。公安队长对老人道："喂，我给你带个同伴来了。"随即把大锁锁上，牢门十分厚实，装着粗大的栅栏。两个囚徒就此和整个世界隔绝了。

第 十 章

天真汉和一个扬山尼派的教徒
一同关在巴斯蒂监狱

　　高尔同先生是个精神矍铄、胸襟旷达的老人。他有两大德性：逆来顺受和安慰遭难的人。他神情坦白，态度慈祥的走过来，拥抱着同伴，说道："和我同居墓穴的人，不管你是谁，请你相信我一句话：在这个地狱般的深坑中，你要有什么苦恼，我一定忘了自己的苦恼来安慰你。我们应当热爱上帝，是他冥冥之中带我们到这儿来的。咱们心平气和的受难罢，希望罢。"在天真汉的心中，这些话好比起死回生的英国药酒此是 17 世纪时流行的一种提神的药酒，他不胜惊异的把眼睛睁开了一半。

　　高尔同说完了开场白，并不急于打听天真汉遭难的原因。但由于老人温柔的言语，同病相怜的关切，天真汉自然而然想掏出心来，把精神上的重担放下来歇一歇。可是他猜不出倒楣的缘由，只觉得是祸从天降。高尔同老人也和他一样的诧异。

　　扬山尼派的信徒对休隆人道："上帝对你必有特别的用意，才把你从翁泰利俄湖边带到英国和法国，使你在下布勒塔尼受洗，又带你到这儿来，磨炼你的灵魂。"天真汉答道："我认为我命里只有恶魔捣乱。美洲的同乡永远不会对我这样野蛮，他们连想还想不到呢。人家叫他们野蛮人，其实是粗鲁的好人，这里的却是文明的恶棍。我弄不明白，怎么我会从另一个世界到这儿来，跟一个教士一同关在牢里，我也细细想过，不知有多少人，从地球这一边特意赶到地球那一边去送死，或是在半路上覆舟遇险，葬身鱼腹。我看不出上帝对这些人有什么大慈大悲的用意。"

　　狱卒从窗洞里送进饭来。他们俩谈着上帝，谈着王上的密诏此系法国史上的专门名词。君主时代，王上只需下一道"密诏"，就可置人于狱，无须法律手续，谈着如何不让谁都会遭遇的忧患压倒。老人道："我在这儿已经待了两年，除了自己譬解和书本以外①，没有别的安慰，我可是从来不烦恼。"

天真汉嚷道："啊，高尔同先生，你难道不爱你的干妈吗？要是你和我一样认识了圣·伊佛小姐，你准会伤心死的。"说到这里，他不由得流泪了。哭过一阵，心里倒觉得松动了些。他道："咦！眼泪怎么能使人松动呢？不是应该相反吗？"老人回答："孩子，我们身上一切都是物理现象，所有的分泌都使身体畅快，而能使肉体缓和的必然能使心灵缓和：我们是上帝造的机器。"

上文提过好几次，天真汉天赋极厚。他把这个观念细细想了想，觉得自己也仿佛有过的。然后他问同伴，为什么他那架机器在牢里关了两年。高尔同回答："为了那个特殊的恩宠 "特殊恩宠" 为扬山尼派的术语，即指人类赖以得救的恩宠。我是扬山尼派，认得阿尔诺和尼高尔 阿尔诺（1591—1661）与尼高尔（1625—1695）都是扬山尼派有名的神学家；我们受耶稣会的迫害。我们认为教皇不过是个主教，和别的主教一样，就因为此，拉·希士神甫请准王上，不经任何法律手续，把我剥夺了人类最宝贵的财产，自由。"天真汉道："真怪，我遇到的几个倒楣人②，都是为了教皇之故。至于你那个特殊的恩宠，老实说我莫名其妙，但我在患难之中碰到一个像你这样的人，给我意想不到的安慰，倒的确是上帝的恩典。"

日子一天天的过去，他们的谈话越来越有意思，越来越增进各人的智慧。两个囚徒友爱日笃。老人很博学，青年很好学。过了一个月，他研究几何，很快就学完了。高尔同教他念当时还很流行的罗奥的《物理学》，他极有头脑，觉得书中只有些不确不实的知识。

接着他念了《真理之探求》上编，颇有启发。他道："怎么！我们的幻想和感觉会哄骗我们到这个程度！怎么！我们的思想不是由外物促成的，我们自己不能有思想的！"念完下编，他却不大满意，认为破坏比建设更容易 《真理之探求》为法国玛勒勃朗希（1638—1715）所著，上编论人的感官、幻想、理解、情欲等等所造成的错误。下编提出作者的哲学体系，大致不出笛卡儿的范围。"

一个无知的青年，竟会跟深思饱学的人有同样的感想：高尔同为之惊异不置，觉得他才智过人，更喜欢他了。

一日，天真汉和他说："据我看，你那个玛勒勃朗希写前半部书是用的理智，写后半部是用的幻想和成见。"

---

① 譬解：晓示劝解。

② 倒楣：亦作"倒霉"，遇事不利；遭遇不好。

　　过了几天，高尔同问他："关于灵魂，关于我们接受思想的方式，关于我们的意志，关于神的恩宠，关于自由意志，你有什么意见？"天真汉答道："毫无意见。我想到的只是我们都在上帝掌握之下，像星辰与原素一样，我们身上的一切都是他主动的，我们只是大机器中的小齿轮，大机器的灵魂就是那上帝，他的行动是依照一般的规律，而非个别的观点出发的。我所能了解的只此而已，其余只觉得黑漆一团。"

　　"可是，孩子，你这么说等于把上帝当做罪恶的主犯了。"——"唉，神甫，你所谓特殊的恩宠，也是把上帝当做罪恶的主犯啊，得不到恩宠的人必然要犯罪，那么把我们交给罪恶的人不就是主犯吗？"

　　这种天真的论据使老人非常为难，他觉得费尽心思也无以自解，说了一大堆话，似乎很有意义，其实空空洞洞，无非是人的意志有赖于神的恩宠等等。天真汉听了只觉得可怜。这问题当然牵涉到罪恶的根源。高尔同便搬出邦杜拉的宝匣，被阿里玛纳戳破的奥洛斯玛特的蛋，泰封与奥赛烈斯之间的敌意，最后又提到原始罪恶希腊神话载：宙斯以神匣赐与邦杜拉①，内藏人间所有的罪恶及灾祸，邦杜拉为了好奇而揭开，匣中的罪恶灾祸乃全部逸出，布满大地。古代波斯传说：善神奥洛斯玛特与恶神阿里玛纳永远争战不已，奥洛斯玛特创造二十四个善的精灵，藏于蛋内，免受阿里玛纳之害。阿里玛纳戳破蛋壳，以致世界上每一善事与恶事相混。埃及宗教中有泰封与奥赛烈斯二神，泰封代表恶，奥赛烈斯代表善，生殖，繁荣。原始罪恶即指基督教传说中亚当与夏娃私食禁果事。两人在无边的黑夜中奔逐，永远碰不到一处。但这种灵魂的探险转移了他们的目光，不再注意自身的忧患，充塞宇宙的浩劫，像符咒一般减少了他们的痛苦的感觉：人人都在受罪，他们怎么还敢怨叹呢？

　　可是静寂的夜里，美丽的圣·伊佛的形象，把她爱人所有的玄学思想和道理思想都抹得干干净净。他含着眼泪惊醒过来，而那个扬山尼派老人也忘了他特殊的恩宠，忘了圣·西朗神甫和扬山尼斯圣·西朗神甫与扬山尼斯均为扬山尼派的创始人，忙着安慰一个他认为罪孽深重的青年。

　　看一会书，讨论一会，两人又提到自身的遭遇，空谈了一阵遭遇，又回到书本中去，或是一同看，或是分头看。青年人的智力日益加强。尤其在数学方面，若非为了圣·伊佛小姐而分心，他可以钻研得很深。

　　他读了历史，怏怏不乐。他觉得人太凶恶太可怜了。历史只是一连串罪恶与灾难的图画。安分守己与清白无辜的人，在广大的舞台上一向就没

---

　　① 邦杜拉：现通译"潘多拉"。

有立足之地。所谓大人物不过是一般恶毒的野心家。历史有如悲剧，要没有情欲、罪恶、灾难，在其中掀风作浪，就会显得毫无生气，令人厌倦。格里奥也得像美尔波美尼一样，手里拿一把匕首 希腊神话中有九个文艺女神，其中格里奥执掌史诗，美尔波美尼执掌悲剧。

　　法国史固然和别国的同样丑恶，天真汉却觉得开头的一部分那么可厌，中间的一部分那么枯索，后面的一部分那么渺小：到了亨利四世的朝代还没有伟大的建筑，别的民族已经有些奇妙的发现闻名世界，法国却毫不关心。史上记载的无非是发生在世界一角的，猥琐无聊的惨剧，天真汉直要捺着性子，才把那些细节读完。

　　高尔同和他一般见解。读到弗尚撒克，弗尚撒盖，阿斯泰拉 三者均系法国南方小郡，中古时代为封建诸侯的产业 几个小诸侯的故事，两人只觉得可怜可笑。这段历史只配诸侯的后代去研究，倘若他们有后代的话。有个时期，天真汉为了罗马共和国几个辉煌灿烂的世纪，对别的国家都不感兴趣了。他只想着罗马战胜异族，为他们立法的史迹。他抱着满腔热忱，向往于这个追求自由与光荣，历七百年而不衰的民族。

　　多少日子，多少星期，多少岁月，都这样过去了，要不是有了爱人，天真汉也会在拘留生活中觉得幸福的。

　　他的笃厚的天性，还为了小山修院的院长和富于感情的甘嘉篷小姐难过。他常说："我这样毫无音讯，他们要作何感想呢？一定要认为我无情无义罢？"想到这里，他很痛苦，他哀怜他所爱的人，远过于哀怜自己。

天真汉

111

第十一章
天真汉怎样发展他的天赋

博览群书扩大了他的心灵，一个有见识的朋友安慰了他的心灵。我们的囚徒占了这两项便宜，却是从来没想到的。他说："我几乎要相信变形的学说了，因为我从野兽变做了人。"他有笔钱可以自由支配，便用来收集一批精心挑选的书。他的朋友鼓励他把感想记下来，以下便是他写的关于古代史的感想：

"据我想象，世界上的民族很多都像我一样，求知识是晚近的事。几百年中他们只顾着当前，很少想到过去，从来不想到将来。我在加拿大走过两千多里地方，没看到一所纪念建筑，大家都不知道自己的曾祖做过些什么。这不是人类的自然状态吗？这一洲上的种族似乎比那一洲上的优秀。他千百年来用艺术用知识扩充自己的生命。莫非因为他下巴上长着胡子，而上帝不给美洲人长胡子吗？我想不是的，我看到中国人也差不多没有胡子，但他们培植艺术已经有五千多年。既然他们有四千年以上的历史，整个民族的聚居和繁荣必有五十世纪以上。

"中国这段长久的历史有一点特别引起我注意，就是中国的一切几乎全是可能的，自然的。我佩服他们什么事都没有一点儿神奇的意味。

"为什么别的民族都要给自己造出一些荒诞不经的来源呢？法国最早的史家，其实也不怎么早，说法国人是埃克多根据希腊史诗，埃克多为脱洛阿战争中的英雄之一，以勇武著称的儿子，法朗居斯之后。罗马人自称为夫赖尼人夫赖尼为小亚细亚之古国，最后之王弥大斯，于公元前7世纪末被外族战败，后为波斯、马其顿、罗马各国相继统治之后，但他们的语言没有一个字和夫赖尼语有关。埃及被神道占据了一万年，魔鬼盘踞在大月氏族中，生下了匈奴。在修西提提斯①修西提提斯为希腊最大的史家，生存于公元前5世纪至4世纪之间，所著《伯罗奔尼撒战役》

---

① 修西提提斯：现通译"修昔底德"。

（记雅典与斯巴达两邦间之战争）以叙事正确，立论公允著称以前，我只看到些近乎阿玛提斯阿玛提斯为16世纪西班牙小说中的主角，故事源出法国之布勒塔尼，自13世纪起即为人熟知。阿玛提斯为英勇的流浪骑士之典型一类的小说，还不及阿玛提斯有趣。到处只有神道的显形，诏谕，奇迹，巫术，变形，穿凿附会的梦境：最大的帝国和最小的城邦，根源都不出乎这几种。有时是会讲话的禽兽，有时是受人膜拜的禽兽，一忽儿神变了人，一忽儿人变了神。啊！我们即使需要寓言，至少得包含真理！哲学家的寓言，我看了喜欢；儿童的寓言，我看了发笑；骗子的寓言，我只有痛恨。"

有一天他读到于斯蒂尼安皇帝于斯蒂尼安①为6世纪时东罗马帝国之皇帝的历史，述及君士坦丁堡教会中的博士，用极不通顺的希腊文下了一道法令，把当时一个最伟大的军人斥为邪道，因为他谈话之间很兴奋的说：真理自有光明，薪炭之火不足以照耀人心。博士们认为这两句是邪说，是异端，应当反过来说才合乎迦特力教义与希腊教义：唯薪炭之火方能照耀人心，真理自身并无光明。那般博士禁止了军人的好几篇演讲，并且下了一道法令。

天真汉叫道："怎么！法令交给这种人颁布吗?"高尔同老人回答："这不是法令，而是乱命，君士坦丁堡的人，自皇帝以下都引为笑谈。于斯蒂尼安是一个开明的君主，不让手下的教士胡作非为。他知道那几位先生和别的教士，遇到比这个更重大的事也乱发命令，前几任皇帝已经看得不耐烦了。"天真汉道："皇帝的措置很得当。我们要拥护教士，也要限制教士。"

他还写了许多别的感想，使高尔同老人暗暗吃惊，想道："怎么！我孜孜为学，花了五十年工夫，反不能像这个半野蛮的孩子有这样自然而合理的见识。我战战兢兢，唯恐给了他成见，谁知他只听从淳朴的天性。"

老人有几本批评小册，几本期刊：一般不能生产的人借此抹煞别人的生产，维才之流侮辱拉西纳，番第之辈侮辱法奈龙。天真汉看了几本，说道："这好比苍蝇蚊子在骏马的屁股上下蛋，并不能妨碍骏马的奔驰。"两位哲学家对这些垃圾文学简直不屑一看。

不久两人又研究初步的天文学，天真汉叫人买了几个浑天仪。一看那个伟大的景色，他高兴极了，叫道："可怜！直到人家剥夺了我仰观天象的自由，我才认识天象。木星和土星在无垠的空间转动，几千百万的星球

---

① 于斯蒂尼安：现译"查士丁尼"。

113

天真汉

照耀着几千百万的世界，而在我偶然来到的一角土地上，竟有人把我这个有眼睛有头脑的生物，跟我视线所及的无量数的宇宙，跟上帝安放我的世界，完全隔绝！普照宇宙的日光，我竟无法享受。在我消磨童年和青年时代的北国，可没有人遮蔽我的天日。亲爱的高尔同，要没有你，我在这里就陷入一片虚无了。"

第十二章
天真汉对于剧本的意见

年轻的天真汉仿佛一些元气充足的树，长在贫瘠的土上，一朝移植到水土相宜的地方，很快就根须四展，枝叶扶疏了，而监狱竟会是这块有利的土地，也是意想不到之事。

两个囚徒用来消遣岁月的书籍中，还有诗歌，希腊悲剧的译本和几部法国戏。天真汉读了谈情说爱的诗，心里又快乐又痛苦。它们都提到他心爱的圣·伊佛。《两只鸽子》的寓言_{拉·风丹纳寓言第九卷第二篇，题名《两只鸽子》，描写一对友情深厚的鸽子，一只喜欢居家，一只喜欢旅行。旅行鸽不顾居家鸽苦劝，出外游历。途中先遇大风雨，狼狈不堪；继而堕入罗网，险被擒获；又遭鹰隼追迫，几乎丧命；终被儿童弹丸击中，折足丧翼，幸得回巢}使他心如刀割：何年何月他才能回到旧巢去呢？

他对莫利哀大为倾倒。从他的喜剧中，他认识了巴黎的和一般的人情风俗。——"你最爱他哪一本戏呢？"——"不消说，当然是《太丢狒》①_{太丢狒为莫利哀喜剧中卑鄙无耻，阴险狠毒的小人典型。剧名即为《太丢狒》。}"——"我跟你一样，"高尔同说，"把我送进地牢来的就是一个太丢狒，使你倒楣的或许也是些太丢狒。"

"你觉得希腊悲剧怎么样？"——"那是适合希腊人的，"天真汉回答。但读到近代人写的《依斐日尼》《番特勒》《昂特洛玛葛》《阿太里》_{以上四悲剧均为17世纪法国悲剧家拉西纳的作品}，他为之出神了，又是叹气，又是流泪，无意之间把剧词都记熟了。

高尔同说："你念念《洛陶瞿纳》罢_{《洛陶瞿纳》及下文之《西那》均为17世纪法国悲剧家高乃伊的作品}，据说那是戏居中的杰作，比较之下，你多喜欢的别

---

① 《太丢狒》：现通译《伪君子》，莫里哀代表作，主人公各现通译"答尔丢夫"。

的作品都不足道了。"年轻人念了第一页就道："这是另外一个作家的。"——"你怎么知道？"——"我说不出道理，可是这些诗句既不动听，也不动心。"高尔同道："噢！那不过是诗句而已。"天真汉道："那么写它干什么？"

他仔细念完剧本，除了求快感以外并无别的用意，然后一滴泪水都没有，睁着惊奇的眼睛望着朋友，无话可说。临了，他被逼不过，只得说出他的感觉："开头一段我弄不清，中间一段我受不了，最后一场我很感动，虽然不大像事实。我对剧中人一个都不感兴趣，统共只记得一二十句诗，可是我喜欢的东西是全部背得的。"

"这个剧本是公认为最好的呢。"——"那说不定和许多没有本领而居于高位的人一样。不过这是趣味问题，我的鉴赏力还没成熟，可能错的，但你知道我的习惯是把自己的思想，感觉，老老实实说出来。我疑心一般人的判断往往夹着幻想，时尚，意气。我只凭本性说话，可能我的本性缺点很多，但也可能多半的人不大肯听听本性的意见。"说着他背了几段《依斐日尼》，这些诗他满肚子都是，虽然念得不高明，那种真情实感和动人的声调，也使高尔同听着哭了。接着又读了《西那》，他并不流泪，只是佩服。

第十三章
美丽的圣·伊佛到凡尔赛去

我们这位遭难的人，思想上的进步远过于精神上的安慰，闭塞多年的聪明，一下子发展得那么迅速那么有力，他的天性给琢磨得越来越完满，仿佛替他对不幸的遭遇出了一口气。可是院长先生，他好心的妹妹，还有被幽禁的美人圣·伊佛，这个时期又怎样了呢？第一个月大家焦急不安，第三个月痛苦万分：胡乱的猜测，无稽的谣言，使他们着了慌；六个月之后，以为他死了。最后，甘嘉篷先生兄妹俩，从内廷侍卫写到下布勒塔尼的一封旧信中，知道有一个很像天真汉的青年，一天傍晚到过凡尔赛，当夜被人架走，从此没有消息。

甘嘉篷小姐道："唉，我们的侄儿恐怕做了什么傻事，出了乱子了。他年纪轻轻，又是下布勒塔尼人，不会知道宫中的规矩的。亲爱的哥哥，我从来没到过巴黎或是凡尔赛，这是一个好机会，说不定我们能把可怜的侄儿找回来：他是我们哥哥的儿子，我们责任所在，应当去救他。将来年轻人的火气退了，谁敢说我们就没法使他当修士呢？他读书很有天分。你该记得为了《旧约》与《新约》的辩论吧？他的灵魂是我们的责任，教他受洗的也是我们，他心爱的情人圣·伊佛，天天都从早哭到晚。真的，应当到巴黎去。倘使他躲在什么坏地方花天酒地的玩儿，像人家告诉过我的许多例子，那我们就把他救出来。"院长听了妹妹的话感动了，去见当初替休隆人行洗礼的圣·马罗主教，求他帮助，请他指教。主教赞成院长上巴黎走一遭，写了许多介绍信，一封给王上的忏悔师，国内第一位贵人拉·希士神甫，一封给巴黎的总主教哈莱，一封给摩城的主教鲍舒哀。

兄妹俩动身了，但一到巴黎，就像进了一座大迷宫，看不见进路，也看不见出路。他们并非富有，却每天都得坐着车出去寻访，又寻访不到一点踪迹。

院长去求见拉·希士神甫，拉·希士神甫正在招待杜·德隆小姐，对

天真汉

院长们一概不见。他到总主教门上，总主教正和美丽的特·来提几埃太太商量教会的公事。他赶到摩城主教的乡村别墅，这主教正和特·莫雷翁小姐审阅琪雄太太的《神秘之爱》琪雄太太（1648—1717）提倡清静无为的虔修，著有《神秘之爱》一书，认为只要舍身忘我，热爱上帝，一切仪式皆为多余，即祈祷亦可不必。当时法奈龙赞成其说，鲍舒哀（即本文中所称摩城主教）则斥为异端。但他仍旧见到了两位主教，他们都回答说，他的侄子既非修士，他们就不便过问。

终于他见到了耶稣会士拉·希士神甫，拉·希士神甫张着臂抱迎接他，声明他素来特别敬重院长，其实他们从来没见过面。他赌咒说，耶稣会一向关切下布勒塔尼人："可是，令侄是不是迁葛奴党呢？"——"绝对不是。"——"可是扬山尼派？"——"我敢向大人担保，他连基督徒还不大说得上。十一个月以前，我们才给他行了洗礼。"——"那好极了，好极了，我们一定照顾他。你的教职出息不错吗？"——"噢！微薄得很，舍侄又花了我们很多钱。"——"你们附近可有扬山尼派？你得注意，亲爱的院长先生，他们比迁葛奴党，比无神论者，还要危险。"——"大人，我们那儿没有扬山尼派，小山圣母修院的人根本不知道什么叫作扬山尼主义。"——"那才好呢，行啦，你有什么要求，我无不尽力。"他挺殷勤的送走了院长，把他忘得干干净净。

时间过得很快，院长和他的妹妹感到绝望了。

可是那该死的法官急于要替大戆儿子完婚①，特意叫人把圣·伊佛接出修院。她始终热爱她的干儿子，正如她始终痛恨人家派给她的丈夫。送进修院的侮辱加增了她的热情。要她嫁给法官儿子的命令更是火上添油。怨恨，柔情，厌恶，搅乱了她的心。不用说，一个少女的爱情，比一个年老的院长和一个四十五岁以上的姑母的友谊，心思巧妙得多，胆子大得多。何况她在修院中私下偷看的小说，也把她训练成熟了。

美丽的圣·伊佛想起宫中侍卫写到下布勒塔尼的信，地方上曾经喧传一时。她决定亲自到凡尔赛去探听消息：要是她的丈夫真如人家所说的关在牢里，她就跪在大臣们脚下替他伸冤。她不知怎么会感觉到，宫廷之中对一个美貌的姑娘是有求必应的，但没想到要付怎样的代价。

打定了主意，她觉得安慰了，放心了，便不再拒绝傻瓜的未婚夫，她也接待那可厌的公公，奉承她哥哥，在家里布满了愉快的空气。然后行礼那天，清早四点，她带着人家送的结婚礼物和手头所有的东西，偷偷的动

———

① 大戆：傻瓜。

身了。她布置周密，晌午时分已经走了四十多里，才有人走进她的卧房。大家吃了一惊，慌张到极点。法官那天所发的问题，超过了一星期的总数，傻新郎也比平时更傻了。圣·伊佛神甫大发雷霆，决意去追妹子。法官父子决意同行。于是大势所趋，下布勒塔尼那一郡的人物，几乎全体到了巴黎。

美丽的圣·伊佛料定有人追来的，她骑着马，一路很巧妙的打听那些快差，可曾遇到一个大胖神甫，一个高大非凡的法官和一个傻头傻脑的青年，往巴黎进发。第三天，听说他们离得不远了，她就换了一条路，靠着聪明和运气，居然到了凡尔赛，追踪的人却扑到巴黎去寻找。

可是在凡尔赛又怎么办呢？年轻、貌美，一无指导，一无依傍，人地生疏，危险重重，怎么敢去找一个宫中的侍卫呢？她想出一个主意，去找一个地位卑微的耶稣会士。社会上既有不同等级的人，也就有不同等级的耶稣会士，正如他们说的，上帝拿不同的食物给不同的禽兽。上帝供给王上的是他的忏悔师拉·希士，凡是钻谋教职的人都称之为迦里甘教会的领袖。其次是公主们的忏悔师，王公大臣是没有忏悔师的，他们才不这么傻呢。此外还有平民百姓的耶稣会士，尤其是女用人们的耶稣会士，专向她们打听女主人的秘密的，而这就不是一件小差事。美丽的圣·伊佛去找的就是这样的一位，叫作万事灵神甫。她把事情和盘托出，说明身份、遭遇，眼前的危险，求他介绍一个虔诚的信女招留她住宿，免得歹人垂涎。

万事灵神甫带她到一个信女家里，是他最亲信的人，丈夫在御厨房当差的。圣·伊佛一到，立刻巴结女主人，赢得了她的信任和友谊。她打听那个当侍卫的布勒塔尼人，叫人把他请来。从他嘴里，她知道天真汉和秘书谈过话就被架走，便赶去见秘书：秘书一看见美人，心先就软了，的确，上帝造女人是专为制服男人的。

那官儿动了感情，把内情告诉她："你的爱人已经在巴斯蒂监狱待了一年多，要没有你，可能待上一辈子的。"多情的圣·伊佛晕过去了，等她醒来，那官儿又道："我没有力量做什么好事，我所有的权力只限于偶尔做几桩恶事。相信我的话，你应当去求能善能恶的圣·波安越先生，他是特·路伏大人的表弟和心腹。路伏大人有两个灵魂：一个是圣·波安越先生，另外一个是杜·勃洛阿太太，但她目前不在凡尔赛，你只能去央求我告诉你的那位大老。"

很少的一点快乐和无穷的痛苦，很少的一点希望和可怕的恐惧，把美

天真汉

人圣·伊佛的一颗心分做两半，她受着哥哥追蹑①，心里疼着爱人，眼泪抹掉了又淌下来，打着哆嗦，身子都软瘫了。但她还是鼓足勇气，急忙奔去见圣·波安越先生。

---

① 追蹑：跟踪追寻；追踪。

第十四章
天真汉思想的进步

天真汉的各种学问都进步很快，尤其是研究人的学问。他的思想发展的迅速，一方面固由于他天生的性格，一方面也得力于他的野蛮人教育。因为从小失学，他没有学到一点儿偏见，见识不曾被错误的思想歪曲，至今很正确。他所看到的是事物的真相，不像我们由于从小接受的观念，终身都看到事物的幻象。他对他的朋友高尔同说："迫害你的人固然可恨，我为你受到压迫而惋惜，但也为你相信扬山尼主义而惋惜。我觉得一切宗派都是错误的结晶。你说几何学可有宗派吗？"高尔同叹道："没有的，亲爱的孩子，凡是有凭有据的真理，大家都毫无异议，但对于暗晦的真理，就意见分歧了。"——"暗晦的真理！还不如叫它作暗晦的错误。你们几百年来翻来覆去，搬弄一大堆论据，只要其中包含一项真理，便是单单一项吧，也早该发现了，全世界的人至少对这一点是应当同意的了。倘若这真理像太阳对土地一样不可缺少，那也会像太阳一样大放光明。谁要说有一项对人类极重要的真理，被上帝藏了起来，那简直是荒唐胡闹，简直是侮辱人类，侮辱那无穷无极，至高无上的主宰。"

这个无知的青年，完全是由良知良能教育出来的，他说的每句话，都在不幸的老学者心中留下深刻的印象。他叫道："我果真为了一些空想在这儿受罪吗？我自己的苦难，比特殊的恩宠确实多了。我一生都在研究神与人的自由，结果却丧失了我自己的自由，圣·奥古斯丁也罢，圣·普罗斯班也罢，都没法把我救出这个深坑。"

天真汉逞着性子，答道："让我说句大胆的话：为了宗派的无聊争执而受到迫害的人，都是痴愚的，因此而迫害别人的，都是魔王。"

两个囚徒都认为他们的监禁是不公平的。天真汉道："我还比你冤枉一百倍，我生下来无挂无碍，像空气一样自由，自由与爱人，是我的第二生命，现在全给剥夺了。我们俩关在牢里，不知道被关的理由，也不能问

天
真
汉

一问。我做了二十年休隆人，大家说他们野蛮，因为他们向敌人报复，但他们从来不压迫朋友。我才踏上法国土地就为法国流血，也许我救了一个省份呢，所得的酬报是给埋进这座活人的坟墓，要不是遇到你，我早气死了。难道这个国家没有法律吗？连问都不问一声就把人判罪吗？英国可不是这样的。啊！我跟英国人拼命真是错了。"可见基本权利受了损害，他那些初步的哲学思想也不能压制天性，只能听让他的义愤尽量发泄。

他的同伴对此并无异议。没有满足的爱情，往往因离别而格外热烈，便是哲学也冲淡不了。天真汉提到心爱的圣·伊佛的次数，和提到道德与玄学的次数一样多。情感越变得纯粹，他的爱越强烈。他看了几本新出的小说，很少有描写他那种心境的，觉得作品老是隔靴抓痒。他说："啊！这些作家几乎都只有思想和技巧。"最后，扬山尼派的老教士竟不知不觉的听他倾诉爱情了。以前他只知道爱情是桩罪孽，忏悔的时候拿来责备自己的，现在才慢慢体会到，爱情之中高尚的成分不亚于温柔的成分，使人向上的力量不亚于使人萎靡的力量，有时还能激发别的美德。总之，一个扬山尼派信徒居然受了一个休隆人的感化，这也不能不说是个奇迹。

第十五章

美丽的圣·伊佛不接受暧昧的条件

美丽的圣·伊佛比她的爱人更多情，教招留她的女主人陪着去见圣·波安越先生，两个妇女都用头巾蒙着脸。到门口，一眼就看见她的哥哥圣·伊佛神甫从里面出来。她胆怯了，那位虔诚的女友安了她的心，说道："正因为人家说了不利于你的话，你非辩白不可。告诉你，倘若不赶紧揭穿，总是告状的人有理，这是此地的风气。而且除非我眼睛瞎了，你的品貌就比你哥哥的话灵验得多。"

一个热情的爱人只需要一点儿鼓励就变得勇猛无比。当下圣·伊佛就要人通报。她的青春，她的风韵，她的温柔的，沾着几滴泪珠的眼睛，吸住了众人的目光。趋炎附势的朝臣，只顾欣赏美丽的女神，暂时忘了权势的偶像。圣·波安越把她召入办公室。她说话又有感情又有风度。圣·波安越觉得被她感动了。她战栗不已，他安慰她说："你晚上再来，这件案子需要从长计议，从容不迫的谈一谈。这儿人太多，会客的时间太匆促。关于你的问题，我要跟你彻底谈一下。"随后又把她的美貌和感情夸奖了一阵，吩咐她晚上七点再来。

她当然不会失约，那位信女仍旧陪着同来，但她在客厅里拿一本《基督教教育》念着，圣·波安越和美丽的圣·伊佛两人却厮守在后面的小房间里。那大人物先说："小姐，你想得到吗，你的哥哥来要求下一道密诏把你关起来？老实说，我倒很想发一道密诏，勒令他回下布勒塔尼去呢。"——"哎啊！先生，衙门里对于密诏原来这样慷慨，所以人家从内地赶来请求，像求什么恩俸一般①！我决不要求用密诏压制我的哥哥。他对不起我的地方很多，可是我尊重人家的自由，现在我就要求恢复我未婚夫的自由。他替王上保住了一个省份，将来还可以替王上出力，他的父亲

天真汉

---

① 恩俸：朝廷额外所给的俸禄。

又是一个殉职的军官。他有什么罪名？怎么能不经审问就对他这样残酷呢？"

于是大臣给她看耶稣会间谍和法官的信。她道："怎么！世界上竟会有这种禽兽！他们还要逼我嫁给一个可笑而凶恶的人的可笑的儿子！你们原来凭这种意见，决定老百姓的命运的！"她跪在地下，哭哭啼啼，要求把疼爱她的人释放。那时她的风韵愈加动人了。她的美貌使圣·波安越忘了羞耻，暗示她的愿望不难实现，只要把她留给爱人的第一批花果，先送给他。圣·伊佛又怕又羞，装了半天傻，只做不懂，圣·波安越只得把意思解释的更清楚一些。先是还含蓄的字眼，接着换了一个明显的，再换了一个露骨的。他不但应允撤回密诏，还许下酬报、赏金、荣衔、爵禄，而许的愿越多，希望人家接受的心就越迫切。

圣·伊佛哭着，气塞住了，上半身仰在一张沙发里，竟不敢相信自己的所见所闻。那时轮到圣·波安越下跪了。他人品不俗，换了一个不是这么固执的女人，也不至于见了他惊慌。但圣·伊佛对情人敬爱备至，觉得为了帮助他而欺骗他是罪大恶极的丑行。圣·波安越的要求和许愿愈加迫切了。临了他神魂颠倒，甚至于声明，要把她如此关心如此热爱的男人援救出狱，只此一法。那个离奇的谈判老是谈不完。等在外边的信女念着《基督教教育》，想道："天哪！他们有什么事直要消磨两个钟点呢？圣·波安越大人会客从来没这样长久的，大概他一口回绝了可怜的姑娘，所以她还在那里哀求罢。

终于她的同伴走出小房间，神色紧张，话都说不出，只想着那些大小要人的品格，好轻易的牺牲男人的自由和女人的名节。

路上她一言不发。回到女友家中，她冤气冲天，把事情全说了。信女大开大阖的画了好几个十字，说道："好朋友，明天就得去请教我们的忏悔师万事灵神甫，他是圣·波安越先生面前的红人，他府上好几个女用人都是向他忏悔的，他又有道行，又很随和，大家闺秀也有请教他的。你完全相信他好了，我一向都是这样的，结果百事顺利。我们女人都是可怜虫，必须有个男人带领。"——"好罢！亲爱的朋友，明天我就找万事灵神甫。"

第十六章

她去请教一个耶稣会士

美丽而伤心的圣·伊佛一见她慈悲的忏悔师，立即告诉他，一个有权有势的好色之徒向她提议，可以把她名正言顺的未婚夫释放出狱，但要一个很高的代价；她痛恨这种不贞的行为，倘若只牵涉她自己的性命，她是宁死不屈的。

万事灵神甫对她说："啊！这不是一个十恶不赦的罪人吗？你应当告诉我这恶棍的名字，准是个扬山尼派，我要向拉·希士神甫检举，送他到那个应当和你结婚的男人住的地方去。"可怜的姑娘踌躇不决，为难了半日，终于说出圣·波安越的名字。

耶稣会士嚷道："圣·波安越大人！啊！孩子，那事情可不同了，他是我们从来未有的，最了不起的大臣的表弟，是个正人君子，护法大家，地道的基督徒，他不会有这种念头的，想必你听错了。"——"啊！神甫，我听得太明白了，不论我怎么办，反正是完了。苦难和耻辱，我必须挑一样，不是我的爱人活埋一辈子，便是我不配再活在世界上。我不能断送他，又不能救他。"

万事灵神甫用下面一番好话安慰她：

"孩子，第一，我的爱人这句话是说不得的，那颇有轻薄意味，可能得罪上帝。你应当说你的丈夫，虽然他还不是你的丈夫，你不妨把他这样看待，这完全是合乎体统的。

"第二，虽则在思想方面，希望方面，他是你的配偶，事实上并不是，因此你不会犯奸淫之罪。奸淫才是极大的罪孽，应当尽可能的避免。

"第三，倘若用意纯洁，行动就不成其为罪恶，而世界上没有一件事，比救你丈夫更纯洁的了。

"第四，圣洁的古代有个现成的例子，做你行事的榜样再好没有。圣·奥古斯丁讲到公元 340 年的时候，在罗马总督塞普蒂缪斯·阿桑第奴斯治下，有个可怜的人欠了债，还不出，判了死刑，那当然天公地道，虽则有句古话说：碰到穷光蛋，王上也没办法。欠的数目是一块金洋，罪犯有个妻子，蒙上帝恩惠，既有姿色，又有贤德。一个有钱的老人答应送一块金洋给那位太太，甚至还可以多送些，条件是要她犯那个不贞之罪。她觉得要救丈夫性命，那就不能算做坏事。圣·奥古斯丁对于她慷慨而隐忍的行为非常赞许。固然那有钱的老人骗了她，丈夫或许仍不免于一死，可是她总是尽力救过他了。

"孩子，你可以相信我，要不是圣·奥古斯丁理由充足，一个耶稣会士决不肯引证他的。我不替你出一点儿主意，你是聪明人，我料定你能帮助丈夫。圣·波安越大人是个诚实君子，决不会欺骗你，我能告诉你的只有这一点。我要替你祈祷，希望事情的发展能增加主的荣耀。"

美人圣·伊佛听了耶稣会士这篇议论，和听了秘书大人的提议同样惊骇，慌慌张张的回到女朋友家。要不让心疼的爱人幽禁下去，就得含羞蒙垢，把她最宝贵的，只应该属于那苦命情人的东西牺牲。在这个可怕的局面之下，她甚至想自杀了。

第十七章
她为了贤德而屈服

她求她的女朋友把她杀死，但这位太太宽恕罪恶的雅量可以与耶稣会士媲美，对她说的更露骨了。她道："唉！在这个多可爱，多风流，多出名的宫廷中，很少事情不经过这一关的。从最低微到最重要的职位，大半要用人家向你勒索的代价去买的。听我说，我把你当做朋友，当做知己，老实告诉你，倘若我跟你一样严格，我丈夫就弄不到这个小小的差事养家活口。他明明知道，不但不生气，反而把我当做他的恩人，认为他是我一手提拔的。在外省当督抚的，甚至于带兵的将领，你以为他们的官运财运都是凭功劳得来的吗？许多是仰仗他们夫人的大力。军人的爵位是用爱情去钻谋的①，妻室最漂亮的丈夫才有官做。

"你的情形更是出入重大，主要是救你的爱人出狱，和他结婚，这是你神圣的责任，非尽不可。我刚才提的那些名媛淑女，从来没有人责备，至于你，大家只会对你喝彩，说你是因为德行超群才失身的。"美丽的圣·伊佛嚷道："啊！德行！德行！什么德行啊！伤风败俗！还成什么世界！想不到人是这样的东西！一个拉·希士神甫跟一个可笑的法官，把我的爱人送进监狱，我的家属把我虐待，患难之中只有想把我玷污的人才肯来帮助我。一个耶稣会士已经断送了一条好汉，另外一个耶稣会士还想来断送我。四面八方布满了陷阱，我马上要掉入火坑了。我不是自杀就是告御状，等王上出来望弥撒或是看戏的时候，扑在他脚下。"

那好朋友对她道："你没法走近的，即使有机会开口了，你也更倒楣：特·路伏大人和拉·希士神甫可能送你进修道院，关你一辈子。"

好心的女人使悲痛绝望的圣·伊佛越加慌忙失措，心如刀割。那时忽然来了一名当差，带着圣·波安越先生的一封信和一对美丽的耳环，圣·

天真汉

---

① 钻谋：钻营谋求。

128　伊佛哭作一团，把东西扔在地下，可是女朋友代她收下了。

　　信差刚走，那位知心朋友就看了信，信中请两位女友当天晚上去小酌。圣·伊佛赌咒不去。虔诚的太太要替她试那副钻石耳环；圣伊佛拒绝了，心中七上八下，交战了一天。最后，她一心只想着爱人，打败了，动摇了，也不知人家把她带往哪儿，竟跟着去吃那顿凶多吉少的夜饭。她无论如何不肯戴那耳环，好朋友揣在怀里，坐席之前硬替她戴上了。圣·伊佛昏昏沉沉，心乱如麻，只是听人摆布，主人却认为是好兆。席终，好朋友很识趣的告退了。主人拿出撤销密诏的公事，批准巨额赏金的文书，上尉的委任状，还毫不吝惜的许下不少愿。圣·伊佛对他道："啊！要是您不这样急切的求爱，我倒可能爱您呢。"

　　临了，经过长久的抗拒，啼哭，叫喊，挣扎得四肢无力，惊骇万状，快死过去了，只得投降。残忍的汉子利用她迫不得已的处境，尽情享受，她唯一的办法却是逼着自己只想着天真汉。

第十八章

她救出了她的爱人
和扬山尼派教士

天刚亮,她带着大臣的命令,飞一般的赶往巴黎。一路上的心情真是难以描写。我们只能想象一下:一个贞洁高尚的女子,受了玷污,抱着热爱,一方面因为欺骗了情人而悔恨不已,一方面因为能去救出情人而欣喜欲狂。她的悲痛,斗争,成功,同时成为她感想的一部分。她原来受着内地教育,头脑狭窄,现在可不是一个这样简单的女子了。经过了爱情与苦难,她长成了。感情促成她的进步,不输于理智促成她不幸的爱人思想上的进步。少女要懂得感受,比男人要学会思想容易得多。她从经历中得来的知识,远过于四年修道院教育。

她衣着极其朴素。隔天去见恶魔般的恩主的打扮①,她看了只觉得恶心,她拿耳环丢给女朋友,看都没看。又羞愧又高兴,爱着天真汉,恨着自己,她终于到了:

> 那可怕的碉堡,复仇的古宫,
> 罪人与无辜,往往是兼收并容引自作者所著史诗《亨利阿特》第四首第
>
> 五节。

下车的时候,她没有气力了,只能由人搀扶。她走进监狱,心怎忑的跳着,含着眼泪,神色慌张。她见了典狱官想说话,可喊不出声音。她掏出命令,勉强说了几个字。典狱官很喜欢他的囚徒,看到他释放挺高兴。他的心并没变硬,不像那些当狱吏的高贵的同事,一心只想着看守囚犯的酬报,从犯人身上发财,靠别人的灾难吃饭,看了可怜虫的眼泪暗中

---

① 恩主:对施恩于已者的敬称。

欢喜。

典狱官叫人把囚徒唤到自己屋里。两个爱人相见之下，都晕过去了。美丽的圣·伊佛半晌不省人事。还是天真汉使她重新鼓起了勇气。典狱官对他道："这位大概是你的太太了，你从来没有说结过婚。听说你的释放全靠她的热心奔走。"圣·伊佛声音发抖，说道："啊！我不配做他的妻子！"说着又晕厥了。

她苏醒以后，始终打着哆嗦，拿出批准赏金的文书和上尉的证件。天真汉又惊异又感动，他觉得一个梦刚醒，又做了一个梦。"为什么我关在这里的？你怎么能救我出来？送我来的那些野兽在哪儿？你简直是一个女神，从天上降下来救我的。"

美丽的圣·伊佛低着头，瞧着爱人，脸红了，把湿漉漉的眼睛转向别处。然后她把自己所知道的，经历的，都说出来，只除了一件，那是她要永远瞒着的。其实换了别人，一个不像天真汉那么不通世故，不知道宫廷风气的男人，也很容易猜到的了。

"一个像法官那样的混蛋，竟有权力剥夺我的自由！啊！我看清楚了，真有些人和最恶毒的野兽一样，他们都会害人的。可是一个修道的人，耶稣会的教士，王上的忏悔师，也会和那法官一样促成我的不幸吗？我竟想不出那可恶的坏蛋有什么罪名诬陷我，莫非告我是扬山尼派吗？再说，你怎么不忘记我呢？我又不值得你想起，当时我不过是个蛮子。怎么！你没人指导，没人帮助，居然敢到凡尔赛？而你一到那里，人家就开了我的枷锁！可知美貌与贤德真有天大的魔力，能够撞开铁门，把那些铁石心肠都感动了！"

听到贤德二字，美丽的圣·伊佛不禁嚎啕大哭。她没想到犯了自己悔恨不已的罪恶，仍不失其为贤德。

她的爱人又道："斩断我枷锁的天使，你既然有多么大的面子替我伸冤——我还不明白是怎么回事呢——希望你也替一个老人伸冤，他是第一个教我用思想的，正如你是教我懂得爱情的。我们是患难之交，我爱他像父亲一般，我少不了你，也少不了他。"

"要我，要我再去找那个……"——"是的，我要所有的恩典都得之于你。永远只得之于你：请你写信给那个大人物，你给我恩惠就给到底罢，把你已经开始的功德，把你的奇迹做圆满了罢。"她觉得情人要她做的事都应当做，便拿起笔来，可是手不听指挥。信写了三次，撕了三次，才写成。两个爱人和那个为恩宠而殉道的老人拥抱了，走出监狱。

圣·伊佛悲喜交集。她知道哥哥的住址，便直奔那儿，她的爱人也在那屋子里租了一个房间。

他们才到，她的保护人已经把释放高尔同老人的命令送达，又约她下一天相会。可见她每做一桩热心而正当的事，就得拿她的名节付一次代价。这种出卖祸福的风气，她深恶痛绝。她拿释放的命令递给爱人，拒绝了约会，要她再见到那个恩主，她会痛苦死的，羞愧死的。天真汉除了去解救朋友，再也舍不得离开她。他马上赶去，一路想着这个世界上奇奇怪怪的事，同时又佩服少女的勇敢，居然使两个苦命的人能够重见天日。

第十九章

天真汉，美人圣·伊佛，
与他们的家属相会

侠义可敬的不贞的女子，见到了她的哥哥圣·伊佛神甫，小山修院的院长和甘嘉篷小姐。大家都很诧异，可是处境与感情各各不同。圣·伊佛神甫倒在妹子脚下，哭着认错，她原谅了他。院长和他多情的妹妹也哭了，但他们是喜极而哭。卑鄙的法官和那讨人厌的儿子，并没在场破坏这动人的一幕。他们一听见敌人出狱的消息就动身，把他们的胡作非为和惊惶恐惧，一齐带着躲到内地去了。

四个人等天真汉陪他的难友回来，各人心中不知有多少情绪在激动。圣·伊佛神甫不敢在妹子前面抬头。好心的甘嘉篷小姐说道："噢！我真的还能见到我心疼的侄儿吗？"可爱的圣·伊佛答道："真的，可是他已经变了一个人，他的姿态，口吻，思想，头脑，一切都变了，他从前怎样的幼稚无知，现在便是怎样的老成持重。他将来一定是府上的光荣，能安慰你们的，可惜我不能为我的家庭增光！"院长道："你也不同了，什么事会使你有这样大的变化呢？"

说话之间，天真汉到了，一手挽着他的扬山尼派教士。当下又换了一个更动人的场面。叔父与姑母拥抱了侄子。圣·伊佛神甫差点儿对已经不天真的天真汉跪下来。两个爱人眉目之间传递他们内心的种种感情。一个在面上表示出满足和感激，一个在温柔而怅惘的眼中表示局促不安。大家奇怪，为什么她有了天大的快乐还要羼入些痛苦。

高尔同老人很快就博得全家的喜欢。他曾经和青年囚徒一同受难，这便是值得敬爱的理由。他的释放是靠了两个爱人的力量，单为这一点，他便不再排斥爱情，不再存着以前那种冷酷的见解。他和休隆人一样恢复了人性。晚饭之前，各人讲着各人的遭遇。两位神甫，一位姑母，仿佛孩子们听着死去还阳的人说故事①，并且成年人对多灾多难的历史也极感兴趣。高尔同道："可怜，现在也许还有五百个正直的人，带着圣·伊佛小姐替我们斩断的枷锁，他们的苦难是无人知道的。打击可怜虫的魔掌到处都是，肯救人水火的真是太少了。"这番真切的感想越发加增了他的同情和感激，越发显出美人圣·伊佛的功劳，人人佩服她心灵伟大，意志坚决。钦佩中间还带些敬意，对一个公认为在朝廷上有势力的人物，这也是应有之事。但圣·伊佛神甫一再说着："我妹妹怎么一眨眼就能有这样大的面子呢？"

他们正预备提早吃饭，不料凡尔赛的那位好朋友赶来了，完全不知道经过情形。她坐着六匹马的轿车，一望而知是谁的车辆。她摆着一副朝廷命妇，公事在身的神气，进来对众人略微点点头，把美丽的圣·伊佛拉过一边，说道："为什么你教人等得这么久呢？跟我去罢，你忘了的钻石，我带来了。"她说话的声音并不很低，天真汉都听见了，也看到了钻石。做哥哥的不禁为之一怔，叔叔和姑母见到这种贵重的饰物，像乡下人一样的惊奇。天真汉经过一年的深思默想②，已经成熟了，不由得想了想，紧张了一下。圣·伊佛发觉了，俊美的脸马上白得像死人一般，打了个寒噤，几乎支持不住。她对那催命的朋友说道："啊！太太，你把我断送了！你要我的命了！"这两句话直刺到天真汉心里，但他已经懂得克制，当场并不追究，生怕在她哥哥面前引起她的不安，可是他和她同样的面如死灰。

圣·伊佛看到爱人变色，不禁心慌意乱，扯着那女的到房间外面一条狭窄的过道里，把钻石扔在地下，说道："啊！你明明知道，我不是为了这种东西失身的，给这东西的人休想再见到我。"女朋友捡了钻石，圣·伊佛又补上一句："他收回也罢，给你也罢，可别再勾起我对自己的羞愤。"说客只得回去，弄不明白她为什么心中悔恨。

美丽的圣·伊佛呼吸艰难，只觉得身心骚动，气都喘不过来，只能躺上床去，但免得众人惊慌，她绝口不提自己的痛楚，只推说身子累了，需要休息，希望大家原谅。临走她先用一番温存的话安了众人的心，又向情人丢了几个眼风，更煽动了他的热情。

没有她在座，桌上先是冷清清的，但那种冷落的空气使彼此能亲切交

① 还阳：迷信学说里把所谓的人死而复生的现象称为还阳。
② 深思默想：形容深入的思考。

谈，比着一般人喜欢的、无聊的热闹而往往只是可厌的喧哗，高雅多了。

高尔同三言两语，说出扬山尼派和莫利尼派的历史，两个宗派的互相迫害和同样固执的性格。天真汉批评了一番，说人类为了利害关系已经争执不休，还嫌不够，再为些虚幻的利益，荒谬的理论，造出一些新的痛苦，未免太可怜了。高尔同只管叙述，天真汉只管批评，同桌的人很兴奋的听着，颇有感悟。大家谈到苦多乐少，人寿短促；发觉每一个职业都有它的恶习与危险；上至王公，下至乞丐，似乎都在怨命。而世界上竟有这许多人，为了这么一点儿钱，愿意替别人当凶犯，做走狗，做刽子手，这是怎么回事呢？一个当权的人，居然会毫无心肝，签署文书，毁灭整个的家庭！还有那些佣兵，存着多野蛮的、兴高采烈的心，去代他们执行！

高尔同老人说道："我年轻的时候，看到特·玛里阿克元帅_{路易·特·玛里阿克元帅（1573—1632）于推翻权相黎希留一案中被株连，判处死刑}的一个亲戚，受着元帅牵连，在本省被通缉，便隐姓埋名，躲在巴黎。他已经有七十二岁，陪着他的妻子年龄也相仿。他们有一个荒唐的儿子，十四岁上逃出家庭，投军，逃亡，堕落与潦倒的阶段都经历过了，然后把本乡的地名做了他的姓，进了红衣主教黎希留的卫队（这位神甫和玛查兰都有卫队的），在那群走狗中当排长。有一天，浪子奉令去逮捕那对老夫妇。执行的时候，像一个急于巴结上司的人一样狠心。他一路押送，一路听两老诉说他们的苦难，从摇篮时代起不知受了多多少少。两人认为最不幸的事情里头，有一桩是儿子的失踪。他跟他们相认了，但照旧把他们送进监狱，告诉他们说报效相爷比什么都重要。事后，相爷果然不辜负他的一片忠心。

"我也看到拉·希士神甫的一个间谍出卖他的亲兄弟，因为要谋一个小缺，结果却并没到手。我看着他死的，并非为了悔恨，却是因为受了耶稣会士的骗而气死的。

"我当过多年忏悔师，看到不少家庭的内幕，外表很快乐而内里不是伤心悲痛的人家，是难得遇到的。据我观察，最大的痛苦往往是贪得无厌的结果。"

天真汉道："我吗，我觉得一个心胸高尚，有情有义的人，可能把日子过得快快活活的。我相信跟豪侠而美丽的圣·伊佛小姐在一起，一定能享受美满的幸福。因为……"他又堆着亲切的笑容向着圣·伊佛神甫说："因为我希望，你不会再像去年那样拒绝我，而我的行事也要更文雅些。"神甫对过去的事忙着道歉，又竭力担保以后的感情。

做叔叔的说，那一定是他一生最得意的日子。好心的姑母恍恍惚惚的出神了，快乐得哭了，她道："我早说过你永远不会做修士的，现在这个圣礼比那个更有意思，但愿上帝保佑我能够参加！我将来要做你的妈妈呢！"随后大家争着赞美多情的圣·伊佛小姐。

天真汉一心只想着她的恩典，他的爱情也不让那件钻石的事在心中留下深刻的印象。但他分明听到的你要我的命了那句话，还使他暗中害怕，把他的快乐破坏了。同时，情人所受到的赞美，更加强了他心里的爱。众人的关切，渐渐的都集中在她一人身上。他们只谈着两个爱人应当享受的幸福，还做种种打算，怎样的一同住在巴黎，怎样的经营产业。总而言之，只要一点儿幸福的微光所能引起的希望，他们都用来陶醉自己。但天真汉内心有种说不出的感觉，认为那些希望全是空的。他又看了看圣·波安越签署的文书，特·路伏颁发的委任状。大家把这两个人物的真性格，至少是他们信以为真的，讲给他听。每个人都毫无顾忌的谈论大臣，谈论衙门。法国人觉得在尘世所能享受的最宝贵的自由，就是这种饭桌上的言论自由。

天真汉道："我要是做了法国的国王，我挑选的陆军大臣，一定要一个门第最高的人，因为这样他才能对贵族发号施令。我要他行伍出身，当过军官，至少做到陆军中将，而有资格当元帅的：他不内行怎么能尽职呢？一个和小兵一样立过战功的军人，比一个无论如何聪明，至多对作战只能猜到一个大概的阁员，不是更加能使将帅用命吗？要是我的陆军大臣慷慨豪爽，我决不生气，虽然财政大臣有时可能为难。我希望他办事敏捷，还得性情快活。这是对工作胜任愉快的人的特点，不但老百姓欢迎，而且他也不觉得公事繁重。"天真汉喜欢一个陆军大臣有这种脾气，因为他一向觉得心情开朗的人决不会残酷。

特·路伏大人或许不能符合天真汉的愿望，他的长处是另外一种。

他们正在吃饭，可怜的姑娘病势转重了，她的血像火一般烧起来，发着高热，很痛苦，但忍着不说，免得使吃饭的人扫兴。

她的哥哥知道她没睡着，到她床头来，一看病势，大吃一惊。别人也赶来了，爱人跟在哥哥后面。当然他是最惊慌最感动的一个，但他除了许多优美的天赋以外，又学会了谨慎持重。

他们立即找了一个附近的医生。世界上有一等行医的，出诊像走马看花，把前后两个病人的病都搅在一起，闭着眼睛乱用他的医道，殊不知这门学术的不可靠和危险性，便是考虑周详、精细无比的头脑也不能完全避免。当时请来的便是这样的一位。他匆匆处方，开了几味时髦的药，更加重了病症。原来连医学也讲起时髦来了！这种风气在巴黎真是太普遍了。

除了医生以外，悲伤过度的圣·伊佛，自己把病势更推进一步。她的灵魂正在毁灭她的肉体。在她心头骚动的无数的思念灌到血管中的毒素，比最厉害的热度还要危险。

第二十章

美人圣·伊佛之死和死后的情形

他们又另外请了一个医生。年轻人的器官都生机极旺，照理只要扶养本元，帮助它发挥力量就行，但那医生不这么做，只忙着跟他的同业对抗，另走极端。两天之内，她的病竟有了性命之忧。据说头脑是理智的中枢，心是感情的中枢，圣·伊佛的头脑与心同样受了重伤。

"由于哪种不可思议的关系，人的器官会受感情与思想节制的呢？一个痛苦的念头怎么就能改变血液的流动，血流的不正常又怎么能回过来影响头脑？这种不可知的，但是确实存在的液体，比光还要迅速，还要活跃，一眨眼就流遍全身的脉络，产生感觉，记忆，悲哀，快乐，清醒或昏迷的状态，把我们竭力要忘掉的事唤回来，令人毛骨悚然，把一个有思想的动物或是变做大家赞赏的对象，或是变做可怜可泣的对象：这液体究竟是什么东西呢？"

这是高尔同说的话，这是极自然而一般人难得有的感想，但他并不因此减少心中的感动，他不像那般可怜的哲学家竭力教自己麻木。他看了这姑娘的苦命非常难过，好比一个父亲眼看心疼的孩子慢慢死去。圣·伊佛神甫痛不欲生，院长兄妹泪如泉涌。但谁能描写她爱人的心情呢？无论哪种语言都表达不出他极度的痛苦。语言是太不完全了。

姑母差不多要死过去了，她把软弱无力的手臂抱着垂死的圣·伊佛的头。哥哥跪在床前。爱人紧紧握着她的手洒满了眼泪，放声大哭。他把她叫作他的恩人，他的希望，他自己的一部分，他的情人，他的妻子。听到妻子两字，她叹了口气，一双眼睛不胜温柔的瞅着他，突然惨叫一声，然后，在那些神智清醒，痛苦停止，心灵的自由与精力暂时恢复一下的期间，嚷道："我，我还能做你妻子吗？啊！亲爱的爱人，妻子这个词儿，这个福气，这个酬报，轮不到我的了，我要死了，而这也是我咎由自取。噢！我心中的上帝！我为了地狱里的恶魔把你牺牲了，完啦完啦，我受了惩罚，但愿你快快乐乐的活下去。"没有人懂得这几句温柔而沉痛的话，大家只觉得害怕，感动。可是她还有勇气加以说明。在场的人听了每个字都觉得诧异、痛苦、同情，以至于浑身打战。他们一致痛恨那个要人，用十恶不赦的罪行来平反暗无天日的冤狱，拖一个清白无辜的人下水，做他的共谋犯。

"你？你有罪吗？"她的爱人对她道，"不，你不是罪人，罪恶在于心，你的心只知道有德，只知道有我。"

他说了许多话，证实他的感想。美丽的圣·伊佛仿佛有了一线生机。她觉得安慰了，奇怪他怎么照旧会爱她。高尔同老人在只信扬山尼主义的时代，可能认为她有罪的，但既然变得通达了，也就敬重她了，他也哭了。

大家提心吊胆，流了不知多少眼泪，为这个人人疼爱的姑娘着急。那时忽然来了一名宫里的信差。噢！信差！谁派来的？有什么事呀？原来他奉了内廷忏悔师的命，来找小山修院院长。信上出面的并非拉·希士神甫，而是他的侍从华特勃兰特修士：他是当时的红人，向总主教们传达拉·希士神甫的意旨，代见宾客，分派教职，偶尔也颁发几道密诏的。他写信给小山修院院长说，拉·希士神甫大人已经知道他侄子的情形，他的监禁是出于误会，这一类小小的失意事儿是常有的，不必介怀。希望院长下一天带着侄子和高尔同老人同去，由他华特勃兰特修士陪着去见拉·希士神甫，见特·路伏大人，特·路伏大人可能在穿堂里和他们说几句话的。

他又补充说，天真汉的历史和击退英国人的事都已奏明王上，王上在内廊散步的时候，准会瞧他一眼，也许还会对他点首为礼。信末又加上几句奉承话，说宫中的太太们大概要在梳妆时间召见他的侄儿，好几位可能这样招呼他：天真汉先生，你好！王上进晚膳的时候，也一定会谈到他。信末的署名是，你的亲切的，耶稣会修士华特勃兰特。

院长高声念着信，他的侄子气坏了，但还捺着怒气，对信差一言不发，只转身问他的难友对这种手段作何感想。高尔同答道："他们把人当做猴子！打了一顿，再叫它跳舞。"一个人感情激动之下，难免不露出本性来，因此天真汉突然把信撕做几片，摔在信差面上，说道："这就是我的回信。"叔叔吓得好像挨了天打雷劈，一刹那有了几十道密诏落在头上。他忙去写回信，还再三向来人道歉，他以为这是青年人闹脾气，其实只有伟大的心灵才能发这种神威。

各人心中还有更大的痛苦和忧急。美丽而不幸的圣·伊佛觉得命在顷刻了。她很安静，但那是一种可怕的安静，表示元气衰弱，没有气力再挣扎了。她声音发抖的说道："亲爱的情人！我不够坚贞，死了也是罪有应得。可是看到你恢复自由，我也瞑目了。我欺骗你的时候，心里疼着你，现在和你决别，心里也是疼你。"

她并不装出视死如归的神气，不想要那种可怜的名声，让邻居们说什么：她死得很勇敢。二十岁上丢了爱人，丢了生命，丢了所谓名节，要毫无遗恨，毫不痛心，谁办得到呢？她完全感觉到自己的遭遇之惨，临终的话，多么动人的垂死的眼神，都表现出这个情绪。她趁自己还有气力哭的时候，也像别人一样哭了。

有的人临终会满不在乎的看着自己毁灭，谁要愿意赞美这种高傲的死，尽管去赞美罢，那是一切动物的结局。要我们像动物一样无知无觉的死，除非年龄或疾病把我们的感觉磨得跟它们一样麻痹。一个人捐弃世界，必然遗憾无穷，要是硬压下去，他一定是到了死神怀抱里还免不了虚荣。

最后的时间到了，在场的人一齐大哭大嚷。天真汉失去了知觉。天性强的人，比多情的普通人感情更猛烈。高尔同很知道他的性格，怕他醒过来自杀，把武器都拿开了。可怜的青年发觉了，他不哭不喊，静静的对他的家属和高尔同说："我要结束生命的时候，你们以为有人阻止得了吗？谁有权利，谁有能力来阻止？"高尔同决不搬出滥调来，说什么一个人在痛苦难忍的关头不应当轻生，屋子没法住下去也不准走出屋子，人在世界上应当像兵士站岗一般：仿佛由一些物质凑成的躯体放在这儿或那儿，对于上帝真有重大的关系似的。这些不充足的理由，一个坚决的，有头脑的绝望的人，就不屑一听，而加东的答复更是干干脆脆的一刀了事 加东（Marcus Porcius Caton）为公元 1 世纪时罗马将军，在西西利战败后被囚，因而自杀。

天真汉沉着脸，一声不出，眼睛阴森森的，嘴唇哆嗦，浑身发抖，看到他的人都有种可怜而又可怕的感觉，觉得一筹莫展，话也无从说起，只能断断续续吐出几个字。屋子的女主人和天真汉的家属都跑来了，看着他的悲痛不免心惊胆战，时时刻刻防着他，监视他所有的动作。圣·伊佛的尸体已经不在爱人面前，抬到一间低矮的堂屋中去了，但爱人的眼睛似乎还在那里搜寻，虽则事实上他昏昏沉沉，什么也看不见。

遗体放在大门口，两个教士在圣水缸旁边心不在焉的念着祷文，过路人有的顺手往棺材上洒几滴圣水，有的不关痛痒的走过去了，死者的亲属流着眼泪，爱人只想自杀：就在这初丧的场面中，圣·波安越带着凡尔赛的女朋友赶到了。

他的一时之兴因为只满足了一次，竟变做了爱情。不收礼物对他更是一种刺激。拉·希士神甫决不会想到这儿来的，但圣·波安越每天都看到圣·伊佛的影子，仅仅一次的欢娱挑起了他的情欲，渴求满足，因此他毫不踌躇，亲自来找她了。倘若她自己上门，要不了三次，他早厌倦了。

他下车看到一口棺材，立即掉过头去，那种厌恶表示他在欢乐场中过惯了，觉得一切不愉快的景象都不该放在他面前，免得引起生老病死的感触。他正要上楼，凡尔赛的女朋友一时好奇，打听死的是谁，一知道是圣·伊佛小姐，她马上脸色发白，惨叫一声，圣·波安越回过身来，又诧异，又难过。慈祥的高尔同，正噙着眼泪，很伤心的做着祈祷。他停下来，把这件惨事从头至尾讲给那位大老听，痛苦与德行，增加了他说话的力量。圣·波安越并非天生的恶人，繁忙的公事与享乐，像潮水般淹没了他的灵魂，至此为止他还没认识自己呢。一般的王公大臣，年纪老了往往会心肠变硬，圣·波安越还年轻。他低着眼睛听着高尔同，自己也奇怪居然会掉下几滴眼泪，他后悔了。

他道："你说的那个了不起的男人，和我一手断送的纯洁的女子，差不多使我一样感动，我非见见他不可。"高尔同跟着他到屋子里。院长，甘嘉篷小姐，圣·伊佛神甫，还有几个邻居，都在救护一再晕厥的青年。

秘书对他说："我造成了你的不幸，我一定要补赎。"天真汉第一个念头是杀了他再自杀。这是最恰当不过的办法，无奈他手无寸铁，又受着监视。圣·波安越遭到众人的拒绝，责备，厌恶：那都是咎有应得，他也并不生气。时间久了，一切都缓和下来。后来由于特·路伏大人的提拔，天真汉成为一个优秀的军官，得到正人君子的赞许。他在巴黎和军队中另外取了个名字。他是个勇敢的军人，同时也是个不屈不挠的哲学家。

他讲起这件事，老是不胜悲痛，但讲出来对他倒是一种安慰。他到死也没忘了多情的圣·伊佛。圣·伊佛神甫和院长，每人得到一个收入优厚的教职；甘嘉篷小姐觉得侄儿当军人比当修士体面多了。凡尔赛的那位信女除了钻石耳环，还到手另外一件漂亮礼物。万事灵神甫收到几匣巧克力，咖啡，糖食，蜜渍柠檬，和两部摩洛哥皮精装的书，一部叫作《克罗赛神甫的默想》，一部叫作《圣徒之花》。好好先生高尔同和天真汉住在一起，到老都交情极密。他也得了一个教职，把特殊的恩宠和诸如此类的理论，统统忘了。他所采取的箴言是：患难未始于人无益。可是世界上多少好人都觉得患难于人一无裨益！

1954 年 8 月　译

天真汉

嘉 尔 曼

内容介绍[*]

  本书包括的二篇小说，都以作者实地旅行所得的材料为根据，不但是梅里美最知名的作品，且久已成为世界文学名著，尤其是《嘉尔曼》——这个女主角是个泼辣，风骚，狡黠，凶残，绝不妥协，视死如归的波希米女性的典型；男主角是个头脑简单，意志薄弱，而又强悍执着，杀性极重的西班牙山民。一个是爱情一经消灭，虽生命受到威胁也不能挽回；一个是整个的生涯为爱情牺牲了，丧失爱情即丧失生命，故非手刃爱人，同归于尽不可。这样一个阴惨壮烈的悲剧，作者却出之以朴素，简洁，客观，冷静的笔调，不加一句按语，不流露一点儿个人的感情。风格的精练，批评家认为不能增减一字。内容的含蓄，浓缩，使四万余字的中篇给读者的印象不亚于长篇巨著。

  《高龙巴》叙述高斯岛民以眼还眼，以牙还牙的"讨血债"的风俗，以恋爱故事作为穿插。轻松活泼，谈笑风生的文章，这与故事的原始情调与血腥味成为对比。

嘉
尔
曼

---

  * 这则内容介绍，系译者于 1953 年为平明版《嘉尔曼》（附《高龙巴》）一书所写。

一

　　一般地理学家说孟达一仗的战场是在古代巴斯多里 - 包尼人_{巴斯多里 -}
^{包尼人为古代迦太基族之一种。公元前 8 世纪时迦太基族散布于地中海沿岸，包括西班牙滨海地}
^{区在内}的区域之内，靠近现在的芒达镇，在玛尔倍拉商埠北七八里的地方：
我一向疑心这是他们信口开河。根据佚名氏所作的《西班牙之战》，和奥
须那公爵庋藏丰富的图书馆中的材料，我推敲之下，认为那赫赫有名的战
场，凯撒与罗马共和国的领袖们背城借一的地点，应当到蒙底拉^{罗马共和时}
^{代末期（公元前 49 年），凯撒自高卢戍地进军罗马，将执政庞培大将及议员逐出意大利半岛，又}
^{回军入西班牙，击溃庞培派驻该地的军队，史家称为西班牙之战。孟达为该战中之主要战役——}
^{玛尔倍拉为西班牙南端位于地中海上之商埠，蒙底拉在玛尔倍拉北约七十余英里}附近去寻访。
1830 年初秋，因为道经安达鲁齐^{安达鲁齐为西班牙南部一大行省，包括八州；上文所}
^{举城镇均在辖境内}，我就做了一次旅行，范围相当广大，以便解答某些悬而未
决的疑问。我不久要发表的一篇报告，希望能使所有信实的考古学家不再
彷徨。但在我那篇论文尚未将全欧洲的学术界莫衷一是的地理问题彻底解
决以前，我想先讲一个小故事，那故事，对于孟达战场这个重大的问题，
绝不先下任何断语。

　　当时我在高杜城内雇了一名向导，两匹马，带着全部行装，只有一部
凯撒的《出征记》和几件衬衣，便出发去探访了。有一天，我在加希那
平原的高地上踯躅，又困乏，又口渴，赤日当空，灼人肌肤，我正恨不得
把凯撒和庞培的儿子们一齐咒入地狱的时候，忽然瞥见离开我所走的小路
相当远的地方，有一小块青翠的草坪，疏疏落落的长着些灯芯草和芦苇。
这是近旁必有水源的预兆。果然，等到走近去，我就发现所谓草坪原是有
一道泉水灌注的沼泽，泉水仿佛出自一个很窄的山峡，形成那个峡的两堵
危崖是靠在加勃拉山脉上的。我断定缘溪而上，山水必更清冽，既可略减
水蛭与虾蟆之患，或许还有些少荫蔽之处。刚进峡口，我的马就嘶叫了一
声，另外一匹我看不见的马立即接应了。走了不过百余步，山峡豁然开

朗，给我看到一个天然的圆形广场，四周巉岩拱立，恰好把整个场地罩在阴影中。出门人中途歇脚，休想遇到一个比此更舒服的地方了。峭壁之下，泉水奔腾飞涌，直泻入一小潭中，潭底细沙洁白如雪。旁边更有橡树五六株，因为终年避风，兼有甘泉滋润，故苍翠雄伟，浓荫匝地，掩覆于小潭之上。潭的四周铺着一片绿油油的细草，在方圆几十里的小客店内决没有这样美好的床席。

可是我不能自鸣得意，说这样一个清幽的地方是我发现的。一个男人已经先在那儿歇着，在我进入山谷的时候一定还是睡着的。被马嘶声惊醒之下，他站起来走向他的马，它却趁着主人打盹跑在四边草地上大嚼。那人是个年轻汉子，中等身材，外表长得很结实，目光阴沉，骄傲。原来可能很好看的皮色，被太阳晒得比头发还黑。他一手拉着坐骑的缰绳，一手拿着一支铜的短铳。说老实话，我看了那副凶相和短铳，先倒有点出乎意外，但我已经不信有什么匪了，因为老是听人讲起而从来没遇到过。并且，全副武装去赶集的老实的庄稼人，我也见得多了，不能看到一件武器就疑心那生客不是安分良民。心里还想：我这几件衬衣和几本埃尔才维版子埃尔才维为16、17世纪时荷兰有名的出版家，所印图书今均成为珍本的《出征记》，他拿去有什么用呢？我便对拿枪的家伙亲热的点点头，笑着问他是否被我打扰了清梦，他不回答，只把我从头到脚的打量着，打量完毕，似乎满意了，又把我那个正在走近的向导同样细瞧了一番。不料向导突然脸色发青，站住了，显而易见吃了一惊。"糟了糟了，碰到坏人了！"我私下想，但为谨慎起见，立即决定不动声色。我下了马，吩咐向导卸下马辔，然后我跪在水边把头和手浸了一会，喝了一大口水，合扑着身子躺下了，像基甸手下的没出息的兵一样《旧约·士师记》第七章载，以色列人基甸反抗米甸人，耶和华令基甸挑选士卒，以河边饮水为试：凡用手捧水如狗舐饮者入选，凡跪下喝水者均受淘汰。

同时我仍暗中留神我的向导和生客。向导明明是很不乐意的走过来的……生客似乎对我们并无恶意，因为他把马放走了，短铳原来是平着拿的，此刻也枪口朝下了。

我觉得不应当为了对方冷淡而生气，便躺在草地上，神气挺随便的问那带枪的人可有火石，同时掏出我的雪茄烟匣。陌生人始终不出一声，在衣袋里掏了一阵，拿出火石，抢着替我打火。他显然变得和气了些，竟在我对面坐下了，但短铳还是不离手。我点着了雪茄，又挑了一支最好的，问他抽不抽烟。

他回答说："抽的，先生。"

这是他的第一句话，我发觉他念的 S 音不像安达鲁齐口音 安达鲁齐人读 S 音，一如西班牙人之读柔音 C 与 Z，等于英文中之 th。故仅听 senor（先生）一字，即能辨出安达鲁齐口音。——原注，可见他和我同样是个旅客，只是不干考古的罢了。

"这支还不错，你不妨试试，"我一边说一边递给他一支真正哈凡那的王家牌。

他略微点点头，拿我的雪茄把他的一支点上了，又点点头表示道谢，然后非常高兴的抽起来。

"啊，我好久没抽烟了！"他这么说着，把第一口烟从嘴里鼻子里慢慢的喷出来。

在西班牙，一支雪茄的授受就能结交朋友，正如近东一带拿盐和面包敬客一样。出我意料之外，那人倒是爱说话的。虽然自称为蒙底拉附近的人，他对地方并不太熟悉。他不知道我们当时歇脚的那可爱的山谷叫甚名字，周围的村子的名字，他也一个都说不上来；我问他有没有在近边见到什么残垣断壁，卷边的大瓦，雕刻的石头等等，他回答说从来没留意过这一类东西。另一方面，他对于马的一道非常内行，把我的一匹批评了一阵，那当然不难。接着又背出他那一匹的血统，有名的高杜养马场出身，据说是贵种，极其耐劳，有一回一天之中赶了一百二十多里，而且不是飞奔便是疾走的。那生客正说在兴头上，忽然停住了，仿佛说了这么多话连他自己也觉得奇怪而且懊恼了。"那是因为我急于赶到高杜，为了一件官司要去央求法官……"他局促不安的这样补充，又瞟着我的向导安东尼奥，安东尼奥马上把眼睛望着地。

既有树荫，又有山泉，我不由得心中大喜，想起蒙底拉的朋友们送我的几片上等火腿放在向导的褡裢内 一种长形的布袋，中间开口，两头装物，可以背在肩上或挂在牲口上，吾国称为褡裢。我就教向导给拿来，邀客人也来享受一下这顿临时点心。他固然好久没有抽烟，但我看他至少也有四十八小时没吃过东西：狂吞大嚼，像只饿极的狼。可怜虫那天遇到我，恐怕真是天赐良缘了。但我的向导吃得不多，喝得更少，一句话都没有，虽然我一上路就发觉他是个头等话匣子。有了这生客在场，他似乎很窘，还有一种提防的心理使他们互相回避，原因我可猜不透。

最后一些面包屑和火腿屑都给打发完了，各人又抽了一支雪茄，我吩咐向导套马，预备向新朋友告别了，他却问我在哪儿过夜。

我还没注意到向导对我做的暗号，就回答说上居尔伏小客店。

"像你先生这样的人，那地方简直住不得……我也上那边去，要是许我奉陪，咱们可以同走。"

"欢迎欢迎，"我一边上马一边回答。

向导替我拿着脚蹬，又对我眨眨眼睛①。我耸了耸肩膀表示满不在乎，然后出发了。

安东尼奥那些神秘的暗号，不安的表情，陌生人的某些话，特别是一天赶一百二十里的事和不近情理的说明，已经使我对旅伴的身份猜着几分。没有问题，我是碰上了一个走私的，或竟是个土匪，可是有什么关系呢？西班牙人的性格，我已经摸熟了，对一个和你一块儿抽过烟，吃过东西的人，尽可放心。有他同路，倒反是个保障，不会再遇到坏人。并且我很乐意知道所谓土匪究竟是何等人物。那不是每天能碰上的。和一个危险分子在一起也不无奇趣，尤其遇到他和善而很斯文的时候。

我暗中希望能逐渐套出陌生人的真话，所以不管向导如何挤眉弄眼，竟自把话扯到剪径的土匪身上，当然用的是颇有敬意的口吻，那时安达鲁齐有个出名的大盗叫作育才－玛丽亚，犯的案子都是脍炙人口的。"谁知道在我身边的不就是育才－玛丽亚呢？"这样思忖着，我便把听到的关于这位好汉的故事，拣那些说他好话的讲了几桩；同时又对他的勇武豪侠称赞了一番。

"育才－玛丽亚不过是个无赖小人。"那生客冷冷的说。

"这算是他对自己的评语呢，还是过分的谦虚？"我这样问着自己，因为越看这同伴越觉得他像育才－玛丽亚了。我记得安达鲁齐许多地方的城门口都贴着告示，把他的相貌写得明明白白。——对啦，一定是他……淡黄头发，蓝眼睛，大嘴巴，牙齿整齐，手很小；穿着上等料子的衬衣，外罩银钮丝绒上装，脚登白皮靴套，骑一匹浑身棕色而鬣毛带黑的马……一点不错！但他既然要隐姓埋名，我也不便点破。

我们到了小客店。旅伴的话果然不虚，我所歇过的小客店，这一个算是最肮脏最要不得的了。一间大屋子兼做厨房、餐厅与卧室。中间放着一块平的石板，就在上面生火煮饭，烟从房顶上一个窟窿里出去，其实只停留在离地几尺的空中，像一堆云。靠壁地下铺着五六张骡皮，便是客铺了。整个屋子只有这间房，屋外一二十步有个棚子似的东西，算是马房。这个高雅的宾馆当时只住着两个人：一个老婆子和一个十一二岁的小姑娘，都是煤烟般的皮色，衣服破烂不堪。——我心上想：古孟达居民的后

---

① 眨（zhá）：同"眨"。

裔原来如此。噢，凯撒！噢，撒克多斯·庞培撒克多斯·庞培为庞培大将次子。庞培大将死后，诸子仍与凯撒为敌！要是你们再回到世界上来，一定要诧异不置呢！

老婆子一看见我的旅伴，就大惊小怪的叫了一声。

"啊！唐·育才大爷！"她嚷着。

唐·育才眉头一皱，很威严的举了举手，立刻把老婆子拦住了。我转身对向导偷偷递了个暗号，告诉他关于这同宿的伙伴，不必再和我多讲什么。晚饭倒比我意料中的丰盛。饭桌是一张一尺高的小桌子，第一道菜是老公鸡煨饭，辣椒放得很多，接着是油拌辣椒，最后是迦斯巴曲，一种辣椒做的生菜。三道这样刺激的菜，使我们不得不常常打酒囊的主意，那是山羊皮做的一种口袋，里头装的蒙底拉葡萄酒确是美好无比。吃完饭，看到壁上挂着一只曼陀铃——西班牙到处都有曼陀铃——我就问侍候我们的小孩子会不会弹。

她回答说："我不会，可是唐·育才弹得真好呢！"

我便央求他："能不能来个曲子听听？我对贵国的音乐简直是入迷的。"

"你先生人这么好，给了我这样名贵的雪茄，还有什么事我好意思拒绝呢？"唐·育才言语之间表示很高兴。

他教人摘下曼陀铃，便自弹自唱起来。声音粗野，可是好听；调子凄凉而古怪；至于歌辞，我连一个字都不懂。

"不知道我猜得对不对，"我跟他说，"你唱的不是西班牙调子，倒像我在外省所谓外省，系指在法律上享有特权的几个省份，即阿拉伐、皮斯加伊、奇波谷阿，以及拿伐的一部分。当地的语言为巴斯克语。——原注。译者按：在庇莱南山脉两侧的法国与西班牙居民，为一种特殊民族，称巴斯克人，所用语言即巴斯克语听见过的左旋歌左旋歌是巴斯克各省通行的一种带歌唱的舞蹈，拍子为八分之五，歌辞大概是巴斯克语。"

"对啦，"唐·育才脸色很阴沉。

他把曼陀铃放在地下，抱着手臂，呆呆的望着快熄灭的火，有种异样的忧郁的表情。小桌上的灯光映着他的脸，又庄严，又凶猛，令人想起弥尔登诗中的撒旦①。或许和撒旦一样，我这旅伴也在想着离别的家，想着他一失足成千古恨的逃亡生活弥尔登的史诗《失乐园》中描写撒旦的阴沉壮烈的面貌，故作者借此譬喻唐·育才。撒旦原为天使之一，以反抗上帝而入魔道，卒为群魔首领；但其脱离

---

① 弥尔登：现通译"弥尔顿"。

天堂等于逃亡，故作者以一失足成千古恨为譬。我逗他继续谈话，他却置之不答，完全沉溺在忧郁的幻想中去了。老婆子已经在屋子的一角睡下。原来两边壁上系着根绳子，挂着一条七穿八洞的毯子做掩蔽，专为妇女们过宿的。小姑娘也跟着钻进那幔子。我的向导站起身子，要我陪他上马房。唐·育才听了突然惊醒过来，厉声问他上哪儿去。

"上马房去，"向导回答。

"干什么？马已经喂饱了。睡在这儿罢，先生不会见怪的。"

"我怕先生的马病了，希望他自个儿去瞧瞧，也许他知道该怎么办。"

显而易见，安东尼奥要和我私下讲几句话，但我不愿意让唐·育才多心，当时的局面，最好对他表示深信不疑。因此我回答安东尼奥，我对于马的事一窍不通，想睡觉了。唐·育才跟着安东尼奥上马房，一忽儿就单独回来，告诉我马明明很好，但向导把它看得名贵得不得了，用自己的上衣替它摩擦，要它出汗，预备终宵不寐，自得其乐的搅这个玩艺儿。——我已经横倒在骡皮毯上，拿大衣把身体仔细裹好，生怕碰到毯子。唐·育才向我告了罪，要我原谅他放肆，睡在我旁边，然后他躺在大门口，可没有忘了把短铳换上门药门药为旧式枪械上用的发火药，放在当枕头用的褡裢底下。彼此道了晚安以后五分钟，我们俩都呼呼入睡了。

大概我已经相当的累，才能在这种客店里睡着，可是过了一小时奇痒难熬的感觉打扰了我的好梦。等到弄明白了是怎么回事，我就起来，私忖与其宿在这个欺侮客人的屋子里，还不如露天过夜，便提着脚尖走到门口，跨过唐·育才的铺位。他睡梦正酣，我的动作又极其小心，居然走出屋子没把他惊醒。门外有一条阔凳，我横在上面，尽量的安排妥贴，准备把后半夜对付过去。正当要第二次阖上眼睛的时候，仿佛有一个人和一匹马的影子，声息全无的在我面前过。我坐起一瞧，认出是安东尼奥。他这个时间跑出马房，不由得令人纳闷，我便站起来向他走过去，他先瞧见了我，站住了。

"他在哪儿呀？"安东尼奥轻轻的问。

"在屋子里睡着呢，他倒不怕臭虫。你干么把这马牵出来呢？"

那时我才发觉，为了要无声无息的走出棚子，安东尼奥撕了一条破毯子，把马蹄仔细裹上了。

"天哪！轻声点儿，"安东尼奥和我说。"你还不知道这家伙是谁吗？他便是育才·拿伐罗唐·育才为拿伐人，故称之为育才·拿伐罗——（拉丁系统的语言，形容词常放在后面）——犹如我们称关东××，江南××，安达鲁齐顶出名的土匪！今天一天我对你递了多少眼色，你都不愿意理会。"

我回答："土匪不土匪，跟我有什么相干！他又没抢劫我们，我敢打赌，他也决无此意。"

"好吧！可是通风报信，把他拿住的人，有二百杜加杜加为西班牙的一种金币，等于十二法郎的赏洋可得。离此五里，有个枪骑兵的驻扎所。天没亮以前，我还来得及带几个精壮结实的汉子来。我想把他的马骑着去，无奈它凶悍得厉害，除了拿伐罗，谁也不得近身。"

"该死的家伙！他什么事得罪了你，你要告发他？并且你敢断定他真是你所说的那个土匪吗？"

"当然罗。刚才他跟我上马房，对我说：你好像认得我的，倘若你胆敢向那位好心的先生说出来，仔细你的脑袋——先生，你留在这儿，待在他身边，不用害怕。只要知道你在这儿，他就不会疑心。"

说话之间，我们已经走了一程，和屋子离得相当远，人家不会再听到马蹄铁的声音。安东尼奥一眨眼就把裹着马脚的破布扯掉，准备上马了。我软骗硬吓，想留住他。

他回答说："先生，我是一个穷光蛋，不能轻易放过二百杜加，同时又为地方除一大害。可是你得小心点儿，倘若拿伐罗醒过来，一定会抓起他的短铳，那可不是玩的！我事情已经做到这地步，不能后退了，你自个儿想办法对付罢。"

那坏东西跨上马，踢了两下，一忽儿便在黑影里不见了。

我对我的向导大不高兴，心中也有点儿不安。想了一会，我打定了主意，回进屋子。唐·育才还睡着，大概他餐风宿露，辛苦了几日，此时正在补偿他的疲乏和瞌睡。我只得用力把他推醒。我永远忘不了他那凶狠的目光和扑上短铳的动作。幸而我防他一着，先拿他的武器放在离床较远的地方。

我说："先生，很抱歉把你叫醒，可是我有句傻话要问你：倘若这儿来了五六个枪骑兵，你心里是不是乐意？"

他纵起身子站在地下，厉声喝问："这话是谁告诉你的？"

"只要消息准确，别管它哪儿来的。"

"一定是你的向导把我出卖了，喝，我不会饶了他的。他在哪儿？"

"不知道……大概在马房里吧……可是另外有人告诉我……"

"谁？……总不会是老婆子吧？……"

"是一个我不认得的人……闲话少说，只问你愿不愿意看到大兵来，如果不愿意，那么别耽误时间。不然的话，我向你告罪，打搅了你的好梦。"

"啊，你那向导！你那向导！我早就防着了……可是……我不会便宜他的！……再见了，先生。你帮我的忙，但愿上帝报答你。我不完全像你所想的那么坏……是的，还有些地方值得侠义君子的哀怜呢……再会了，先生……我只抱憾一件事，就是不能报你的大恩。"

"唐·育才，希望你别猜疑人，别想到报复，就等于报答我了。

这儿还有几支雪茄给你路上抽的，祝你一路平安！"

说罢，我向他伸出手去。

他一声不出握了握我的手，拿起他的短铳和褡裢①，和老婆子说了几句我不懂的土话，就赶向棚子。不多一忽儿，我已经听见他的马在田野里飞奔了。

我吗，我又躺在凳上，可是再也睡不着。我心上盘算：把一个土匪，也许还是个杀人犯，从吊台上救下来，单单因为我跟他一起吃过火腿吃过煨饭，是不是应当的。向导倒是站在法律方面，我不是把他出卖了吗？不是使他有受到恶徒报复的危险吗？但另一方面，朋友之间的义气又怎么办呢？……我承认那是野蛮人的偏见。这个土匪以后犯的罪，我都有责任……可是凭你多大理由都打消不了的这种良知良能，果真是偏见吗？在我当时所处的尴尬局面中，也许怎么办良心都不会平安的。我对于自己的行为是否合乎道德的问题，还在左思右想，委决不下的时候，忽然出现了五六名骑兵和安东尼奥，他可是小心翼翼的躲在大兵后面。我迎上前去，告诉他们土匪已经逃走了不止两小时。老婆子被班长讯问之下，回答说她是认识拿伐罗的，但单身住在乡下，不敢冒了性命的危险把他告发。她又说，他每次到这儿来，照例半夜就动身。至于我这方面，得走上好几里地，拿护照交给区里的法官查验，具了一个结，然后他们允许我继续去做考古的采访。安东尼奥对我心怀怨恨，疑心是我拦掉了他二百杜加的财源。但回到高杜，我们还是客客气气的分手了，我尽我的财力重重的给了他一笔犒赏。

嘉尔曼

---

① 短铳：旧式的短筒火枪。

二

　　我在高杜耽留了几天。有人指点我，多明我会修院_{多明我会为基督教中的}一支派，与芳济会，本多会，耶稣会等并为重要的宗派，该会于13世纪时由圣·多明我创立，因以为名的图书馆藏有一部手稿，可能供给我关于古孟达城的宝贵的材料。仁厚的教士们把我招待得非常殷勤，白天我便待在修道院中，傍晚到城里去闲逛。太阳下山的时候，高杜很多闲人挤在高达奎弗河的右岸。那儿有一股浓烈的皮革味，因为当地制革的历史很悠久，至今享有盛名，同时你还可欣赏一个别有风味的景致。晚钟没响起以前几分钟，就有一大批妇女麇集在河边，站在很高的堤岸之下。那队伍可没有一个男人敢混进去的。只要晚祷的钟声一响，大家便认为天黑了。钟敲到最后一下，所有的女人都脱了衣服下水。于是一片叫喊声，嘻笑声，闹得震天价响。堤岸高头，男人们欣赏着这些浴女，把眼睛睁得挺大，可惜看不见什么。但那些模糊的白影映在深蓝的河水上，使一般有诗意的人见了不免悠然神往。你只要略微用点想象力，就可把她们当做狄阿纳与水神们的入浴，还不用怕自己受到阿克丹翁的厄运_{神话载：森林女神狄阿纳方在水中沐浴，被猎人阿克丹翁撞见，狄一恼之下，将猎人变为鹿，使其被自己的猎犬啮死。}——有人告诉我，有一天几个轻薄无赖凑了钱，向大寺司钟的人行贿，教他把晚钟的时间比规定的提早二十分。虽然天色还很高，高达奎弗河的浴女却毫不迟疑，对晚祷的钟声比对太阳更信任，泰然自若的换了浴装，而那装束一向是最简单的。那一回我没有在场。我在高杜的时代，司钟的绝不贪污。暮色朦胧，只有猫眼才分得出最老的卖橘子女人和高杜城中最漂亮的女工。

　　一天傍晚，日光已没，什么都看不见了，我正靠着堤岸的栏杆抽着烟，忽然河边的水桥上走上一个女的，过来坐在我旁边：头上插着一大球素馨花，夜晚特别发出一股醉人的香味。她穿扮很朴素，也许还相当寒酸，像大半的女工一样浑身都是黑衣服。因为大家闺秀只有早晨穿黑，晚上一律是法国打扮的。我那个浴女一边走近来，一边让面纱卸落在肩头上西班牙女子所用的面纱，尺幅特别宽大，头脸肩膀都可裹入；我在朦胧的星光底下看出她矮小，年轻，身腰很好，眼睛很大。我立刻把雪茄扔掉。这个纯粹法国式的礼貌，她领会到了，赶紧声明她很喜欢闻烟味，遇到好纸现卷的烟叶，她还抽呢。碰巧我烟匣里有这种烟。马上拿几支敬她。她居然受了一支，花一个小钱问路旁的孩子要个引火绳点上了。我跟美丽的浴女一块儿抽着烟，不觉谈了很久，堤岸上差不多只剩下我们两个人了。我觉得那时约她上饮冰室这是一种附有冰栈的咖啡馆，实际是藏的雪水。西班牙村子很少没有这种冰栈的。——原注饮冰也不能算冒昧。她略微谦让一下也就应允了，但先要知道什么时间。我按了按打簧表，她听着那声音似乎大为惊奇。

“你们外国人搅的玩艺儿真新鲜！先生，您是哪一国人呢？一定是英国人罢在西班牙凡不带着卡里谷布或绸缎样品兜销的外国人，都被目为英国人，近东一带亦然。——原注？”

“在下是法国人。您呢，小姐或是太太，大概是高杜本地人罢？”

“不是的。”

“至少您是安达鲁齐省里的。听您软声软气的口音就可以知道。”

“先生既然对各地的口音这么熟，一定能猜到我是哪儿人了。”

“我想您是耶稣国土的人，和天堂只差几步路。”

（这种说法是我的朋友，有名的斗牛士法朗西斯谷·塞维拉教给我的，意思是指安达鲁齐。）

“喝！天堂！……这里的人说天堂不是为我们的。”

“那么难道您是摩尔人吗？……再不然……”我停住了，不敢说她是犹太人。

“得了罢，得了罢！您明明知道我是波希米人，要不要算个命？您可听人讲起过嘉尔曼西太吗？那便是我呀。”

十五年前我真是一个邪教徒，哪怕身边站着个妖婆，我也决不会骇而却走。当下心里想：“好罢，上星期才跟窾径的土匪一块儿吃过饭，今天不妨带一个魔鬼的门徒去饮冰。出门人什么都得瞧一下。”此外我还另有一个动机想和她结交。说来惭愧，我离开学校以后曾经浪费不少时间研究巫术，连呼召鬼神的玩艺也试过几回。虽然这种癖早已戒掉，但我对一切迷信的事照旧感到兴趣。见识一下巫术在波希米人中发展到什么程度，对我简直是件天大的乐事。

说话之间，我们已经走进饮冰室，拣一张小桌子坐下，桌上摆着个玻璃球，里头点着一支蜡烛。那时我尽有时间打量我的奚太那了波希米人在西班牙被称为奚太诺（女性为奚太那），详见本篇正文第四章；室内几位先生一边饮冰，一边看见我有这样的美人做伴，不禁露出错愕的神气。

我很疑心嘉尔曼小姐不是纯血统，至少她比我所看到的波希米女人不知要美丽多少倍。据西班牙人的说法，一个美女必须具备三十个条件，换句话说，她要能用到十个形容词，每个形容词要适用于身上三个部分。比如说，她要有三样黑的：眼睛，眼皮，眉毛；三样细致的：手指，嘴唇，头发。欲知详细，不妨参阅勃朗多末的大作勃朗多末（1535—1614）为法国贵族，生平游踪甚广，著有笔记多种。此处系指其所作的《名媛录》。该书第二卷《论专宠的秘诀》，详述西班牙美女之标准，所谓十个形容词，及每个形容词能适用于身上的部分，均历举无遗。我那个波希米姑娘当然够不上这样完满的标准。她皮肤很匀净，但皮色和铜差不多；眼睛斜视，可是长得挺好挺大；嘴唇厚了一些，但曲线极美，一口牙比出壳的杏仁还要白。头发也许太粗，可是又长，又黑，又亮，像乌鸦的翅膀一般闪着蓝光。免得描写过于琐碎，惹读者讨厌，我可以总括一句：她身上每一个缺点都附带着一个优点，对照之下，优点变得格外显著。那是一种别具一格的，犷悍的美，她的脸使你一见之下不免惊异，可是永远忘不了。尤其是她的眼睛，带着又妖冶又凶悍的表情，从那时起我没见过一个人有这种眼神的。波希米人的眼是狼眼，西班牙人的这句俗语表示他们观察很准确。倘若诸位没空上植物园去研究狼眼巴黎的植物园为兼带动物园性质之大公园，不妨等府上的猫捕捉麻雀的时候观察一下猫眼。

当然，在咖啡馆里算命难免教人笑话。我便要求美丽的女巫允许我上她家里去，她毫无难色，马上答应了，但还想知道一下钟点，要我把打簧表再打一次给她听。

她把表细瞧了一会，问："这是真金的吗？"

我们重新出发的时候，已经完全到了夜里，大半铺子都已关门，差不多没有行人了。我们穿过高达奎弗大桥，到城关尽头的一所屋子前面停下。屋子外表绝对不像什么宫邸。一个孩子出来开门，波希米姑娘和他讲了几句话，我一字不懂，后来才知道那叫作罗马尼或是岂泼·加里，就是波希米人的土话。孩子听了马上走开了，我们进入一间相当宽敞的屋子，中间放着一张小桌，两只圆凳，一口柜子，还有一瓶水，一堆橘子和一串洋葱。

孩子走后，波希米姑娘立即从柜子里拿出一副用得很旧的纸牌，一块磁石，一条干瘪的四脚蛇，和别的几件法器。她吩咐我左手握着一个钱画个十字，然后她作法了。她的种种预言在此不必细述，至于那副功架，显而易见她不是个半吊子的女巫。

可惜我们不久就受到打搅。突然之间，房门打开了，一个男人裹着件褐色大衣，只露出一双眼睛，走进屋子很不客气的对着波希米姑娘吆喝。我没听清他说些什么，但他的音调表示很生气。奚太那看他来了，既不惊奇，也不恼怒，只迎上前去，咭咭呱呱的和他说了一大堆，用的仍是刚才对孩子说的那种神秘的土语。我所懂的只有她屡次提到的外江佬这个字。我知道波希米人对一切异族的人都这样称呼的。想来总是谈着我罢。看情形，来客不免要和我找麻烦了，所以我已经抓着一只圆凳的脚，正在估量一个适当的时间把它向不速之客摔过去。他把波希米姑娘粗暴的推开了，向我走来，接着又退了一步，嚷着：

"啊！先生，原来是你！"

于是我也瞧着他，认出了我的朋友唐·育才。当下我真有些后悔前次没让他给抓去吊死的。

"啊！老兄，原来是你！"我勉强笑着，可竭力不让他觉得我是强笑。"小姐正在告诉我许多未来之事，都挺有意思，可惜被你打断了。"

"老是这个脾气！早晚得治治她，看她改不改！"他咬咬牙齿，眼露凶光，直瞪着她。

波希米姑娘继续用土语跟他说着，渐渐的生气了。她眼睛充血，变得非常可怕，脸上起了横肉，拼命的跺脚：那光景好像是逼他做一件事，而他三心两意，委决不下。究竟是什么事，我也太明白了，因为她一再拿她的小手在脖子里抹来抹去。我相信这意思是抹脖子，而且那多半是指我的脖子。

唐·育才对于这一大堆滔滔汩汩的话，只斩钉截铁的回答几个字。波希米姑娘不胜轻蔑的瞅了他一眼，走到屋子的一角盘膝而坐，捡了一个橘子，剥着吃起来了。

唐·育才抓着我的胳膊，开了门把我带到街上。我们一声不出的走了一二百步，然后他用手指着远处，说：

"一直往前，就是大桥了。"

说完他掉过背去很快的走了。我回到客店，有点狼狈，心绪相当恶劣。最糟的是，脱衣服的时候，发觉我的表不见了。

种种的考虑使我不愿意第二天去要回我的表，也不想去请求当地的法官替我找回来。我把多明我会藏的手稿研究完了，动身上塞维尔。在安达鲁齐省内漫游了几个月，我想回马德里，而高杜是必经之路。我没有意思再在那里耽久，对这个美丽的城市和高达奎弗河的浴女已经觉得头疼了。但是有几个朋友要拜访，有几件别人委托的事要办，使我在这个回教王的古都中高杜（西班牙文称高杜伐）城为回教王阿勒拉·埃尔·拉芒一世于787年建立，古迹极多，风景幽美，为西班牙名城之一。当地所制皮革及金物均驰名国外至少得逗留三四天。

我回到多明我会的修院，一位对我考据古孟达遗址素来极感兴趣的神甫，立刻张着手臂嚷着：

"噢，谢谢上帝！好朋友，欢迎欢迎。我们都以为你不在人世了，我哪，就是现在跟你讲话的我，为超度你的灵魂，念了不知多少天父多少圣哉天父为旧教中的一种祈祷，首句均有拉丁文的天父二字。圣哉为祈祷圣母的祷文，首句有拉丁文的圣哉二字，当然我也不后悔。这样说来，你居然没有被强盗杀死！因为你被抢劫我们是知道的了。"

"怎么呢？"我觉得有些奇怪。

"可不是吗，你那只精致的表，从前你在图书馆里工作，我们招呼你去听唱诗的时候，你常常按着机关报钟点的。那表现在给找到了，公家会发还给你的。"

"就是说，"我打断了他的话，有点儿窘了，"就是说我丢了的那只……"

"强盗现在给关在牢里，像他这种人，哪怕只为了抢一个小钱，也会对一个基督徒开枪的，因此我们很担心，怕他把你杀了。明儿我陪你去见法官领回那只美丽的表。这样，你回去可不能说西班牙的司法办的不行啦！"

我回答说："老实告诉你，我宁可丢了我的表，不愿意到法官面前去作证，吊死一个穷光蛋，尤其因为……因为……"

"噢！你放心，他这是恶贯满盈了，人家不会把他吊两次的。我说吊死还说错了呢。你那土匪是个贵族，所以定在后天受绞刑，绝不赦免1830年时，西班牙贵族尚享有此项特权。现在（译者按此系指作者写作的年代，1845年）改了立宪制度，平民也有受绞刑的权利了。——原注。译者按：此种绞刑乃令死囚坐于凳上，后置一柱，上有铁箍，可套在死囚颈内，以柱后螺丝逐渐旋紧。此种绞刑以西班牙为最盛行。你瞧，多一桩抢案少一桩抢案，根本对他不生关系。要是他只抢东西倒还得谢谢上帝呢！但他血案累累，都是一桩比一桩残酷。"

"他叫什么名字？"

"这儿大家叫他育才·拿伐罗，但他还有一个巴斯克名字，音别扭得厉害，你我都休想念得上来。真的，这个人值得一看。你既然喜欢本地风光，该借此机会见识一下西班牙的坏蛋是怎样离开世界的。他如今在小教堂里，可以请玛蒂奈士神甫带你去。"

那位多明我会的修士一再劝我去瞧瞧"挺有意思的绞刑"是怎么布置的西班牙惯例，死囚行刑之前均被送往教堂忏悔，所谓"布置"即指此项手续，使我不好意思推辞了。我就去访问监犯，带了一包雪茄，希望他原谅我的冒昧。

我被带到唐·育才那儿的时候，他正在吃饭，对我冷冷的点点头，很有礼貌的谢了我的礼物，把我递在他手里的雪茄数了数，挑出几支，其余的都还给我，说再多也无用了。

我问他，是不是花点儿钱，或者凭我几个朋友的情面，能把他的刑罚减轻一些。他先耸耸肩膀，苦笑一下，然后又改变主意，托我做一台弥撒超度他的灵魂。

他又怯生生的说："你肯不肯为一个得罪过你的人再做一台？"

"当然肯的，朋友。可是我想来想去，这里没有人得罪过我呀。"

他抓着我的手，态度很严肃的握着，静默了一会，又道：

"能不能请你再办一件事？……你回国的时候，说不定要经过拿伐省，无论如何，维多利亚是必经之路，那离拿伐也不太远了。"

我说："是的，我一定得经过维多利亚，绕道上邦贝吕纳邦贝吕纳为拿伐省的首府去一趟也不是办不到的事。为了你，我很乐意多走这一程路。"

"好罢！倘若你上邦贝吕纳，可以看到不少你感到兴趣的东西……那是一个挺美丽的城……我把这个胸章交给你（他指着挂在脖子上的一枚小银胸章），请你用纸给包起来……"说到这儿他停了一忽，竭力压制感情，"……或是面交，或是托人转交给一位老婆婆，地址我等会告诉你——你只说我死了，别说怎么死的。"

我答应一切照办。第二天我又去看他，和他消磨了大半天。下面那些悲惨的事迹便是他亲口告诉我的。

嘉尔曼

三

他说本章全部为唐·育才口述，但原文不用引号，兹亦因之：我生在巴兹丹盆地上埃里仲杜地方。我的姓名是唐·育才·李查拉朋谷阿。先生，你对西班牙的情形很熟，一听我的姓名就能知道我是巴斯克人，世代都是基督徒_{欧洲大陆上的人所称的基督徒均指旧教徒（即加特力教徒）}。姓上的唐字不是我僭称的_{西班牙人姓字上冠有唐字，乃贵族之标记，犹法国姓上之特字，德国姓上之洪字，荷兰姓上之梵字}，要是在埃里仲杜的话，我还能拿出羊皮纸的家谱给你瞧呢。家里人希望我进教会，送我上学，我可不用功。我太喜欢玩回力球了，一生倒楣就为这个。我们拿伐人一朝玩了回力球，便什么都忘了。有一天我赌赢了，一个阿拉伐省的人跟我寻事：双方动了玛基拉_{玛基拉为巴斯克人所用的一种铁棍。——原注}。我又赢了，但这一下我不得不离开家乡。路上遇到龙骑兵，我就投入阿尔芒查联队的骑兵营。我们山里人对当兵这一行学得很快，不久我就当上班长。正当要升做排长的时候，我走了背运，被派在塞维尔烟厂当警卫。倘若你到塞维尔，准会瞧见那所大屋子，在城墙外面，靠着高达奎弗河_{高达奎弗河为西班牙南部大河，自东北至西南，中游经高杜城，下游经塞维尔而入地中海。}烟厂的大门和大门旁边的警卫室，至今还在我眼前。西班牙兵上班的时候，不是玩纸牌就是睡觉，我却凭着规规矩矩的拿伐人脾气，老是不肯闲着。一天我正拿一根黄铜丝打着链子，预备拴我的枪铳针，冷不防弟兄们嚷起来，说："打钟啦，姑娘们快回来上工了。"你知道，先生，烟厂里的女工有四五百，她们在一间大厅上卷雪茄。那儿没有二十四道_{二十四道为西班牙城市的警察局长兼行政长官。——原注}的准许，任何男子不得擅入，因为天热的时候她们装束挺随便，特别是年纪轻的。女工们吃过中饭回厂的时节，不少青年男子特意来看她们走过，油嘴滑舌的跟她们打诨。宁绸面纱一类的礼物，很少姑娘会拒绝的。一般风流人物拿这个做饵，上钩的鱼只要弯下身子去捡就是了。大家伙儿都在那里张望，我始终坐在大门口的凳上。那时我还年轻，老是想家乡，满以为不穿蓝裙子，辫子不挂在肩上

的 此乃拿伐及巴斯克各省乡下女子的普通装束。——原注，绝不会有好看的姑娘。况且安达鲁齐的女孩子教我害怕。我还没习惯她们那一套：嘴里老是刻薄人，没有一句正经话。当时我低着头只管打链子，忽然听见一些闲人叫起来：呦！奚太那来了。我抬起眼睛，一瞟就瞟见了她。我永远记得很清楚，那天是星期五。我瞟见了那个你认识的嘉尔曼，几个月以前我就在她那儿遇到你的。

她穿着一条很短的红裙，教人看到一双白丝袜，上面的破洞不止一个，还有一双挺可爱的红皮鞋，系着火红的缎带。她把面纱撩开着，为的要露出她的肩膀和拴在衬衣上的一球皂角花。嘴角上另外又衔着一朵皂角花。她向前走着，把腰扭来扭去，活像高杜养马场里的小牝马①。在我家乡，见到一个这等装束的女人，大家都要画十字的。在塞维尔，她的模样却博得每个人对她说几句风情话；她有一句答一句，做着媚眼，把拳头插在腰里，那种淫荡无耻，不愧为真正的波希米姑娘。我先是不喜欢她，便重新做我的活儿。可是她呀，像所有的女人和猫一样，叫她们来不来，不叫她们来偏来，竟在我面前站住了，跟我说话了：

"大哥，"她用安达鲁齐人的口语称呼我，"你的链子能不能送我，让我拿去系柜子上的钥匙呢？"

"这是为挂我的枪铳针的。"我回答。

"你的枪铳针！"她笑起来了。"啊，你老人家原来是做挑绣的，要不然怎么会用到别针呢枪铳针与别针，在原文中只差结尾三个字母，故能用做双关的戏谑语？"

在场的人都跟着笑了，我红着脸，一个字都答不上来。

她接着又道："好吧，我的心肝，替我挑七尺镂空黑纱，让我做条面纱罢，亲爱的卖别针的！"

然后她拿嘴角上的花用大拇指那么一弹，恰好弹中我的鼻梁。告诉你，先生，那对我好比飞来了一颗子弹……我简直无地自容，一动不动的愣住了，像木头一样。她已经走进工厂，我才瞟见那朵皂角花掉在地下，正好在我两脚之间。不知怎么心血来潮，我竟趁着弟兄们不注意的当口把花捡了起来，当作宝贝一般放在上衣袋里。这是我做的第一桩傻事！

过了二三小时，我还想着那件事，不料一个看门的气喘吁吁，面无人色的奔到警卫室来。他报告说卷雪茄的大厅里，一个女人被杀死了，得赶

①　牝马：母马。

161

快派警卫进去。排长吩咐我带着两个弟兄去瞧瞧。我带了两个人上楼了。谁知一进大厅，先看到三百个光穿衬衣的，或是和光穿衬衣相差无几的女人，又是叫，又是喊，指手划脚，一片声响，闹得连上帝打雷都听不见。一边地下躺着个女的，手脚朝天，浑身是血，脸上给人用刀扎了两下，画了个斜十字，几个心肠最好的女工在那里忙着救护。在受伤的对面，我看见嘉尔曼被五六个同事抓着。受伤的女人嚷着："找忏悔师来呀！找忏悔师来呀！我要死啦！"嘉尔曼一声不出，咬着牙齿，眼睛像四脚蛇一般骨碌碌的打转。我问了声："什么事啊？"但一时也摸不着头脑，因为所有的女工都跟我同时讲话。据说那受伤的女人夸口，自称袋里的钱足够在维里阿那集上买匹驴子。多嘴的嘉尔曼取笑她："喝！你有了一把扫帚还不够吗？"对方听着恼了，或许觉得这样东西犯了她的心病，便回答说她对扫帚是外行，因为没资格做波希米女人或是撒旦的干女儿相传扫帚为女巫作法用具之一，可当做马匹用；可是嘉尔曼西太小姐只要陪着法官大人出去散步，后面跟着两名当差赶苍蝇的时候，不久就会跟她的驴子相熟了。嘉尔曼说："好吧，让我先把你的脸掘个水槽给苍蝇喝水苍蝇喝水的槽是一句成语，指又宽又长的伤口。因上文提到苍蝇，故嘉尔曼用此双关语，我还想在上面画个棋盘呢。"说时迟，那时快，嘉尔曼拿起切雪茄烟的刀就在对方脸上画了个 X 形的十字。

案情是很明白了。我抓着嘉尔曼的胳膊，客客气气的说："姊妹，得跟我走了。"她瞅了我一眼，仿佛把我认出来似的，接着她装着听天由命的神气，说："好，走吧，我的面纱在哪儿？"

她把面纱没头没脑的包起来，一双大眼睛只露出一只在外面，跟着我两个弟兄走了，和顺得像绵羊。到了警卫室，排长认为案情重大，得送往监狱。押送的差事又派到我身上。我教她走在中间，一边一个龙骑兵，我自己照班长押送监犯的规矩，跟在后面。我们开始进城了，波希米姑娘先是不做声。等到走进蛇街，——你大概认得那条街吧，那么多的拐弯真是名副其实，——到了蛇街，她把面纱卸在肩膀上，特意让我看到那个迷人的脸蛋，尽量的扭过头来，和我说：

"长官，您带我上哪儿去呢？"

"上监狱去，可怜的孩子，"我尽量用柔和的口气回答；一个好军人对待囚犯，尤其是女犯，理当如此。

"哎哟！那我不是完了吗？长官大人，您发发慈悲罢。您这样年轻，这样和气！……"然后她又放低着声音说道："让我逃走罢，我给您一块巴尔·拉岂，可以教所有的女人都爱您。"

巴尔·拉岂的意思是磁石，据波希米人的说法，有秘诀的人可以拿它做出许多妖术：比如磨成细粉，和入一杯白葡萄酒给女人喝了，她就不会不爱你。我却是尽量拿出一本正经的态度回答：

"这儿不是说废话的地方。我们要送你进监狱，这是上头的命令，无法可想的。"

我们巴斯克人的乡音非常特别，一听就知道跟西班牙人的不同。另一方面，像巴伊·姚那这句话巴伊·姚那为巴斯克语，意思是："是的，先生。"也没有一个西班牙人说得清。所以嘉尔曼很容易猜到我是外省人外省二字的意义，参阅前150页注。——原注。先生，你知道波希米人是没有家乡，到处流浪的，各地的方言都能讲；不论在葡萄牙，在法兰西，在外省，在加塔罗尼亚，他们都到处为家；便是跟摩尔人和英国人，他们也能交谈。嘉尔曼的巴斯克语讲得不坏。她忽然之间跟我说：

"拉居那·埃纳·皮霍察雷那（我的意中人），你跟我是同乡吗？"

先生，我们的语言真是太好听了，在外乡一听到本土的话，我们就会浑身打颤……

（说到这里，唐·育才轻轻的插了一句："我希望有个外省的忏悔师。"停了一会，他又往下说了。）

我听她讲着我本乡的话，不由得大为感动，便用巴斯克语回答说："我是埃里仲杜人。"

她说："我是埃查拉人——（那地方离开我本乡只有四个钟点的路程）——被波希米人骗到塞维尔来的。我现在烟厂里做工，想挣点儿钱回拿伐，回到我可怜的母亲身边，她除了我别无依靠，只有一个小小的巴拉察巴拉察为巴斯克语，意思是园子。——原注，种着二十棵酿酒用的苹果树。啊！要是能够在家乡，站在积雪的山峰底下，那可多好！今天人家糟蹋我，因为我不是本地人，跟这些流氓，骗子，卖烂橘子的小贩不是同乡，那般流氓婆齐了心跟我作对，因为我告诉她们，哪怕她们塞维尔所有的牛大王一齐拿着刀站出来，也吓不倒我们乡下一个头戴蓝帽，手拿玛基拉的汉子。好伙计，好朋友，你不能对个同乡女子帮点儿忙吗？"

先生，这完全是她扯谎，她老是扯谎的。我不知这小娘儿一辈子有没有说过一句真话，可是只要她一开口，我就相信她，那简直不由我做主。她说的巴斯克语声音是走腔的，我却相信她是拿伐人。光是她的眼睛，再加她的嘴巴，她的皮色，就说明她是波希米人。我却是昏了头，什么都没

嘉尔曼

注意。我心里想，倘若西班牙人敢说我本乡的坏话，我也会割破他们的脸，像她对付她的同伴一样。总而言之，我好像喝醉了酒，开始说傻话了，也预备做傻事了。

她又用巴斯克语和我说："老乡，要是我推你，要是你倒下了，那两个加斯蒂人休想抓得住我……"

真的，我把命令忘了，把一切都忘了，对她说：

"那么，朋友，你就试一试罢，但愿山上的圣母保佑你！"

我们正走过一条很窄的巷子，那在塞维尔是很多的。嘉尔曼猛的掉过身来，把我当胸一拳。我故意仰天翻倒。她一纵就纵过了我的身子，开始飞奔，教我们只看到她两条腿！……俗话说巴斯克的腿是形容一个人跑得快，她那两条腿的确比谁都不输……不但跑得快，还长得好看。我呀，我立刻站起身子，但是把长枪_{西班牙的骑兵均持长枪。——原注}横着，挡了路，把弟兄们先给耽搁一会，然后我也往前跑了，他们跟在我后面，可是穿着马靴，挂着腰刀，拿着长枪，不用想追上她！还不到我跟你说这几句话的时间，那女犯早已没有了影踪。街坊上的妇女还帮助她逃，有心指东说西，跟我们开玩笑。一忽儿往前一忽儿往后的白跑了好几趟，我们只得回到警卫室，没拿到典狱长的回单。

两个弟兄为了免受处分，说嘉尔曼和我讲过巴斯克语，而且那么一个娇小的女孩子一拳就轻易把我这样一个大汉打倒，老实说也不近情理。这种种都很可疑，或者是太明显了。下了班，我被革掉班长，判了一个月监禁。这是我入伍以后第一次受到惩戒。早先以为唾手可得的排长的金线就这样的吹了。

进监的头几天，我心里非常难过。当初投军的时候，想至少能当个军官。同乡龙迦，米那，都是将军了；夏巴朗迦拉，像米那一样是个黑人，也像他一样亡命到你们贵国去的，居然当了上校；他的兄弟跟我同样是个穷小子，我和他玩过不知多少次回力球呢。那时我对自己说：过去在队伍里没受处分的时间都是白费的了。现在你的记录有了污点，要重新得到长官的青眼，必须比你以壮丁资格入伍的时候多用十倍的苦功！而我的受罚又是为的什么？为了一个取笑你的波希米小贼娘！此刻也许就在城里偷东西呢。可是我不由得要想她。她逃的时候让我看得清清楚楚的那双七穿八洞的丝袜——先生，你想得到吗？——竟老在我眼前。我从牢房的铁栅中向街上张望，的确没有一个过路女人比得上这鬼婆娘。同时我还不知不觉闻到她扔给我的皂角花，虽然干瘪了，香味始终不散……倘若世界上真有什么妖婆的话，她准是其中的一个！

有一天，狱卒进来递给我一块阿加拉面包 阿加拉为塞维尔城外七八里的小镇，所制小面包特别可口，每日均有大批运至城中发卖。——原注，说道：

"这是你的表妹给捎来的。"

我接了面包，非常纳闷，因为我没什么表妹在塞维尔。我瞧着面包想道：也许弄错了吧。可是面包那么香，那么开胃，我也顾不得是哪儿来的，送给谁的，决意拿来吃了。不料一切下去，刀子碰到一点儿硬东西。原来是一片小小的英国锉刀，在面包没烘烤的时候放在面粉里的。另外还有一枚值两块钱的金洋。那毫无疑问是嘉尔曼送的了。对于她那个种族人，自由比什么都宝贵，为了少坐一天牢，他们会把整个城市都放火烧了的。那婆娘也真聪明，一块面包就把狱卒骗过去了。要不了一小时，最粗的铁栅也能用这把锉刀锯断；拿了这块金洋，随便找个卖旧衣服的，我就能把身上的军装换一套便服。你不难想象在山崖上掏惯老鹰窠的人，决不怕从至少有三丈高的楼窗口跳到街上，可是我不愿意逃。我还顾到军人的荣誉，觉得开小差是弥天大罪。但我心里对那番念旧的情意很感动。在监牢里，想到外边有人关切你总是很高兴的。那块金洋使我有点气恼，恨不得把它还掉，但哪儿去找我的债主呢？这倒不大容易。

经过了革职的仪式以后，我自忖不会再受什么羞辱的了，谁知还有一件委屈的事要我吞下去。出了监狱重新上班，我被派去和小兵一样的站岗。你真想不到，对于一个有血性的男子，这一关是多么难受哇。我觉得还是被枪毙的好。至少你一个人走到前面，一排兵跟在你后面，大家争着瞧你，你觉得自己是个人物。

我被派在上校门外站岗。他是个有钱的年轻人，脾气挺好，喜欢玩儿。所有年轻的军官都上他家里去，还有许多老百姓，也有女的，据说是女戏子。对于我，那好比全城的人都约齐了到他门口来瞧我。呕！上校的车子来了，赶车的旁边坐着他的贴身当差。你道下来的是谁？……就是那奚太那。这一回她妆扮得像供奉圣徒骨殖的神龛一般①，花花绿绿，妖冶无比，从上到下都是披绸戴金的。一件缀着亮片的长袍，蓝皮鞋上也缀着亮片，全身都是金银铺绣的滚边和鲜花。她手里拿着个波浪鼓儿。同来的有两个波希米女人，一老一少。照例还有个带头的老婆子，和一个老头儿，也是波希米人，专弄乐器，替她们的跳舞当伴奏的。你知道，有钱人

---

① 骨殖：即尸骨。尸体腐烂后剩下的骨头。

家往往招波希米人去，要她们跳罗马里，这是她们的一种舞蹈，还教她们搅别的玩艺儿。

嘉尔曼把我认出来了。我们的眼睛碰在了一起，我恨不得钻下地去。

她说："阿居·拉居那_{巴斯克语："伙计，你好。"——原注}，长官，你居然跟小兵一样的站岗吗？"

我来不及找一句话回答，她已经进了屋子。

所有的人都在院子里。虽然人多，我隔着铁栅门_{塞维尔多数屋子皆有院子，四面围着游廊。夏天大家都待在院中。院子顶上张着布幔，日间浇水，晚上撤去。屋子大门终日洞开，大门与院子之间有一道刻花甚精的铁栅门，则是严肩的。——原注}差不多把一切都看在眼里。我听见鼓声，响板声，笑声，喝彩声。她擎着波浪鼓儿往上纵的时候，我偶尔还能瞧见她的头。我又听见军官们和她说了不少使我脸红的话。她回答什么，我不知道。我想我真正的爱上她，大概是从那天起的。因为有三四回，我一念之间很想闯进院子，拔出腰刀，把那些调戏她的小白脸全部开肠破肚。我受罪受了大半个时辰，然后一群波希米人出来了，仍旧由车子送回。嘉尔曼走过我身边，用那双你熟悉的眼睛瞅着我，声音很轻的说：

"老乡，你要吃上好炸鱼，可以到德里阿那_{德里阿那为塞维尔附郭的小镇，为当地的波希米人麇集之处}去找里拉·巴斯蒂阿。"

说完，她身子轻得像小山羊似的钻进车子，赶车的把骡子加上一鞭，就把全班卖艺的人马送到不知哪儿去了。

不消说，我一下班就赶到德里阿那。事先我剃了胡子，刷了衣服，像阅兵的日子一样。她果然在里拉·巴斯蒂阿的铺子里。他专卖炸鱼，也是波希米人，皮肤像摩尔人一般的黑；上他那儿吃炸鱼的人很多，大概特别从嘉尔曼在店里歇脚之后。

她一见我就说："里拉，今儿我不干啦。明儿的事明儿管_{西班牙成语。——原注}！——老乡，咱们出去蹓蹓罢。"

她把面纱遮着脸。我们到了街上，我却是糊里糊涂的不知上哪儿。

"小姐，"我对她说，"我该谢谢你送到监狱来的礼物。面包，我吃了；锉刀，我可以磨枪头，也可以留作纪念；可是钱哪，请你收回罢。"

"呦！他居然留着钱不花，"她大声的笑了。"可是也好，我手头老是很紧，管它！狗只要会跑就不会饿死_{波希米成语。——原注}。来，咱们把钱吃光算了。你好好请我一顿罢。"

我们回头进城。到了蛇街的街口上，她买了一打橘子，教我用手帕包着。再走几步。她又买了一块面包，一些香肠，一瓶玛查尼拉酒。最后走进一家糖果店，把我还她的金洋，和从她口袋里掏出来的另外一块金洋和几个银角子，一齐摔在柜台上，又要我把身上的钱统统拿出来。我只有一个角子和几个小钱，如数给了她，觉得只有这么一点儿非常难为情。她好像要把整个铺子都买下来，尽挑最好最贵的东西，什么甜蛋黄，杏仁糖，蜜饯果子，直到钱花完为止。这些都给装在纸袋里，归我拿着。你大概认得刚第雷育街吧，街上有个唐·班特罗王的胸像相传唐·班特罗王（译者按：系14世纪时葡萄牙王，称比哀尔一世）素喜在塞维尔城内微服夜游。某夜在街上与人争风，拔剑相斗，将对方刺死。其时仅有一老妇，闻击剑声持小灯开窗出视，此小灯即名刚第雷育。班特罗王身体畸形，故为老妇所认。翌日，大臣奏晚间有人决斗，酿成命案。王问凶手已否发见。臣答曰："然。"王又问何不法治。臣称："谨待王命。"王曰："执法毋徇。"大臣乃将城内王之雕像锯下首级，置于肇事街上。今塞维尔尚有刚第雷育街，街上仍有一石像，人皆谓为唐·班特罗王之胸像，但此系近时所雕。因旧像于17世纪时已极剥落，故市政当局易以新塑。——原注，那倒值得我仔细想一想呢。在这条街上，我们在一所屋子前面停下。她走进过道，敲了底层的门。开门的是个波希米女人，十足地道的撒旦的侍女。嘉尔曼用波希米语和她说了几句。老婆子先咕噜了一阵。嘉尔曼为了安慰她，给她两个橘子，一把糖果，又教她尝了尝酒，然后替她披上斗篷，送到门口，拿根木闩把门闩上了。等到只剩我们两人的时候，她就像疯子一般的又是跳舞，又是笑，嘴里唱着：

"你是我的罗姆，我是你的罗米罗姆为丈夫，罗米为妻子，均波希米语。——原注！"

我站在屋子中间，捧着一大堆食物，不知放在哪里好。她却把一切摔在地下，跳上我的脖子，和我说：

"我还我的债，我还我的债！这才是加莱波希米人自称为加莱（男女性多数），男的为加罗，女的为加里，意义是"黑"。——原注的规矩！"

啊！先生，那一天啊！那一天啊！……我一想到那一天，就忘了还有什么明天。

（唐·育才静默了一会，重新点上雪茄，又往下说了。）

我们一块儿待了一天，又是吃，又是喝，还有别的。等到她像五六岁的孩子一般吃饱了糖，便抓了几把放在老婆子的水壶里，说是"替她做冰糖酒"；她又把甜蛋黄扔在墙上，摔得稀烂，说是"免得苍蝇跟我们麻烦……"总之，所有刁钻古怪的玩艺儿都做到家了。我说很想看她跳舞，可是哪里去找响板呢？她听了马上把老婆子独一无二的盘子砸破了，打着珐琅碎片跳起罗马里来，跟打着紫檀或象牙的响板一般无二。和她在一起决

嘉尔曼

傅
雷
译
作
全
编
（
注
释
版
）

不会厌烦，那我可以保险的。天晚了，我听见召集归营的鼓声，便说：

"我得回营去应卯了。"

"回营去吗？"她一脸瞧不起人的样子，"难道你是个黑奴，给人牵着鼻子跑的吗？简直是只金丝雀，衣服也是的，脾气也是的西班牙的龙骑兵制服是黄色的，故以金丝雀作譬。——原注。去吧去吧，你胆子跟小鸡一样。"

我便留下了，心里发了狠预备回去受罚。第二天早上，倒是她先提分手的话。

"你说，育才多，我可是报答你了？照我们的规矩，我再也不欠你什么，因为你是个外江佬，但你长得好看，我也喜欢你。咱们这是两讫了。再会吧。"

我问她什么时候能跟她再见。

她笑着回答："等到你不这么傻的时候。"然后她又用比较正经一些的口吻，说："你知道吗，小子？我有点儿爱你了。可是不会长久的。狗跟狼做伴，决没多少太平日子，倘若你肯做埃及人，也许我会做你的罗米。但这些全是废话，办不到的。哎，相信我一句话，你运气不坏。你碰到了魔鬼——要知道魔鬼不一定是难看的——他可没把你勒死。我身上披着羊毛，可不是绵羊。快快到你的圣母面前去点支蜡烛吧；她应该受这点儿孝敬。再见了。别再想嘉尔曼西太，要不然她会教你娶个木腿寡妇的木腿寡妇是指执行死犯的吊台。——原注。译者按：此语即送人性命之意。"

这么说着，她卸下门闩，到了街上，拿面纱一裹，掉转身子就走。

她说得不错。我要从此不想她就聪明啦，可是从刚第雷育街相会了一场以后，我心里就没第二个念头：成天在街上溜达，希望能遇上她。我向那老婆子和卖炸鱼的打听。两人都回答说她上红土国去了，那是他们称呼葡萄牙的别名。大概是嘉尔曼吩咐他们这么说的，因为不久我就发觉他们是扯谎。在刚第雷育街那天以后几星期，我正在某一个城门口站岗。离城门不远，城墙开了一个缺口，日中有工人在那里做活，晚上放个步哨防走私的。白天我先看见里拉·巴斯蒂阿在岗亭四周来回了几次，和好几个弟兄说话，大家都跟他相熟，跟他的炸鱼和炸面块更其熟。他走近来问我有没有嘉尔曼的消息。

我回答说："没有。"

"那么，老弟，你不久就会有了。"

他说的倒是实话。夜里，我被派在缺口处站岗。班长刚睡觉，立刻有个女人向我走来。我心里知道是嘉尔曼，可是嘴里仍喊着：

"站开去！不准通行！"

"别吓唬人好不好？"她走上来让我认出了。

"怎么！是你吗，嘉尔曼？"

"是的，老乡。少废话，谈正经。你要不要挣一块银洋？等会有人带了私货打这里过，你可别拦他们。"

"不行，我不能让他们过。这是命令。"

"命令！命令！那天在刚第雷育街，你可没想到啊。"

"啊！"我一听提到那件事，心里就糊涂了，"为了那个，忘记命令也是划得来的。可是我不愿意收私贩子的钱。"

"好吧，你不愿意收钱，可愿意再上陶洛丹老婆子那里吃饭？"

"不！我不能够。"我拼命压制自己，差点儿透不过气来。

"好极了。你这样刁难，我不找你啦。我会约你的长官上陶洛丹家。他神气倒是个好说话的，我要他换上一个睁一只眼闭一只眼的哨兵。再会了，金丝雀。等到有朝一日那命令变了把你吊死的命令，我才乐呢。"

我心一软，把她叫回来，说只要能得到我所要的报酬，哪怕要我放过整个的波希姆<small>此处所谓波希姆非中欧的地理名称（即今之捷克），而系波希米民族之总称</small>也行。她赌咒说第二天就履行条件，接着便跑去通知她那些等在近旁的朋友。一共是五个人，巴斯蒂阿也在内，全背着英国私货。嘉尔曼替他们望风：看到巡夜的队伍，就用响板为号，通知他们，但那夜不必她费心。走私的一眨眼就把事情办完了。

第二天我上刚第雷育街。嘉尔曼让我等了好久，来的时候也很不高兴。

"我不喜欢推三阻四的人，"她说，"第一回你帮了我更大的忙，根本不知道有没有报酬。昨天你跟我讨价还价。我不懂自己今天怎么还会来的，我已经不喜欢你了。给你一块银洋做酬劳，你替我走罢。"

我几乎把钱扔在她头上，我拼命压着自己，才没有动手打她。我们吵架吵了一个钟点，我气极了，走了：在城里溜了一会，东冲西撞，像疯子一般，最后我进了教堂，跪在最黑的一角大哭起来。忽然听见一个声音说着：

"喝！龙的眼泪<small>唐·育才为龙骑兵，而龙骑兵在原文中只用一个"龙"字称呼</small>倒好给我拿去做媚药呢。"

我举目一望，原来是嘉尔曼站在我面前。

她说："喂！老乡，还恨我吗？不管心里怎么样，我真是爱上你了。"

你一走，我就觉得神魂无主。得了吧，现在是我来问你愿不愿意上刚第雷育街去了。"

于是我们讲和了，可是嘉尔曼的脾气像我们乡下的天气。在我们山里，好好儿的大太阳，会忽然来一场阵雨。她约我再上一次陶洛丹家，临时却没有来。陶洛丹老是说她为了埃及的事上红土国去了。

过去的经验使我明白这话是什么意思，我便到处找嘉尔曼，凡是她可能去的地方都去了，尤其是刚第雷育街，一天要去好几回。我不时请陶洛丹喝杯茴香酒，差不多把她收服了。一天晚上我正在她那儿，不料嘉尔曼进来了，带着一个年轻的男人，就是我们部队里的排长。

"快走罢。"她和我用巴斯克语说。

我愣住了，憋着一肚子怒火。

排长吆喝道："你在这儿干么？滚，滚出去！"

我却是一步都动不得，仿佛犯了麻痹症。军官大怒，看我不走，连便帽也没脱，便揪着我的衣领狠狠的把我摇了几摇。我不知道说了些什么。他拔出剑来，我的刀也出了鞘，老婆子抓住我的胳膊，我脑门上便中了一剑，至今还留着疤。我退后一步，摆了摆手臂，把陶洛丹仰面朝天摔在地下。军官追上来，我就把刀尖戳进他的身子，他合扑在我刀上倒下了。嘉尔曼立刻吹熄了灯，用波希米话教陶洛丹快溜。我自己也窜到街上，拔步飞奔，不知往哪儿去，只觉得背后老是有人跟着。后来我定了定神，才发觉嘉尔曼始终没离开我。她说：

"呆鸟！你只会闯祸。我早告诉过你要教你倒楣的。可是放心，跟一个罗马的法兰德女人<small>此处的罗马并非那个不朽的城市；波希米人称夫妇为罗马（译者按，此与他们称丈夫妻子的字同出一源，参阅前167页注），同时即以罗马一字自称其民族，西班牙的波希米人，最早大概来自荷兰一带，故又自称为法兰德人。——原注</small>交了朋友，一切都有办法。先拿这手帕把你的头包起来，把皮带扔掉，在这个巷子里等着，我马上就来。"

说完她不见了，一忽儿回来，不知从哪儿弄了件条子花的斗篷，教我脱下制服，就套在衬衣上。经过这番化装，再加包扎额上伤口的手帕，我活像一个华朗省的乡下人，到塞维尔来卖九法甜露<small>九法是一种球根类植物的根须，可制饮料。——原注</small>。她带我到一条小街的尽里头，走进一所屋子，模样跟早先陶洛丹住的差不多。她和另外一个波希米女人替我洗了伤口，裹扎得比军医官还高明，又给我喝了不知什么东西。最后我被放在一条褥子上，睡着了。

我喝的大概是她们秘制的一种麻醉药，因为第二天我很晚才醒，但头痛欲裂，还有点发烧，半晌方始记起上一天那件可怕的事。嘉尔曼和她的女朋友替我换了绷带，一齐屈着腿坐在我褥子旁边，用她们的土话谈了几句，好像是讨论病情。然后两人告诉我，伤口不久就会痊愈，但得离开塞维尔，越早越好，倘若我被抓去了，就得当场枪毙。

"小家伙，你得找点儿事干啦，"嘉尔曼和我说。"如今米饭和鳕鱼米饭与鳕鱼均为西班牙士兵的日常粮食。——原注，王上都不供给了，得自个儿谋生啦。你太笨了，做贼是不行的。但你身手矫捷，力气很大，倘若有胆量，可以上海边去走私。我不是说过让你吊死吗？那总比枪毙强。搅得好，日子可以过得跟王爷一样，只要不落在民兵和海防队手里。"

这鬼婆娘用这种怂恿的话指出了我的前途；犯了死罪，我的确只有这条路可走了。不用说，她没费多大事儿就把我说服了。我觉得这种冒险与反抗的生活，可以使我跟她的关系更加密切，她对我的爱情也可以从此专一。我常听人说，有些私贩子跨着骏马，手握短铳，背后坐着情妇，在安达鲁齐省内往来驰骋。我已经在脑子里看到，自己挟着美丽的波希米姑娘登山越岭的情景。她听着我的话笑弯了腰，说最有意思的就是搭营露宿的夜晚，每个罗姆拥着他的罗米，进入用三个箍一个幔支起来的小篷帐。

我说："一朝到了山里，我就对你放心了！不会再有什么排长来跟我争了。"

"啊，你还吃醋呢！真是活该。你怎么这样傻呀？你没看出我爱你吗，我从来没向你要过钱。"

听她这么一说，我真想把她勒死。

闲话少说，言归正传。嘉尔曼找了一套便服来，我穿了溜出塞维尔，没有被发觉。带着巴斯蒂阿的介绍信，我上吉莱市去找一个卖茴香的商人，那是私贩子聚会的地方。我和他们相见了，其中的首领绰号叫作唐加儿，让我进了帮子。我们动身去谷尚，跟早先与我约好的嘉尔曼会合。逢到大家出去干事的时节，嘉尔曼就替我们当探子，而她在这方面的本领的确谁也比不上。她从直布罗陀回来，和一个船长讲妥了装一批英国货到某处海滩上交卸。我们都上埃斯德波那附近去等，货到之后，一部分藏在山中，一部分运往龙达。嘉尔曼比我们先去，进城的时间又是她通知的。这第一次和以后几次的买卖都很顺利。我觉得走私的生活比当兵的生活有意思得多，我常常送点东西给嘉尔曼。钱也有了，情妇也有了。我心里没有什么悔恨，正像波希米俗语说的，一个人花天酒地的时候，生了疥疮也不会痒的。我们到处受到好款待，弟兄们对我很好，甚至还表示敬意。因为我杀过人，而伙伴之中不是每个人都有这等亏心事的。但我更得意的是常常能看到嘉尔曼。她对我的感情也从来没有这么热烈，可是在同伴面前，她不承认是我的情妇，还要我赌神发咒不跟他们提到她的事①。我见了这女人就毫无主意，不论她怎么使性，我都依她。并且，这是她第一遭在我面前表示懂得廉耻，像个正经女人。我太老实了，竟以为她把往日的脾气真的改过来了。

我们一帮总共是八个到十个人，只有在紧要关头才聚在一起，平日总是两个一组，三个一队，散开在城里或村里。表面上我们每人都有行业：有的是做锅子的，有的是贩马的，我是卖针线杂货的。但为了那件塞维尔的案子，难得在大地方露面。有一天，其实是夜里了，大家约好在凡日山下相会。唐加儿和我二人先到。他似乎很高兴，对我说：

"咱们要有个新伙计加入了。嘉尔曼这一回大显身手，把关在泰里法陆军监狱的她的罗姆给释放了。"

所有的弟兄们都会讲波希米土话，那时我也懂得一些了。罗姆这个字使我听了浑身一震。

"怎么，她的丈夫！难道她嫁过人吗？"我问我们的首领。

"是的，嫁的是独眼龙迦奇阿，跟她一样狡猾的波希米人。可怜的家伙判了苦役。嘉尔曼把陆军监狱的医生弄得神魂颠倒，居然把她的罗姆恢复自由。啊！这小娘儿真了不起。她花了两年工夫想救他出来，没有成功。最近医官换了人，她马上得手了。"

你不难想象我听了这消息以后的心情。不久我就见到独眼龙迦奇阿，那真是波希姆出的最坏的坏种：皮肤黑，良心更黑，我一辈子也没遇到这样狠毒的流氓。嘉尔曼陪着他一块儿来，一边当着我叫他罗姆，一边趁他掉过头去的时候对我眨眼睛，扯鬼脸。我气坏了，一晚没和她说话。第二天早上，大家运着私货出发，不料半路上有十来个骑兵跟踪而来。那些只会吹牛，嘴里老是说不怕杀人放火的安达鲁齐人，马上哭丧着脸纷纷逃命，只有唐加儿，迦奇阿，嘉尔曼，和一个叫作雷蒙达杜的漂亮小伙子，没有着慌。其余的都丢下骡子，跳入追兵的马过不去的土沟里。我们没法保全牲口，只能抢着把货扛在肩上，翻着最险陡的山坡逃命。我们把货包先往底下丢，再蹲着身子滑下去。那时，敌人却躲在一边向我们开枪了；

———————————

① 赌神发咒：犹言对天发誓。

这是我第一遭听见枪弹飕飕的飞过，倒也不觉得什么。可是有个女人在眼前，不怕死也不算希奇。终于我们脱险了，除掉可怜的雷蒙达杜。他腰里中了一枪，我扔下包裹，想把他抱起来。

"傻瓜！"迦奇阿对我嚷着，"背个死尸干什么？把他结果了罢，别丢了咱们的线袜。"

"丢下他算了！"嘉尔曼也跟着嚷。

我累得要死，不得不躲在岩石底下把雷蒙达杜放下来歇一歇。迦奇阿却过来拿短铳朝着他的头连放十二枪，把他的脸打得稀烂，然后瞧着说："哼，现在谁还有本领把他认出来吗？"

你瞧，先生，这便是我过的美妙的生活。晚上我们在一个小树林中歇下，筋疲力尽，没有东西吃，骡子都已丢完，当然是一无所有了。可是你猜猜那恶魔似的迦奇阿干些什么？他从袋里掏出一副纸牌，凑着他们生的一堆火，和唐加儿俩玩起牌来。我躺在地下，望着星，想着雷蒙达杜，觉得自己还是像他一样的好。嘉尔曼蹲在我旁边，不时打起一阵响板，哼哼唱唱。后来她挪过身子，像要凑着我耳朵说话似的，不由分说亲了我两三回。

"你是个魔鬼。"我和她说。

"是的。"她回答。

休息了几小时，她到谷尚去了。第二天早上，有个牧童给我们送了些面包来。我们在那儿待了一天，夜里偷偷的走近谷尚，等嘉尔曼的消息。可是一点消息都没有。天亮的时候，路上有个骡夫赶着两匹骡，上面坐着一个衣着体面的女人，撑着阳伞，带着个小姑娘，好像是她的侍女。迦奇阿和我们说：

圣·尼古拉_{盗贼均奉圣·尼古拉为祖师}给我们送两个女人两匹骡子来了。最好是不要女人，全是骡子，可是也罢，让我去拦下来！

他拿了短铳，掩在杂树林中往小路走下去。我和唐加儿跟着他，只隔着几步。等到行人走近了，我们便一齐跳出去，嚷着要赶骡的停下来。我们当时的装束大可以把人吓一跳的，不料那女的倒反哈哈大笑。

"啊！这些傻瓜竟把我当做大家闺秀了！"

原来是嘉尔曼，她化装得太好了，倘若讲了另一种方言，我简直认不出来。她跳下骡子，和唐加儿与迦奇阿咕哝了一会，然后跟我说：

"金丝雀，在你没上吊台以前，咱们还会见面的。我为埃及的事要上直布罗陀去了，不久就会带信给你们。"

嘉尔曼

173

她临走指点我们一个可以躲藏几天的地方。这姑娘真是我们的救星。不久她教人送来一笔钱，还带来一个比钱更有价值的消息，就是某一天有两个英国爵爷从格勒拿特到直布罗陀去，要经过某一条路。俗语说得好：只要有耳朵，包你有生路。两个英国人有的是金基尼基尼为英国货币，值一镑一先令，今已废止。迦奇阿要把他们杀死。我跟唐加儿两人反对。结果只拿了他们的钱和表，和我们最缺少的衬衣。

先生，一个人的堕落是不知不觉的。你为一个美丽的姑娘着了迷，打了架，闯了祸，不得不逃到山里去，而连想都来不及想，已经从走私的变成土匪了。自从犯了那两个英国人的案子以后，我们觉得待在直布罗陀附近不大妥当，便躲入龙达山脉。——先生，你和我提的育才－玛丽亚，我便是在那儿认识的。他出门老带着他的情妇。那女孩子非常漂亮，人也安分，朴素，举动文雅，从来没一句下流话，而且忠心到极点！……他呀，他可把她折磨得厉害，平时对女人见一个追一个，还要虐待她，喜欢吃醋。有一回他把她扎了一刀。谁知她反倒更爱他。唉，女人就是这样脾气，尤其是安达鲁齐的女人。她对自己胳膊上的伤疤很得意，当做宝物一般的给大家看。除此以外，育才－玛丽亚还是一个最没义气的人，你决不能跟他打交道！……我们一同做过一桩买卖，结果他偷天换日，把好处一个人独占，我们只落得许多麻烦和倒楣事儿。好了，我不再扯开去了。那时我们得不到嘉尔曼的消息，唐加儿便说：

"咱们之中应当有一个上直布罗陀走一遭，她一定筹划好什么买卖了。我很愿意去，可是直布罗陀认识我的人太多了。"

独眼龙说："我也是的，大家都认得我，我跟龙虾西班牙人把英国兵叫作龙虾，因他们制服的颜色与龙虾相似。——原注。译者按：直布罗陀为英属，故驻有英国军队开了那么多玩笑，再加我是独眼，不容易化装。"

我就说："那么应当是我去了，该怎么办呢？"一想到能再见嘉尔曼，我心里就高兴。

他们和我说："或是搭船去，或是走陆路经过圣·洛克去，都随你。到了直布罗陀，你在码头上打听一个卖巧克力的女人，叫作拉·洛洛那，找到她，就能知道那边的情形了。"

大家决定先同到谷尚山中，我把他们留在那边，自己再扮做卖水果的上直布罗陀。到了龙达，我们的一个同党给我一张护照，在谷尚，人家又给我一匹驴，我载上橘子和甜瓜，就上路了。到了直布罗陀，我发觉跟拉·洛洛那相熟的人很多，但她要不是死了，就是进了监牢。据我看，她的失踪便是我们跟嘉尔曼失去联络的原因。我把驴子寄在一个马房里，自己背着橘子上街，表面上是叫卖，其实是为碰运气，看能不能遇到什么熟人。直布罗陀是世界各国的流氓汇集之处，而且简直是座巴倍尔塔^{巴倍尔塔}是诺亚预备登天而造的塔。上帝怒其狂妄，使造塔的工人讲种种不同的语言，彼此无法了解，造塔工程因即无法继续。事见《圣经》。走十步路就能听到十种语言。我看到不少埃及人，但不敢相信他们。我试探他们，他们也试探我。明知道彼此都是一路货，可弄不清是否同一个帮子。白跑了两天，关于拉·洛洛那和嘉尔曼的消息一点没打听出来，我办了些货，预备回到两个伙伴那里去了。不料傍晚走在某一条街上，忽然听见窗口有个女人的声音喊着："喂，卖橘子的！……"我抬起头来，看见嘉尔曼把肘子靠在一个阳台上，旁边有个穿红制服，戴金肩章，烫头发的军官，一副爵爷气派。她也穿得非常华丽：又是披肩，又是金梳子，浑身都是绸衣服，而且那婆娘始终是老脾气，吱吱格格的在那里大笑。英国人好不费事的说着西班牙文叫我上去，说太太要买橘子。嘉尔曼又用巴斯克语和我说：

"上来罢，别大惊小怪！"

的确，她花样太多了，什么都不足为奇。我这次遇到她，说不上心中是悲是喜。大门口站着一个高大的英国当差，头上扑着粉^{十九世纪的人尚多戴}假发，假发上再扑粉；欲有某种颜色的头发，即扑某种颜色的粉，把我带进一间富丽堂皇的客厅。嘉尔曼立刻用巴斯克语吩咐我：

"你得装做一句西班牙文都不懂，跟我也是不认识的。"

然后她转身对英国人：

"我不是早告诉你吗，我一眼就认出他是巴斯克人，你可以听听他们说的话多古怪。他模样长得多蠢，是不是？好像一只猫在食柜里偷东西，被人撞见了似的。"

"哼，你呢，"我用我的土话回答，"你神气完全是个小淫妇儿，我恨不得当着你这个姘夫教你脸上挂个彩才好呢。"

"我的姘夫①！你真聪明，居然猜到了！你还跟这傻瓜吃醋吗？自从刚第雷育街那一晚以后，你变得更蠢了。你这笨东西，难道没看出我正在做埃及买卖，而且做得挺好吗？这屋子是我的，龙虾的基尼不久也是我的，我要他东，他不敢说西，我要把他带到一个永远回不来的地方去。"

---

① 姘夫：已婚男子又与其他女性另行居住的现象称姘居。姘居中的男人叫姘夫，女人叫姘妇。

"倘若你还用这种手段搅埃及买卖，我有办法教你不敢再来。"

"哎唷！你是我的罗姆吗，敢来命令我？独眼龙觉得我这样办很好，跟你有什么相干？你做了我独一无二的小心肝，还不满足吗？"

英国人问："他说些什么呀？"

嘉尔曼回答："他说口渴得慌，很想喝一杯。"

她说罢，倒在双人沙发上对着这种翻译哈哈大笑。

告诉你，先生，这婆娘一笑之下，谁都会昏了头的。大家都跟着她笑了。那个高大颠顸的英国人也笑了，教人拿酒给我。

我正喝着酒，嘉尔曼说：

"他手上那个戒指，看见没有？你要的话，我将来给你。"

我回答："戒指！去你的罢！嘿，要我牺牲一只手指也愿意，倘若能把你的爵爷抓到山里去，一人一根玛基拉比一比。"

"玛基拉，什么叫作玛基拉？"英国人问。

"玛基拉就是橘子，"嘉尔曼老是笑个不停，"把橘子叫作玛基拉，不是好笑吗？他说想请你吃玛基拉。"

"是吗？"英国人说，"那么明天再拿些玛基拉来。"

说话之间，仆人来请吃晚饭了。英国人站起来，给我一块钱，拿胳膊让嘉尔曼搀着，好像她自个儿不会走路似的。嘉尔曼还在那里笑着，和我说：

"朋友，我不能请你吃饭；可是明儿一听见阅兵的鼓声，你就带着橘子上这儿来。你可以找到一间卧房，比刚第雷育街的体面一些。那时你才知道我还是不是你的嘉尔曼西太。并且咱们也得谈谈埃及的买卖。"

我一言不答，已经走到街上了，英国人还对我嚷着："明天再拿玛基拉来！"我又听见嘉尔曼哈哈大笑。

我出了门，决不定怎么办，晚上没睡着，第二天早上我对这奸细婆娘恨死了，决意不再找她，径自离开直布罗陀。可是鼓声一响，我就泄了气，背了橘子篓直奔嘉尔曼的屋子。她的百叶窗半开着，我看见她那只大黑眼睛在后面张望。头上扑粉的当差立刻带我进去。嘉尔曼打发他上街办事去了。等到只剩下我们两人，她就像鳄鱼般张着嘴大笑一阵，跳上我的脖子。我从来没看见她这样的美，妆扮得像圣母似的，异香扑鼻……家具上都披着绫罗绸缎，挂着绣花幔子……啊！而我却是个土匪打扮。

嘉尔曼说："我的心肝，我真想把这屋子打个稀烂，放火烧了，逃到山里去。"

然后是百般温存！……又是狂笑！……又是跳舞！她撕破衣衫的褶裥①，栽筋斗，扯鬼脸，那种淘气的玩艺连猴子也及不上。过了一会，她又正经起来，说道：

"你听着，我告诉你埃及的买卖。我要他陪我上龙达，那儿我有个修道的姊姊……（说到这儿又是一阵狂笑。）我们要经过一个地方，以后再通知你是哪儿。到时你们上来把他抢个精光！最好是送他归天，可是——（她狞笑着补上一句，某些时候她就有这种笑容，教谁见了都不想跟着她一起笑的）——你知道该怎么办吗？让独眼龙先出马，你们后退一些。龙虾很勇敢，本领高强，手枪又是挺好的……你明白没有？……"

她停下来纵声大笑，使我听了毛骨悚然。

"不行，"我回答说，"我虽然讨厌迦奇阿，但我们是伙计。也许有一天我会替你把他打发掉，可是要用我家乡的办法。我当埃及人是偶然的，对有些事，我像俗语说的始终是个拿伐的好汉。"

她说："你是个蠢货，是个傻瓜，真正的外江佬②。你像那矮子一样，把口水唾远了些，就自以为长人此系波希米的俗谚。——原注。你不爱我，你去罢。"

她跟我说：你去罢，我可是不能去。我答应动身，回到伙伴那儿等英国人。她那方面也答应装病，直病到离开直布罗陀到龙达去的时候。我在直布罗陀又待了两天。她竟大着胆子，化了妆到小客店来看我。我走了，心里也拿定了主意。我回到大家约会的地方，已经知道英国人和嘉尔曼什么时候打哪儿过。唐加儿和迦奇阿等着我。我们在一个林子里过夜，拿松实生了一堆火，烧得很旺。我向迦奇阿提议赌钱。他答应了。玩到第二局，我说他作弊；他只是嘻嘻哈哈的笑。我把牌扔在他脸上。他想拿他的短铳，被我一脚踏住了，说道："人家说你的刀法跟玛拉迦最狠的牛大王一样厉害，要不要跟我比一比？"唐加儿上来劝解。我把迦奇阿捶了几拳。他一气之下，居然胆子壮了，拔出刀来，我也拔出刀来。我们俩都叫唐加儿站开，让我们公平交易，见个高低。唐加儿眼见没法阻拦，便闪开了。迦奇阿弓着身子，像猫儿预备扑上耗子一般。他左手拿着帽子挡锋此系击剑与其他武术中的术语，把刀子扬在前面。这是他们安达鲁齐的架式。我可使出拿伐的步法，笔直的站在他对面，左臂高举，左腿向前，刀子靠着右

---

① 褶裥：衣服上打的褶子。

② 外江佬：亦称"外江老""外江人"。粤闽等地对外省人的称呼。

嘉尔曼

面的大腿。我觉得自己比巨人还勇猛。他像箭一般的直扑过来，我把左腿一转，他扑了个空，我的刀却已经戳进他的咽喉，而且戳得那么深，我的手竟到了他的下巴底下。我把刀一旋，不料用力太猛，刀子断了。他马上完了。一道像胳膊价粗的血往外直冒，把断掉的刀尖给冲了出来。迦奇阿像一根柱子似的，直僵僵的扑倒在地下。

"你这是干什么呀？"唐加儿问我。

"老实告诉你，我跟他势不两立。我爱嘉尔曼，不愿意她有第二个男人。再说，迦奇阿不是个东西，他对付可怜的雷蒙达杜的手段，我至今记着。现在只剩咱们两个了，但咱们都是男子汉大丈夫。你说，愿不愿意跟我结个生死之交？"

唐加儿向我伸出手来。他已经是个五十岁的人了。

"男女私情太没意思了，"他说，"你要向他明讨，他只要一块钱就肯把嘉尔曼卖了。如今我们只有两个人了，明儿怎办呢？"

"让我一个人对付吧。现在我天不怕地不怕了。"

埋了迦奇阿，我们移到二百步以外的地方去过宿。第二天，嘉尔曼和英国人带着两个骡夫一个当差来了。我跟唐加儿说：

"把英国人交给我。你管着别的几个，他们都不带武器。"

英国人倒是个有种的。要不是嘉尔曼把他的胳膊推了一下，他会把我打死的。总而言之，那天我把嘉尔曼夺回了，第一句话就是告诉她已经做了寡妇。她知道了详细情形，说道：

"你是个呆鸟，一辈子都改不了。照理你是要被迦奇阿杀死的。你的拿伐架式只是胡闹，比你本领高强的人，送在他手下的多着呢。这一回是他死日到了。早晚得轮到你的。"

我回答说："倘若你不规规矩矩做我的罗米，也要轮到你的。"

"好罢；我几次三番在咖啡渣里看到预兆，我跟你是要一块儿死的。管它！听天由命罢。"

她打起一阵响板，这是她的习惯，表示想忘掉什么不愉快的念头。

一个人提到自己，不知不觉话就多了。这些琐碎事儿一定使你起腻了吧，可是我马上就完了。我们那种生活过得相当长久。唐加儿和我又找了几个走私的弟兄合伙。有时候，不瞒你说，也在大路上抢劫，但总得到了无可如何的关头才干一下。并且我们不伤害旅客，只拿他们的钱。有几个月工夫，我对嘉尔曼很满意，她继续替我们出力，把好买卖给我们通风报信。她有时在玛拉迦，有时在高杜，有时在格勒拿特。但只要我捎个信去，她就丢下一切，到乡村客店，甚至也到露宿的帐篷里来跟我相会。只有一次，在玛拉迦，我有点儿不放心。我知道她勾上了一个大富商，预备再来一次直布罗陀的把戏。不管唐加儿怎么苦劝，我竟大清白日的闯进玛拉迦，把嘉尔曼找着了，立刻带回来。我们为此大吵了一架。

"你知道吗？"她说，"自从你正式做了我的罗姆以后，我就不像你做我情人的时候那么喜欢你了。我不愿意人家跟我麻烦，尤其是命令我。我要自由，爱怎么就怎么。别逼人太甚。你要是惹我厌了，我会找一个体面男人，拿你对付独眼龙的办法对付你。"

唐加儿把我们劝和了。可是彼此已经说了些话，记在心上，不能再跟从前一样了。没有多久，我们倒了楣，受到军队包围。唐加儿和两位弟兄被打死，另外两个被抓去。我受了重伤，要不是我的马好，也早落在军队手里了。当时我累得要命，身上带着一颗子弹，去躲在树林里，身边只剩下一个独一无二的弟兄。一下马，我就晕了，自以为就要死在草堆里，像一头中了枪的野兔一样。那弟兄把我抱到一个我们常去的山洞里，然后去找嘉尔曼。她正在格勒拿特，马上赶了来。半个月之内，她目不交睫，片刻不离的陪着我。没有一个女人能及得上她看护的尽心与周到，哪怕是对一个最心爱的男人。等到我能站起来了，她极秘密的把我带进格勒拿特。波希米人到哪儿都有藏身之处。我六个星期躲在一所屋子里，跟通缉我的法官的家只隔两间门面。好几次，我掩在护窗后面看见他走过。后来我把身子养好了，但躺在床上受罪的时期，我千思百想，转了好多念头，打算改变生活。我告诉嘉尔曼，说我们可以离开西班牙，上新大陆去安安分分的过日子。她听了只是笑我：

"我们这等人不是种菜的料，天生是靠外江佬过活的。告诉你，我已经和直布罗陀的拿打·彭·约瑟夫接洽好一桩买卖。他有批棉织品，只等你去运进来。他知道你还活着，一心一意的倚仗着你。你要是失信了，对咱们直布罗陀的联络员怎么交代呢？"

我被她说动了，便继续干我那个不清不白的营生。

我躲在格勒拿特的时节，城里有斗牛会，嘉尔曼去看了。回来她说了许多话，提到一个挺有本领的斗牛士，叫作吕加的。他的马叫什么名字，绣花的上衣值多少钱，她全知道。我先没留意。过了几天，我那唯一老伙计耶尼多，对我说看见嘉尔曼和吕加一同在查加打一家铺子里。我这才急起来，问嘉尔曼怎么认识那斗牛士的，为什么认识的。

她说："这小伙子，咱们可以打他的主意。只要河里有声音，不是有水，便是有石子_{此系波希米人的俗谚。——原注}，他在斗牛场中挣了一千二百块钱。两个办法随你挑：或是拿他的钱，或是招他入伙。他骑马的功夫很好，胆子又很大。咱们的弟兄这个死了，那个死了，反正得添人，你就邀他入伙罢。"

我回答说："我既不要他的钱，也不要他的人，还不准你和他来往。"

"小心点儿，"她说，"人家要干涉我做什么事，我马上就做！"

幸亏斗牛士上玛拉迦去了，我这方面也着手准备把犹太人的棉织品运进来。这件事使我忙得不可开交，嘉尔曼也是的；我把吕加忘了，或许她也忘了，至少是暂时。先生，我第一次在蒙底拉附近，第二次在高杜城里和你相遇，便是在那一段时间。最后一次的会面不必再提，也许你知道的比我更多。嘉尔曼偷了你的表，还想要你的钱，尤其你手上戴的那个戒指，据说是件神妙的宝物，为她的巫术极有用处。我们为此大闹一场，我打了她，她脸色发青，哭了。这是我第一次看见她哭，不由得大为震动。我向她道歉，但她整天怄气，我动身回蒙底拉，她也不愿意和我拥抱。我心中非常难受。不料三天以后，她来找我了，有说有笑，像梅花雀一样的快活。过去的事都忘了，我们好比一对才结合了两天的情人。分别的时候，她说：

"我要到高杜去赶节，哪些人是带了钱走的，我会通知你。"

我让她动身了。剩下我一个人的时候，我把那个节会，和嘉尔曼突然之间那么高兴的事，细细想了想。我对自己说，她先来迁就我，一定是对我出过气了。一个乡下人告诉我，高杜城里有斗牛。我听了浑身的血都涌起来，像疯子一般的出发了，赶到场子里。有人把吕加指给我看了，同时在第一排的凳上，我也看到了嘉尔曼。一瞥之下，我就知道事情不虚。吕加不出我所料，遇到第一条牛就大献殷勤，把绸结子_{绸结子的颜色是每头牛出身的畜牧场的标记，结子用钓子勾在牛皮上。斗牛士从活牛身上摘下此结献给妇女，是表示极大的爱慕之意。——原注}摘下来递给嘉尔曼，嘉尔曼立刻戴在头上。可是那条牛替我报了仇。吕加连人带马被它当胸一撞，翻倒在地下，还被它在身上踏过。我瞧着嘉尔曼，她已经不在座位上了。我被人挤着，脱身不得，只能等到比赛完场。然后我到你认得的那所屋子里，整个黄昏和大半夜工夫，我都静静的等着。清早两点左右，嘉尔曼回来了，看到我觉得有些奇怪。我对她说："跟我走。"

"好，走吧！"

我牵了马，教她坐在马后。大家走了半夜，没有一句话。天亮的时候，我们到一个孤零零的小客店中歇下，附近有个神甫静修的小教堂。到了那里，我和她说：

"你听着，过去的一切都算了，我什么话都不跟你提；可是你得赌个咒：跟我上美洲去，在那边安分守己的过日子。"

"不，"她声音很不高兴，"我不愿意去美洲。我在这儿觉得很好呢。"

"那是因为你可以接近吕加的缘故，可是仔细想一想吧，即使他医好了，也活不了多久。并且干么你要我跟他生是非呢？把你的情人一个一个的杀下去，我也厌了，要杀也只杀你了。"

她用那种野性十足的目光直瞪着我，说道：

"我老是想到你会杀我的。第一次见到你之前，我在自己门口遇到一个教士。昨天夜里从高杜出来，你没看到吗？一只野兔在路上窜出来，正好在你马脚中间穿过。这是命中注定的了。"

"嘉尔曼西太，你不爱我了吗？"

她不回答，交叉着腿坐在一张席上，拿手指在地下乱画。

"嘉尔曼，咱们换一种生活罢，"我用着哀求的口吻，"住到一个咱们永远不会分离的地方去。你知道，离此不远，在一株橡树底下，咱们埋着一百二十盎斯的黄金……犹太人彭·约瑟夫那儿，咱们还有存款。"

她笑了笑回答："先是我，再是你。我知道一定是这么回事。"

"你想想罢，"我接着说，"我的耐性，我的勇气，都快完了。你打个主意罢，要不然我就决定我的了。"

我离开了她，走到小教堂那边，看见隐修的教士做着祈祷。我等他祈祷完毕，心里也很想祈祷，可是不能。看他站了起来，我便走过去和他说：

"神甫，能不能请您替一个命在顷刻的人做个祈祷？"

"我是替一切受难的人祈祷的，"他回答。

"有个灵魂也许快要回到造物主那里去了，您能为它做一台弥撒吗？"

"好罢，"他把眼睛直瞪着我。

因为我的神气有点异样，他想逗我说话。

"我好像见过你的，"他说。

我放了一块银洋在他凳上。

"弥撒什么时候开始呢？"

"再等半个钟点。那边小客店老板的儿子要来帮我上祭。年轻人，你是不是良心上有什么不安？愿不愿意听一个基督徒的劝告？"

我觉得自己快哭出来了，告诉他等会儿再来，说完便赶紧溜了。我去躺在草地上，直等到听见钟声响了才走近去，可是没进小教堂。弥撒完了，我回到客店去，希望嘉尔曼已经逃了，她满可以骑着我的马溜掉的……但她没有走。她不愿意给人说她怕我。我不在的时候，她拆开衣衫的贴边，拿出里头的铅块。那时正坐在一张桌子前面，瞅着一个水钵里的铅块，那是她才熔化了丢下的。她聚精会神的做着她的妖法，一时竟没发觉我回来。一忽儿她愁容满面的拿一块铅翻来翻去，一忽儿唱一支神秘的歌，呼召唐·班特罗王的情妇，玛丽·巴第拉，据说那是波希米族的女王

相传玛丽·巴第拉以妖术蛊惑唐·班特罗王，以一金带献于王后，王见后身上缠有毒蛇，自是即深恶后而专宠玛丽·巴第拉。——原注。

“嘉尔曼，”我和她说，“能不能跟我来？”

她站起来把她的木钟扔了，披上面纱，预备走了。店里的人把我的马牵来，她仍坐在马后，我们出发了。

走了一程，我说：“嘉尔曼，那么你愿意跟我一块儿走了，是不是？”

“跟你一块儿死，是的，可是不能再跟你一块儿活下去。”

我们正走到一个荒僻的山峡，我勒住了马。

“是这儿吗？”她一边问一边把身子一纵，下了地。她拿掉面纱，摔在脚下，一只手插在腰里，一动不动，定着眼直瞪着我。

她说：“我明明看出你要杀我，这是我命该如此，可是你不能教我让步。”

我说：“我这是求你，你心里放明白些罢。你听我的话呀！过去种种都甭提啦。可是你知道，是你把我断送了的，为了你，我当了土匪，杀了人。嘉尔曼！我的嘉尔曼！让我把你救出来罢，把我自己和你一起救出来罢。”

她回答：“育才，你的要求，我办不到。我已经不爱你了，你，你还爱着我，所以要杀我。我还能对你扯谎，哄你一下，可是我不愿意费事了。咱们之间一切都完了。你是我的罗姆，有权杀死你的罗米，可是嘉尔曼永远是自由的。她生来是加里，死了也是加里。”

“那么你是爱吕加了？”我问她。

“是的，我爱过他，像对你一样爱过一阵，也许还不及爱你的情分。现在我谁都不爱了，我因为爱过了你，还恨我自己呢。”

我扑在她脚下，拿着她的手，把眼泪都掉在她手上。我跟她提到我们一起消磨的美妙的时间。我答应为了讨她喜欢，仍旧当土匪当下去。先

生，我把一切，一切都牺牲了，但求她仍旧爱我！

她回答说："仍旧爱你吗？办不到。我不愿意跟你一起生活了。"

我气疯了，拔出刀来，巴不得她害了怕，向我讨饶，但这女人简直是个魔鬼。

我嚷道："最后再问你一次，愿不愿意跟我走？"

"不！不！不！"她一边说一边跺脚。

她从手上脱下我送给她的戒指，往草里扔了。

我戳了她两刀。那是独眼龙的刀子，我自己的一把早已断了。在第二刀上，她一声不出的倒了下去。那双直瞪着我的大眼睛，至今在我眼前。一忽儿她眼神模糊了，闭上了眼。我在尸首前面失魂落魄的呆了大半天。然后我想起来，嘉尔曼常常说喜欢死后葬在一个树林里。我便用刀挖了一个坑，把她放下。我把她的戒指找了好久，终于找到了，放在坑里，靠近着她，又插上一个小小的十字架。也许这是不应该的。然后我上了马，直奔高杜，遇到第一个警卫站就自首了。我承认杀了嘉尔曼，可不愿意说出尸身在哪儿。隐修的教士真是一个圣者。他居然替她祷告了，为她的灵魂做了一台弥撒……可怜的孩子！把她教养成这样，都是加莱的罪过。

四

　　散布在全欧洲的这个流浪民族，或是称为波希米，或是称为奚太诺，或是称为奇泼赛，或是称为齐格耐齐格耐是德国人称呼波希米人的名字，奇泼赛为英国人称波希米人的名字，或是叫作别的名字，至今还是在西班牙为数最多。他们大半都住在，更准确的说是流浪于南部东部各省，例如安达鲁齐、哀斯德拉玛杜、缪西；加塔罗尼亚省内也有很多①哀斯德拉玛杜省位于西班牙西部偏南，与葡萄牙接壤；缪西省在西南部的地中海滨；加塔罗尼亚省在北部，与法国接壤，——这方面的波希米人往往流入法国境内。我们南方各地的市集上都有他们的踪迹。男人的职业不是贩马，便是替骡子剪毛，或是当兽医；别的行业是修补锅炉铜器，当然也有做走私和其他不正当的事的。女人的营生是算命，要饭，卖各种有害无害的药品。

　　波希米人体格的特点，辨认比描写容易。你看到了一个，就能从一千个人中认出一个与他同种的人。与住在一地的异族相比，他们的不同之处是在相貌与表情方面。皮色黑沉沉的，老是比当地的土著深一点。因为这个缘故，他们往往自称为加莱（黑人）德国的波希米人虽很了解加莱一字的意义，但不喜欢人家这样称呼他们。——原注。眼睛的斜视很显著，但长得很大很美，眼珠很黑，上面盖着一簇又浓又长的睫毛。他们的目光大可比之于野兽的目光，大胆与畏缩兼而有之，在这一点上，他们的眼睛把他们的民族性表现得相当准确：狡猾，放肆，同时又天生的怕挨打，像巴奴越一样巴奴越为法国16世纪大作家拉勃莱笔下的典型人物，人类恶劣的本能几无不具备，但玩世不恭，言辞隽永，亦有其可爱处。男人多半身段很好，矫捷，轻灵，我记得从来没遇到一个身体臃肿的。德国的波希米女人好看的居多，但西班牙的奚太那极少有俊俏的。年轻的时候，她们虽然丑，还讨人喜欢，但一朝生了孩子就不可向迩

---

　　① 加塔罗尼亚：现通译"加泰罗尼亚"。

了①。不论男女，都是出人意外的肮脏，谁要没亲眼见过一个中年妇女的头发决计想象不出是怎么回事，纵使你用最粗硬，最油腻，灰土最多的马鬃来比拟，也还差得很远。在安达鲁齐省内某几个大城市里，略有姿色的姑娘们对自身的清洁比较注意一些。这般女孩子拿跳舞来卖钱，跳的舞很像我们在狂欢节的公共舞会中禁止的那一种。英国传教士鲍罗先生，受了圣经会的资助向西班牙境内的波希米人传教，写过两部饶有兴味的著作。他说奚太那决不委身于一个异族的男人，绝无例外。我觉得他赞美她们贞操的话是过分的。第一，大半的波希米女人都像奥维特书中的丑婆娘：俏姑娘，你们及时行乐罢。贞洁的女人决没有人请教见奥维特（公元前 1 世纪的拉丁诗人）所著《论爱情》第一卷《哀歌》第七首；上引二语系作者假托鸨母所说。至于长得好看的，那也和所有的西班牙女子一样，挑选情人的条件很苛：既要讨她们喜欢，又要配得上她们。鲍罗先生举一个实例证明她们的贞操，其实倒是证明他自己的贞操，或是更准确的说，是证明他的天真。他说，他认识一个浪子，送了好几盎斯黄金给一个奚太那，结果一无所得。我把这故事讲给一个安达鲁齐人听，他说这个浪子倘若拿出两三块银洋，倒还有得手的希望，把几个盎斯的黄金送给一个波希米女人，其无用正如对一个乡村客店的姑娘许上一二百万的愿——虽然如此，奚太那对丈夫的赤胆忠心却是千真万确的。为了救丈夫的患难，她们能受尽辛苦，历尽艰难。他们对自己民族的称呼之一，罗梅，原义是夫妇，足以说明他们对婚姻关系的重视。以一般而论，他们最主要的优点是乡情特别重，我的意思是指他们对同族的人的忠实，患难相助的热心，和作奸犯科的时候严守秘密的义气。但在一切不法的秘密社团中都有类似的情形。

几个月以前，我在伏越山中伏越山脉在法国东部偏北，介于德、法两国之间参观一个定居在那里的波希米部落。在一个女族长的小屋子里，住着一个非亲非故，得了不治之症的波希米人。他原来住在医院里受到很好的看护，但特意出来死在同乡人中间。他在那儿躺了十三个星期。主人把他招待得比同住一屋的儿子女婿还要好。他睡的是一张用干草与藓苔铺得很舒服的床，被褥相当干净，家里别的人，一共有十三个，却是睡的木板，每块板只有三尺长。这是他们待客的情谊。但那个如此仁厚的女子竟当着病人和我说："快了，快了，他要死了。"归根结底，这些人的生活太苦了，死亡的预告对他们并不可怕。

---

① 向迩：接近、亲近。

波希米人的另一特点是对宗教问题毫不关心，并非因为他们是强者或是怀疑派。他们从来不标榜什么无神论。反之，他们所在地的宗教便是他们的宗教，但换一个国家就换一种宗教。在文化落后的民族，迷信往往是代替宗教情绪的，但对波希米人也毫不相干。利用别人的轻信过日子的人，怎么自己还会迷信呢？可是我注意到西班牙的波希米人最怕接触尸首。他们很少肯为了钱而帮丧家把死人抬往坟墓的。

我说过波希米女人会算命，她们在这方面的确很有本领，但最主要的收入还是卖媚药。她们不但抓着虾蟆的脚，替你羁縻朝三暮四的男人的心，或是用磁石的粉末使不爱你的人爱你，必要时还会用法术请魔鬼来帮忙。去年一个西班牙女人告诉我下面一个故事：有一天她在阿加拉街上走，心事重重，非常悲伤，一个蹲在阶沿上的波希米女人招呼她说："喂，美丽的太太，您的情人把您欺骗了。那是一定的。要不要我替您把他拉回来？"不消说，听的人是欣然接受了，而且一眼之间猜到你心事的人，你怎么会对她不信任呢？在马德里最热闹的一条街上，当然不能兴妖作法，她们便约定了下一天。到时，奚太那说："要把您那不老实的情人拉回来真是太容易了。他可送过您什么手帕，围巾，或是面纱吗？"人家给了她一块包头布，她就说："现在您用暗红丝线在布的一角缝上一块银洋——另外一角缝半块钱；这儿缝一个角子；那儿缝两个五分的。最后，在布的中央缝上一块金洋，最好是一枚两块钱的。女太太一一照办了。"现在您把这包头布给我，我要在半夜十二点正送往公墓。倘若您想瞧瞧奇妙的妖法，不妨跟我一块儿去。我包您明天就能看到情人。"临了，波希米女人独自上公墓去了，那太太怕魔鬼，不敢奉陪。至于可怜的弃妇结果是否能收回她的头巾，再见她的情人，我让读者自己去猜了。

波希米人虽则穷苦，虽则令人感到一种敌意，但在不大有知识的人中间受到相当敬重，使他们引以为豪。他们觉得自己在智力方面是个优秀的种族，对招留他们的土著老实不客气表示轻视。伏越山区的一个波希米女人和我说："外江佬蠢得要死，你哄骗他们也不能算本领。有一天，一个乡下女人在街上叫我，我便走进她家里：原来她的炉子冒烟，要我念咒作法。我先要了一大块咸肉，然后念念有词的说了几句罗马尼，意思是：你是笨贼，生来是笨贼，死了也是笨贼……我走到门口，用十足地道的德文告诉她：要你的炉子不冒烟，最可靠的办法是不生火……说完我拔起脚来就跑。"

波希米族的历史至今尚是问题。大家知道他们最早的部落人数不多，十五世纪初叶出现于欧洲东部，但说不出从哪儿来的，为什么到欧洲来的。最可怪的是他们在短时期内，在各个相隔甚远的地区之中，居然繁殖得如此神速。便是波希米人自己，对于他们的来源也没保留下什么父老相传的说法。固然，他们多半把埃及当做自己的发源地，但这是一种很古的传说，他们只是随俗附会而已。

多数研究过波希米语的东方语言学者，认为这民族是印度出身。的确，罗马尼的不少字根与文法形式都是从梵文中化出来的。我们不难想象，波希米族在长途流浪的期间采用了很多外国字。罗马尼的各种方言中有大量的希腊文，例如骨头，马蹄铁，钉子这些字。现在的情形几乎是有多少个隔离的波希米部落，就有多少种不同的方言。他们到处对所在地的语言比自己的土语讲得更流利，土语只为了当着外人之面便于自己人交谈而讲的。德国的波希米人与西班牙的波希米人已经几百年没有往来，以双方的土语比较，仍可发现许多相同的字。但原来的土语，到处都被比较高级的外国语变质了，只是变质的程度不同而已，因为这些民族不得不用所在地的方言。一方面是德文，一方面是西班牙文，把罗马尼的本质大大的改变了，所以黑森林区黑森林为德国南部山脉，以多森林著称的波希米人与安达鲁齐的同胞已经无法交谈，虽然他们只要听几句话，就能知道彼此的土语同出一源。有些极常用的字，我认为在各种土语中都相同，例如在任何地方的波希米字汇中都能找到的：巴尼（水），芒罗（面包），玛斯（肉），隆（盐）。

数目字几乎是到处一样的。我觉得德国的波希米语比西班牙的纯粹得多，因为前者保留不少原始文法的形式，不像奚太诺采用加斯蒂加斯蒂为西班牙中部地区的旧行省名语的文法形式。但有几个例外的字仍足证明两种方言的同源以下尚有原文十余行，均讨论波希米语动词的语尾变化，叙述每字末尾几个字母的不同，纯属语言学与文法学的范围，对不谙拉丁语系文字之读者尤为沉闷费解，且须直书西文原文，故略去不译。

既然我在此炫耀我关于罗马尼的微薄的知识，不妨再举出几个法国土语中的字，为我们的窃贼向波希米人学来的。《巴黎的神秘》《巴黎的神秘》为法国19世纪欧也纳·舒所作的小说，内容很多关于下流社会及盗贼的描写告诉我们，刀子叫作旭冷（chourin），这是纯粹的罗马尼。所有罗马尼的方言都把刀叫作旭利（tchouri）。维杜克维杜克（1775—1857）为法国有名的冒险家，行窃拐骗，无所不为，入狱越狱，不止一次；后充任巴黎警察厅的侦缉队队长，辛仍以犯案而去职把马叫作格兰（grès）也是波希米语：gras，gre，graste，gris。还有巴黎土语把波

嘉尔曼

希米人叫作罗马尼希（romanichel），是从波希米语的罗马南·察佛（rommané tchave）一字变化出来的。可是我自己很得意的，是找出了弗里摩斯（frimousse）一字的字源，意义是神色，脸。那是所有的小学生，至少我小时候的同伴都用的切口。乌打于1640年份编的字典就有飞尔里摩斯（firlimouse）一字。而罗马尼中的飞尔拉，飞拉（firla，fila）便是脸孔的意思。摩伊（mui）也是一个同义字，等于拉丁文中的奥斯（os）与摩索斯（musus），都可做脸孔解。把飞尔拉（firla）和摩伊（mui）连在一起，变成飞尔拉摩伊（firlamui），在一个波希米修辞学者是极容易了解的，而我认为这种混合的办法与波希米语的本质也相符。

对于《嘉尔曼》的读者，我这点儿罗马尼学问也夸耀得很够了。让我用一句非常恰当的波希米俗语做结束罢，那叫作：嘴巴闭得紧，苍蝇飞不进。

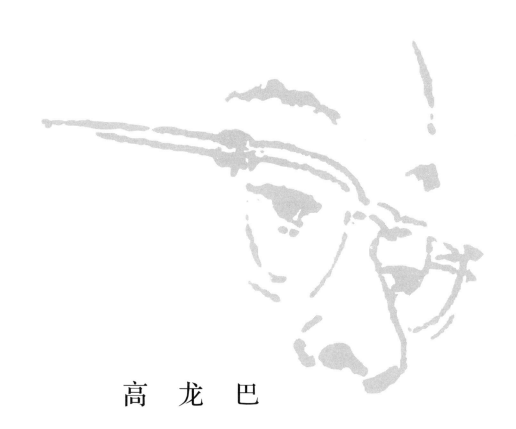

高 龙 巴

一

181×年10月初，上校汤麦斯·奈维尔爵士，爱尔兰人，优秀的英国军官，带着女儿游历意大利回来，抵达马赛，下榻于鲍伏大旅馆。意兴浓厚的旅客见一样夸一样的风气，不免促成一种反响，使现在许多游历家为了标新立异，竟以荷拉斯的切勿少见多怪一语作为箴言。上校的独养女儿丽第亚小姐，便是这一类爱发牢骚的游客。她觉得《耶稣显容》<small>《耶稣显容》为拉斐尔所作的名画，藏梵谛冈宫中</small>平淡无奇，活跃的维苏威火山也不见得比伯明罕城中的工厂烟突如何优胜。总之，她对意大利极不满意的是缺少地方色彩，缺少个性。至于何谓地方色彩，何谓个性，还得请读者自己揣摩。几年以前我还懂得这些名词，现在可完全不了解了。最初丽第亚小姐很得意，自以为在阿尔卑斯的那一边能看到些前人未尝寓目的景物，大可回国和一般像姚尔邓先生<small>姚尔邓先生为莫利哀名剧《冒充贵族》中的主角，是一个愚昧无知，可笑可鄙的市侩①</small>说的高人雅士谈谈。不久，发觉到处被同胞们占了先招，要找一件不是人尽皆知的东西简直不可能，她便一变而为反对派了。的确，顶扫兴的是，一提到意大利的胜迹，必有人问："你一定见到某某城某某宫中的那幅拉斐尔罢？那真是意大利最美的东西了。"——不料那正是你疏忽了的。既然没时间包罗万象的看到家，还不如一笔抹煞来得干脆。

住在鲍伏大旅馆的时期，丽第亚小姐有件非常懊恼的事。她行囊中带着一幅速写，是勾的塞尼城中班拉斯琪<small>班拉斯琪为史前居住希腊半岛及地中海一带的民族。塞尼城在罗马省内</small>拱门，以为那总没有素描家动过笔的了。不料法兰西斯·范维区夫人在马赛遇到她，拿出纪念册来，在一首十四行诗与一朵枯萎的花瓣之间，居然也有那座拱门，着的是强烈的土黄色。丽第亚小姐一气之下，把自己的速写给了贴身女仆，对班拉斯琪的建筑从此失去了

高龙巴

---

① 市侩：旧指街坊中的市井之徒。

191

敬意。

奈维尔上校也感染了这种不愉快的心情。他自从太太故世以后，对一切都用女儿的眼光看的。在他心中，意大利千不该万不该使他女儿厌烦，所以它是世界上最可厌的国家。他对于绘画与雕塑固然无话可说，但以打猎而论，他断定是最没出息的地方了：他晒着大太阳在罗马郊外走了好几十里，才不过打到几只不像样的红鹧鸪。

到马赛的第二天，奈维尔请他以前手下的副官埃里斯上尉吃饭。上尉最近在高斯_{高斯为地中海一小岛，意大利人称为科西嘉。18世纪中叶由热那亚城邦让与法国，现为法国行省}住了六星期，对丽第亚小姐讲了一桩土匪的故事，不但讲得挺好，而且妙在和她在罗马与拿波里之间常听到的盗匪故事截然不同。吃到饭后点心，只剩下两位男人斟着包尔多酒对酌，谈到打猎的时候，上校才知道高斯禽兽之丰富，种类之繁多，没有一个地方比得上。埃里斯上尉说："那边野猪极多，但你切不可与家猪相混，它们真是太相像了，万一打死了家猪，牧人就跟你找麻烦：他们全副武装的从小树林——他们叫作绿林——中钻出来，要你赔偿他们的牲口，还把你取笑一阵。高斯还有古怪的摩弗仑野羊，别处看不见的，可以说是异兽，但不容易打到。至于麇，鹿，山鸡，小鹧鸪……充塞于高斯岛上的各种禽兽，简直数也数不清。上校，倘若你喜欢打猎，不妨去高斯走一遭；那儿正如我的居停主人说的，你爱打什么野味都可以，从画眉到人为止。"

喝茶的时候，上尉又讲了一桩株连远亲的愤达他_{愤达他（vendetta）为意大利语，意为复仇；但在高斯人另有特殊意义，即一人受辱，及于近亲；故近亲均有报复之责，报复对象亦不限于仇家本人，并及其近亲。大多先由家族会议决定，然后通知仇家，表示警告。此风在高斯渊源甚古，因高斯素受海盗侵扰，又受热那亚邦的专制统治，故家族及部落的团结特别密切。此处所谓株连远亲的愤达他，乃指仇人本身故世而无近亲时，则以仇家之远亲为报复对象。}比第一桩更古怪，使丽第亚小姐听得津津有味。他还描写当地风景的奇特，丛莽初辟的气象，岛民性格的特殊，好客的风气与原始的民情，终于使丽第亚小姐对高斯完全入迷了。最后他送她一把美丽的小匕首，其名贵并不在于形状和镶铜的手工，而是在于它的来历：因为是一个有名的土匪情愿让给埃里斯上尉的，保证它杀过四个人。丽第亚拿去插在腰带里，后来放在床头小几上，睡觉以前从鞘里抽出来看了两次。上校却梦见打死了一头摩弗仑野羊，主人要他付代价，他很乐意地照给了，因为那是一只非常奇怪的野兽，身体像野猪，头上长着鹿角，后面拖着一条山鸡的尾巴。

第二天，上校和女儿一同吃早饭，说道："据埃里斯讲，高斯岛上颇有些珍禽异兽，要不是地方这么远，我倒很想去玩它半个月。"

丽第亚小姐回答："好啊，为什么不去呢？你管你打猎，我管我画画，埃里斯上尉提到波拿帕脱欧洲人于19世纪时大多痛恨拿破仑，不愿称其帝王之名号（拿破仑），而称其出身的姓氏（波拿帕脱）。即法国人反对拿破仑者亦称其为波拿帕脱。高斯即拿破仑之故乡小时读书的山洞，要是能画在我的纪念册上，我才高兴呢。"

上校表示一个愿望而得到女儿赞成，也许这还是破天荒第一遭。这个巧合使他大为得意，但他老于世故，有心用激将法说出几点不妥之处，把丽第亚小姐心血来潮的兴致提得更高了。地区荒野，女客旅行诸多不便等等的话，一概不生作用，她什么都不怕：路上要骑马吗？那是她顶喜欢的；要搭营露宿吗？她想到就乐死了；她还说要上小亚细亚去玩呢！总而言之，你说一句，她答一句。因为没有一个英国女子去过高斯，所以她非去不可。将来回到圣·詹姆斯广场，拿出纪念册来给人看的时候，那才妙呢！——"亲爱的，为什么你把这张可爱的素描翻过了呢？"——"噢！没有什么。那不过是张速写，画的一个高斯有名的土匪，替我们当过向导的。"——"怎么！你到过高斯的？……"

法国与高斯之间当时还没有汽船来往，他们只能打听开往海岛的帆船。丽第亚小姐下了决心，认为一定能找到一条立即启碇的船。上校当天就写信到巴黎去，把预定的旅馆房间退掉，同时和一个船主接洽，他的双桅快船便是直放阿雅佐的阿雅佐为高斯全岛的首府，位于西海岸。船上有两个小房间。他们带足了食物。船主竭力担保，说他有个水手是很高明的厨子，做的鱼虾杂烩汤是独一无二的，他还告诉小姐船上不会不舒服，保证一路风平浪静。

此外，上校依照女儿的意思，限令船主不得搭载任何旅客，并且要把船沿着高斯岛的海岸行驶，以便欣赏山景。

高龙巴

二

动身那天，一切都摒挡就绪①，早晨就运上了船。船要等傍晚微风初起的时候才开。在等待期间，上校和女儿在加陶皮哀大街<small>加陶皮哀大街为马赛最热闹的一条街</small>上散步，不料船主过来请求允许他搭载一个亲戚，说是他大儿子的教父<small>西俗儿童受洗时必有一教父，一教母，负责儿童将来的宗教教育。教父教母往往不论年龄辈分，但必系儿童家长的至亲好友</small>的亲戚，为了要事必须回故乡高斯去一趟，苦于没有便船。

玛德船长又补充了几句："他是一个挺可爱的青年，也是军人，在警卫军的步兵营中当军官，要是那一位还做着皇帝的话，他早已升做上校的了。"

上校回答："既然他是个军人……"他还没说出"我很乐意他跟我们同船……"丽第亚小姐已经用英文嚷起来了：

"噢，一个步兵军官！（她的父亲是骑兵营的，所以她对别的兵种都瞧不起）……也许是个没教育的，可能晕船，把我们航海的乐趣都给破坏了！"

船主一句英文都不懂，但看到丽第亚噘着美丽的小嘴的神气，似乎也猜到了她的意思，便把他的亲戚大大的夸了一番，保证他极有规矩，出身是班长的家庭，决不打扰上校，因为他，船主，负责把他安置在一个地方，你可以根本不觉得有他这个人。

上校和丽第亚小姐听到高斯有些家庭会父子相传的当班长，未免奇怪。但他们很天真的以为那乘客真是步兵营中的班长，便断定他是个穷小子，船主有心要帮他的忙，倘若是个军官，倒少不得和他攀谈应酬，对付一个班长可不用费心。他是个无足轻重的家伙，只要不和他的弟兄们在一起，上了刺刀，把你带到你不愿意去的地方去。

---

① 摒挡：即收拾料理；筹措。

"你的亲戚晕不晕船？"丽第亚小姐问话的口气不大婉转。

"从来不晕的，小姐，不论在陆地上在海上，他都扎实得像岩石一样。"

"行！那就让他搭船罢，"她说。

"让他搭船罢，"上校也跟着应了一句。说完，他们又继续散步去了。

傍晚五点光景，玛德船长来带他们上船了。在码头上，靠近船长的舢板，他们看到一个高大的青年，蓝外套从上到下都扣着钮子，深色皮肤，黑眼睛炯炯有神，很大，很秀气，模样是个爽直而聪明的汉子。凭他侧着身子站立的习惯_{军人与击剑家均有侧身站立的习惯，以减少身体受敌的面积，同时亦便于归}

_{入行列}和两撇卷曲的胡子，一望而知是个军人，因为那时留胡子的风气尚未时行，警卫军的姿势习惯也还没有人普遍的模仿。

见了上校，年轻人脱下便帽，不慌不忙，措辞很得体的向他道谢。

"我很高兴能帮你的忙，老弟，"上校向他亲热的点点头。

然后他下了舢板。

"你那英国人倒是大模大样的，"那青年放低着声音用意大利文和船主说。

船主把大拇指放在左眼下面，嘴角往两边扯了一下。凡是懂得手势的人，就能知道那意思是说英国人懂得意大利文，并且是个怪物。青年略微笑了笑，向玛德指了指脑门，仿佛说所有的英国人脑筋都不大健全；然后他坐在船主旁边，细细打量那个美丽的旅伴，可并没放肆的神气。

上校和女儿说着英文："这些法国兵气派都不错，所以很容易当上军官。"

接着他又用法文跟年轻人搭讪："老乡，你是哪个部队的？"

年轻人用肘子轻轻撞了撞他的亲戚，忍着笑，回答说他是警卫军猎步兵营的，现在属于第七轻装营。

"你有没有参加滑铁卢之战？你年纪还很轻呢。"

"噢，上校，我唯一的一仗就是在滑铁卢打的。"

"那一仗可等于两仗呢。"

年轻的高斯人咬了咬嘴唇。

"爸爸，"丽第亚小姐用英文说，"问问他高斯人是不是很喜欢他们的波拿帕脱？"

上校还没把这句话翻成法文，那青年已经用英文回答了，虽然口音不大纯粹，但还说得不坏。

"你知道，小姐，俗语说得好：哪怕是圣贤，本地也没人把他当做了不起。我们是拿破仑的同乡，或许倒不像法国人那么喜欢他。至于我，虽则我的家庭从前跟他有仇，我可是喜欢他的，佩服他的。"

"原来你会讲英文的！"上校说。

"讲得很坏，你不是一听就知道了吗？"

丽第亚小姐对于这种随便的口吻有些不快，但想到一个班长居然敢对皇帝有仇，不由得笑了。高斯地方的古怪于此可见，她决意拿这一点写上日记。

上校又问："也许你在英国做过俘虏罢？"

"不，上校。我的英文是我年轻的时候跟一个贵国的俘虏学的。"

接着他向丽第亚小姐说：

"玛德说你们才从意大利回来。小姐，你想必讲的一口好多斯加语_{多斯加为意大利一大行省，以翡冷翠为首府；多斯加语为最标准的意大利语}，我担心你听我们的土话不大方便。"

上校回答："意大利所有的方言，小女都懂。她对语言很有天分，不像我这么笨。"

"我们高斯有支民歌，有几句是牧童和牧女说的话，不知小姐能懂吗？

　　倘若我进入圣洁的天堂，天堂，
　　倘若在天堂上找不到你，我决不留恋那地方。"

丽第亚小姐觉得他引用这两句歌辞有些放肆，尤其是念这两句的时候的目光，便红着脸回答："加比斯谷（我懂的）。"

上校问："此番你回去，是不是有六个月的例假？"

"不，上校。他们要我退伍了_{1815年滑铁卢战役以后，法国王政复辟，歧视帝国时代的军人，勒令大批退伍。向例退伍军人均支半俸，故下文引用歌谣中语}，大概因为我到过滑铁卢，又是拿破仑的同乡。我此刻回家就像歌谣中说的：希望渺茫，囊橐空空。"

说着，他望着天叹了口气。

上校拿手伸进口袋，拈着一块金洋，想找一句得体的话把钱塞在可怜的敌人手里。

"我也是的，"他故意装着轻松的口吻，"他们也要我退伍了，……可是你退伍的薪俸还不够买烟草。喂，班长……"

青年的手正放在舢板的船舷上，上校想把金洋塞在他手里。

他红着脸，挺了挺身子，咬着嘴唇，正待发作，却突然换了一副表情，大声的笑了。上校手里拿着钱，不由得愣住了。

"上校，"年轻人又拿出一本正经的神气，"我要劝你两点：第一，千万别送钱给一个高斯人，有些无礼的同乡会把它摔在你脸上的；第二，别把对方并不要求的头衔称呼对方。你叫我班长，我可是中尉。当然那也差不了多少，可是……"

"中尉！中尉！"上校叫起来了。"可是船主和我说你是班长，而且你的父亲，你上代里所有的人，都是班长。"

一听这几句，年轻人不禁仰着身子哈哈大笑，把船主和两个水手也引得笑起来。

末了他说："对不起，上校，但这个误会真是太妙了，我现在才弄明白。的确，我的家庭很荣幸，上代里颇有些班长，但我们高斯的班长从来没有臂章的。1100 年左右，有些村镇为了反抗山中专制的贵族，选出一批首领，称之为班长。在我们岛上，凡是祖先当过这种保护平民的官职的人家，都自认为光荣的。"

"对不起，先生！"上校大声嚷着。"真是抱歉之至。既然你懂得我误会的原因，希望你多多原谅。"

于是他向他伸出手去。

"这也是我小小的傲气应当受的惩罚，"年轻人还在那里笑着，很亲热的握着英国人的手，"我一点也不怪怨你。既然玛德把我介绍得这么不清不楚，还是让我自己来介绍一下：我叫作奥索·台拉·雷皮阿，职业是退伍的中尉。看到这两条精壮的狗，我料想你是上高斯去打猎的，要是真的，那我很高兴陪你去看看我们的山和绿林……倘若我还没把它们忘了的话，"说着又叹了口气。

那时舢板已经傍着帆船。中尉搀扶丽第亚小姐上去了，又帮着上校攀登甲板。汤麦斯爵士对于那个误会始终有点发窘，不知道得罪了一个有七百年家世的人应当怎么补救，便等不及征求女儿同意，竟约他一同吃晚饭，同时又一再道歉，一再握手。丽第亚小姐果然皱了皱眉头，但认为能够打听一下所谓班长究竟是怎么回事也很有意思。她觉得这客人并不讨厌，甚至还有点儿贵族气息，可惜他太爽直，心情太快乐，不像一个小说中人物。

上校手里端着一杯玛台尔酒，向客人弯了弯腰，说道："台拉·雷皮阿中尉，我在西班牙见过不少你们的贵同乡，便是那大名鼎鼎的步兵射击营。"

"是的，他们之中不少人都留在西班牙了。"年轻的中尉神情肃穆的回答。

"我永远忘不了维多利亚战役 1813 年英国大将惠灵吞在西班牙维多利亚大败法军 中一个高斯大队的行军。"上校说着，又揉了揉胸口："我怎么能忘了呢？他们躲在各处园子里，借着篱垣做掩护，射击了整整一天，伤了我们不知多少弟兄和马匹。决定退却的时候，他们集中在一起，很快的跑了。我们希望到平原上对他们回敬一下，可是那些坏蛋……对不起，中尉——那些好汉排了一个方阵，叫人攻不进去。方阵中间——我这印象至今如在目前——一个军官骑着一匹小黑马，守在鹰旗旁边抽着雪茄，好像坐在咖啡馆里一样。有时仿佛故意气气我们，他们还奏着军乐……我派了两排兵冲过去，谁知非但没冲进方阵，我的龙骑兵反而往斜刺里奔着，乱糟糟的退了回来，好几匹马只剩了空鞍……该死的军乐却老是奏个不停！等到罩着对方的烟雾散开了，我仍看见那军官在鹰旗旁边抽雪茄。一怒之下，我亲自带着队伍来一次最后的冲锋。他们的枪管发了热，不出声了，但他们的兵排成六行，上了刺刀，对着我们的马头，竟好比一堵城墙。我拼命叫着，吆喝我的龙骑兵，夹着我的马逼它向前。我说的那军官终于拿下雪茄，向他手下的人对我指了一指。我好像听见白头发三个字。当时我戴的是一顶插着白羽毛的军帽。我还没听清下文，就被一颗子弹打中了胸部——啊！台拉·雷皮阿先生，那一营兵真了不起，可以说是二十八轻装联队中最精锐的，事后有人告诉我，他们全是高斯人。"

"是的，"奥索回答。他听着这段故事，眼睛都发亮了。"他们掩护大队人马退却，也没丢失他们的军旗，但三分之二的弟兄此刻都躺在维多利亚的平原上。"

"说不定你知道那指挥官的姓名吧？"

"那便是家父。当时他是二十八联队的少校，因为在那壮烈的一仗中指挥有功，升了上校。"

"原来是令尊！噢，他的确是个英雄！我很高兴再见见他，我一定认得他的。他还在不在呢？"

"不在了，上校，"青年的脸色有点儿变了。

"他有没有参加滑铁卢战役？"

"参加的，但他没有战死疆场的福气……而是两年以前死在高斯的……噢！这海景多美！我十年没看见地中海了。——小姐，你不觉得地中海比大西洋更美吗？"

"我觉得它颜色太蓝了些，波浪的气魄也不够伟大。"

"小姐喜欢粗野的美吗？那么我相信你一定会欣赏高斯。"

上校说："小女只喜欢与众不同的东西，所以她觉得意大利不过尔尔。"

"意大利我只认识比士，我在那儿念过中学，可是一想到比士的墓园，斜塔，圆顶的大教堂，我就不由得悠然神往……尤其是墓园。

你该记得奥加涅的《死亡》罢 比士墓园为美术史上有名的建筑，所藏名画名雕，不计其数，此处所指系 14 世纪画家安特莱·奥加涅所作的壁画（在墓园的大祭堂廊下），画题全文为《死之胜利与最后之审判》……我印象太深了，大概还能凭空把它画出来呢。"

丽第亚小姐怕中尉来一套长篇大论的赞美，便打着呵欠说：

"是的，那很美——对不起，爸爸，我有点头疼，想回舱里去了。"

她亲了亲他的额角，很庄严的对奥索点点头，走开了。两位男人继续谈着打猎跟打仗的事。

他们俩发觉在滑铁卢彼此对面交过锋，说不定还交换过不少子弹。于是两人更投机了。他们把拿破仑，惠灵吞，布律赫 布律赫为普鲁士将军，在滑铁卢一役中引军增援惠灵吞，为击败拿破仑之关键，一个一个的批评过来。然后又转到打猎的题目，什么麋鹿，野猪，摩弗仑野羊等等，谈了许多。夜色已深，最后一瓶包尔多也倒空了，上校才握了握中尉的手，道了晚安，说这番友谊虽然开场那么可笑，希望能好好的发展下去。然后两人分头睡觉去了。

高龙巴

199

三

夜色甚美，月影弄波，船在微风中缓缓向前。丽第亚小姐根本不想睡觉，只要心中略有几分诗意的人，对此海上夜月的景色当然不会无动于衷。丽第亚小姐是因为俗客当前，才没法细细体会那种情绪。等到她认为年轻的中尉，以他那种伧俗的性格一定呼呼睡熟了的时候，她便起床，披着大氅，叫醒了女仆，走上甲板。甲板上空无一人，只有一个把舵的水手用高斯土语唱着一种哀歌，调子很少变化，有股肃杀之气，但在静寂的夜里，这种古怪的音乐自有它的动人之处。可惜水手唱的，丽第亚不能完全懂。在许多极普通的篇章中间，有一首情绪壮烈的诗歌，使她听了大为注意。不幸唱到最美的段落，忽然夹进几句她莫名其妙的土语。但她懂得歌曲的内容是讲一桩凶杀案。对凶手的诅咒，对死者的赞美，复仇的呼声，都杂凑在一起。有几句歌辞她记熟了，我想法把它们翻译在下面：

> 枪炮，刺刀——都不曾使他脸容变色，——在战场上他神色清明——好比夏日的天空。——他是鸷鸟，老鹰的伴侣，——对于朋友，他甘美如蜜，——对于敌人，他却是狂怒的海洋。——比太阳更高，——比月亮更温柔。——法兰西的敌人从来没伤害到他，——家乡的杀人犯——却从背后下了毒手，——像维多洛杀害桑比哀罗·高索一样桑比哀罗·高索为 16 世纪高斯爱国志士，为反抗热那亚诸侯的统治而作战。其妻华尼娜·陶尔那诺为营救丈夫，私往热那亚谈判。但高索认为通敌叛国，乃大义灭亲，手刃其妻。高索卒被乡人维多洛伏兵刺死，今维多洛的名字在高斯等于卖国贼之同义字。——他们从来不敢正面瞧他。——……我九死一生换来的勋章——……钉在墙上，钉在我的床前，——丝带多么红。——我的衬衣更红。——留着我的勋章，留着我的血衣，——为我的儿子，远客他乡的儿子。——他可以看到上面有两个弹孔。——这儿有个弹孔，——别人的衣衫上也得有个弹孔。——但这还不能算报仇雪

恨，——我还要那只放枪的手，——我要那只瞄准的眼睛，——我要
那颗起这个恶念的心……

唱到这里，水手忽然停住了。

"朋友，你为什么不唱了呢？"丽第亚小姐问。

水手侧了侧头，要她注意从大舱口中走出的一个人。原来是奥索出来
赏月。

"把你的哀歌唱完它好不好？"丽第亚小姐说，"我正听得津津有
味呢。"

水手向她伛下身子，声音极轻的说：

"我决不愿意给人家一个仑倍谷。"

"什么？你说什么？……"

水手不回答，开始打唿哨了。

"奈维尔小姐西俗对人只称姓，相熟以后方称名，与吾国习惯相同。此处丽第亚为名，
奈维尔为姓，啊，被我撞着了，原来你也在欣赏我们的地中海！"奥索一边
说一边向她走过来。"别处决看不到这样的月色，你总不能否认吧？"

"我没有看月，我在专心研究高斯话。这水手唱着一首悲壮的哀歌，
不料在紧要关头停住了。"

水手低着头，仿佛仔细瞧着指南针，同时偷偷把丽第亚小姐的大氅使
劲扯了一下。显而易见那首哀歌是不能在奥索中尉面前唱的。

"你唱的什么呀，包罗·法朗采？"奥索问，"是一首巴拉太呢还是伏
采罗高斯风俗，人死之后，特别是被暗杀的，遗体供在桌上，由家属或亲友中的妇女（甚或并
无亲戚关系的女子，只要有诗歌天才），对着吊客用当地土语唱几首哀歌。此种女子称为伏采拉
脱里岂（voceratrici），或用另一种不同的读音，叫作蒲采拉脱里岂（buceratrici）。此种哀歌在东
海岸叫作伏采罗，或蒲采罗，或蒲采拉多（vocero，bucero，buceratu）；在西海岸叫作巴拉太
（ballata）。有时，好几个妇女当场轮流作一哀歌，往往亦由死者的妻子或女儿歌唱。——原注？
小姐懂得歌辞，很想听完它。"

"下半节我忘了，奥斯·安东，"水手回答。

然后他马上直着嗓子，唱起一首称颂圣母的赞美诗。

丽第亚小姐心不在焉的听着，不再紧盯那唱歌的人了，暗中却打定主
意非把这谜底弄清楚不可。但她的女仆是翡冷翠人，对高斯土话不比女主
人懂得更多，也急于要探听明白。女主人还来不及对她示意，她已经问奥
索了：

高龙巴

201

"先生，什么叫作给人一个仑倍谷在意大利文中，仑倍加莱（rimbeccare）的意义是摈斥，呼叱，拒绝。在高斯土语中，此字做当众侮辱解。对一个被暗杀的人的儿子说他不报杀父之仇，就是"给他一个仑倍谷（rimbecco）。"在意大利统治时期，"给人仑倍谷"为法律所禁，以防遏仇杀的风气。——原注？"

"仑倍谷！"奥索嚷道，"这是对一个高斯人最大的侮辱，责备他没有雪耻报仇。谁和你讲起仑倍谷的？"

丽第亚小姐抢着回答："那是船主昨天在马赛提到的。"

"他是说谁呀？"奥索的神色颇有点儿紧张。

"噢！他给我们讲一个从前的老故事……对啦，大概是讲华尼娜·陶尔那诺吧。"

"我想，小姐，为了华尼娜的死，你对我们的民族英雄，那个了不起的桑比哀罗，恐怕不怎么喜欢吧？"

"你觉得那种行为真是英勇吗？"

"当时风俗野蛮，他的杀妻是可以原谅的，并且桑比哀罗正在跟热那亚人拼个你死我活，他的女人与敌人交通而不加以惩罚，怎么还能教同胞信任他呢？"

水手插言道："华尼娜动身去意大利没有得到丈夫的准许，桑比哀罗扭断她的脖子是应该的。"

"但那是为救她的丈夫呀。"丽第亚小姐说。"为了爱他，她才去向热那亚人讨情的。"

"替他向敌人讨情便是侮辱他！"奥索嚷着。

丽第亚小姐又道："而他竟亲自动手把她杀了，那不是魔王是什么？"

"你知道，那是她像求恩典一般自己要求死在他手里的。小姐，你是不是把奥赛罗看做魔王呢？"

"那情形完全不同！奥赛罗是嫉妒，桑比哀罗不过是虚荣。"

"嫉妒不也是虚荣吗？那是爱情的虚荣，你也许为了动机而原谅这种虚荣吧？"

丽第亚小姐非常尊严的瞅了他一眼，回头问水手什么时候能够到岸。

"倘若风向不变，后天就可以到。"

"我恨不得现在就看到阿雅佐。坐在这条船上真是厌烦死了。"

她站起来，搀着女仆的手臂在甲板的走道上踱了几步。奥索呆呆的站在舵旁，不知道应当去陪她散步呢，还是把那一节似乎使她不大耐烦的谈话停止。

"我的圣母哪！"水手叹道。"多好看的姑娘！要是我床上的臭虫都像她一样，尽管咬，我也不哼一声的了！"

这样天真的赞美话，丽第亚小姐大概听到了，着了慌，因为她差不多立刻回舱。隔不多时，奥索也去睡了。他一离开甲板，女仆立即回上来把水手盘问了一番，拿下面的消息报告她的女主人：那支因奥索出现而没唱完的巴拉太，是两年以前，人家在奥索的父亲台拉·雷皮阿上校被暗杀后作的。水手认为奥索这番回高斯一定是去报仇，比哀德拉纳拉村上不久就会有新鲜肉上市。把这句通行全岛的俗话翻译出来，就是说奥索大爷预备杀死两三个犯嫌疑的凶手。固然这几个人也一度被司法当局怀疑，但法官，律师，州长，警察，都是他们夹袋中人物，所以结果被认为清白无罪，一点儿事都没有。水手又道：

"高斯是没有法律的，与其相信一个王家法院的推事，还不如相信一支好枪。你要有仇人的话，就得在三个 S 中挑这是高斯人特有的说法，三个 S 为三个高斯字的第一个字母（schioppetto, stiletto, strada——枪，刀，逃）。——原注。"

这些有意思的情报，使丽第亚小姐对台拉·雷皮阿中尉的态度与心理立刻大不相同。在那位想入非非的英国女子心目中，他一变而为英雄了。那种落拓不羁的神情，心直口快，嘻嘻哈哈的谈吐，先是使她印象不甚好的，如今都成为他的优点，表示一个刚毅果敢的人喜怒不形于色。她觉得奥索颇有斐哀斯葛族斐哀斯葛为 13 至 16 世纪时意大利有名的贵族，称霸热内亚。家属中前后共有二个教皇，三十个红衣主教，海陆将领不计其数人的气魄，胸怀大志而故意装得放浪形骸。这一下丽第亚才发觉年轻的中尉眼睛很大，牙齿很白，身腰很美，教育不差，也有上流社会的习惯。下一天她和他谈了好几次，觉得他的话很有意思。她打听许多关于他本乡的事，他都谈得头头是道。高斯，他是年纪很轻的时候就离开的，先是为了念中学，后来为了念军校，但在他心里始终是个极有诗意的地方。提到那里的山，森林，特殊的风俗，他不由得兴奋起来。说话之间，愤达他这个名词出现了好几次，而你谈到高斯人就不能不对这个遐迩皆知的民情或褒或贬。奥索对于他的同胞那种永无穷尽的仇恨，大体上是谴责的，使丽第亚小姐听了有些奇怪。但乡下人中间有此风俗，他认为可以原谅，甚至断定愤达他是穷人之间的决斗。他说："我这个意见并非没有根据，因为彼此的仇杀都照规矩提过警告，设计陷害之前有一句话非说不可，就是：你小心点儿！敝乡的凶杀案的确比别处多，但从来没有一桩出于卑鄙的动机。我们不少杀人犯，可没有一个贼。"

每逢他提到愤达他和凶杀的字眼，丽第亚小姐总把他留神瞧着，却找不出一点儿动感情的痕迹。既然认为他有那种令人莫测高深的魄力，——当然对她是瞒不过的，——她便继续相信台拉·雷皮阿上校的在天之灵不久就会得到安慰的。

双桨快船已经望见了高斯的海岸。船主把岸上重要的地名一个一个的说出来，虽然那些地方对丽第亚全是陌生的，但她很高兴知道它们的名字。无名的风景是最乏味的，这是一般游客的心理。有时上校的望远镜中映出一个岛民，穿着棕色衣服，背着长枪，骑着一匹小马在险陡的山坡上飞奔。丽第亚小姐把每一个都当做土匪或是替父亲报仇的儿子，但据奥索说来，那只是附近村镇上的老百姓干他的私事。带枪不是为了需要，而是为了壮行色，为了风气如此，正如都市里的公子哥儿出门不能没有一根漂亮的手杖。虽则以武器而论，长枪不及匕首有诗意，但丽第亚小姐认为男人带枪究竟比拿手杖更风流威武，同时她记得拜仑勋爵笔下的人物也都是死于子弹，而非死于古色古香的匕首的。

航行三天以后，已经到了桑琪南群岛前面，阿雅佐湾庄严的全景都展开在旅客的眼底了。大家把它比之于拿波里湾的确很有道理，船进港口的时候，一个着火的绿林正好把浓烟罩着琪拉多山峰，令人想起维苏威火山，使阿雅佐湾更像拿波里湾。倘使要两者完全相似，只要一支阿提拉的军队把拿波里近郊扫荡一下就行了 _{阿提拉为 5 世纪时率领匈奴大军侵略东西罗马帝国的领袖}；因为阿雅佐城四周一片荒凉，渺无人烟。不像拿波里从加斯德拉玛莱港到弥赛纳海峡，鳞次栉比，尽是漂亮的工厂，阿雅佐湾附近只有些阴森森的树林，后面是荒瘠不毛的山。没有一个别庄，没有一所屋舍。城市周围的高岗上，绿荫中零零星星的耸立着几所白的建筑物，那是亡人的祭堂和家庭的墓园。总之，全部的风景都带着一种严肃而凄凉的美。

城市的外观，尤其在那一个季节，把四郊的荒凉所给人的印象格外加强了。街上毫无动静，只有几个闲人，而且老是那几个。没有一个女的，除非是进城粜卖粮食的乡下女人。你听不到高声的说话，更听不到像意大利城市中那样的歌声与笑声。走道的树荫底下，偶尔有十来个全副武装的乡下人玩着纸牌，或者看着人家玩。他们不叫不嚷，从来不争吵，赌得紧张了，只有手枪的声音，那永远是威吓的前奏。高斯人天生是严肃而沉默的。晚上，有几个人出来纳凉，但路上散步的几乎全是外乡人。岛上的居民都站在自己的屋门口，好像老鹰蹲在窠上防着敌人。

四

　　拿破仑诞生的屋子参观过了，糊壁纸也用了半正当半不正当的手段弄到了一点样品，丽第亚小姐在高斯待上两天，就觉得郁闷不堪：在一个居民无法亲近而使你完全孤独的地方，任何游客都难免有这种感觉。她后悔当初不该一时冲动，可是立刻回去又势必伤了她不怕艰险的大旅行家的英名，因此丽第亚小姐只得耐着性子，尽量想办法去消磨光阴。凭着这勇敢的决心，她端整了铅笔，颜色，勾了一张海湾图，又拿一个卖甜瓜的乡下人做模特儿画了一幅肖像：他皮色乌黑，像大陆上种菜的，但留着一绺白须，神气活脱是个最凶恶的强盗。她觉得这些还不够有趣，便有心把班长世家的后人挑逗一下。这也不是难事，因为奥索非但不急于回到村里去，倒反在阿雅佐把日子过得挺高兴，虽则在当地也没什么宾客来往。此外，丽第亚心中还存着个高尚的念头，想收服这野蛮的山民，要他把那个引他回乡的可怕的计划丢开。自从她冷眼旁观的对他留神以后，就觉得这年轻人白白牺牲掉未免太可惜了。同时，能说服一个高斯人归化对她也是莫大的光荣。

　　这几位游客的日子是这样消磨的：白天，上校和奥索出去打猎；丽第亚小姐不是画素描，便是写信给女朋友们，因为能够在信上写着"寄自阿雅佐"字样真是太妙了；六点光景，男人们带着野味回来；大家一块儿吃晚饭，饭后，丽第亚小姐唱歌，上校打盹，两个年轻人一块儿直谈到深夜。

　　不知护照有什么一种手续，竟需要上校去拜访州长。这州长跟大半的同僚一样闷得发慌，知道来了个英国财主，上流人物，还带着一个俊俏的女儿，不禁高兴之极，把上校招待得非常客气，再三说如有驱遣定当效劳一类的话。不多几天，他又来回拜，上校刚吃罢饭，正消消停停的躺在沙发上预备打盹；女儿在一架破钢琴上自弹自唱；奥索在旁翻着乐谱，欣赏歌唱家的肩头和金黄的头发。仆人通报说州长来了，琴声马上停止，上校站起来，把女儿向州长介绍了，又说：

"我不介绍台拉·雷皮阿先生了，你大概认识他的吧？"

"阁下是台拉·雷皮阿上校的公子吧？"州长的神气略微有些为难。

"是的，先生。"奥索回答。

"我以前是认得令尊的。"

普通的应酬话不久都谈完了。上校不由自主的打了好几个呵欠，奥索以前进分子的身份，不愿意和当局的官员交谈：所以只剩下丽第亚小姐一个人和客人搭讪。州长也不愿让谈话冷落，能够和一个认识全欧洲名流的妇女谈谈巴黎和上流社会，他显然高兴极了。他一边说话一边常常极好奇的打量着奥索。

"你们和台拉·雷皮阿先生是在大陆上认识的吗？"他问丽第亚小姐。

丽第亚小姐不大好意思的回答，说他们是在到高斯的船上认识的。

州长轻轻的说："他是个极有教养的青年，"然后把声音放得更低，"他有没有和你谈起回到高斯来有什么目的？"

丽第亚小姐登时扮起一副庄严的面孔，回答道：

"我没有问过他。先生不妨向他打听一下。"

州长不做声了。可是过了一会，听见奥索用英文和上校说话，便道：

"先生，你似乎地方走得很多，大概把高斯和它的……它的风俗忘了吧？"

"不错，我离开本乡的时候年纪很轻。"

"你至今还在军中吗？"

"先生，我现在退伍了。"

"你在法国军中待得那么久，我相信你一定变成十足地道的法国人了。"

说这最后一句的时候，州长的语气特别加重。

说高斯人是法国人，对高斯人不是一句恭维话。他们喜欢自成一族，而他们的行为也教人不得不承认这一点。奥索当下有些恼了，反问道：

"州长先生，你以为一个高斯人要受人尊重，必须在法国吃过粮吗？"

"当然不是，我不是这意思，我只是指这里的某些风俗，往往不是一个管行政的人所愿意看到的。"

他着重于风俗这个字，又尽量装出严肃的神气。不一会他站起身来告辞了，要丽第亚小姐答应，改日务必到州长公署去会会他的太太。

他走了，丽第亚小姐说：

"我直要到了高斯，才见识到所谓州长是何等人物。这一位看来倒还和气。"

奥索道："我却不敢说这个话，他那种夸大的，故弄玄虚的神气，我觉得好古怪。"

上校差不多睡着了，但丽第亚小姐仍在眼梢里把父亲瞅了一下，放低着声音：

"我，我不觉得他像你所说的弄什么玄虚，我懂得他的意思。"

"没有问题，奈维尔小姐，你是心明眼亮的人，可是你要在他刚才说的话里找到什么意义，那一定是你自己加进去的。"

"这句话我记得是玛斯加里叶侯爵说的玛斯加里叶为莫利哀剧中的人物，狡狯无耻，冒充为侯爵，可是……要不要我给你一个证据，证明我料事如神？我颇有点儿法术，一个人被我见过两次，我就能知道他的心事。"

"噢，我的天！你把我吓坏了。倘若你能猜透我的思想，我不知道自己应该是悲是喜。"

"台拉·雷皮阿先生，"丽第亚红着脸往下说，"我们不过相识了几天，可是在海上，在野蛮地方——原谅我用这个字……——大家比在交际场中容易相熟……所以请你别奇怪我以朋友的资格提到你的私事，那也许是不应当由外人顾问的。"

"噢，别说什么外人不外人，奈维尔小姐，我更喜欢你自称为朋友。"

"好吧，先生，我要告诉你：虽则并没刺探秘密的意思，我却是知道了一部分秘密，而我因此很难过。我知道府上遭受的不幸，人家又和我提到许多你们贵同乡睚眦必报的脾气和报仇的方式……州长所暗示的不就是这个吗？"

"小姐以为我……"奥索的脸白得像死人一样。

"不是的，台拉·雷皮阿先生，"她打断了他的话；"我知道你是个洁身自好的君子。你亲自和我说过，贵乡现在只有平民才干那个愤达他……你认为那是一种决斗……"

"难道你以为我有朝一日会杀人吗？"

"既然我跟你提到这件事，奥索先生，可见我并没疑心你。"然后她又放低了声音："而我所以要提，因为我觉得你一回到本乡，也许会被野蛮的成见包围，那时倘若你知道有一个人，因为你能抵抗周围的诱惑而佩服你的勇气，或许对你不无帮助。——得了，"说到这里，她站了起来，"别谈这些不愉快的事了，我想到就头疼，再说，时间也很晚了。你不会

高龙巴

207

见怪吧？明儿见。"她向他伸出手去。

奥索很严肃的紧紧握着她的手，似乎很感动。

"小姐，你知道有些时候，乡土的本能会在我心中觉醒。有时我想起先父……种种可怕的念头就来跟我纠缠不清。你这一席话使我从此解脱了。谢谢你！谢谢你！"

他还想往下说，可是丽第亚小姐把一只羹匙掉在地下，把上校闹醒了。

"台拉·雷皮阿，明儿五点出发打猎，别迟到啊。"

"不会的，上校。"

五

次日，正当打猎的伙伴快要回家的时候，奈维尔小姐从海边散步回来，带着女仆向旅店走着，忽然瞧见一个全身穿黑的少妇，跨着一匹身材矮小而非常壮健的马进城。她背后跟着一个乡下人模样的人，也骑着马，棕色的上衣，臂弯里都破了，身上斜挂着一根皮带，系着一个葫芦，腰间插着一支手枪，手里又拿着一支长枪，木柄的一头纳在一只拴在鞍架上的皮袋里。总而言之，他的穿扮活脱是个舞台上的土匪，或是一个赶路的高斯老百姓。那女的姿容绝世，立刻引起了奈维尔小姐的注意。她似乎有二十来岁，高大身材，嫩白皮肤，深蓝眼睛，粉红嘴唇，一口牙齿像细瓷。她的表情又高傲，又不安，又忧郁。头上披的是从前由热那亚行到本地来的面纱，叫作美纱罗，妇女们戴着最合适。盘在头上的栗色长辫像包头布。衣服非常清洁，但素净到极点。

丽第亚小姐尽有时间打量这个戴美纱罗的女子，因为她在街上停下来向人打听，而且看她眼睛的表情，问的是件很重要的事。听了人家的回答，她把坐骑加上一鞭，直奔奈维尔爵士与奥索下榻的旅馆。到了门首，和店主人问答了几句，少妇便身手轻捷的下了马，坐在大门旁边一条石凳上，跟随的人牵着马自上马房去了。丽第亚小姐穿着巴黎装束走过，那陌生女子连头也没抬起来。过了一刻钟，丽第亚打开楼窗，戴美纱罗的女子仍旧坐在那里，姿势也没变。不多一会，上校和奥索打猎回来了。店主人指着年轻的台拉·雷皮阿和那女的说了几句。女的脸一红，急忙站起，迎上几步，又忽然停住，好似愣住了一般。奥索和她离得很近，好生诧异的把她打量着。

她声音很激动的说道："你是奥索·安东尼奥·台拉·雷皮阿吗？我是高龙巴。"

"高龙巴！"奥索嚷起来。

他立刻抓着她，很温柔的把她拥抱了。上校父女看了很奇怪，因为英

高龙巴

国从来没有当街拥抱的事。

高龙巴说："哥哥，请你原谅，我没得到你的允许就来了，朋友们说你已经到了。而我看到你真是极大的安慰……"

奥索又把她拥抱了一下，接着转身向着上校，说道：

"这是我的妹妹，要不是她自己通名，我竟认不得了。她叫高龙巴。这位是汤麦斯·奈维尔上校。上校，很抱歉，今天我不能陪你们吃晚饭了……我的妹妹……"

"哎！朋友，你们上哪儿吃饭呢？"上校喊道，"这要命的客店，只有一桌为我们预备的饭还可以吃。小姐，跟我们一起来罢，让小女也喜欢一下。"

高龙巴瞅着她的哥哥，他也不多推让，大家便进入旅店最大的一间屋，给上校做客室与餐厅用的。台拉·雷皮阿小姐见过了奈维尔小姐，一言不发，只深深的行了个礼。她显见非常慌张，并且和上流社会的外国人在一起，也许还是生平第一遭。但她一举一动并没半点乡气。她的与众不同的特点把她强直的举止遮盖了。丽第亚小姐也看中了这点特色。除了上校一行人占据的屋子以外，旅馆里已没有别的空房，丽第亚小姐居然降尊纡贵，或是因为好奇的关系，竟自动邀请台拉·雷皮阿小姐在她房里搭一张床。

高龙巴支吾其辞的说了几句道谢的话，便跟着奈维尔小姐的女仆到房中梳洗去了。她一路上风尘仆仆，自然需要收拾一下。

回进客厅，高龙巴看见两位猎人放在一边的枪支，便停下来赞道：

"喝，好枪！——哥哥，是你的吗？"

"不，那是上校的英国枪，不但好看，而且中用。"

高龙巴说："我希望你也能有这样的一支。"

上校接口道："这三支里头当然有一支是他的。他真是用的太妙了：今天发了十四枪，没有一枪虚发的！"

于是一推一让，双方客气个不了，结果奥索竟却不过上校的情意，使高龙巴大为高兴，那看她的脸色就可知道，刚才那么严肃，现在却眼睛闪着光，欢喜得像小孩子一样。

"朋友，你挑呀。"上校说。

奥索不肯挑。

"那么请令妹代你挑罢。"

高龙巴不用人家说第二遍，就拣了式样最老实的一支，实际却是芒东厂的精品，口径很大。

"这一支大概火力很好吧。"她说。

她的哥哥慌忙道谢，觉得很不好意思；幸而晚饭已经开出，替他解了围。高龙巴先是不肯就坐，直到看了哥哥的眼色才不再推却。吃东西以前，她照着虔诚的旧教徒规矩先画了个十字，教丽第亚小姐看了满心欢喜，私下想：

"好啊，这才见出古风来了。"

她还暗暗发愿，要在这个代表高斯古风俗的少女身上发现许多有趣的事。奥索显而易见不大放心，生怕妹妹的举动与言语显得村野。但高龙巴时时刻刻留神看着他，一切动作都学着哥哥的样。有时她目不转睛的把他瞧着，有种异样的悲哀的表情。奥索偶尔遇到她的目光，便把眼睛转向别处，仿佛故意要回避妹妹那句默默无声而他心照不宣的问话。当下大家都讲法文，因为上校的意大利文往往辞不达意。高龙巴非但听得懂法文，而且在不得不应对的时候说的几个字，咬音也还准确。

吃过饭，上校注意到他们兄妹之间的拘束，便凭着爽直的脾气问奥索要不要和高龙巴小姐单独谈谈，他可以带着女儿上隔壁屋子。奥索慌忙道谢，说他们尽有时间在比哀德拉纳拉谈天。那是他将来要去住家的村子的名字。

于是上校占了他平日坐惯的沙发。奈维尔小姐换了好几个话题，都没法逗美丽的高龙巴开口，便要求奥索念一首但丁的诗①，那是她最喜欢的诗人。奥索选了《地狱篇》中关于法朗昔斯加·达·里弥尼的一段，开始念了，把那些雄壮的三句诗，描写男女共读爱情故事如何危险的篇章，尽量念得抑扬顿挫<small>法朗昔斯加·达·里弥尼为 12 世纪时意大利女子，嫁夫奇丑，后与小叔相恋，卒被丈夫双双戳死。但丁于《神曲·地狱篇》中（第五首）述及与法郎昔斯加相遇，法自述生前因与小叔共读朗赛罗（中古世纪的传奇人物）的恋爱故事，遂至钟情——但丁《神曲》全部均以三句为一韵，故称三句诗。</small>他这么念着的时候，高龙巴把身体凑近桌子，原来低着的头也抬了起来，圆睁大眼，射出一道异乎寻常的火焰，脸一忽儿红，一忽儿白，坐在椅上浑身抽搐。这种意大利民族的素质真是了不起，根本用不着老学究来替她指出诗歌的美。

奥索念完以后，高龙巴问：

"啊！多美！哥哥，这是谁作的?"

高
龙
巴

---

①　但丁：意大利文艺复兴时期的诗人，以长诗《神曲》而闻名。

奥索对于她的无知觉得很难为情。丽第亚小姐却微微笑着，说作者是一个几百年以前的翡冷翠诗人。

奥索又道："将来回到了比哀德拉纳拉，我教你念但丁的作品。"

高龙巴嘴里还念着："我的天，那多美啊！"随后把记得的背了三四节，先是轻轻的，后来兴奋了，竟高声朗诵，比她哥哥念的更有表情。

丽第亚小姐听了大为诧异，说道：

"你好像对诗歌非常喜欢。像你这样从来没念过但丁的人初念的心情，真教我羡慕不置。"

奥索接着说："奈维尔小姐，你瞧但丁的诗魔力多大，居然把一个只会背祈祷文的乡姑也感动了！……噢！我错了，高龙巴是内行。很小的时候，她就东涂西抹的写诗，后来父亲写信告诉我，说她是个了不起的挽歌女^{挽歌女即上文提过的伏采拉脱里岂。吾国古时亦有专做此业的男子，称为挽歌郎，见唐宋人小说。唯高斯的挽歌女均临时自作挽歌，并非袭唱前人旧曲，在比哀德拉纳拉村上和方圆}七八里内没有人比得上。"

高龙巴带着央求的神气对哥哥瞟了一眼。奈维尔小姐早听人说过高斯的妇女能即席赋诗，渴想领教一下，便再三要求高龙巴略施小技，献献本领。奥索后悔不该想起了妹妹的诗才，便竭力解释，说高斯的巴拉太枯索无味，不值一听；并且念过了但丁的名作再念高斯的诗歌，等于丢本乡的脸。但这些话反而使奈维尔小姐更心痒难熬，非听不可。最后奥索只得和妹妹说：

"那么随便作一个歌罢，别太长。"

高龙巴叹了口气，对桌上的台毯定睛看了一分钟，又向上望了望梁木，然后把手蒙着眼，仿佛那些鸟自己看不见别人了，便以为别人也看不见自己。于是她声音颤巍巍的唱起来，其实只是一种高声的朗诵：

少女与斑鸠

远远的山背后，在那深谷中间，——每天只照着一小时的太阳；——有所阴暗的屋子，——门口长着野草。——门窗紧闭。——屋顶上没有炊烟。——可是到了中午，太阳照临的时候，——一扇窗开了，——父母双亡的孤女纺着纱；——一边做活一边唱着——唱着一支凄凉的歌；——却没有别的歌声与她呼应。——有一天，正是春天，——邻近的树上停下一只斑鸠，——听着少女的歌。——它说：姑娘，世界上伤心的不光是你一个：——一只凶狠的鹞抢走了我的配偶。——斑鸠，你把那强凶霸道的鹞指给我看；——纵使它高高的飞在云端里，——我也会把它打落下来。——可是我呀，我这可怜的姑娘，谁能够还我的兄长，——还我那个远客他乡的兄长？——姑娘，告诉我，你的兄长在哪里？——我可以用翅膀把你带到他身边。

"好一只有教养的斑鸠！"奥索一边嚷一边拥抱他的妹妹。他嘴里开着玩笑，心中却激动得厉害。

"你的歌可爱极了，"丽第亚小姐说，"请你写在我的纪念册上，我要把它译成英文，配上音乐。"

好心的上校连一个字也没听懂，只顾跟着女儿赞美，然后补上一句：

"小姐，你说的斑鸠不就是我们今天吃的那种红焖鸟吗？"

丽第亚拿了纪念册来，看见作者写诗的款式非常古怪，不由得大为惊异。她不分作单行，而是尽纸的宽度从左至右的写到底；所谓"零星的句子，长短不等，两端各留空白"这种写诗的定义完全应用不上了。高龙巴小姐别出心裁的拼法也有许多可议之处，好几次使丽第亚小姐莞尔而笑，同时却苦了做哥哥的，觉得脸上无光，难受死了。

睡觉的时间到了，两位少女进了卧房。丽第亚小姐一边脱下项链，耳环，手钏，一边注意到她的同伴从袍子底下抽出一条长长的东西，像鲸鱼骨十八九世纪欧洲妇女以鲸鱼骨做撑裙的架子，但模样完全不同。高龙巴很小心的，同时差不多是偷偷的，把那东西往桌上的面纱底下一塞，然后跪在地下诚心诚意的做了祷告。两分钟以后，她已经上床了。丽第亚小姐一则天生好奇，二则像所有的英国女子一样脱衣服特别费时，便走近桌上假装找一支别针，随手把面纱一掀，发现一把相当长的匕首，银子和螺钿的镶嵌很特别，做工极精巧，在收藏家眼中的确是一件非常值钱的古式武器。

丽第亚笑着问："小姐们身上带这样一个小小的家伙，可是本地的风俗吗？"

高龙巴叹了口气："非带不可呀。地方上坏人太多了。"

"难道你真有勇气这样的扎过去吗？"

丽第亚握着匕首，做了一个自上而下的扎过去的姿势，像舞台上杀人的样子。

高龙巴用着又柔婉又悦耳的声音回答："必要的时候，我当然有勇气，或是为了保卫自己，或是为了保卫朋友……可是不应当这样拿，对方往后一退，你就会伤了自己。"说着她坐在床上，比着手势："应当这样，往

高龙巴

上戳的，据说那才会致人死命。唉！用不着这种武器的人才有福呢！"

　　她叹了一声，把头倒在枕上，立刻阖上眼睛。那张脸真是再好看也没有了，又庄严又贞洁。当年斐狄阿斯雕他的弥纳华像的时候斐狄阿斯为公元前4世纪时希腊大雕塑家；弥纳华为代表智慧与艺术的女神，能有这样的模特儿一定会心满意足了。

六

我是依照荷拉斯的方法，把故事从半中间讲起的_{公元前 1 世纪时拉丁诗人荷}拉斯于所著《诗论》中有一段，称荷马使读者在故事的半中间听起。现在趁美丽的高龙巴跟上校父女一齐睡着了的机会，我要补叙几个不可缺漏的要点，使读者对这件真实的故事了解得更亲切。上文交代过，奥索的父亲台拉·雷皮阿上校是被人谋害的。但高斯的凶杀案，不像法国那样出之于一个苦役监的逃犯，因为偷窃府上的银器而伤了人命，高斯人被暗杀必有仇家，可是结仇的原因往往是说不清的。许多家庭的仇恨只是一种悠久的习惯，最初的原因早已不存在了。

台拉·雷皮阿上校的家庭恨着好几个家庭，特别是巴里岂尼一家。有的说，16 世纪时一个台拉·雷皮阿家的男人勾引了一个巴里岂尼家的女子，因此被女方的家属一刀刺死了。另外有些人说正是相反，被玷污的是台拉·雷皮阿家的姑娘，被杀的是巴里岂尼家的男人。不管怎么样，反正两家之间有过血案。可是与习惯相反，这桩血案竟没有引起别的血案；因为台拉·雷皮阿与巴里岂尼两家同样受到热那亚政府的迫害，壮丁都被放逐在外，家里已经好几代没有刚强的男人了。18 世纪末，一个在拿波里当军官的台拉·雷皮阿，在赌场里和一些军人闹起来，人家骂了他，其中有一句说他是高斯的牧羊人，他便擎出剑来，但一个人怎敌得三个人，幸而赌客中间还有一个外乡人，一边嚷着"我也是高斯人"，一边出来拔刀相助，台拉·雷皮阿才没吃亏。那人便是巴里岂尼家的，事先并不与他相识。等到道了姓名籍贯，双方都非常谦恭有礼，指天誓日的结了朋友。在大陆上，高斯人极容易团结，岛上可完全不是这样。这桩故事便是一个例子。台拉·雷皮阿和巴里岂尼寄居在意大利的时期的确是一对知心朋友，但回到高斯，虽然住着同一个村子，却难得见面了，他们死的时候，有人说已有五六年没说过话。他们的儿子，像岛上的说法，还互相取着敬而远之的态度。奥索的父亲琪尔福岂沃当了军人，另外一家的瞿第斯·巴里岂尼是个律师。做了家长以后，为了职业关系各处一方，他们几乎没机会碰面，也没机会听到彼此的消息。

不料有一天，大约在 1809 年，瞿第斯在巴斯蒂阿城里看到报上载着琪尔福岂沃上尉受勋的新闻，便当着众人说，这不足为奇，因为某某将军做着他家的后台。这句话传到维也纳，到了琪尔福岂沃耳朵里，他便对一个同乡人说，将来他回高斯的时节，瞿第斯一定是个大富翁了，因为他在打输的官司中比在打赢的官司中挣的钱更多。谁也说不上来，这话的意思是指瞿第斯欺骗当事人呢，还是仅仅指出一个极平常的道理，说下风官司对一个吃公事饭的总比上风官司更多油水？不管真意如何，律师把这句讽刺的话听到了，记在心里。1812 年，他要求当本村村长，事情大有希望，谁知那某某将军写信给州长，推荐琪尔福岂沃太太面上的一个亲戚。州长马上遵从了将军的懿旨；巴里岂尼认定这是琪尔福岂沃捣的鬼。1814 年，皇帝下台了，将军撑腰的那位村长被指为波拿帕脱党，撤了职，由巴里岂尼接任。百日时期，拿破仑再起，巴里岂尼又被撤职；但那场暴风雨过去以后，他大吹大擂的把村长的印信与户籍簿册重新接收去了。

从那时起，巴里岂尼一帆风顺的走红了。台拉·雷皮阿上校却被迫退伍，隐居在比哀德拉纳拉，不得不暗中和巴里岂尼勾心斗角，应付那些层出不穷的是非：一忽儿他的马窜入了村长的园地，要赔偿损失；一忽儿村长先生以修整教堂的石阶为名，把盖在台拉·雷皮阿家墓上，镌有本家徽号的一块断石板着人抬走了。谁家的羊吃了上校种的东西，羊主人保证可以得到村长的祖护。比哀德拉纳拉的邮政代办所主任原来是个开杂货铺的，园林警卫是个残废老军人，先后都被撤职，换上巴里岂尼的党羽，因为两个前任是台拉·雷皮阿一派。

上校的太太临死，说希望葬在她常去散步的一个小林子里；村长立刻宣布她应当埋在本村公墓上，因为上校并没得到准许另盖一个单独的坟。上校听了大怒，说这个准许状没发下以前，他的太太非葬在她自己选定的地方不可，便教人掘了一个穴道。村长方面也教人在公墓上掘了一个穴道，同时又召集警察，以便维持法律的尊严。下葬那天，两派的人照了面，有一时大家很怕为了争夺台拉·雷皮阿太太的遗体，可能大打出手。亡人方面的亲属带了三四十名全副武装的乡下人，逼着教士出了教堂就走向林子；另一方面，村长和两个儿子，带着手下的党羽和警察等等，到场预备对抗。他才露面，吩咐出殡的行列退回来的时候，马上受到一阵嘘斥和威吓，敌方的人数显然占着优势，意志也非常坚决。看到村长出现，好几支枪的子弹上了膛，据说还有一个牧羊人对他瞄准，但上校把枪撩开了，说道："没有我的命令，谁也不准开火！"村长像巴奴越一样"天然怕挨打"，便不愿交锋，带着人马退走了。于是出殡的行列开始发引，特意挑着最远的路由，打村公所前面经过。走在半路上，有个糊涂虫加进队伍，喊了声："皇帝万岁！"也有两三个人跟着喊了几声。碰巧有条村长家里的牛拦着去路，得意忘形的雷皮阿党人竟想把它杀死，幸而上校出来喝阻了。

不必说，村公所方面动了公事，村长递了一个报告给州长，用极精彩的笔法描写人间的法律与神明的法律如何如何被蹂躏——村长的威严，教士的威严，如何如何受到损害——又说台拉·雷皮阿上校为首率众，图谋不轨，纠集了波拿帕脱的余孽，意欲推翻王室，煽动乡民械斗，种种罪行，实系触犯刑法第八十及九十一各条。

过分夸张的控诉倒反损害了它的效果。上校也写信给州长，给检察长，他太太的一个亲属和岛上的某国会议员有姻亲，另外一个亲戚和王家法院的院长是表兄弟。靠了这些后援，图谋不轨的案子一笔勾销，台拉·雷皮阿太太终于长眠在林子里，只有那个喊口号的糊涂虫被判了半个月监禁。

巴里岂尼律师对这个结果大不满意，便另生枝节，换个方向进攻。他从旧纸堆里发掘出一个文件，和上校争一条小溪的主权，小溪的某一段有个水力磨坊。那场官司拖了很久。一年将尽，法院快判决了，看形势多半是对上校有利的。不料巴里岂尼忽然拿出一封恐吓信呈给检察长，具名的是有名的土匪阿谷斯蒂尼，信上以杀人放火为威吓，要村长撤回诉讼。原来高斯地方，大家都喜欢得到土匪的保护，而土匪为了酬答朋友，也常常干涉民间的私事。村长正想利用这封信，不料又出了件新的事故把案子搅得更复杂了。土匪阿谷斯蒂尼写信给检察长，说有人假造他的笔迹，损害他的名誉，教大家以为他是可以收买的。信末又说："倘若我发见了假冒的人，定当痛加惩罚，以儆效尤。"

由此可见，阿谷斯蒂尼并没写信恐吓村长。但台拉·雷皮阿和巴里岂尼都把写捏名信的事推在对方头上。双方说了许多威吓的话，司法当局也弄不清事情究竟是谁干的。

这期间，琪尔福岂沃上校被暗杀了。据法院调查，事实是这样的：18××年8月2日，傍晚时分，有个女人叫作玛特兰纳·比哀德利，送麦子到比哀德拉纳拉，一连听见两声枪响，好像是从一条通往村子的低陷的路上发出的，离开她约有一百五十步。她紧跟着瞧见一个男人伛着身子，在葡萄园中的小径上向村子方面奔去。他停了一会，回过头来。可是距离太远，比哀德利女人看不清面貌，并且那人嘴里衔着一张葡萄叶，几乎把整个的脸都遮掉了。他远远的向一个同伴比了个手势，便钻入葡萄藤中不见了。至于那同伴，证人也没看见。

比哀德利女人放下麦子，跑到小路上，发现台拉·雷皮阿上校倒在血泊中，身上中了两枪，但还在那里呼吸。他身旁有支上了膛的长枪，仿佛他正预备抵抗对面的敌人，不料被背后的敌人打中了。他喉咙里呼里呼噜的塞着痰，竭力挣扎着，但一句话都说不上来。据医生事后解释，那是子弹洞穿肺部所致。他气喘得厉害，血慢慢的流着，积在地下像一片红的藓苔。比哀德利女人想把他扶起来，问了好几句话，都没用。她看到他要说话，但没法教人懂得。她又发觉他想伸手到口袋里去，便帮他掏出一个小纸夹，打开来放在他面前。受伤的人拿了纸夹里的铅笔，试着要写字。证人亲眼看他很费力的写了好几个字母，但她不识字，不知道是什么意思。上校写完字，力气没有了，便把小纸夹纳在比哀德利女人手里，还使劲握着她的手，神气挺古怪的望着她，好像说（以下是证人的话）："这是要紧的，这是凶手的姓名！"

比哀德利女人奔进村子，正遇到村长巴里岂尼先生和他的儿子梵桑丹洛。那时天差不多已经黑了。她把看到的事讲了一遍。村长接过纸夹，赶到村公所去披挂他的绶带<small>法国自村长至市长州长，执行公事时均于身上斜系一带，表示身份级位</small>，唤他的书记和警察等等。当下只有玛特兰纳·比哀德利和梵桑丹洛两人在一起，她要求他去救上校，万一他还活着的话。梵桑丹洛回答说，上校和他们是死冤家，他走近去必犯嫌疑。不多时，村长赶去了，发现上校已经断气，便教人抬回尸首，做了笔录。

巴里岂尼先生虽则在当时的情形之下不免心慌意乱，仍旧把上校的纸夹弥封了，又在他职权范围以内尽量缉访凶手，可是毫无结果。预审推事赶到以后①，大家打开纸夹，发现一张血迹斑斑的纸上写着几个字，虽是颤巍巍的手笔，却清清楚楚看得出是阿谷斯蒂尼。推事断定上校的意思，说凶手是阿谷斯蒂尼。可是被法官传讯的高龙巴·台拉·雷皮阿，要求把小纸夹让她察看一下。她翻来覆去看了半天，突然伸出手来指着村长，嚷道："他才是凶手！"接着又说出一番道理，在她当时悲痛欲绝的情形之

---

① 推事：旧时审判案件的官员叫做"推事"。

下，亏她头脑还那么清楚。她说父亲几天以前收到奥索的一封信，看过就烧了，但烧毁以前在小册子上记下奥索的地址，因为他换了防地。现在这地址在小册子上找不到了，高龙巴认为那便是被村长撕掉的，因为她父亲在同一页上写着凶手的名字，村长却另外写上阿谷斯蒂尼的名字。推事检查之下，果然发觉小册子缺了一页，但不久又发现同一纸夹内的别的小册也有缺页。而别的证人都说，上校常常撕下纸夹内的纸，引火点雪茄，所以极可能是他生前不小心，把抄录地址的一面烧掉了。并且大家认为，村长从比哀德利女人手中接下纸夹的时候，天已经黑了，没法看出纸上的字，他拿了纸夹上村公所，中间并没停留，警察队的班长陪着他，看着他点灯，把纸夹纳入一个封套，当场封固：这几点都有人证明。

　　警察队的班长作证完了，高龙巴悲愤交加，扑在他脚下，用着天上地下一切神圣的名字要他起誓，声明他当时连一忽儿都没离开村长。班长迟疑了一下，显然被少女那种激昂的情绪感动了，便供认他曾经到隔壁房间去找一张大纸，还不到一分钟，而他在抽屉内暗中摸索的当口，村长始终和他说着话，他回来也看到染着血污的纸夹仍旧在桌上，在村长进门时丢下的老地方。

　　巴里岂尼作证的态度极镇静。他说他完全原谅台拉·雷皮阿小姐的感情冲动，很愿意把自己洗刷明白。他提出证明，那天傍晚他都在村子里，出事时他和儿子梵桑丹洛两人一同站在村公所前面，另外一个儿子奥朗杜岂沃，那天发着寒热，躺在床上。他交出家里所有的枪，没有一支是最近开放过的。他又补充说，关于那个纸夹，他当时立刻感觉到它的重要性，便把它封固了交给副村长保存，因为早料到自己与上校不睦，可能被人猜疑。最后他提到阿谷斯蒂尼曾经在外扬言，非把捏造信件的人杀死不可。村长言语之间，似乎暗示那土匪疑心了上校，所以把他杀了。根据土匪的风俗，为了类似的动机向人报复并非没有先例。

　　台拉·雷皮阿上校死了五天以后，阿谷斯蒂尼碰上一队巡逻兵，力战不敌，被打死了。官方在他身上搜出一封高龙巴的信，说人家指他是杀上校的凶手，请他自己表明一下，是或不是。既然土匪没有复这封信，大家便很笼统的下了结论，认为他没勇气向一个姑娘承认杀了她的父亲。但有些自称为熟悉阿谷斯蒂尼性格的人背地里，说倘若他真杀了上校，一定要在外边自命不凡的说出来的。另外一个叫作勃陶拉岂沃的土匪，写信给高龙巴，说他以名誉做担保，他的同伴并没做这件案子，但他唯一的根据只是阿谷斯蒂尼从来没和他说过疑心上校写捏名信。

结果是：巴里岂尼一家太平无事，预审推事还把村长嘉奖了一番，而村长又进一步表示他行为高尚，声明把以前和台拉·雷皮阿上校争讼未决的小溪案子自动放弃了。

依照本地的习惯，高龙巴在父亲的尸首前面，当着许多亲友临时作了一支巴拉太，道出胸中的愤恨，正式指控巴里岂尼一家为杀人犯，等哥哥回来誓必报仇。这支巴拉太不久便唱开去了，那夜水手在丽第亚小姐前面唱的就是这一支。当时奥索在法国北部，知道了父亲的死讯马上请假，没有批准。他先是根据妹子来信，相信巴里岂尼父子是凶手。但过后接到全部卷宗的抄件和预审推事的一封信，他便差不多完全同意是土匪阿谷斯蒂尼犯的案子了。每隔三个月，高尼巴必有一封信来，把她的所谓证据，其实只是她的猜疑，重新说一遍。看了这些控诉，奥索的高斯人的血不由自主的沸腾起来，有时也几乎与妹子抱着同样的成见。然而他每次写家信，总说她的猜疑一点没有切实的根据，不值得置信。他甚至不许她再提此事，可是没用。这样的过了两年，奥索奉令退伍，于是他想回去看看家乡，不是要对他认为无辜的人报复，而是要把妹子出嫁，把家中的一份薄产变卖，倘若它还值点儿钱，可以让他搬到大陆上去住的话。

七

　　或许是因为妹妹来了，奥索思念家园的情绪转浓了，或许是因为让他的文明朋友看到高龙巴村野的装束与举动，心中不大好过，他第二天就宣布预备离开阿雅佐，回比哀德拉纳拉。但他要求上校答应将来上巴斯蒂阿途中，务必到他小庄上盘桓几天；另一方面他也答应陪他打麋鹿，山鸡，野猪等等。

　　动身前一天，奥索不再打猎了，提议到海湾上去散步。他挽着丽第亚小姐的手臂，尽可以自由谈话，因为高龙巴留在城里采办杂物，上校又随时走开去打海鸦与海鹅，使路上的人看了好不奇怪，不懂怎么有人肯为了这种飞禽浪费火药。

　　他们走的是往希腊神庙去的路，欣赏海湾风景最好的所在，但他们都无心观览。

　　双方静默了半晌，甚至有些发僵了，奥索方始开言道："丽第亚小姐……老实告诉我，你觉得我的妹妹怎么样？"

　　"我很喜欢她，"丽第亚回答，又笑着补充："我喜欢她还胜过喜欢你呢，因为她是真正的高斯人，不像你这个野人已经太文明了。"

　　"太文明吗？……唉，你真不知道呢，我自从踏上高斯以后，觉得不由自主的又变得野蛮起来。种种可怕的念头在胸中骚动，磨得我好苦……所以在我埋入穷乡僻壤之前，需要和你谈谈。"

　　"先生，你得拿出勇气来，看你妹妹多么隐忍，她正是你的好榜样。"

　　"啊！你别上她的当。别以为她隐忍。固然她还没和我提过一个字，但她每瞧我一眼，我都明白她对我的愿望。"

　　"她对你有什么愿望呢？"

　　"噢！没有什么……不过要我试试令尊的枪打人是否和打野味一样中用。"

　　"亏你想得出！你竟这样的猜度你的妹妹吗！你明明承认她还什么都

没对你说过。这完全是你的不对。"

"要是她心上没有报复的念头，她早就和我谈到父亲了，可是她只字不提。同时被她认为——当然是毫无根据，我知道，——被她认为杀人犯的姓名，她也可能跟我提到，可是不，她也只字不提。因为我们高斯人是个很狡猾的民族。我的妹子懂得她还没把我完全抓在手里，所以在我还能溜走的时候，不愿意把我吓坏了。一朝带我到了悬崖边上，等我失掉了理性，她就会把我往万丈深渊推下去的。"

于是他把父亲被害的经过，和证明阿谷斯蒂尼有罪的几个要点，对奈维尔小姐详细说了一遍。

他又道："可是无论什么话都没法教高龙巴相信。我从她最后一封信里看得很清楚。她发誓要向巴里岂尼一家索命……奈维尔小姐，你看我对你信任到什么程度……要不是野蛮的教育使她抱着一种成见，认为报仇的事不但应当归我当家长的担任，并且与我名誉攸关的话，恐怕巴里岂尼父子早已不在世界上了。"

"台拉·雷皮阿先生，你这种说法真是诬蔑你的妹妹了。"

"绝对不是。你自己不是说过吗？她是高斯人……她跟所有的高斯人一般想法。你可知道昨天我为什么那样不快活吗？"

"不知道，但你近来时常郁郁闷闷的……我们初相识的时期，你快活多呢。"

"昨天我本来挺高兴的，比平时高兴。我看你对我妹妹这么好，这么体谅……不料我和上校坐着小船回来的时候，你知道其中一个船夫跟我说些什么？他用那种多难听的土话说：喝！奥斯·安东，你打的野味着实不少，可是你将来会发觉奥朗杜岂沃·巴里岂尼比你打猎打得更好。"

"这几句话有什么可怕呢？难道你一定要在打猎方面逞能吗？"

"怎么，你听不出这混蛋的意思吗？他明明说我不会有勇气打死奥朗杜岂沃。"

"先生，你真使我害怕了。仿佛你们岛上的空气不但能使人发寒热_{地中海沿岸及各岛均有一种流行病，令人发高热，往往致命，}还能教人发疯。幸而我们不久就要动身了。"

"可是动身以前，一定得上比哀德拉纳拉住几天。你已经答应我妹妹了。"

"倘若我们失信了，大概也要受到什么报复吧？"

"你可记得前天令尊大人讲的故事？他说印度人向东印度公司请愿的

时候，拿绝食来威吓。"

"你的意思是说，如果我们失信，你就要绝食吗？我看那是不大可能的，只要你一天不吃东西，高龙巴小姐就会端上一盘勃罗岜沃勃罗岜沃为高斯名菜，用乳脂加入乳饼烤煮而成。——原注，又香又脆，使你馋涎欲滴，非开禁不可。"

"奈维尔小姐，你太缺德了，你应当耽待我一些才对。你瞧，我在这儿多孤独，只有你一个人能使我悬崖勒马，不至于像你所说的发疯，你是保卫我的好天使，而现在……"

"现在，"丽第亚小姐用着一本正经的口吻接着说："为支持你这个多么容易动摇的理性，你应当想着你男子的荣誉，军人的荣誉，还有……"她说着掉转身子去摘一朵花，"倘若对你有些作用的话，你可以想到保卫你的好天使在念着你。"

"啊！奈维尔小姐，要是我知道你真的对我有点儿关心……"

"听我说，先生，"奈维尔小姐不由得感动了，"既然你是个孩子，我就把你当做孩子。我小时候，母亲给我一串我渴望多时的漂亮项链，说道：'你每次戴这项链的时候，别忘了你还没学会法文。'我听了这话，对项链不像以前那么看重了，它使我心上不安，可是我照旧戴它，结果把法文学好了。这儿我有个戒指，是埃及的一种蜣虫符埃及人及古代地中海民族多佩符箓，上面绘有形似蜣螂的蜣虫；本文所提的一种疑系镂刻之品。还是在一座金字塔中拿出来的。这个古怪的字，你看来像一口瓶，它的意义是人的生命。敝国有些人觉得象形文字极有道理。这第二个字像一块盾牌，柄上插着一支矛，意义是战斗，战争。把两字连在一块儿，就成了一句我认为很好的箴言：人生便是战斗。别以为我精通象形文字，能随便翻译，上面的话都是一个老古董的学者告诉我的。我现在把这个蜣虫符送给你。将来你要像高斯人那样转到什么凶恶的念头，不妨瞧瞧我这个符咒，发个愿，把那些不祥的冲动压下去——噢，没想到我说教的本领倒不坏。"

"我一定会想到你，奈维尔小姐，我会对自己说……"

"说你有一个朋友，倘若知道……知道你被吊死了是会伤心的。并且对你那些班长祖宗也是个痛苦的打击。"

说完这几句，她笑着挣脱了奥索的手臂，一路向父亲奔过去，嚷道：

"爸爸，饶了那些可怜的鸟吧，来，跟我们到拿破仑岩洞里作诗去。"

高
龙
巴

八

离别，即使是暂时的，也总有些庄严的气氛。奥索兄妹预定大清早出发，上一天夜里他就和丽第亚小姐告别了，因为不敢希望丽第亚为了他而改变一下懒惰的习惯。两人告别的时候神情都很冷淡，非常严肃。从海边那次谈话以后，丽第亚生怕对奥索太关切了些，奥索方面却对于她的嘲弄，特别是那种轻松的口吻，始终介介于怀。有一个时期，他以为在英国姑娘的态度之间看出了一点儿柔情的端倪，此刻却被她说笑的语气弄得大为失意，觉得自己在她心目中仅仅是个萍水相逢的旅伴。不久就会淡忘的。所以当天早上他和上校一同喝着咖啡，看见丽第亚小姐和高龙巴一前一后的走进来，不禁大为诧异。她五点钟就起床了，这一点在一个英国女子，尤其在丽第亚小姐，的确是件极不容易的事，足以使奥索暗中得意的。

他说："我真不安得很，这么早就把你惊动了。一定是我妹妹忘了我的嘱咐，把你闹醒的，你大概要咒我们了吧。或许你正在懊恼我没有早点儿被吊死？"

"说哪里话！"丽第亚小姐声音很轻，并且讲着意大利文，显然是不要父亲听见。"我昨天说了几句无心的笑话，你便跟我怄气了，我可不愿意你对我带着一个恶劣的印象回家。你们高斯人真可怕！再会了，希望我们不久就能见面。"

然后她向他伸出手去。

奥索只叹了口气代替回答。高龙巴走来把他拉到窗洞前面，指着藏在面纱底下的一件东西和他轻轻的讲了一会话。

"小姐，"奥索和丽第亚说，"我妹妹想送你一件古怪的礼物，可是我们高斯人拿不出什么东西……除了时间磨灭不了的感情。我妹妹说你对这匕首很感兴趣。这是家里的一件古董。也许它曾经插在那些班长的腰里，——说起班长，我认识你们倒是靠他们介绍的呢。高龙巴把这东西看得很宝贵，特意要求我同意把它送给你，而我也不知道是否应当同意，因为怕你取笑我们。"

"这把匕首真是太好看了，"丽第亚小姐说，"但它是府上的传家之宝，我怎么敢收呢。"

高龙巴抢着声明："这不是家父的匕首，而是丹沃陶王赐给我母亲的祖父的。小姐要肯收下，我才高兴呢。"

奥索也说："丽第亚小姐，别小看了一个国王的匕首。"

在收藏家心目中，丹沃陶王的遗物比无论哪个声势煊赫的君主的遗物都更宝贵丹沃陶（1690—1755）为德国冒险家，被高斯人拥立为王，发动独立战争，卒被意大利人逐出，流亡于伦敦。丽第亚小姐觉得这匕首的诱惑力很大，一旦拿到圣·詹姆斯广场的家里，放在一张中国漆桌上的效果，她已经想象到了。

"可是，"她像一个想接受而不敢接受的人一样，迟疑不决的拿着匕首，对高龙巴堆着最可爱的笑容，"可是，亲爱的高龙巴小姐……我怎么能……怎么能，让你在路上没有武器呢?"

"我有哥哥呢，"高龙巴口气很骄傲，"何况还有令尊大人送的那支好枪——奥索，你装了子弹没有?"

奈维尔小姐便收下匕首。但把出锋的武器送给朋友是禁忌的，高龙巴为了拔除不祥①，要丽第亚小姐给她一个铜子作为买价。

终于非动身不可了。奥索又握了一次奈维尔小姐的手；高龙巴和她拥抱了，又把红唇凑向上校，上校对这个高斯规矩不由得又惊又喜。丽第亚在客厅的窗子里看着兄妹俩上马。高龙巴眼中闪出的一点狡猾而得意的光，在丽第亚还是第一次见到。这个高大壮健，性情固执的少女，抱着一肚子野蛮人的荣誉观念，非常骄傲的昂着头，嘴唇弯弯的堆着狰狞的笑容，仿佛带着这个武装的青年人踏上阴惨可怖的征途：丽第亚看了不免想起奥索所说的忧惧，觉得他这番被恶煞带去的确是凶多吉少。奥索已经上了马，抬起头来看到了她。或许是猜到了她的意思，或许是表示最后一次的告别，他把系在一根带子上的埃及戒指拿来放在唇边。丽第亚红着脸从窗前走开了，但差不多又马上回到窗口，看着两个高斯人跨着小马，很快的向远山那儿驰去。半小时以后，上校用望远镜指给女儿看，他们正沿着海湾往里边走，她又瞧见奥索频频向阿雅佐方面回头。最后，他们绕过一带原来是沼泽而现在变了美丽的苗圃的地方，不见了。

---

① 拔除：拔掉，除去。

傅雷译作全编（注释版）

丽第亚小姐照着镜子，发觉自己脸色发白，便私忖道：

"这年轻人对我作何感想呢？我对他又作何感想呢？我现在为什么要想到这些问题？……他不过是一个萍水相逢的朋友！……我这次到高斯来干什么？……噢！我又不爱他罗……绝对不爱，并且那也是不可能的……看那高龙巴……我怎么能跟一个身带匕首的挽歌女郎做姑嫂？"那时她发觉自己手里拿着丹沃陶王的匕首，便摞在妆台上。高龙巴在伦敦阿尔玛克斯跳舞<u>阿尔玛克斯为 18 世纪时伦敦有名的娱乐场所，常举行盛大的舞会。1778 年后迁至圣·詹姆斯街，改称勃罗克斯，至今犹存</u>！……天哪！这算是哪一门的时髦人物呢？……妙的是也许她竟会走红……他爱着我，那我看得很清楚……这是个小说中人物，被我把他的冒险生涯打断了……再说，他是否真有意思用高斯方式替父亲报仇呢？……他原来是介乎康拉特<u>拜仑所作的长诗《海盗》，主人翁名康拉特，为一冒险的英雄，竭力于战争中求陶醉</u>与花花公子之间的人物……现在却被我变成十足地道的花花公子，一个高斯装束的花花公子！……"

她倒在床上想睡觉，可是睡不着。她心中的独白，恕不多赘，但她对自己说了一百多遍，说台拉·雷皮阿对她从来不生什么作用，现在也不，将来也不。

九

　　奥索兄妹却往前走着。先是因为马跑得很快，没法交谈，后来坡度陡峭，不得不慢慢儿走，他们便谈起才分别的两个朋友。高龙巴提到奈维尔小姐的美，赞不绝口，尽量夸她金黄的头发与文雅的态度。接着她问，上校排场很大，是否真的很有钱，丽第亚小姐是否独养女儿。

　　"那倒是一门好亲事，"她说。"她的父亲似乎对你很好……"

　　看到奥索不回答，她又道：

　　"从前我们也是大富之家，如今在岛上还很有面子。所有那些大爷_{所谓}大爷是指高斯封建贵族的子孙。大爷与班长两大族均自称为贵族，竞争甚烈。——原注都是混血种了。只有班长出身的家庭才是真正的贵族，你知道，我们的祖先还是岛上最早的一批班长呢。你也知道，我们原来是山那一边出身_{所谓山那一边}是指东半边。这句话是常用的，但地域随说话的人而定——高斯自南至北有山脉横亘，故全岛分为东西两大地区。——原注，为了内战而搬到这一边来的，我要是你呀，奥索，我一定向上校请婚……（奥索耸了耸肩膀）。我要拿她的陪嫁把法塞太森林和我们山坡下的葡萄园一齐买下来，我要盖一所漂亮的石屋，把古塔升高一层。你该记得，1000 年时，桑皮柯岂沃_{桑皮柯岂沃于 1007 年时被民众拥立为}高斯的独裁者，击败贵族在那个塔里杀了多少摩尔人。"

　　"高龙巴，你疯了。"奥索一边回答一边纵马疾驰。

　　"奥斯·安东，你是男人，你应该干些什么事，当然比我们妇道人家知道得清楚。可是我很想知道，那英国人对我们这头亲事有什么可反对的。英国有没有班长呀？……"

　　兄妹俩这样东拉西扯的谈着，一口气赶了相当长的一程路，到离开鲍谷涅诺不远的一个小村上，才投奔一个世交家里去吃饭，过夜。他们受到的招待完全是高斯式的，其情谊之厚唯有亲身经历过的人才能领会。第二天，主人把他们直送到三四里以外，分别的时候对奥索说：

　　"这些树林，这些绿林_{高斯人称小树林为 maquis，说一个人进 maquis 就是落草的意}

思，故将此字译作"绿林"，以便包含此双关意义**你看见没有？一个人出了乱子可以在这儿太太平平住上十年，决没有警察或巡逻兵来找他。这些树林一直通到维查伏那森林，你要在鲍谷涅诺或鲍谷涅诺附近有个朋友的话，生活决无问题。啊，你这支枪可真好，射程一定很远。哎唷，我的圣母！口径这样大！有了这种枪，可不光是打打野猪的了。"**

奥索冷冷的回答，说他的枪是英国货，射程很远。然后大家拥抱了，各自回去。

两位行人离开比哀德拉纳拉只差一小段路了，远远的瞧见在一个必经之路的山峡口上，有七八个带着长枪的男人，有的坐在石头上，有的躺在草上，有的站在那里像放哨的模样。他们的马都在近边吃草。高龙巴从高斯人出门必携的大皮囊中掏出望远镜，仔细看了一回，挺高兴的叫道：

"这是我们的人！比哀鲁岂沃把事情给办妥了。"

"什么人？"奥索问。

"我们的牧人，"她回答，"前天傍晚，我打发比哀鲁岂沃回来，召集这些弟兄接你回家。你进比哀德拉纳拉的时候没有卫队是不行的。同时你得知道，巴里岂尼他们什么事都做得出来。"

"高龙巴，"奥索声音很严厉，"我几次三番要求你，别再提巴里岂尼和你那些没有根据的猜疑。我决不愿意教这批游手好闲的家伙陪我回家，给人笑话，你没通知我就召集他们，我很不高兴。"

"哥哥，你忘了本乡的情形了。你粗心大意，冒着危险，应当由我负责保护你。所以我非这么办不可。"

那时一般牧人看到他们了，一齐跨上马，从山坡上迎头直奔下来。

一个白胡子的老头儿，虽是天气很热，还戴着一个披风，高斯土布的料子比山羊的毛还要厚。他首先嚷道：

"奥斯·安东万岁……！啊，简直跟他父亲一模一样，只是更高大更扎实。你的枪多好！奥斯·安东，人家一定要夸你这支枪呢！"

"奥斯·安东万岁！"所有的牧人都喊起来，"我们早知道他要回来的！"

一个皮肤土红色的大汉说道："啊！奥斯·安东，倘若你父亲能在这儿接你，他要多么高兴啊！亲爱的好人！要是他肯把瞿第斯的事交给我办，你今天一定还会看到他……那好人当初不听我的话，现在该知道我不错了。"

老头儿接着说："喝！瞿第斯多等些日子也不吃亏。"

大家又喊了声："奥斯·安东万岁！"便拿枪朝天放了十几响。

奥索心绪恶劣，被这些骑在马上的牧人包围着。他们争着和他握手，七嘴八舌的同时开口，使他一下子没法教他们听见他的话。临了，他沉着脸，像对队伍里的弟兄们训话和处罚的时候一样，说道：

"朋友们，谢谢你们对我和对我父亲的好意，可是我不要——听见没有？——我不要人家替我出主意。我知道我该怎么办。"

"说得有理，说得有理！"牧人们嚷着，"你知道，什么事都在我们身上。"

"是的，我知道，可是现在我一个人都不需要，我家里也没受到危险。你们替我掉转马头，照管你们的羊去罢。我认得上比哀德拉纳拉的路，用不着向导。"

老头儿说："不用害怕，奥斯·安东，他们今天决不敢出来。老雄猫回来了，耗子都进洞去了。"

"你才是老雄猫，你这个老白胡子！"奥索回答，"你叫什么名字？"

"怎么，你认不得我了，奥斯·安东？你小时候，我把你驮在那匹会咬人的骡子后面，不知驮了多少回。你不认得包洛·葛利福了吗？我老包的肉体跟灵魂，都是你们台拉·雷皮阿家的。告诉你，只要你的枪一开口，我这管短枪，跟它主人一样老的短枪，不会不出声。相信我这句话罢，奥斯·安东。"

"好吧，好吧，唉，要命！你们快走，别拦着我呀。"

牧人们终于走了，往村子那边飞奔而去。但每逢形势较高的地方，都停下来眺望一番，看看有没有埋伏，并且始终和奥索兄妹离得不远，以便随时救应。包洛·葛利福老头对同伴们说：

"我懂得他的意思！他嘴里不说，可是不会不干的……活脱是他父亲的小照。哼！你敢说你心里没有仇人吗？你这是假装糊涂。好啊！在我眼中，村长的皮还抵不上一个无花果！要不了一个月，那张皮连做个酒囊都没用了。"

台拉·雷皮阿的后人，便是这样的在先锋队引导之下进了村子，回到当班长的祖先们遗下的老庄子上。久已群龙无首的雷皮阿党都集合在一起迎接他，保守中立的村民站在自己门口看奥索走过。巴里岂尼党却躲在屋里，从护窗的缝里张望。

高斯的乡村都很简陋，直要到特·玛尔伯甫建造的加越市，才能看到一条真正的街特·玛尔伯甫为18世纪时法国将军，曾在高斯作战甚久，任岛上军事总督。

高龙巴

比哀德拉纳拉村当然和旁的地方一样，构造极不规则。屋子的分布都散散漫漫，根本没有行列，坐落在一块小小的高原顶上，这高原其实只是半山腰的一方平地。村子中央有一株苍翠的大橡树，树后有一个花岗石砌的水槽，由一根木管把邻近的山泉引到这里。这个公用事业的建筑是台拉·雷皮阿与巴里岂尼两家合资捐造的，但若认为是两家素来和好的标识，那就错了。相反，这是他们互相嫉妒的成绩。当初台拉·雷皮阿上校捐了一笔小款子给乡村委员会，作为建造公共水池之用，巴里岂尼律师便赶紧拿出一笔相仿的数目。由于两家的比赛慷慨，比哀德拉纳拉的人才有了水的供应。橡树与水池周围有块空地，大家叫它做广场，傍晚总有些闲人麇集。有时人们在此玩牌，而一年一度，在狂欢节中间，也有人在此跳舞。广场两头，矗立着两座狭而高的，花岗石与叶形石的建筑物。那便是台拉·雷皮阿和巴里岂尼家的两座敌对的塔。两塔的形式，高度，完全一样，足见两家势均力敌，始终不分高低。

在此我们应当解释一下，所谓塔究竟是什么东西。那是一种方形的建筑，高约四丈，在别的地方只能叫作鸽棚。门很窄，离地有八尺高，进门先得走上一架很陡的梯子。门高头有一扇窗，窗高头有个阳台似的建筑突出在外边，阳台底上挖着洞，倘有不速之客上门，屋内的人可以很安全的躲在阳台上攻击。窗与门之间，墙上很粗糙的刻着两个盾徽。一个原来刻着十字，今已剥落殆尽，只有研究古物的人才能辨认。另一块刻着本家氏族的徽号。盾徽与窗洞上有几处弹痕，也算是屋外装饰的一部分。这样，读者对于中世纪的高斯人住宅可以说有个概念了。我还忘了一点，就是住屋与塔是相连的，内部也多半有甬道可通。

台拉·雷皮阿家的塔坐落在广场北边，巴里岂尼家的坐落在南边。自北塔至水池是台拉·雷皮阿家的散步区域，对面是巴里岂尼家的散步区域。这种分划仿佛是彼此默契的。自从上校的太太下葬以后，两家之中从来没有一个人到过对方境内。为了免得绕路，奥索预备一径走过村长家门口，但妹子劝他抄一条小巷子，不用穿过广场就能到家。

"干么要费这个事呢？"奥索说，"广场不是公共地方吗？"说着他径自催马过去了。

"真有血性！"高龙巴轻轻的自言自语。"……父亲，你的仇一定报成了！"

到了广场上，高龙巴走在巴里岂尼家和她哥哥之间，眼睛盯着敌人家的窗子，发觉它们新装了栅栏和箭垛子。所谓栅栏是把窗的下部用粗木头钉死，所谓箭垛子是粗木头中间的一些很小的空隙。防外人攻打的时候，大家往往筑起这一类的防御物躲在后面射击。

"那些胆怯鬼！"高龙巴说。"哥哥，你瞧他们已经开始防卫，装起栅栏来了！他们难道永远躲着不成！"

奥索在广场南部走过，使比哀德拉纳拉村上的人大为震动，认为非常放肆，近乎轻举妄动。那对于夜晚在橡树四周聊天的中立分子，尤其是讨论不完的题目。

有人说："幸亏巴里岂尼家的几个小辈没回来，他们可不像律师那么好说话，看着敌人经过他们的地面，未必肯轻易放过吧。"

村中另外有个未卜先知的老人说："乡邻，你不妨记着我的话。今天我细细瞧过高龙巴的脸，看出她已经拿定了主意。空中很有点儿火药气。要不了几天，比哀德拉纳拉的鲜肉就要跌价了。"

高龙巴

一〇

奥索年纪轻轻就离开了父亲，不大有机会跟他相熟。他十五岁时从比哀德拉纳拉到比士去念书，又从比士到法国去进军校，那期间他父亲正随着帝国的鹰旗在欧洲南征北讨。奥索在大陆上难得和他相见，直到 1815 年，他才调在父亲指挥的联队中，但上校执法如山，把自己的儿子和别的青年排长一律看待，就是说十分严厉，奥索关于父亲的回忆只有两种。他先记得父亲在家乡的时候把佩刀交给他收拾，打猎回来拿猎枪教他卸下子弹，还有他童年第一次上桌子和大人一块儿吃饭的情景。其次他回想到台拉·雷皮阿上校对他的处罚，始终只叫他台拉·雷皮阿中尉。

"台拉·雷皮阿中尉，你作战的时候擅离岗位，拘禁三天——你的射击兵离开后备队伍太远，差了五公尺，拘禁五天——十二点五分你还戴着便帽，拘禁八天。"

只有一次在加德勒拉_{加德勒拉为比国境内的一个小村，1815 年 6 月 16 日，滑铁卢会战前两天，法军先与英军在此恶战，}上校和他说：

"你表现很好，奥索，可是得小心一点。"

但这最后一些回忆不是在比哀德拉纳拉所能想起的。一看到童年时代熟悉的地方，母亲动用过的家具——他是很喜欢母亲的，——他心中不由得涌起一阵又甜蜜又辛酸的情绪，同时他觉得自己的前途非常暗淡。妹子的举动神色又使他模模糊糊的感到不安，尤其是丽第亚小姐要到他家里来，而这所屋子如今在他眼中显得多么湫隘，多么寒伧，万万配不上一个享用奢华的人物，也许要被她耻笑吧……这些念头在他脑子里搅做一团，使他心灰意懒，丧气之极。

吃晚饭的时候，他坐着黑沉沉的橡木大靠椅，那是当年父亲坐的主位，看到高龙巴怯生生的陪他坐下，他不由得微微一笑。他很感激她在饭桌上保持静默，吃过饭又马上告退，因为他觉得自己感情太激动了，要是她拿事先准备好的一套话来进攻，他决计抵抗不了。但高龙巴陪着小心，想给他充分的时间定定神。奥索双手支着头，一动不动的呆坐着，把最近半个月的经过一幕一幕的想了一遍。周围的形势，仿佛大家都等他对巴里岂尼家有所行动，使奥索看了骇然。他发觉比哀德拉纳拉的舆论已经对他发生影响，似乎就是社会的公论了。他必需替父亲报仇，否则就要不齿于人。可是向谁报仇呢？他不能相信巴里岂尼父子是杀人犯。他们固然是仇人，但你一定要像同乡人一样抱着那种荒谬的成见，才能把他们指为凶手。有时他瞧着奈维尔小姐的戒指，嘴里念着那句箴言："人生是战斗！"终于他坚决的说了声："我一定会战胜的！"下了这个决心，他站起身子，端着灯预备上楼了，忽然听到敲门的声音。时间已经不是招待客人的时候：高龙巴立刻跑出来，后面跟着家里的老妈子。

她一边奔向大门一边和他说："放心，没什么事的。"

但未开之前，她先问敲门的是谁。一个温柔的声音回答：

"是我啊。"

大门上的横闩给卸下了，高龙巴带着一个十来岁的女孩子走进饭厅；孩子光着脚，衣衫褴褛，头上包着一条破手帕，露出几绺长头发，像乌鸦的羽毛一般黑。她很瘦，脸上没有血色，皮肤被太阳晒焦了，但目光炯炯，神气挺聪明。见了奥索，她怯生生的停下来，深深行了个礼，然后和高龙巴低声说话，把一只新打的山鸡交在她手里。

"谢谢你，契里，"高龙巴说。"谢谢你的叔叔。他好吗？"

"他很好，小姐。他向您请安。我没有能早点儿来，因为他今天在外边待得很晚。我在绿林中等了他三个钟点。"

"那么你没吃晚饭吗？"

"没有，小姐，我没时间啊。"

"就在这儿吃了罢。你叔叔面包还有吗？"

"不多了，小姐，但他缺少的是火药。现在栗子熟了，他只需要火药了。"

"等会我给你一块面包，一些火药。告诉他火药省着用，贵得很哪。"

"高龙巴，"奥索用法文﹝普通的高斯人只讲一种意大利土话，不懂法文﹞和她说，"你这是布施给谁的？"

"给一个本村的可怜的土匪，"高龙巴也用法文回答。"这孩子是他的侄女。"

"我看你要布施也得挑选对象，干么拿火药给一个坏蛋，让他去作恶呢？要不是大家对土匪这样软心，高斯的土匪早已绝迹了。"

"地方上最坏的坏蛋并不是那些在田里的人"在田里"就是当土匪（译者按：此语即等于"入绿林"）。土匪在高斯不是一个坏名词，近于亡命的政治犯。——原注。"

"你要给就给点儿面包，那是对谁都不应当拒绝的。可是我不愿意供给他们弹药。"

"哥哥，"高龙巴语气很严肃，"你是一家之主，屋子里所有的东西都是你的，可是告诉你，我宁可把我的面纱给这个女孩子去卖，却不能不拿火药给一个土匪。不给他火药等于把他交给警察！除了子弹，他还有什么办法抵抗他们？"

女孩子一边狼吞虎咽的吃着面包，一边聚精会神的看看这个，看看那个，竭力想从他们的眼里揣摩他们说些什么。

"你那土匪究竟干了些什么？犯了什么罪逃到绿林中去的？"

"勃朗陶拉岂沃根本没犯什么罪，"高龙巴嚷道。"他在部队里的时候，乔凡·奥比索谋杀了他的父亲，他回来把奥比索杀了。"

奥索掉过头去，端着灯，一言不答，上楼进自己卧房去了。高龙巴把火药和粮食给了孩子，送到门口又嘱咐了一遍：

"请你叔叔对奥索多照应着点。"

奥索在床上直过了好久才睡着，第二天醒得很迟，至少在高斯人看来是很迟了。一起来，第一样引起他注意的是敌人们的屋子和他们才做好的箭垛子。他下楼问妹子在哪儿。

老妈子萨佛里亚回答说："她在熔子弹的灶屋里。"

可见他每走一步都有厮杀的形象盯着他。

他看见高龙巴坐在一条木凳上，四周摆着新铸的子弹，她正在修光铅珠的边缘。

"你在这儿干什么鬼事啊？"

"哥哥，上校送了你一支枪，你还没有合适的子弹，"她用她甜蜜的声音回答，"我找到了一个模子，今天你就可以有二十四颗子弹了。"

"谢谢上帝！我根本用不着。"

"奥斯·安东，总得有个准备才好。你把你的本乡和周围的人都忘了。"

"我才忘了，你就赶紧把我提醒了。喂，是不是几天以前有口大箱子送到？"

"是的，哥哥。要不要我搬到你屋子里去？"

"怎么你搬？我看你连把它挪动一下的力气都没有……这儿没有什么男人可以帮着搬吗？"

"我才不像你所想的那么娇呢。"高龙巴一边回答，一边卷起衣袖，露出一条雪白滚圆的手臂，模样长得挺好，但一望而知气力不小。她吩咐女仆："来，萨佛里亚，帮我一下。"

她已经把沉重的箱子提起来了，奥索急忙上前帮她。

"亲爱的高龙巴，这箱子里有点儿东西是给你的。原谅我只能送你这样寒伧的礼，一个退伍的中尉，荷包总不是那么充实的。"

他说话之间打开箱子，取出几件衣衫，一条披肩，和别的一些少女用的东西。

"哎唷！这么多漂亮东西啊！"高龙巴嚷着，"我得赶快藏起去，免得弄坏了。"她惨笑了一下，又道："我要留着等结婚的时候用，因为现在我还戴着孝。"她说着亲了亲哥哥的手。

"妹妹，戴孝戴得这么久，未免是做作了。"

高龙巴语气很坚决："我发过誓的。要我除服……"

她从窗子里瞅着巴里岂尼家的屋子。

"直要到你出阁的时候！"奥索有心补上这句，想把高龙巴的下文扯开去。

高龙巴却往下说道："我要嫁的男人，先得做到三件事……"

她面目狰狞，始终瞅着敌人的屋子。

"高龙巴，像你这样的美人儿至今还没出嫁，我才觉得奇怪呢。喂，告诉我，谁在追求你啊？向你求爱的情歌，我将来一定有得听呢。你是大名鼎鼎的挽歌女，要能讨你喜欢，情歌非作得特别精彩不可。"

"唉！谁会娶一个可怜的孤儿呢？……并且能使我脱下孝服的男人势必教那边的女人穿上孝服。"

奥索心里想："这简直变了一种狂病了。"但他一言不答，免得引起争论。

"哥哥，"高龙巴装着撒娇的声音，"我也有些东西送你呢。你的衣服在这儿是太讲究了。穿了这漂亮外衣到绿林中去，要不了两天就会撕得稀烂。你得脱下来，等奈维尔小姐来的时候再穿。"

她打开衣柜，取出一套打猎的服装。

"我替你做了一件丝绒上衣，还有一个便帽，也是这里的漂亮哥儿们戴的，我替你绣了花。可愿意试试吗？"

于是她替他披上一件宽大的绿丝绒上装，背后有口极大的袋，又戴上一个尖顶黑丝绒帽，钉着黑玉，绣着黑花，尖端有簇羽毛似的装饰。

"这儿是父亲的弹药带，他的匕首已经放在你上衣袋里。让我再把手枪拿给你。"

奥索从萨佛里亚手中接过一面小镜子照了照，说道："我这神气倒像滑稽剧场里的强盗了。"

老妈子却接着说："你这模样儿挺好呀，奥斯·安东。鲍谷涅诺和巴斯德里加最漂亮的尖帽子哥儿，也未必能胜过你呢！"

奥索穿着新装吃早饭，同时告诉妹子，说他箱子里带着一些书，还想从法国和意大利去捎些来，教她好好的用功。

"因为，高龙巴，大陆上的小孩子一离开奶妈就知道了的事，你这么大的姑娘还没知道是难为情的。"

"哥哥，你说得不错，我知道自己欠缺很多，巴不得求点儿学问，尤其是你肯教我的话。"

几天过去了，高龙巴没有再提巴里岂尼的名字。她老是嘘寒问暖，把哥哥招呼得十分体贴，常常和他谈起奈维尔小姐。奥索教她念些法文与意大利文的书，她一方面发表一些很准确的见解，一方面连最普通的事倒反一无所知，这两点都使奥索诧异不置。

一天早上，吃过早饭，高龙巴走开了一会儿，回来并没挟着书和纸，却头上包着面纱，神气比往日更严肃了。她说：

"哥哥，请你陪我一块儿出去。"

"你要我陪到哪儿去呢？"奥索把手臂凑上去预备挽着她走。

"哥哥，我不要你挽扶，可是得带着你的枪和弹匣。男人出门不带枪是不行的。"

"好吧，既然是风俗如此。咱们上哪儿去啊？"

高龙巴一言不答，把面纱紧了紧，唤着看家的狗，带着哥哥出门了。她迈着大步走出村子，穿入葡萄藤中一条弯曲很多的低陷的路，对狗做了一个手势，教它跑在前面。它似乎完全明白她的意思，立刻忽左忽右的奔着，钻入两旁的葡萄藤，老是和女主人相隔四五十步，有时停在路中间，摇着尾巴望着她。它把搜索敌人的斥堠工作做得很到家①。

高龙巴说："哥哥，倘若缪契多叫起来，你就得装上子弹，站着不动。"

走出村子一二里，拐弯抹角的绕了好多路，高龙巴忽然在一个大转弯的地方停下了。那里有个金字塔形的小墩，堆满着树枝，有的还是青的，有的已经枯了，大概有三尺高，顶上露出一个黑十字架的尖端。高斯好几个州郡，尤其是山中，有个古老的风俗或许和异教徒的迷信有关：就是你路上遇到有人死于非命的地方，就得往那儿丢一块石子或一根树枝。只要那亡人的悲惨的结局在人们的记忆中存在一天，这礼节就得继续一天，年复一年，终于成了一个土堆，大家管它叫作某某人的墩。

高龙巴在这堆树枝前面站定，随手攀了一根小桠枝丢在墩上。

①　斥堠：即"斥候"，旧时军队称侦察敌情为"斥候"。

"奥索，这便是父亲丧命的地方。咱们为他的灵魂做个祈祷罢！"

她说着，跪下了。奥索也立刻跪下了。那时村子里正缓缓的响起一阵钟声，因为上一天夜里有个人死了。奥索不由得眼泪簌簌落落的直掉下来。

过了几分钟，高龙巴站起身子，眼睛是干的，但脸色很紧张。她很快的用大拇指画了一个十字；高斯人常常这样一边画十字一边在心中默祷，发一个庄严的愿。然后她拉着哥哥向村子走回去。两人一声不出，到了家里。奥索一径走进自己的房间。不久，高龙巴也进来了，捧着一口小箱子放在桌上。她揭开盖子，取出一件血迹斑斑的衬衣。

"奥索，这是父亲的衬衣。"

说完她把它扔在他膝上。

"这是送他性命的子弹。"

她又把两颗生锈的子弹放在衬衣上。

然后她扑在奥索怀里，狠命的把他抱着，叫道："奥索，我的哥哥！奥索！你一定得替他报仇！"

她发疯般的搂着他，吻着子弹，吻着衬衣。随后她走出房间，让哥哥坐在椅子里呆若木鸡。

奥索一动不动的愣了好一会，不敢把这些可怕的遗物撩开。后来他挣扎了一下，拿它们放进小箱，自己跑到房间的另一头，扑在床上，把脸朝着墙壁埋在枕头中间，好像有幽灵出现而特意躲着似的。妹子的最后几句话一刻不停的在他耳中响着，仿佛是一个命定的，无可逃避的神示，要他杀人，杀一些无辜的人做血祭。可怜的青年头脑像疯子一般搅成一片的感觉，我也不能备述。他这样的躺了老半天，连头也不敢掉过来。最后他站起来，关上箱子，急急忙忙冲出屋子，直奔田野，不知道上哪儿。

野外的空气渐渐使他松动了，他精神变得安定，把自己的处境和解决的办法冷静的考虑了一番。我们已经知道，他绝对不猜疑巴里岂尼是凶手，但他认为他们不应该捏造土匪阿谷斯蒂尼的信，而那封信，至少在他眼里，便是他父亲送命的原因。告他们伪造文书罪罢，明明不可能。有时，或是成见，或是高斯人的本能，在他胸中觉醒了，使他看到路上随便哪个拐弯的地方就能轻而易举的报了仇，但他又想到军队里的同僚，巴黎的沙龙，尤其是奈维尔小姐，便不胜厌恶的把那些念头丢开。接着他又想到妹子的责备，而他身上所留存的那点高斯气息也承认妹子的责备是对的，于是他心中难解难分，愈加悲痛了。在这场良心与偏见的斗争中，唯一的希望是和律师的儿子借端寻衅，跟他决斗。在那种情形之下，用剑或是枪结果了对方的性命，才能把他高斯人的观念与法国人的观念调和。决定了这个策略而盘算怎样下手的时候，他已经觉得如释重负。再加一些别的更愉快的念头，他狂乱的心绪终于平静了。西塞罗丧失了爱女多丽亚以后，因为竭力想着用如何美丽的文章追悼她，居然把自己的悲痛忘了。兴第先生死了儿子，也用同样的办法安慰自己。西塞罗为公元前2世纪至1世纪时拉丁文豪及大演说家。兴第先生为英国18世纪洛朗斯·斯丹恩所作《德利斯丹·兴第言行录》中的人物。现在奥索也可以对奈维尔小姐描写自己的心境，而且必定能引起这美人儿强烈的兴趣，想到这一点，他更像服了一帖清凉剂，变得心平气和了。

他不知不觉走了许多路，已经和村子离得很远。这时他正走回去，忽然听见绿林旁边的一条小路上有个小女孩子唱歌的声音，大概她以为四下无人，自个儿哼着玩的。那是唱挽歌用的又慢又单调的音乐，孩子唱的是："为我的儿子，为我远客他乡的儿子——留下我的勋章，留下我的血衣……"

"孩子，你唱什么东西？"奥索突然站在她面前，怒气冲冲的问。

"啊，是您，奥斯·安东！"孩子嚷着，有些害怕了。"……我唱的是高龙巴小姐作的一支歌。"

"不准唱这个歌！"奥索声色俱厉的喝了一声。

孩子东张张，西望望，似乎正在打量向哪儿溜。她脚跟前的草地上放着一个大包，要不是为了保护那个东西，也许早已逃掉了。

奥索发过了脾气，暗暗惭愧起来。

"孩子，你带的这个包是什么呀？"他尽量装出温柔的声音。

契里娜迟疑不答，他揭开包袱，原来是一块面包和一些别的食物。

"小乖乖，这面包是给谁的？"他问。

"您不是知道的吗，先生？给我叔叔的。"

"你的叔叔不是当土匪的吗？"

"噢，但凭你老人家差遣。"

"倘若警察碰到你，问你上哪儿去，你……"

孩子毫不迟疑的回答："那我告诉他们，说是替砍伐绿林的吕葛人送粮。"

"倘若有个猎户饿慌了，想抢你的东西吃，又怎办呢？"

"他不敢的。我就说那是给我叔叔的。"

"不错，他决不让人家抢掉他的口粮……他很喜欢你吗，你叔叔？"

"噢！是的，奥斯·安东。自从爸爸死了，我们一家都是他照顿的，我的母亲，我，还有我的妹妹。妈妈没害病的时候，他跟富户人家讨了个情，给她做些活儿。村长每年给我一件衣衫，本堂神甫教我识字，念《教理问答》，因为叔叔都拜托过他们。但您的妹妹对我们特别好。"

那时小路上出现了一条狗。女孩子把两只手指含在嘴里打了一声唿哨；那狗立刻奔到她身边跟她亲热了一会，随后又突然钻进绿林。隔不多时，树背后又钻出两个人来，衣服很破烂，可是浑身上下都有武装配备，仿佛他们是在番石榴与野蔷薇堆中像蛇一般爬过来的。

"啊！奥斯·安乐，欢迎欢迎！"两个土匪中年龄较长的一个招呼奥索。"怎么，你认不得我了吗？"

"认不得，"奥索把眼睛直盯着他。

"真怪！一把胡子，一顶尖帽子，就把你换了一个人！喂，排长，再仔细瞧瞧罢。难道你把滑铁卢的老伙计都忘了？记不得勃朗陶·萨伐利了吗？他在那倒楣的一天在你身边咬了多少弹壳_{旧式枪上的子弹在上膛前须先扯去封铅，作战时往往用牙齿咬去}！"

"怎么！是你？"奥索说。"你不是在1816年上开了小差吗？"

"一点不错，排长。当兵的玩艺儿教人起腻，再说，我在本地有笔账要算。啊！啊！契里，你真是个好孩子。快快拿东西来吃，我们饿死了。报告排长，你真想不到我们在绿林中胃口多好——孩子，这是谁给的，高龙巴小姐还是村长？"

"都不是的，叔叔，那是磨坊女人送您的，另外还送了一条毯子给妈妈。"

"她有什么事要求我呢？"

她说她雇的垦荒的吕葛人，现在要她三十五铜子一天的工钱，还得供给栗子，因为比哀德拉纳拉往下那一带，有热病流行。"

"那批懒骨头！……让我看着办罢——排长，别客气，一起来吃饭好不好？老乡当权的时代，咱们一块儿吃过的饭比这个更要不得呢。可怜那老乡被淘汰了。"

"你们请罢——我，我也被淘汰了。"

"是的，我听人说过，可是我敢打赌，你不见得因此生气吧。你也有你的账要算——喂，神甫，"土匪招呼他的同伴，"请啊——奥索先生，这一位是神甫，就是说没有神甫的实缺，可有神甫的学问。"

那同伴接着说："噢！先生，我不过是个研究神学的穷学生，但人家不允许我实现志愿。要不然，勃朗陶拉岂沃，谁敢说我有朝一日当不了教皇？"

"为什么教会没有能得到你光明的指引呢？"奥索问。

"为了一点儿小事，为了算一笔账，像我的朋友勃朗陶拉岂沃说的；我在比士大学啃着书本，妹妹却在家里干些风流事儿。我只得回来把她嫁掉。不料那未婚夫太性急了些，我到家前两天，他害热病死了，我就找他的哥哥说话，你要是我，大概也会这么办罢。但他已经结了婚，那么怎办呢？"

"的确，这局面倒是僵了。你怎办呢？"

"遇到这种情形，就得请教枪机上的引火石了。"

"就是说……"

"我把一颗子弹送进了他的脑袋，"那土匪冷冷的回答。

奥索做了一个不胜厌恶的动作。可是为了好奇，或许也为了要迟一些回家，他仍留在那里和两个土匪谈天，他们各人都至少有一桩命案在身上。

勃朗陶拉岂沃趁同伴和奥索说话的时间，把面包和肉放在前面，自己先吃了，又喂他的狗。他告诉奥索，说那条狗叫作勃罗斯谷，有个了不起的本领，不管巡逻兵怎样化装它都能认出来。末了他又割一块面包一片生火腿给侄女。

神学生吞了几口东西，说道："土匪的生活真有意思！台拉·雷皮阿先生，或许有朝一日你也会尝试一下，那时你发觉一个人能随心所欲，一点不受拘束，才乐呢！"

至此为止，那土匪讲的是意大利文，然后又用法文接着说：

"高斯对年轻人不是怎么有趣的地方，对土匪可不大相同！娘儿们简直为我们疯魔了。你看，凭我这模样，在三个郡里就有三个情妇，到哪儿都像到了自己家里。其中一个还是警察的老婆呢。"

"先生，你懂的文字可真不少，"奥索口气很严肃。

"我讲法文，是因为赤子之心，不可毁伤此处原文系拉丁文，系拉丁文讽刺诗人于凡那（公元42—125）有名的诗句。我跟勃朗陶拉岂沃商量好了，要教这个小丫头将来做个规规矩矩的人。"

契里娜的叔叔接着说："等她满了十五岁，我就把她嫁个好好的丈夫。我心目中连对象都有了。"

"将来由你去向人提亲吗？"奥索问。

"当然。要是我对一个乡下财主开口——我勃朗陶拉岂沃，我很高兴看到你的儿子和契里娜·萨伐利结婚——你想他会推三阻四吗？"

"我才不这么劝他呢，"另外一个土匪说，"我这伙计下起手来可不轻。"

勃朗陶拉岂沃又道："倘若我是个流氓，是个小人，是个骗子，那只要张开褡裢，洋钱就会像潮水般的滚进来。"

"难道你褡裢内有什么东西吸引它吗？"奥索问。

"没有，但我只要像有些人那样写个字条给一个财主，说：我需要一百法郎，他要不赶紧给我送来才怪。但我是个规矩人，报告排长。"

那个叫作神甫的土匪说："台拉·雷皮阿先生，你想得到吗，在这个民风淳厚的地方，居然也有些坏蛋利用我们的护照，"他指了指他的枪，"假造我们的签名去弄约期票？"

"我知道，"奥索急急抢着说。"可是什么约期票呢？"

"六个月以前，我在奥莱查村子附近溜达，一个臭乡下人朝我走过来，远远的脱下帽子，对我说：'啊，神甫（大家都这么叫我的），对不起，请你宽限一些日子，我只张罗了五十五法郎，一点不假，我只弄到这个数目。'——我听了好生奇怪，问他：'混账东西，你说什么？五十五法郎？'——他回答：'我是说六十五，你要一百，我真办不到。'——'怎么，你这坏蛋，我问你要一百法郎？我又不认识你。'——于是他给我看一封信，一张脏得要命的纸，上面写着要他把一百法郎放在某某地方，否则琪奥耿多·加斯德里高尼（这是我的姓名）就要放火烧他的屋子，杀他的母牛。写信的人还胆敢假冒我的签名。最可气的是满纸土话，别字连篇……喝！我写别字！我在大学里得了多少奖的人写别字！我先赏了那乡下人一个嘴巴，打得他骨碌碌的转了两个小圈子，然后大喝一声：'啊，你这流氓，竟把我当做强盗！'说着我又在他屁股上踢了一脚。这样，我的气平了一些，问他：'什么时候你送钱去？'——'便是今天。'——'好，你送去罢。'信上写的很清楚，要把钱放在一株松树底下。他便拿着钱，埋好了，回来找我。我埋伏在近边，跟乡下人两个不折不扣等了六个钟点。告诉你，台拉·雷皮阿先生，休说六个钟点，便是三天我也等。六个钟点以后，来了一个巴斯蒂阿人，一个放印子钱的坏东西。他伛下身子去拿钱，我就砰的一枪，瞄得那么准，把他打得脑浆迸裂，正倒在他从土里挖出来的钱上，我和乡下人说'该死东西！你去把钱收起来吧，别再疑心琪奥耿多·加斯德里高尼会做这种下流事儿。'可怜的家伙浑身打着哆嗦，捡了他的六十五法郎，连血迹也没顾得抹一下。他向我道谢，我又送了他一脚，吓得他没命的跑了。"

"啊！神甫，"勃朗陶拉岂沃说，"你那一枪真教我听得心里痒痒的，当时你一定乐死了吧？"

"我打中了巴斯蒂阿人的太阳穴，不由得想起维琪尔的两句诗：

> 熔化的铅珠把他的脑门一分为二，
> 教他直挺挺的躺下，占了好大的地方原文系拉丁文，见拉丁诗人维琪尔

（公元前 1 世纪）有名的史诗 Aeneid 第九篇。

"熔化的铅珠！奥索先生，你认为子弹穿越空间的速度真能使它熔化吗？你研究过射击学奥索系军校出身，射击学为军校必修科目，请你告诉我，维琪尔这一说是对的还是不对的？"

奥索宁可讨论这个物理学问题，不愿意讨论那位学士上文提过土匪琪奥耿多·加斯德里高尼曾在比士大学研究神学的行为是否合乎道德。勃朗陶拉岂沃对于这种科学研究不感兴趣，便打断了他们的话，说太阳快下山了。

"奥斯·安东，既然你不愿意和我们一起吃饭，我劝你别让高龙巴小姐等久了。太阳下了山，路上也不大好走。你干么不带枪呢？这儿附近很有些歹人出没，得小心点儿。今天不用怕，巴里岂尼父子在路上遇到州长，把他接到家里去了，他要在比哀德拉纳拉过夜，明天上高德去行奠基礼……老是那些无聊事儿！今晚上州长宿在巴里岂尼家，明天他们就空闲了。梵桑丹洛那小子不是东西，奥朗杜岂沃也不比他更好……你得想个办法对付，今天找这个，明天找那个，记着我的话，处处防着一点！"

"谢谢你，可是我们之间并无纠葛，除非他们来寻事，我没什么事找他们。"

土匪不回答他的话，只带着俏皮的神气把舌头伸在半边，往腮帮上一甩，笃的一声响了一下。奥索站起身子预备走了。

勃朗陶拉岂沃又道：啊！我忘了谢谢你的火药，来得正是时候了。现在我应有尽有……只少一双鞋子……过几天我可以用野羊皮做一双。"

奥索拿两枚五法郎的钱塞在土匪手里：

"火药是高龙巴给你的，这个你拿去买双鞋罢。"

"排长，别胡闹，"勃朗陶拉岂沃嚷着，把钱还了他。"难道你把我当做要饭的吗？面包和火药，我可以要，别的一律不收。"

243

高龙巴

"我想多年的弟兄彼此总能帮点儿忙罢。也好，既然如此，我不勉强了。再见！"

分手以前，他把钱偷偷的塞入土匪的褡裢。

神学家也和他告别了："再见，奥斯·安东。也许过几天咱们还能在绿林中见面，那时再来研究咱们的维琪尔。"

奥索别过了两位正直的同伴，已经走了一刻钟，忽然听见背后有人飞奔着追上来：原来是勃朗陶拉岂沃。

他上气不接下气的叫道："排长，你这玩笑开得不像话了，太不像话了！这十法郎请你拿回去。换了别人，我真不答应这种玩艺儿呢。多多拜上高龙巴小姐。啊，你教我气都透不过来了。再见了。"

　　奥索发现高龙巴因为他在外面耽久了，有点儿焦急；但一看到他，又恢复了平时的表情：又安静，又忧郁。吃晚饭的时候，两人只谈些不相干的闲话。奥索看到妹妹神色镇静，便大着胆子告诉她遇见两个土匪的事，提到勃朗陶拉琪沃和他那位体面同事加斯德里高尼大爷、给契里娜的道德教育与宗教教育，奥索还说了几句笑话。

　　高龙巴说道："勃朗陶拉岂沃是规矩人，可是听说加斯德里高尼品行不端。"

　　奥索回答："据我看，他不比勃朗陶拉岂沃差，勃朗陶拉岂沃也不比他差。他们俩都是公开的反抗社会。一不做，二不休，犯了第一桩案子，别的案子也就跟着来了，可是他们的罪过不见得比许多不住在绿林中的人更多。"

　　妹妹听了，不禁喜形于色。

　　奥索又道："是的，这些可怜虫也有他们的荣誉观念。他们过着这种生活并非为了卑鄙的贪心，而是为了一种野蛮的成见。"

　　说到这里，兄妹俩静默了一会。

　　"哥哥，"高龙巴替他倒着咖啡，说，"也许你已经知道，查理－巴蒂斯德·比哀德利昨天晚上死了。是的，他是发沼泽热死的。"

　　"这个比哀德利是谁呢？"

　　"他是本村的人，他的老婆叫作玛特兰纳，我们父亲临死的时候便是把纸夹交给她的。她来央求我去陪灵，唱个挽歌。最好你也去一趟。彼此都是乡邻，在我们这样小的地方，这种礼貌是不可少的。"

　　"陪灵陪灵！见什么鬼！我才不喜欢我的妹妹这样的抛头露面呢。"

　　"奥索，养生送死，各有各的办法。巴拉太是我们祖先传下来的，我们应当尊重这个古老的风俗。玛特兰纳没有唱挽歌的才具，本地最好的挽歌女，斐奥第斯比娜老婆子病了。巴拉太又不能不唱。"

"你以为没人对着巴蒂斯德的棺材唱几句打油诗，巴蒂斯德在阴间就摸不着路了吗？高龙巴，你要去陪灵就陪灵罢，要我跟你一起去也行，可是别作什么巴拉太，你年纪这样大了，成何体统呢！……妹妹，我这是央求你啊。"

"哥哥，我已经答应人家了。你知道这是本地的风俗：我现在再和你提一遍，能作巴拉太的只有我一个人。"

"荒唐的风俗！"

"要我这样唱，我也很难受。第一我要把我们的伤心事统统回想起来，明天还得大大的不舒服。可是没办法。哥哥，答应我罢。你该记得，在阿雅佐的时候，你还要我临时作一支歌，唱给那英国小姐听，她一定是取笑这个风俗的。难道今天我不能替一些可怜的人作一支歌吗？他们可是感激不尽呢，同时那也能把他们的痛苦解淡一些。"

"好，随你罢。我敢打赌你已经把巴拉太作好了，不愿意白白丢掉。"

"不，哥哥，这个我不能预先作的。我得坐在亡人前面，想着他的家属，等我眼泪冒上来了，我才把临时的感想唱出来。"

这些话都说得非常朴素，足见高龙巴小姐毫无夸耀诗才的意味。奥索只得让步，陪着妹子上比哀德利家。在一间最大的屋子内，遗体陈放在一张桌上，脸露在外面，门窗大开，桌子周围点着好几支蜡烛。寡妇坐在亡人的头旁边，她后面是一大堆女的，把屋子的半边都挤满了。另外半边站着一些男人，光着头，眼睛盯着尸首，鸦雀无声。每个新到的客人走近桌子，拥抱死者 1840 年时，鲍谷涅诺尚有此种风俗。——原注，向寡妇和儿子点点头，然后一声不出的站在人堆里。可是不时有个吊客冲破庄严的静默，向死者说几句话。一个女客说："为什么你把你贤慧的女人丢下了呢？她不是把你服侍得很好吗？你又不缺少什么。为什么不多等一个月？也许你还会添一个孙子呢！"

比哀德利的儿子，又高又大的青年，握着父亲冰冷的手嚷道："噢！为什么你不死于非命呢？那我们可以替你报仇了！"

奥索进门刚好听见这两句话。众人一看到他便让出一条路来，一阵喁语的声音表示大家非常兴奋的等着挽歌女。高龙巴拥抱了寡妇，握着她的手，低着眼睛，凝神屏息了一会。然后她把面纱撩在背后，眼睛直勾勾的瞧着死人，把身子伛在尸首上面，脸色几乎跟它一样惨白，唱起来了：

查理－巴蒂斯德！但愿基督接受你的灵魂！——活着是受

苦。——现在你到一个地方，——没有太阳，没有寒冷。——你再也用不着你的锹，——用不着你的锄。——不用再辛苦。——从今以后，天天都是星期日。——查理－巴蒂斯德，但愿基督接受你的灵魂！——你的儿子替你管着家。——我看见倒下一株橡树，——被西南风吹枯了。——我以为它死了。——不料我又走过，看见根上抽了新枝。——新枝又变了橡树，——浓荫匝地。——玛特兰纳，你在这些枝条下面歇歇罢，——别忘了那株以前的橡树。

听到这里，玛特兰纳嚎啕大哭，还有两三个男的，发起狠来会开枪打人像打鹧鸪一样稀松平常的人，也在黝黑的脸上抹着大颗大颗的眼泪。

高龙巴这样的继续了一会，时而对死者说话，时而对家属说话，时而又照着巴拉太惯有的体例，用死者的口吻安慰亲友，劝告亲友。她越唱，脸上的表情越庄严，皮肤染上透明的玫瑰色，格外衬托出她牙齿的光泽和滚圆的眼珠的火焰：宛然是一个古希腊神庙中的女巫。除了几声哀叹，几声哽咽，周围的听众声息全无。奥索对于这种野蛮的诗意虽不像别人那么容易激动，也很快的被众人的情绪感染了。躲在屋子黑暗的一角，他哭得和比哀德利的儿子一样伤心。

突然之间，人堆里略微有些骚动，围在一起的听众散开了些，进来几个生客。单看大家表示的敬意，和闪在一边让来客走过的礼貌，足见来的都是要人，对主人家特别增光的。为首的约摸有四十岁。他的黑衣服，钮孔上的红丝带法国人受有荣誉团勋位的，平日均在上衣左扭孔上缀有小红丝带或小红钮，威严而安详的神色，一望而知是州长。后面跟着一个伛背老人，皮色蜡黄，戴着绿眼镜也遮掩不了他胆怯而慌张的眼神。他穿的黑衣服身腰太大了，尽管很新，但明明是几年以前做的。他始终站在州长身旁，仿佛想躲着人。后面还有两个青年，个子高大，皮肤晒得乌黑，络腮胡子把两边的腮帮都遮掉了。他们俩旁若无人，完全是一副放肆的看热闹的神气。奥索离家日久，早已忘了村里人的面目，但一看见戴绿眼镜的老人，年深月久的回忆便在心中浮起来了。单是挨在州长身后这一点，就说明了他的身份。原来比哀德拉纳拉村长巴里岂尼律师，带着两个儿子特意陪州长来见识一下巴拉太。那时奥索的心情简直不容易说得清，但父亲的仇人一出现，他立刻有种厌恶的心理，而他长时期压制着的猜疑也在胸中抬头了。

至于高龙巴，一见不共戴天的敌人，富于表情的面貌立刻变得狰狞可怖。她的脸色发白，声音也嗄了，刚开场的诗句念了一半，停住了……过

高龙巴

了一忽，她又把巴拉太唱下去，却另有一番慷慨激昂的情绪：

> 可怜的鸟在空巢前面哀啼，——鹰隼却在四周飞翔，看着她悲痛欲绝而百般辱骂。

唱到这里，人丛中忽然有阵匿笑的声音；那是才到的两个青年觉得这譬喻太露骨了一些。

> 但鸟儿迟早会惊醒，——鼓起翅膀，——叫敌人血流遍地！——而你啊，查理-巴蒂斯德，——朋友们正在和你诀别，——他们的眼泪已经哭尽。——只有可怜的孤女不哭。因为你已经上了年纪，——死也死在你亲人中间，——准备去匍匐在上帝面前。——孤女却在哭她的父亲，遭了卑鄙的凶犯暗算，——鲜红的血流在绿叶丛中。——她保留了他的血，——高贵而无辜的血，——拿去洒在比哀德拉纳拉村里，——让它变成致命的毒药。——比哀德拉纳拉的血迹始终那么新鲜，——直要到罪人的血把无辜的血洗掉的那一天。

唱完了这几句，高龙巴倒在一张椅子上，放下面纱，嚎啕大哭起来。在场的妇女流着泪上前拥在她周围。好几个男人恶狠狠瞪着村长和他的儿子，有几个老人喃喃的批评他们不该到这里来。丧家的儿子在人堆里挤过去，预备请村长赶快离开，但村长无须他开口，已经跨出大门，两个儿子也到了街上。州长对年轻的比哀德利说了几句慰问的话，也跟着他们走了。奥索走过来，抓着妹妹的手臂把她拉出屋子。

年轻的比哀德利对他的几个朋友说："送他们回去。别让他们遇到什么事！"

两三个青年急急忙忙在左边的衣袖里揣着匕首，把奥索兄妹俩直送到他们家的大门口。

一三

高龙巴气喘吁吁，累到极点，一句话都说不上来。她把头倒在哥哥肩上，紧紧的抓着他的手。奥索虽然对她最后一段巴拉太很不高兴，可是看了她的模样也不敢埋怨她。他不声不响，等她那阵感情冲动淡下去。不料忽然有人敲门，萨佛里亚慌慌张张的进来通报，说是州长来了。高龙巴听了马上打起精神，仿佛对于自己软弱的表现非常惭愧，站起来扶着一张椅子，椅子却在她手底下颤动不已。

州长先说了几句俗套，表示深夜登门不胜抱歉，然后他为高龙巴小姐惋惜，提到强烈的感情如何危险，哭灵的风俗如何不合理，说挽歌女越有天才，听的人越感痛苦，又巧妙的插进几句，对最后一段巴拉太的用意淡淡的露出一点责备的意味。接着他又换了种口吻，说着：

"台拉·雷皮阿先生，你的两位英国朋友托我向你们多多致意：奈维尔小姐特别问候令妹。我还有她的一封信要交给你呢。"

"奈维尔小姐有信吗？"奥索问。

"可惜我没带在身边，等会给你送过来。她父亲病了几天。我们先担心他害那个可怕的热病。幸而现在没事了，你可以亲自证实一下，因为我想你不久就会见到他了。"

"奈维尔小姐大概很着慌罢？"

"她到事后才知道危险。台拉·雷皮阿先生，奈维尔小姐和我谈了很多关于你和令妹的话。"

奥索弯了弯身子。

"她对你们俩友谊很深。她外表那么风雅，有点玩世的气息，骨子里却理性很强。"

奥索回答："不错，她是挺可爱的。"

"先生，我今番可以说是受了她的请托才到这儿来的。我很不愿意和你提的那件可怕的事，谁也不及我知道的清楚。既然巴里岂尼先生还是比哀德拉纳拉的村长，我还是本州的州长，不用说，我对于某些猜疑是极关心的，那些猜疑，据我所知，是有些冒失的人向你提出而被你指斥的，以你这样的地位，这样的性格，大家也料到你不会相信那种无稽之谈。"

奥索坐在椅子上不大安静了，对妹子说："高龙巴，你太累了，去睡觉罢。"

高龙巴摇摇头。她又恢复了平时镇静的态度，把火刺刺的眼睛直瞪着州长。

州长继续说："巴里岂尼先生极希望你们之间的敌意……就是说你们之间不明朗的局面，能够终止……我这方面很乐意看到你能和他恢复关系。以身份而论，你们都是应当互相尊重的人……"

"先生，"奥索打断了州长的话，声音很激动，"我从来没认为巴里岂尼律师谋害我父亲，但他做了一件事，使我永远不能和他再有来往。他冒着某个土匪的名写了一封恐吓信……至少他暗示说那封信是我父亲写的。先生，这封信间接便是我父亲被害的原因。"

州长沉吟了一会。

"倘若令尊大人当年和巴里岂尼先生争讼的时候，因为脾气急躁而相信这种事，那还可以原谅，但你这方面就不能这样武断了。你想，巴里岂尼捏造那封信根本是无利可图……至于他的人品，我还没跟你提呢……你完全不认识他，你对他已经有了成见……但他是熟悉法律的人，你总不能认为他……"

奥索站起身子，说："可是，先生，请你想一想，说那封信不是出之于巴里岂尼先生之手，就等于说出之于先父之手。先生，他的名誉便是我的名誉。"

"先生，我比谁都更相信台拉·雷皮阿上校是清白的……但写捏名信的人现在已经查出了。"

高龙巴向州长走过去，嚷着："谁？"

"一个坏蛋，犯过好几桩案子……都是你们高斯人不能原谅的案子。他是个强盗，叫作托玛索·皮安契，现在关在巴斯蒂阿牢里，他供认那封该死的信是他写的。"

"我不认识这个人，"奥索说。"他写那封信有什么目的呢？"

高龙巴道："他是本地出身，我们从前一个磨坊司务的兄弟。他是个无赖，专门扯谎，说的话不能相信的。"

州长又道："我马上可以告诉你们，他在这件事情里头有什么作用。

令妹所说的磨坊司务，好像叫作丹沃陶吧，向上校租着一个磨坊，那磨坊的水源便是巴里岂尼先生与令尊大人争讼的目标。上校素来慷慨，并不拿磨坊谋利。托玛索以为一朝巴里岂尼先生争得了小溪的主权，租户就得付一笔很高的租金，因为大家知道巴里岂尼先生是很喜欢钱的。总而言之，托玛索为要帮他哥哥的忙，假造了土匪的信。全部的事实就是这样。你知道高斯人的家属关系特别密切，有时竟会因此犯罪……你念一念检查长给我的这封信，就能证实我以上的话了。"

奥索把缕述托玛索供词的信念了一遍，高龙巴也站在哥哥背后看了。

她看完了嚷道："一个月以前，大家知道我哥哥快回来的时候，奥朗杜岂沃·巴里岂尼上巴斯蒂阿去过一趟。他可能见到托玛索，把他买通了的。"

"小姐，"州长不耐烦了，"你解释什么事都凭着恶意的猜测，难道这是探求事实的办法吗？——先生，你，你是头脑冷静的，请你告诉我，现在你作何感想？是不是和小姐一般见识，以为一个只犯了轻微的罪，决不会判重刑的人，为帮一个陌生人的忙，肯心甘情愿的担承伪造文书罪？"

奥索把检查长的信重新念了一遍，聚精会神的把每个字都推敲过，因为自从他见到巴里岂尼律师以后，他觉得自己没有前几天那么容易被说服了。临了他却不得不承认那个解释是有理的。——但高龙巴态度很坚决的嚷着：

"托玛索·皮安契是个狡猾的家伙，我相信他结果决不会判罪，或者会逃走的。"

州长听着耸耸肩膀，说道：

"先生，我把我所得到的材料通知你。现在我告退了，让你细细想一想，由你的理智来点醒你，而我希望你的理智比令妹的……猜疑更有力量。"

奥索为了高龙巴的态度向州长说了几句道歉的话，声明他此刻的确相信那件事只能教托玛索一个人负责。

州长站起身子预备走了，说道：

"要不是时间这么晚，我就邀你一同去取奈维尔小姐的信了……同时你可以把刚才和我说的话对巴里岂尼先生说一遍，那便什么事都没有了。"

"奥索·台拉·雷皮阿永远不能踏进巴里岂尼的家！"高龙巴语气非常激烈。

"小姐大概是府上的当家人罢。"州长带着挖苦的意味说。

可是高龙巴声音很坚决："先生，你受了骗。你没认识律师的为人：他是个最阴险的家伙。我求你别教奥索做一件丢人的事。"

"高龙巴！"奥索嚷道，"你感情太冲动，失掉理性了。"

"奥索！奥索！看在我交给你的小箱子面上，我求你听我的话。你和巴里岂尼之间有着父亲的血，你决不能上他们家去！"

"妹妹！"

"哥哥，你千万不能去，要不然我就离开家庭，永远不回来了……奥索，请你可怜可怜我罢。"

说着她跪在了地下。

州长说："台拉·雷皮阿小姐这样没有理性，使我看了很难过，我相信你一定能劝醒她。"

他把门开了一半，仿佛等奥索跟他一起走。

"此刻我不能离开她……明天，要是……"

"明天我清早就走了，"州长回答。

高龙巴合着手嚷道："哥哥，至少你得等到明天早上。让我查查父亲的文件……这一点总不能拒绝我罢。"

"那么你今夜就去查，查过以后，可不能再拿这种荒谬的仇恨和我纠缠了……州长，真是抱歉万分……我自己也觉得很不舒服……还是改在明天罢。"

州长一边往外走一边说："睡过觉，主意好，希望你明天不至于再三心两意。"

高龙巴唤着老妈子："萨佛里亚，拿个灯笼送州长先生。他有封信交你带回。"

她又吩咐了几句只有萨佛里亚一个人听见的话。

州长去了，奥索说："高龙巴，你使我很难过。难道你永远不承认事实吗？"

"你是宽限我到明天的。时间不多了，可是我还存着希望。"

然后她拿着一包钥匙，奔到楼上一间屋子里去了。奥索只听见她匆匆忙忙的打开抽屉，在上校生前收藏重要文件的书桌内翻东西。

一四

萨佛里亚去了半天，奥索等得焦急之极，才看见她拿着信回来，后面跟着那女孩子契里娜，揉着眼睛，因为她是在睡梦中被叫醒起来的。

"孩子"，奥索问，"你这个时候来干什么？"

"小姐叫我呢，"契里娜回答。

奥索心中思量："她有什么鬼事找她？"但他急不可待的拆阅丽第亚小姐的信，契里娜便上楼找他妹子去了。

丽第亚小姐在信中说："家父害了一场小病，并且一向懒于提笔，只能由我来当书记了。你知道，那天他不跟我们一同欣赏风景，在海边把脚弄潮了，仅仅这点儿小事，就足够传染你们贵岛上那种有趣的热病了。你念到这一句的神气，我已经想象得出：你一定在找你的匕首了罢，但我希望你已经没有匕首了。闲话少说，家父发了一点儿寒热，我吃了大大的惊吓。我始终觉得挺可爱的州长，替我们找了一个也是很可爱的医生，两天之内，居然把病给解决了：热度没有再来。父亲已经想去打猎了，可是我不答应他。你们山中的古堡怎么啦？那座北塔是否还在老地方？有鬼没有？我问你这些，因为你答应家父，想法让他打到麋鹿，野猪，摩弗仑野羊……那怪兽是不是叫这个名字？我们到巴斯蒂阿上船的途中，预备在府上打搅几天，但愿台拉·雷皮阿古堡，你说是那么旧那么破落的，别坍下来压在我们头上。州长真有意思，和他在一起不愁没有谈话的资料，我敢自夸，我已经使他有点儿着迷了。——我们常常谈到阁下。巴斯蒂阿牢里关着一个强盗，司法当局把他的一部分供词寄给州长，内容正好祛除你最后一些疑虑。你那种仇恨心理有时使我感到不安，我想从今以后那心理应当消灭了。你真想不到这一点使我多么高兴。那天你和美丽的挽歌女动身的时候，手里拿着枪，眼睛阴森森的，我觉得你高斯人的气息比平时更重了……甚至太重了。好了！我把信写得这么长，因为我无聊得很。可惜州长也动身了！我们出发到山里去以前，会派一个专差通知你的，那时我要

高龙巴

不揣冒昧，写信给高龙巴小姐，请她做一盘货真价实的勃罗岂沃。目前请你向她多多致意。我到处都在应用她的匕首，拿它裁一本我带来的小说，但大概因为辱没了宝刀的身份，它把书戳得不成样子。先生，再会了，家父要我转达他的拳拳之意。希望你听从州长的话，他主意很好，大可采纳，我知道他是特意为你绕道的，他这回要到高德去行奠基礼，想必是个隆重的仪式，可惜我不能参加。你想：一位先生穿着绣花衣衫，足登丝袜，身披白绶带 那是法国州长的大礼服，手里拿着一块泥坂！……再加上一篇演说。典礼终了还得一遍又一遍的喊着：君王万岁！——你看我写满了四张信纸，你要自鸣得意了罢。可是我再说一遍，我是闷得慌，才写这么长的。啊，你至今没报告安抵比哀德拉纳拉的消息，使我有点奇怪。丽第亚。

"附笔：我要求你听从州长的话，依着他的意见行事。我们大家商量好要你那么办，并且你办了也能使我高兴。"

奥索把这封信念了三四遍，每念一遍，心中必加上无数的注脚。然后他复了一封长信，教萨佛里亚去交给一个村上的人，连夜送往阿雅佐。他已经不想再和妹子讨论对巴里岂尼家的仇恨有无根据，丽第亚小姐的信使他把一切都看做光明灿烂，既没有猜疑，也没有仇恨。他等了一会，不见妹子下楼，便去睡觉了。长久以来，这是他第一次感觉到精神这么轻快。契里娜奉着秘密使命，被打发走了。高龙巴大半夜工夫都在旧纸堆里翻来翻去。快天亮时，有几颗小石子摔在窗上，她听到这讯号便走进园子，开了一扇偏门，引进两个脸色很难看的男人，立刻带入厨房，给他们吃东西。这两个是什么人物，读者等会就可知道。

一五

　　早上六点左右，州长的一个仆人到奥索家来敲门。出来接见的是高龙巴。他说州长要动身了，等她的哥哥去一趟。高龙巴毫不迟疑的回答，她哥哥才在楼梯上摔了一跤，蹩扭了腿，一步不能行，请州长原谅。倘使州长肯枉驾到这里来，更是感激不尽。仆人走了不久，奥索下楼了，问妹子州长有没有派人来找他。

　　她若无其事的回答："他要你在家里等着。"

　　半小时过去了，巴里岂尼那边毫无动静。奥索问高龙巴有没有在旧纸堆里发现什么，她说等会儿在州长前面宣布。她装得极镇静，但皮色和眼睛都表示她紧张得不得了。

　　最后，巴里岂尼家的大门开了，州长穿着旅行装束第一个走出来，后面跟着村长和他的两个儿子。村上的居民从出太阳起就等着看州里的最高长官出发，这时看见他由巴里岂尼父子三人陪着，穿过广场一直往台拉·雷皮阿家走来，都不由得大吃一惊。有几个在地方上爱管闲事的人便说："噢，他们讲和了！"

　　一个老头儿接着道："我早告诉你啦，奥索·安东尼奥在大陆上待得太久了，做事不会再有轰轰烈烈的血性。"

　　一个雷皮阿党的人回答："可是你瞧，究竟是巴里岂尼一家去找他的。他们讨饶了。"

　　"这都是州长花言巧语把他们撮合的，"老人说。"现在的人都没勇气了，年轻人把自己父亲的血看得一文不值，好像他们都不是亲生的儿子。"

　　州长发现奥索一切照常，走路毫无困难，觉得好生奇怪。高龙巴三言两语，便承认是自己扯的谎，请求原谅。她说：

　　"州长先生，倘若你住在别处，家兄昨天就亲自过来拜见了。"

　　奥索慌忙谢罪，竭力分辩这种可笑的手段与他全不相干，他为之懊恼

高龙巴

极了。州长与老巴里岂尼似乎相信奥索说的是真话，看他惭愧的表情和对妹子的埋怨就可证明。但村长的儿子们并不满意。

"这简直是跟我们开玩笑嘛，"奥朗杜岂沃的声音相当高，故意要人听见。

梵桑丹洛说："倘若我的妹子给我玩这种把戏，我一定教她下次不敢再来。"

这几句话和说话的音调使奥索大不高兴，心中的好意未免受了影响。他和巴里岂尼弟兄彼此很不客气的瞅了几眼。

大家落了坐，只有高龙巴站在厨房门口。州长首先开言，对于当地人士的偏见泛泛的提了几句，认为许多年深月久的敌意多半是误会造成的。然后他对村长说，台拉·雷皮阿先生从来没相信巴里岂尼一家对于他父亲那件不幸的事故，直接间接有什么关系。固然他对两家之间的讼案有一点不无怀疑，但奥索先生离乡日久，听到的消息不尽可靠，所以他的怀疑也是意料之中的。由于最近的发现，他现在已经涣然冰释，愿意与巴里岂尼先生和他的儿子们言归于好，大家做个好乡邻。

奥索勉强弯了弯腰；巴里岂尼先生喃喃的说了几句谁也听不见的话；两个儿子眼睛望着屋梁。州长继续他那篇演说，正要代巴里岂尼方面向奥索致辞，不料高龙巴从头巾里掏出几张纸，很庄严的走到两造中间①，说道：

"我们两家之间的敌意能够消灭，我当然非常高兴，但若要讲和讲得真诚，就得把事情说个明白，没有一点儿含糊——州长先生，托玛索·皮安契声名狼藉，我很有理由怀疑他的供辞。"——接着她转向巴里岂尼："我说两位令郎也许在巴斯蒂阿监狱见过那个人……"

"那完全是胡说，"奥朗杜岂沃打断了高龙巴的话，"我没见过他。"

高龙巴不胜轻蔑的瞪了他一眼，若无其事的接着说：

"州长，据你的解释，托玛索假冒土匪阿谷斯蒂尼的名字写信恐吓巴里岂尼先生，目的是要替他的哥哥丹沃陶保留磨坊的租用权，因为我父亲收的租费很低，是不是？"

"那是很明显的，"州长说。

奥索被妹子温和的态度瞒过了，也附和道："像皮安契那样的无耻小

---

① 两造：即指诉讼的双方。

人，当然什么事都做得出来。"

高龙巴却继续往下说着，眼睛更加有神了："捏名信是 7 月 11 日写的。那时托玛索是在他哥哥那儿，就是说在磨坊里。"

"是的，"村长说着，有点儿不安了。

于是高龙巴得意扬扬的嚷道："那么托玛索·皮安契写那封信还有什么目的呢？他哥哥的租约早已满期，我父亲是 7 月 1 日通知他迁让的。我父亲的记录和通知迁让的原稿都在这儿，还有阿雅佐一个经纪人写来的信，向我们推荐一个新的磨坊司务。"

她随即把手里的纸递给州长。

在场的人听了都大为惊愕。村长显然脸色变了。奥索皱着眉头，走过去把州长留神细阅的文件也看了一遍。

奥朗杜岜沃愤愤的站起来，重复了一句："这简直是跟我们开玩笑嘛！走吧，父亲，咱们根本不该到这儿来的！"

一刹那之间，巴里岜尼先生已经定下神来，要求看看那些文件。州长一声不出，交给了他。他把绿眼镜掀在脑门上，装着漫不经意的态度念了一遍，高龙巴却在一旁像母虎般睁着眼睛瞅着他，仿佛看到一头麋鹿走近它小虎的洞口。

"可是，"巴里岜尼先生重新戴好眼镜，把文件还给州长，"托玛索知道上校是个软心肠的人……认为……大概认为……上校可能改变主意，不教他哥哥离开……事实上，他哥哥现在还用着那个磨坊，所以……"

"那是我，"高龙巴用着轻蔑的口气回答，"那是我给他保留的。父亲死后，在我的地位上不得不敷衍一下家里的客户。"

"可是，"州长说，"托玛索自己承认写那封信……那是很清楚的。"

奥索插言道："我觉得很清楚的是：这件事情里头的确有些卑鄙龌龊的把戏。"

高龙巴说："对于你们几位的话，我还可以提出反证。"

她打开厨房门，勃朗陶拉岜沃和神学士带着他们的狗勃罗斯谷立刻走进了客厅。两个土匪至少表面上没有带武器，腰间挂着弹药带，但并没那必不可少的附属品：手枪。一进来，他们便恭恭敬敬的脱下帽子。

两人突然之间的出现，给大家的印象是可想而知的。村长几乎往后仰倒，两个儿子立刻很勇敢的挡在他面前，把手伸进口袋去掏匕首。州长抬起身子往门口走，奥索一把抓着勃朗陶拉岜沃的衣领，叫道：

　　"你来干什么，该死东西？"

　　"这明明是杀人的圈套了！"村长一边嚷一边去开门，但萨佛里亚在外面把门牢牢的反锁了，后来人家才知道是土匪预先吩咐的。

　　"诸位，"勃朗陶拉岂沃说，"不用害怕，我皮肤虽黑，可不是魔鬼。我们一点没有恶意。州长先生，我向您请安。——排长，松松手好不好，您把我掐死了。——我们到这儿来是作证的。喂，神甫，你说呀，怎么舌头不灵活啦①？"

　　"州长先生，"那位神学士出身的土匪说，"我没机会拜见过您。我叫作琪奥耿多·加斯德里高尼，外号叫神甫……啊！您想起了吧！我也没见过小姐，但她要我供给一些关于托玛索·皮安契的材料。三星期以前，我和他一同关在巴斯蒂阿监狱。我可以告诉你们的是……"

　　州长道："不用费心，我不要听你这样的人的话……台拉·雷皮阿先生，我很愿意相信你并没参与这个卑鄙的阴谋。但你是不是一家之主？快快教人开门。令妹和土匪们有这种古怪的关系，也许日后需要她负责说明的。"

　　"州长先生，"高龙巴嚷道，"请你听一听这个人的话。你到这儿来是主持公道的，你的责任是搜罗事实。琪奥耿多·加斯德里高尼，你说罢。"

　　"别听他的！"三个巴里岂尼一齐喊起来。

　　土匪笑了笑，说道："大家同时开口，谁也听不见谁了——在监狱里，我跟这个托玛索是同伴，不是朋友。奥朗杜岂沃先生常常去看他……"

　　"这完全是胡说，"弟兄俩同时叫着。

　　"两个负就等于一个正，"加斯德里高尼冷冷的插了一句。"托玛索那时手头很宽：吃的喝的都是顶好的。我一向喜欢吃好东西（那是我的小毛病），所以虽然讨厌和那坏蛋来往，也扰了他好几顿饭。为了礼尚往来，我劝他跟我一块儿逃……有个女孩子受过我一点恩，给我越狱的方便……我不愿意说出姓名连累人。托玛索却不愿意逃，说他保证没事，巴里岂尼律师替他请托了所有的法官，将来可以无罪开释，还能到手一笔钱。至于我，我觉得还是三十六着走为上——好了，我言尽于此了此处原文为拉丁文，为古代叙事结尾的套头语。"

　　"这个人说的完全是谎话，"奥朗杜岂沃很坚决的重复了一遍。"倘若

---

　　① 灵活：意指敏捷，不呆板。

我们在田里，手里拿着枪，他决不敢说这种话。"

"这可是胡闹了！"勃朗陶拉岂沃叫道。"奥朗杜岂沃，我劝你别跟神甫翻脸。"

"你可让不让我出去呀，台拉·雷皮阿先生？"州长焦躁的跺着脚。

奥索叫道："萨佛里亚！萨佛里亚！该死，还不开门吗？"

勃朗陶拉岂沃说："别急，让我们这方面先溜。州长先生，大家在朋友家相见，分手的时候照例应该有半小时的休战。"

州长傲然瞪了他一眼。

"诸位，失陪了，"勃朗陶拉岂沃说着，伸着手臂唤他的狗："来，勃罗斯谷，为州长先生跳一次！"

狗逃过了他的手臂，两个土匪急急忙忙到厨房里拿着武器，从后园里溜了。一声唿哨，堂屋的门像中了魔术一般立刻打开了。

"巴里岂尼先生，"奥索压着一肚子怒火，"我现在认定那封捏名信是你写的了。今天我就要递呈子，告你伪造文书和勾通皮安契的罪名。也许以后还有更大的罪名要告你呢。"

村长回答："我吗，台拉·雷皮阿先生，我要告你设计谋害，交通匪党。眼前，州长先生先要把你交给警察看管。"

州长却是声色俱厉的说道："州长自有权衡。他要维持比哀德拉纳拉的秩序，他要秉公处理。诸位，我这话是向你们大家说的。"

村长和梵桑丹洛已经走出客厅，奥朗杜岂沃身子朝里，正跟着他们一步一步的退出去，奥索却轻轻的和他说：

你父亲老了，禁不起我一个巴掌，我要找的是你，还有你的兄弟。"

奥朗杜岂沃一言不答，马上掣出匕首像疯子般扑向奥索，但他来不及下手，就被高龙巴抓住手臂用力扭过来，奥索飞起一拳打在他脸上，他倒退了好几步，猛烈的撞在门洞子上，把匕首撞落了。可是梵桑丹洛掣着武器回进屋子，高龙巴却纵过去抓着长枪，教他看到双方并不势均力敌。同时州长也横着身子拦在两造中间。

"好，奥斯·安东，回头见！"奥朗杜岂沃叫着，把门大声曳上了，又在外边反锁了，好让自己从容退走。

奥索与州长一声不出，各人在屋子的一角待了好一会。高龙巴得意扬扬，倚着那支决定胜利的长枪，望望这个，望望那个。

临了，州长很威严的站起来，嚷道："唉！这种地方！这种地方！台拉·雷皮阿先生，你错了。现在请你答应我不再有激烈行动，这件该死的事，你只能静候法律解决。"

"是的，州长先生，我不应该打那个坏蛋；可是现在已经打了，他要向我挑战的时候，我不能拒绝。"

"不会的，他不会跟你决斗的！……但他万一把你暗杀的话，那是你自作自受了。"

"我们会防着他的，"高龙巴说。

"州长，我看奥朗杜岂沃还是个烈性的人，"奥索说，"我还瞧得起他。刚才是他先掣出匕首来的，但我处在他的地位也会这么办，幸而我妹妹的腕力不像一个弱不禁风的女孩子。"

"你不能决斗，"州长嚷道，"我不许你决斗！"

"告诉你，先生，凡是荣誉攸关的事，我只听我的良心吩咐。"

"我说你万万不能决斗！"

"先生，你可以把我逮捕……就是说如果我让人逮捕的话。可是即使那样，也不过是把事情拖得晚一些，因为这件事现在变得不可避免了。州长先生，你是一个有面子的人，你很知道大势所趋，非那么办不可。"

高龙巴补充道："如果你把家兄逮捕了，半个村子的人都会出来帮着他，免不了一场恶斗。"

奥索说："先生，我预先通知你，并且请求你，别认为我夸口：倘若巴里岂尼先生滥用村长的职权来抓我，我是要抵抗的。"

州长回答："从今天起，我暂时停止村长的职权……当然我希望他能洗刷干净……先生，我真的很关切你。我要求你的并不多：只要你安安静静待在家里，等我从高德回来。我只去三天，回头带着检察长一块儿来，把这不幸事件彻底解决。你能答应我在这个时期内没有敌对行动吗？"

"我不能答应你，先生，倘若奥朗杜岂沃像我预料的那样向我挑战的话。"

"怎么！台拉·雷皮阿先生，既然你认为对方伪造文书，凭你堂堂法国军人的身份，还愿意跟他决斗吗？"

"先生，我打了他啊。"

"倘若你打了一个苦役犯，他来跟你评理，你也和他决斗吗？得了吧，奥索先生！好，我再退一步，只要求你别去找奥朗杜岂沃……要是他来约你，我就答应你跟他决斗。"

"没有问题，他会来约我的，可是我答应你不先打他嘴巴挑拨他。"

"唉，这种地方！"州长又叹了一声，在屋中大踏步踱着。"什么时候我才能回法国去呢？"

"州长先生，"高龙巴用她最甜蜜的声音说，"时间不早了，能不能赏个脸就在这儿吃早饭？"

州长听了禁不住笑起来：

"我在这里已经待得太久……不无偏袒的嫌疑……还有那要命的奠基典礼！……我非走不可了……台拉·雷皮阿小姐，你今天种下多大的祸根啊！

"州长先生，至少你得承认舍妹深信不疑的态度是有理的，并且我敢断定，你也觉得她的信念是有根据的了。"

"再见了，先生，"州长对他扬了扬手。"告诉你，我马上要去通知警察队长监视你们的行动。"

州长去了以后，高龙巴说：

"奥索，这里不比欧洲大陆。奥朗杜岂沃决不理会你的决斗，并且这混账东西也不配那样轰轰烈烈的死。"

"高龙巴，我的好妹妹，你是女中丈夫。我没挨着那一刀，真该谢谢你。把你的小手给我，让我亲一下。可是你别管我。有些事你是不懂的。快点端整早饭，但等州长上了路，你就替我把小姑娘契里娜给我找来，她办点儿事倒是挺妥当的。我要她送一封信。"

高龙巴去照料饭菜，奥索便上楼到自己房里写了一个条子：

> 你大概很急于要和我见个分晓吧，我也是的。明天早上六点，咱们可以在阿瓜维伐山谷相会。我打手枪的本领很高明，所以不提议用这个武器。听说你善用长枪，咱们不妨各带一支双膛枪。我邀一个本村的人同来。倘若你的弟弟要陪你，你不妨再邀一位证人，并请先通知我。唯有在这个情形之下，我才约二位证人。
>
> 奥索·安东尼奥·台拉·雷皮阿

州长在副村长处逗留了半小时，又到巴里岂尼家耽搁了一会，便动身上高德去了，只带一个警察护送。一刻钟以后，契里娜把上面的信直接交到了奥朗杜岂沃手里。

261

回音直到晚上才送来。署名的是老巴里岂尼，他通知奥索，已经把给他儿子的恐吓信送呈检察长去了。信末又说："我问心无愧，对于你的毁谤静候司法当局处理。"

高龙巴邀约的五六个牧人都来保卫台拉·雷皮阿家的塔。不顾奥索反对，他们在广场那边的窗上布置了箭垛子，整个黄昏都有村上的人来自告奋勇。神学家土匪也写了信来，说倘若村长教警察帮忙，他和勃朗陶拉岂沃一定出来干涉。信末又附着一行：

我还想问你，州长先生对于敝友给勃罗斯谷受的教育作何感想？除了契里娜，我没见过一个学生像她那么驯良，那么聪明的。

一六

第二天平静无事。双方都采取守势。奥索没有走出屋子，巴里岂尼家的大门也整天关着。留在比哀德拉纳拉的五名警察，在广场与村子四周走来走去，另外还有一个森林警卫，可以说是独一无二的民团，协助他们。副村长的绶带终日不离身。但除了两家窗上的箭垛子以外，没有半点战斗气象。只有一个高斯人才会注意到广场上的橡树四周只有些妇女来往。

吃晚饭时，高龙巴喜形于色，拿她才收到的奈维尔小姐的信给哥哥看：

> 亲爱的高龙巴小姐，我从令兄信中知道你们的敌意已告终止，不胜欣慰，我特意向你们道贺。家父自与令兄别后，无人与他谈论战争，陪他打猎，便对阿雅佐厌倦透了。我们今日出发，预备带着介绍信至令亲处投宿。后天上午十一点左右，我要到府上来尝尝那山里的勃罗岂沃，据你说比城里的好吃得多。
>
> 再见了，亲爱的高龙巴小姐。
>
> 你的朋友丽第亚·奈维尔

"难道她没收到我第二封信吗？"奥索嚷道。

"看她信上的日子，就可知道你的第二封信送到阿雅佐，丽第亚小姐已经上路了。你可是叫她不要来吗？"

"我告诉她，我们处于作战状态。我觉得那不是招待客人的局面。"

"喝，那些英国人古怪得很。我临走前夜，她和我说，要是离开高斯没看到一场轰轰烈烈的愤达他，她会觉得遗憾的。倘若你愿意，奥索，我们大可以来一幕袭击仇人的全武行给她看看。"

"高龙巴，老天把你生为女人真是安排错了！你很可能做个出色的军人。"

"也许是吧。不管怎么样，我得准备我的勃罗岂沃。"

"不用啦。我们要派个人去，趁他们没出发以前拦阻他们。"

"是吗？你要在这种天气派人去，让山洪连人带信一块儿卷走吗？……逢着这样的大雷雨，我真可怜那些土匪！幸亏他们的斗篷都很好……奥索，我倒有个主意在这里：倘若雷雨停了，你明天清早就动身，在朋友们没出发以前赶到我们亲戚家。那也容易办到的，丽第亚小姐起床总是很晚。你把家里的事说给他们听，如果他们一定要来，那么我们也极高兴招待他们。"

奥索立刻同意了。高龙巴静默了一会，又道：

"奥索，我说对巴里岂尼家来个攻势，或许你以为我是开玩笑。你可知道现在咱们在数量上占着优势吗？至少是二对一。自从州长把村长暂停职务以后，这儿所有的人都站在我们这一边了。我们可以把他们剁为肉酱。要发动也容易得很。只要你愿意，我就上水池那儿讪笑他们的妇女，他们也许会跑出来……我说也许，因为他们没有种……说不定他们会从箭垛子里开枪，但打不着我的。那时大局就定了：是他们先进攻了。他们打败才是活该，乱哄哄的混战一场，打死了人，知道是谁开的枪？相信你妹子的话罢，奥索，要是等那些法官来，他们只会办公文，糟蹋纸张，说一大堆废话，毫无结果的。老狐狸还会花言巧语，把白天说做黑夜。啊！倘若州长没把身子挡着梵桑丹洛，我们已经少了一个敌人了。"

她把这些话说得和一忽儿以前提到做勃罗岂沃的话一样镇静。

奥索惊愕之下，望着他的妹妹，心中又佩服又害怕。

他从饭桌上站起来，说道："高龙巴，我看你竟是魔鬼化身，可是你放心。倘若我不能教巴里岂尼一家上吊台，我会用别的方法结果他们。不是热烘烘的子弹，便是冷冰冰的刀锋此系高斯流行的说法。——原注。你瞧，我并没忘了高斯的土话。"

"越早越好，"高龙巴叹了口气。"奥斯·安东，你明儿骑哪一匹马呀？"

"骑那匹黑的，你问我干么？"

"因为要喂它麦子。"

奥索才回到卧房，高龙巴马上把萨佛里亚和牧人都打发去睡了，独自待在厨房里做勃罗岂沃。她时时刻刻听着，似乎很焦急的等哥哥睡觉。赶到她以为哥哥终于睡着了的时候，便拿了一把锋利的刀，小脚上套了一双大鞋，无声无息的走进园子。

园子四周都有围墙，连着有一片很大的空地，围着篱笆，家里的马都放在那空地上。因为高斯的马根本没有马棚，人们把牲口放在园地中任凭它们自己觅食，自己想办法躲避风雨寒冷。

高龙巴小心翼翼的打开园门，走进空地，轻轻吹了一声唿哨，在她手中吃惯面包和盐的马都跑来了。她等那匹黑马一走近，便使劲抓着它的鬃毛，掣出刀来把它的一只耳朵割破了。那马拼命纵起身子，像牲口受到剧烈痛楚时一样尖声叫了一下。高龙巴满意了，回进园子。不料奥索开出窗来叫道："谁呀？"同时她听见子弹上膛的声音。幸而园门完全在黑影里，一部分还被一株很大的无花果树遮掉。她看见哥哥屋内一闪一闪的发着亮光，知道他在点灯，便赶紧关上园门，沿着墙根走，使自己的衣服和墙上的蔓藤混成一片。奥索走进灶屋，她已经先到了几分钟。

"什么事啊？"她问。

"好像有人开园子的门。"奥索回答。

"不会的。要是那样，狗会叫的。也好，咱们去瞧瞧罢。"

奥索往园子里绕了一转，看见园子通外边空地的门关着，不免对自己的大惊小怪有点惭愧。他正预备回卧房去，高龙巴却和他说：

"哥哥，你变得谨慎了，我很高兴，在你的地位应当如此。"

"是你把我训练出来的，"奥索回答。"明儿见。"

天刚亮，奥索已经起床，预备出发了。那装束一方面显出他要去见一个他渴想奉承的女子，一方面显出他是个身负愤达他重任的高斯人。窄腰身的蓝外套上面，挂着一条皮带，用绿丝线系着一只白铁小匣，装着子弹，匕首插在旁边的袋里，手里握着芒东厂制造的长枪，上了子弹。他急急忙忙喝着高龙巴倒给他的咖啡，一个牧人出去替他套马。奥索兄妹也紧跟着出来，走到后面空地上。牧人抓着马，但立刻大吃一惊，把坐鞍和缰绳都掉在地下；而那匹马也想起了上一夜受的伤，为了保护另外一个耳朵，竟举起前蹄，掀起后腿，乱叫乱跳起来。

奥索对牧人嚷道："喂，快点儿呀！"

"啊！奥斯·安东！啊！奥斯·安东！圣母玛丽亚！……"

接着来了一大串诅咒，全是土话，多半是无法翻译的。

"什么事啊？"高龙巴问。

大家走近去，看到马血淋淋的，一只耳朵割碎了，不由得又是惊异又是愤怒，一齐叫起来。原来高斯的风俗，伤害敌人的马是同时表示报仇，挑战，和恐吓对方的性命。"只有枪弹才足以惩罚这样的罪恶。"虽则奥索久居大陆，对这个侮辱不像别人那样感觉得尖锐，但若那时有一个巴里岜尼家的人出现，他也很可能立刻教他付代价的，因为他认定那是敌人干的事。

他嚷道："没有种的混蛋！不敢堂而皇之的站出来，只会拿可怜的畜生出气！"

高龙巴愤愤的叫起来："咱们还等什么？他们来向我们挑战，杀伤我们的马，我们还不回手吗？你们还能算人吗？"

牧人们一齐喊道："报仇呀！把我们的马牵到村上去走一转，马上向他们进攻。"

包洛·葛利福说："靠着他们的塔有个干草盖顶的谷仓，我一下子就能把它烧起来。"

另外一个提议把教堂钟楼的梯子取来，第二个又说，广场上堆着一根人家盖屋用的大梁，可以拿来撞开巴里岜尼家的大门。在众人的狂叫怒吼声中，高龙巴大声嚷着，说动手以前，她先请大家喝一大杯茴香酒。

不幸得很，其实是幸运得很，高龙巴对可怜的牲口下的毒手，对奥索并没多大作用。他相信这种残酷的行为是敌人做的，多半还疑心是奥朗杜岜沃，但他觉得对方受了他的挑战，挨了他的巴掌，光是割掉一匹马的耳朵决计洗刷不了所受的耻辱。相反，这种卑鄙与可笑的报复，倒反使他更瞧不起仇人，他现在和州长一般想法了，以为这种家伙根本不配做他的对手。他等嘈杂的声音静了一点，就要手下那般闹哄哄的人放弃厮杀的念头，说法官不久就来了，没有问题能替他的马报仇的。他又声色俱厉的补充：

"我是这儿的主人，我要大家服从。谁要再说什么杀人放火的话，我先拿他开刀。赶快替我把那匹灰色马套起来。"

高龙巴把他拉过一边，说道："怎么，奥索，你竟听让人家侮辱吗？父亲在的时候，巴里岜尼他们从来不敢伤害我们的牲口的。"

"我向你担保，他们将来要后悔的，只有勇气去杀害牲口的人，应当由警察和狱卒去惩罚……我已经说过了，法律会替我报仇的……要不然……总而言之，你用不着再提我是谁的儿子……"

"噢，还得忍耐！"高龙巴叹了口气。

"妹妹，记着我的话，"奥索又道，"倘若我回来发现有人向巴里岜尼家做过示威的举动，我决不原谅你。"然后又用着比较柔和的口气："很可能我陪着上校父女一块儿来，你得把卧房收拾干净，把中饭弄得好好的，尽量减少客人的不舒服。高龙巴，一个女人能有勇气固然很好，同时也得会当家。好了，来拥抱我，在家里安安分分的——我那灰色马也套好了。

"奥索，你不能一个人去。"

"我不要人保护，我向你担保不会让人家割掉耳朵的。"

"噢！跟人打架的时期，我决不能让你一个人动身。喂，包洛·葛利福！琪恩·法朗采，曼莫！你们拿着枪，跟我哥哥一块儿去。"

相当剧烈的争执了一会，奥索只得让人家护送。他在最激烈的牧人中间挑了几个叫喊最凶的，然后又对妹子和留守的牧人告诫一番，上路了，这一回可绕着小道，不打巴里岜尼屋子前面过。

他们已经和比哀德拉纳拉离得很远，急急忙忙的赶着路，路上经过一条流入沼泽的小溪，包洛·葛利福老头瞥见好几只猪挺舒服的躺在泥潭里，一边晒太阳一边享受水旁的凉意。他立刻瞄准了最肥的一只，一枪打中它的脑袋，当场就死了。别的几只立刻爬起来溜了，动作的轻快出乎你意想之外。虽则另外一个牧人也放了几枪，它们都安然脱险，逃入一个树林，不见了。

"混蛋！"奥索嚷道，"你们把家猪当做野猪打吗？"

"不是的，奥斯·安东，"包洛·葛利福回答，"这群猪是律师家的，他伤了我们的马，我要他得点儿教训。"

奥索听了大怒："怎么，混账东西！你们也跟敌人一样干这种无耻的事吗？替我滚回去。我不要你们这种人。你们只配跟猪猡打架。要是你们再跟着我，要不打烂你们的脑袋才怪！"

两个牧人互相瞪着眼，愣住了。奥索把马踢了几下，疾驰而去，一霎时就不见踪影。

"哎唷！"包洛·葛利福说道，"这才怪了！你一片忠心，他却这样对你！他的父亲因为你拿枪瞄准了律师大不高兴……他说：傻瓜，干么只瞄准，不开枪呢？……那儿子……你看见没有？……他说要打烂我的脑袋，拿它当做一个不能再装酒的破葫芦。这都是到大陆上去学来的，曼莫！"

"是啊，倘若人家知道你打死了这只猪，准会教你吃官司，奥斯·安东还不肯替你向法官说话，也不肯付律师费呢。还好，这一回谁也没看见。"

两个牧人商量了一会，觉得最好是把猪丢在一个土坑里，当下便立刻动手。不消说，掩埋之前，他们又把这个台拉·雷皮阿与巴里岜尼两家的仇恨的牺牲品割了几大块，拿回去做烤肉。

一七

奥索摆脱了没有纪律的卫队，继续赶路，一心想着与奈维尔小姐见面的快乐，竟忘了可能遇到敌人的事。他心上想："为了跟混账的巴里岂尼他们打官司，我少不得上巴斯蒂阿去一趟。哎，为什么不陪着奈维尔小姐一块儿去呢？到了巴斯蒂阿，我们不是还能上奥莱查温泉吗？"童年的回忆突然使他清清楚楚的想起那美丽的风景。他觉得自己又躺在碧绿的草地上，在那些年代悠久的栗树底下。绿油油的草坪，开着一朵朵的蓝花，仿佛是对他微笑的眼睛，他看见丽第亚小姐坐在他旁边。她脱下帽子，比丝更细更软的淡黄头发，照着树隙中透下来的阳光，像黄金一般的闪耀。蓝得那么明净的眼睛，似乎比天空更蓝。她一只手托着腮帮，若有所思的听着他声音颤抖的情话。那件纱衣衫便是他在阿雅佐最后一天看见她穿的。衣衫的褶裥下面，露出一只小小的脚，套着黑缎鞋。奥索心里想，要是能把这只脚亲一下可多好。但丽第亚小姐有一只手没戴手套，拈着一朵雏菊，奥索接过雏菊，丽第亚的手便握着他的手。他吻着雏菊，又吻着她的手，她竟没有生气……他脑筋里转着这些念头，完全没注意所走的路，但他始终在那里策马向前。他正要第二次在想象中亲吻奈维尔小姐雪白的手，而事实上是亲吻自己的马头的时候，马突然停下了。原来契里娜拦在路上抓住了他的辔头。

"奥斯·安东，上哪儿去呀？"她说，"您不知道您的敌人就在这儿附近吗？"

"我的敌人！……在哪儿？"奥索因为那么有趣的幻影被打搅了，大为气恼。

"奥朗杜岂沃就在近旁等着您呢。您回去罢，回去罢。"

"啊！他等着我！你看见他吗？"

"看见的。他走过的时候，我正躺在凤尾草里，看他用望远镜向四下里瞧着。"

"他向哪方面去的？"

"就是您现在去的方向。"

"好，谢谢你。"

"奥斯·安东，您等等我的叔叔不是更好吗？他快来了，跟他一块儿走就没事啦。"

"契里，你别怕，我不需要你的叔叔。"

"要不要我跑在前面先给您去瞧瞧呢？"

"不用，谢谢你。"

奥索催着马，往女孩子指点的方向很快的奔过去了。

他听了这消息，先是无名火直冒，觉得这倒是个好机会，大可把这个挨了巴掌而拿马出气的无耻东西治他一治。可是过了一会又想到答应州长的话，尤其怕跟奈维尔小姐错失，几乎希望不要遇到奥朗杜岂沃了。然后是关于父亲的回忆，黑马的受伤，巴里岂尼父子的恐吓，把他的怒火又煽动起来，只想找着敌人，向他挑战，逼他决斗了。虽然这许多矛盾的心理在胸中翻腾不已，他依旧向前走着，但变得非常谨慎了，把路上所有的小林子和篱笆都打量过，有时还停下来，静静的听着田野里常有的那种莫名其妙的声音。和契里娜分手了十分钟（大概是早上九点），他到了一个极其陡峭的山岗，走的是一条人迹罕至的小路，两旁是一片最近烧过的小树林。地上铺满了半白不白的灰，东一处西一处有些被火烧焦的杂树和大树，叶子都光了，虽然已经枯死，却还矗立在那里。看到一片火烧过的小树林，你仿佛到了严冬时节的北方，满眼枯槁的景象与四周翠绿成荫的环境对比之下，愈加显得凄凉了。但在这样的风景中，奥索只感觉到一点，在他的地位上最重要的一点：就是光秃的土地不可能有什么埋伏，所以他把一望无际的平原看做沙漠中的水草，无须再时时刻刻的提心吊胆，怕树林中会伸出一支枪来对准他的胸脯了。接着火烧过的树林是好几块耕种的田，照当地的习惯，四周都围着石头堆成的墙垣，约摸有半人高。小路在这些园地中间穿过，墙内那些硕大无朋的栗树种得杂乱无章，远望好似一个茂密的树林。

因为山坡险陡，奥索不得不下来步行，把缰绳撩在马头上，自己踩着灰土很快的滑下去。才走到和右侧一块有石墙围着的园地只差二十五步的地方，他先迎面看见一个枪口，接着又看到一个人的脑袋伸在墙高头。那支枪稍微低了一下，他认出奥朗杜岂沃正在那里预备开放。奥索立刻取了迎敌的姿势，双方都拿枪瞄准了，彼此瞧了几秒钟，那种千钧一发，与人拼个你死我活的紧张情绪，便是最勇敢的人也会感觉到的。

"没种的下流东西！"奥索叫了一声。

他言犹未了，只看到对方的枪口冒起一阵烟，差不多同时，路的左侧有个他根本没看见的人，在另一堵墙后也放了一枪。两颗子弹都把他打中了：奥朗杜岜沃的一颗打穿了他的左臂，就是他向对方瞄准时托着枪支的胳膊；另外一颗打在他的胸部，穿进衣服，幸亏中在他匕首的刀口上，掉下了，只擦伤一些表皮。奥索的左臂掉下去，贴在左腿上不会动了，枪口也往下沉了一沉，但他马上举起来，只用一只右手托着，向奥朗杜岜沃开火。敌人的头，他原来只看到眼睛为止，立刻不见了。他转向左边，朝着一个围在烟雾中看不甚清的人也放了一枪，那张脸也不见了。前后四枪接得那么紧密，即使最老练的士兵在连续射击的时候也不能放得更快了。奥索放过了最后一枪，一切又归于沉寂。他枪口中的烟往天空袅袅上升，墙背后没有一点动作，连最轻微的声音都没有。要不是手臂作痛，奥索几乎要疑心他刚才射击的两个人是他白日见鬼了。

奥索防到对方第二次射击，便走过几步掩在荒林中一株烧焦的树背后。借着这个掩蔽，他把枪支夹在膝盖中间，急急装上子弹。但他的左臂痛得厉害，好像身上压着重物一般。那些敌人怎么了？他简直弄不明白。如果逃了或是受伤了，也该有些声音，树叶中间也该有些动静。难道他们死了吗？或者是躲在墙后等机会再开枪吗？他一方面捉摸不定，一方面觉得自己的气力越来越不济，便把右腿跪在地下，把受伤的手臂支在左腿上，借着树上的一根桠枝搁着枪。他手指按着扳机，眼睛盯着墙，伸着耳朵，一动不动的等了几分钟，像等了一个世纪。临了，在他背后很远的地方吹起一声唿哨，不久一条狗像箭一般从岗上直奔下来，到他近旁停住了，对他摇着尾巴。原来是两个土匪的徒弟兼同伴，勃罗斯谷。它既然来了，大概它的主人也快到了。要说等人，的确从来没有像奥索这样等得心焦的了。狗扬着脸，对着最近的一个园地很不放心的嗅着。忽然它在喉咙里低吼了一声，一纵就纵过了矮墙，又立刻跳回来，站在墙脊上瞪着奥索，尽量用它的眼睛表示惊讶。接着它伸着鼻子向对面的园地嗅了一会，又纵过了墙，一眨眼又回来爬上墙脊，表示同样的惊讶与不安。然后它窜到小树林中，两条后腿夹着尾巴，始终望着奥索，斜着身子慢慢的走开去，直走得相当远了，才放开脚步奔上岗去，几乎像下坡时一样的快，去迎接岗那边的一个男人——他不管坡度陡峭，正在急急忙忙跑上来。

奥索估计那人的距离能听见他声音的时候，就嚷："勃朗陶，快来救我！"

"噢！奥斯·安东，你受伤了吗？"勃朗陶拉岂沃跑得连气都喘不过来。"伤的是身体还是四肢？"

"是手臂。"

"手臂！那不妨事。对方呢？"

"大概被我打中了。"

勃朗陶拉岂沃跟着他的狗，跑向最近的园地，靠在墙上朝里面瞧了一眼。他脱着帽子，说道："啊，奥朗杜岂沃大爷请了！接着对奥索也行了个礼，一本正经的说："这才叫作打发得干净。"

"他还活着吗？"奥索问着，觉得呼吸很不方便。

"噢！他哪里还有心思活啊！眼睛里中了你的子弹，他太伤心了。哎唷，圣母玛丽亚，好大的窟窿！你的枪多厉害！口径多大！连脑壳都打得下来！告诉你，奥斯·安东，我听见啪！啪！两响，便心上想：该死，他们在暗算我的排长了！接着又听见砰！砰！我就说：啊，英国枪响了，他还手了……——哎，勃罗斯谷，你还要我干什么呢？"

狗把他带到另外一个园地的墙下。

"哎哟！"勃朗陶拉岂沃大吃一惊的叫起来。"一箭双雕！竟有这等事！该死！这样看来，火药真是贵得很了，你用得这么经济。"

"怎么回事？快告诉我呀！"

"唉，排长，别装傻了！你打落了野味，要人给你捡起来……今天巴里岂尼律师的饭后点心可精彩啦。你要鲜肉吗？这里有的是！如今谁继承你呢？"

"怎么！梵桑丹洛也死了？"

"百分之百的死了。咱们干一杯吧！你毕竟是好心肠，不教他们受罪。你来瞧瞧梵桑丹洛：他还屈着一条腿跪着，头靠在墙上，好似睡在那里。俗话说：睡得像铅块一样。现在不是一颗铅子把他催眠了吗？可怜的家伙！"

奥索听着掉过头去。

"你看他是真死了吗？"

"你好比桑比哀罗·高索，不下手则已，一下手就完事，从来不用第二下。你瞧他的胸部，哪，在左边，跟维岂雷翁奈在滑铁卢中的子弹一样。我敢打赌，那颗子弹离开心脏不远了。一箭双雕……！啊！打枪二字，我从此不谈了。一枪一个……两颗子弹去了弟兄两个！……若有第三

高龙巴

颗，一定把爸爸也打死的了……下回你成绩还要好呢！……奥斯·安东，真了不起！……凭我这样一条好汉，一辈子也没把警察来个一箭双雕！"

土匪一边唠叨一边察看奥索的手臂，用匕首把他衣袖割破了。

"这不算什么，可是这件大褂要高龙巴小姐费心了……嗯，这是什么呀？胸部的衣服怎么勾破了？没东西进去吧？不会的，要不然你怎么还会这样精神！……把手指动一下看看……我咬着你小手指，你觉得疼吗？不顶疼？没关系，反正是保险了。让我替你把手帕和领带拿下来。啊，你的大褂可完啦……干么穿得这样漂亮呢？去吃喜酒吗？来，来，先喝几滴酒……为什么不带着葫芦呢？高斯人出门怎么能没有葫芦？"

他包扎着伤口，又停下来嚷道：

"一箭双雕！弟兄俩都完了蛋！……神甫知道了才乐呢……一箭双雕！啊！契里娜这小鬼终究来了。"

奥索一言不答，脸白得像死人一样，手脚都打着哆嗦。

"契里，"勃朗陶拉岂沃叫道，"到墙背后瞧瞧去。"

孩子手脚并用的爬上墙，一看见奥朗杜岂沃的尸首，立刻画了个十字。

土匪又道："这不算什么，再到对面去瞧瞧。"

孩子又画了个十字，怯生生的问：

"是您干的吗，叔叔？"

"我？我老了，不中用了。契里，这是奥索先生的大作，赶快向他道喜啊。"

契里娜说："小姐真要快活死呢，奥斯·安东，她知道您受了伤一定很难过的。"

土匪裹扎完毕，说道："奥斯·安东，契里娜把你的马给找回来了。你骑上马，和我一块儿上斯太索那绿林。谁要能把你找到才算本领呢。我们尽力服侍你就是了。可是到圣·克利斯丁纳十字架那边，我们得下来走路：那时你把马交给契里娜，让她骑了去通知小姐。你一路上可以把口信告诉她。对她什么都不用顾忌：她哪怕给人砍下脑袋也不会出卖朋友的。"接着他用柔和的语气又道："好吧，你这个小贼婆，小流氓，你要被驱逐出教，你要受到诅咒！"原来勃朗陶拉岂沃和多数土匪一样迷信，以为称赞孩子祝福孩子会使他着魔的，因为神道有个坏脾气，专会做出与人的愿望相反的事。

"勃朗陶，你要我上哪儿去呢？"奥索嘎着嗓子问。

"你还不明白吗？你只有两条路可走：不是进监狱，便是进绿林。姓台拉·雷皮阿的可从来不认识上监狱的路。所以，奥斯·安东，你就得进绿林！"

"啊！我所有的希望都完了！"奥索非常痛苦的叫着。

"你的希望？除了一箭双雕，你还希望什么鬼事……啊！他们怎么能把你打中的，他们那口气竟拖得那么长吗？"

"是他们先开枪的，"奥索回答。

"不错，我忘了……啪！啪！砰！砰！……一只手连放两枪，枪枪都中⁺若有打猎的人不相信台拉·雷皮阿一箭双雕的事，不妨到萨尔丹纳（译者按：此系高斯城名，近阿雅佐）去打听一个当地最风雅最可爱的人，要他把左背受了伤，在差不多同样的情形之下安然脱险的经过讲一遍。——原注！要是还有比此更好的成绩，我情愿上吊的了！哪，好啦，你骑上去了……没走以前，你该去瞧瞧你的大作。跟伙伴不告而别总是失礼的。"

奥索把马踢了几下赶紧跑了，无论如何不愿意再去瞧他亲手打死的人。

土匪追上来抓着奥索的辔头，说道："奥斯·安东，说句老实话，你可别生气，这两个可怜的年轻人使我心里很不好过，他们长得多漂亮……多扎实……多年轻！……我跟奥朗杜岂沃一同打猎不知打过多少次！……几天以前，他还送我一包雪茄……梵桑丹洛又老是那么快活！……不错，你是做你应当做的事……并且成绩太好了，没有惋惜的道理……可是我，我跟你们的仇恨不相干……我知道你这么办是对的：一个人有了仇家，非打发不可。但巴里岂尼也是一个旧世家……现在可绝了后代！……而且是一枪一个！真不是好受的哇。"

勃朗陶拉岂沃一边对巴里岂尼一家致着诔词，一边把奥索，契里娜，和勃罗斯谷，急急忙忙带着往斯太索那绿林进发。

高龙巴

273

一八

奥索从家里出发以后，高龙巴不久就得到探子的报告，说巴里岂尼弟兄俩在野外等着，她便焦急到极点。大家只看见她在屋内上上下下的乱跑，从厨房奔到替客人端整的卧房，一事不做而老是忙做一团，时时刻刻停下来，看看村上有无动静，有无异状。十一点光景，为数不少的一伙人骑着马进了比哀德拉纳拉：那是上校父女，仆役和向导等等。高龙巴接见之下，第一句就问："你们有没有看到我哥哥？"紧跟着她问向导走的是哪一条路，出发的时候是几点钟。听了向导的回答，她不懂怎么双方会没有碰到的。

向导说："也许你哥哥走的是高头的路，我们是从底下的一条路来的。"

高龙巴摇摇头，又盘问了一遍。她虽然天性刚强，在外人前面更加逞着傲气不愿意示弱，可没法遮掩不安的心绪。等到她说出讲和没成功，反而变了这样一个不幸的局面，客人也跟着她慌了，特别是丽第亚小姐——她坐立不安，主张派人四出寻访。她的父亲说要亲自骑了马，带着向导去找奥索。客人一着急，倒反提醒了高龙巴做主人的责任。她勉强笑着，竭力劝上校用饭，找出无数的理由解释哥哥的晚归，但过了一会她自己又把那些理由推翻了。上校自以为男人应当安慰妇女，便也说出他的一番道理来：

"我敢断定台拉·雷皮阿是看到了什么禽兽，动了打猎的兴致，等会他一定满载而归——哎，对啦，我们路上听见四声枪响，其中两声特别响，当时我对小女说：那准是台拉·雷皮阿在打猎。只有我那支枪才有这么大的声音。"

高龙巴脸色发白了，留神望着她的丽第亚，立刻懂得那是上校的猜测引起了她的疑心。高龙巴静默了几分钟，又性急慌忙的问，两声比较响的枪声是先听到的还是后听到的。但上校父女跟向导都没注意到这个要点。

到下午一点，高龙巴派去的人一个都没回来，她便鼓足勇气硬要客人坐下吃饭。但除了上校，谁也吃不下。只要广场上有一点儿小小的声音，高龙巴就赶到窗前，可是马上愁容满面的退回来，同时还愁容满面的和客人搭讪，但谁也没注意彼此说些什么，而且说话之间常常要静默老半天。

　　忽然大家听到一匹马飞奔的声音。

　　高龙巴站起来说："啊！这一回可是我哥哥了。"

　　但一看到契里娜骑着奥索的马，她又惨然嚷道："不好了，哥哥死了！"

　　上校的杯子从手里掉下了，奈维尔小姐大叫一声，他们都赶到门口。契里娜还没来得及下马，就被高龙巴轻轻一举，像根羽毛似的提了下来，紧紧的搂着，差点儿使她闭过气去。孩子完全懂得高龙巴的可怕的目光，一开口就说出《奥赛罗》合唱中的第一句：他活着呢洛西尼与凡尔第均曾根据莎士比亚的《奥赛罗》作有歌剧，此处所指系洛西尼的作品，合唱在第二幕末。洛氏作品于1816年在拿波里初演，1821年在巴黎初演！

　　"那么他们呢？"高龙巴嘎着嗓子问。

　　契里娜用拇指和中指交叉着做了个十字。高龙巴惨白的脸上立刻泛起一片红晕，眼睛火刺刺的对巴里岂尼的屋子瞅了一眼，笑容可掬的招呼客人："进去喝咖啡罢。"

　　土匪手下的小信差说的话可多呢。高龙巴把她的土话一五一十翻成意大利文，再由奈维尔小姐翻成英文，使上校咒骂的话说了不止一句，丽第亚的叹气不止一声，高龙巴却声色不动的听着，仅仅把大马色花纹的饭巾在手里绞来绞去，绞得稀烂。她把孩子的话打断了五六次，要她重复好几遍，说勃朗陶拉岂沃认为奥索的伤势决无性命之忧，比这个危险的伤口他见得多呢。末了，契里娜报告说奥索急切需要信纸，又要她告诉高龙巴，转致一位也许已经到了他家里的女客，请她没接到他的信以前切勿离开。孩子说："这是他最操心的一点，我已经上路了，他又把我叫回去吩咐这件事。而这是他第三次吩咐了。"高龙巴听了哥哥的这个命令，不禁微微一笑，紧紧的握着奈维尔小姐的手，她却是哭做一团，认为这一节还是不给父亲翻译为妙。

　　高龙巴拥抱着奈维尔小姐，说道："好朋友，我想你一定会陪着我，会帮助我们。"

　　然后她从衣柜里翻出一大堆旧被单旧布来裁剪，预备做绷带。看她炯炯有神的眼睛，兴奋的脸色，一忽儿镇静，一忽儿出神的状态，你简直说

275

不上来，她为了哥哥受伤所担的心事，和为了歼灭敌人所感到的快意，究竟哪一种情绪占优势。她时而替上校倒咖啡，夸他煮咖啡的手段；时而把工作派给奈维尔小姐和契里娜，催她们缝绷带，卷绷带；然后她又不嫌絮烦的再问一遍契里娜，奥索的伤口是否使他很痛苦。她时时刻刻停下工作，和上校说：

"那两个敌人多厉害，本领多高强！……他只有一个人，受了伤，单凭一条手臂……却是把两个都打倒了。上校，你看这是何等的勇气！岂不是个英雄吗？啊！奈维尔小姐，一个人生在你们那种太平地方，真是幸福啊！……你才没认识我哥哥呢！……我早说的：老鹰早晚会展开它的翅膀！……你被他那么温柔的气息骗过了……那是对你呀，奈维尔小姐……啊！要是他看见你为他这么费心，他真要……唉，可怜的奥索！"

丽第亚小姐并没做多少活儿，也想不出一句话好说。她父亲问为什么不赶紧去报官。他提到验尸官，和别的许多在高斯没有的制度。临了又问，那个救护奥索的、好心的勃朗陶拉岂沃先生的乡下别墅，是不是离比哀德拉纳拉很远，他能不能上那儿去看他的朋友。

高龙巴照例很冷静的回答，说奥索此刻在绿林中，有个土匪在那里照料他，倘若不先知道州长和法官们的态度，奥索贸然露面是危险的，但她会想办法请一个高明的外科医生私下去看看奥索。

她说："上校，请你千万记着，你听见四声枪响，而你对我说过奥索的枪声是后听见的。"

上校完全不了解这一点，他的女儿只有抹着眼泪叹气的份儿。

等到一个凄惨的行列进村的时候，天色已经很晚。人家替巴里岂尼律师把儿子的尸首运回来，两个乡下人赶着两匹骡，每匹骡上横着一个死尸。一大群闲人和巴里岂尼家的佃户跟在凄凉的行列后面，和他们一块儿来的还有那些永远迟到的警察，副村长举着胳膊，不住的嚷着："州长前面怎么交代呢？"几个妇女，一个是奥朗杜岂沃的奶妈，都扯着头发，像野人般的嚎叫。但她们大叫大嚷的痛苦，还不及另外一个人默默无声的绝望来得惊心动魄。那便是可怜的父亲，他在两个尸首中间走来走去，捧着他们沾满污泥的头，吻着他们青紫的嘴唇，举起他们僵硬的四肢，仿佛怕它们碰到地下的石头。有时他张着嘴，可是一声都喊不出来，一句话都说不上来，只是眼睛盯着尸首，一路跌跌撞撞的蹴着树根，石子，和别的障碍物。

一看见奥索家的屋子，妇女的号恸与男人的诅咒更提高了声音。有几个台拉·雷皮阿家的牧人得意忘形，喊了几声，敌人听着怒不可遏，也叫起来："报仇呀！报仇呀！"同时有人扔着石子，还有两颗子弹朝着高龙巴和客人坐着的屋子飞过来，打进护窗，把碎木片直飞到两位小姐面前的桌上。丽第亚吓得尖声怪叫，上校抓着枪，没来得及拉住高龙巴，她已经抢出去气势汹汹的把大门打开了，站在门槛上，伸着两手骂敌人：

"不要脸的东西！你们向妇女开枪，向外国人开枪！你们还能算高斯人吗？还能算人吗？混蛋！只会在背后暗算人，我才不怕你呢。我只有一个人，哥哥不在家。你们来杀我吧，杀我的客人吧，你们只会干这种事……无耻东西，谅你们还不敢呢！你们知道我们今天是报仇。哭罢，哭罢，像女人一样的去哭罢，我们没多要你们的血，还该谢谢我们呢！"

高龙巴的声音，态度有种威严与杀气，把众人吓得往后退了，好像见了凶神恶煞，跟高斯人冬天晚上讲的可怕的故事中的鬼神一样。副村长，警察，和几个女人，趁此机会抢进来把双方隔离了。因为雷皮阿方面的牧人已经在预备武器，很可能就在广场上大打出手，混战一场。但当时双方都群龙无首。而高斯人便是愤怒的时候也很守纪律，内战的主角不在场，不大会打起来的。并且高龙巴因为得胜了，反而变得谨慎，也按捺着手下的人。她说：

"让那些可怜的人去哭吧，留下那老头儿的狗命罢。老狐狸牙齿没有了，杀他干么？——喂，瞿第斯·巴里岂尼！你该想到 8 月 2 日那一天，想到那本血淋淋的小册子，你胆敢假造我父亲的笔迹！他在那张纸上记着你的血债，现在你的儿子替你还了。老巴里岂尼，这一回我算跟你清账了！"

高龙巴抱着手臂，浮着轻蔑的笑容，眼看两个尸首扛进了敌人的屋子，众人也跟着慢慢的散了。她关了门，回到客厅，和上校说："先生，我代我的同乡跟你道歉。高斯人会对一个有外国人住着的屋子开枪，我从来也没想到。我为我的本乡惭愧死了。"

晚上，丽第亚进了卧室，上校跟进去问她，村上情形这么紧张，随时可能受到流弹，要不要第二天就走，趁早离开这个只有谋杀与暗算的地方。

丽第亚小姐沉吟了半晌，父亲的提议显然使她很为难。最后她说：

"现在这位年轻的姑娘正需要人家安慰，怎么能把她丢下呢？父亲，你不觉得太忍心吗？"

"孩子，"上校回答，"我这么说是为了你，倘若你太平无事的待在阿雅佐旅馆里，那么我没有跟台拉·雷皮阿见面以前，决不肯离开这该死的岛。"

"既然这样，父亲，咱们就等着瞧罢，没走以前，先得知道我们是不是一点不能帮他们的忙。"

"你的心真好！"上校亲了亲女儿的额角。"我很喜欢看到你肯牺牲自己，减轻一些别人的痛苦。咱们留着罢，一个人做好事决不会后悔的。"

丽第亚小姐在床上翻来覆去，睡不着觉。有时，她听见模模糊糊的声音，便以为敌人要来攻打屋子了。有时她觉得自己很安全，但想着可怜的受伤的奥索这时躺在冰冷的地上，除了一个土匪的照料以外得不到一点儿别的看护。她想象他血迹斑斑，在痛苦中呻吟转侧。奇怪的是，她每次看到奥索的形象，始终是临别那天拿她的符咒凑在嘴边亲吻的模样……接着她又想到他的英勇，以为他今天的冒险是为了她，为了要早些和她相见。想到后来，差不多认为奥索是为保卫她而受伤的了。她便埋怨自己，但是更佩服他了。即使所谓一箭双雕在她心目中不像在勃朗陶拉岂沃和高龙巴眼里那么了不起，她也觉得很少小说中的英雄，在这样危险的场合表现得这样勇猛，这样冷静的。

她睡的是高龙巴的卧房。在一条橡木的跪凳_{跪凳为教徒跪着做祷告的凳子}高头，墙上挂着一张祝福过的棕树叶，旁边还有一幅奥索的小型画像，穿着少尉的服装。奈维尔小姐把画像拿下来端详了半天，结果放在床侧，没有归还原处。她直到东方初动才阖眼，醒来太阳已经很高了。她看见高龙巴站在床前，一动不动的等着她醒来。

"嗳，小姐，"高龙巴招呼她，"你在我们这种寒伧的家里，不觉得太不舒服吗？我怕你根本没睡着。"

奈维尔小姐坐起来，说："好朋友，可有他的消息吗？"这时她才发觉奥索的肖像摆在床侧，便拿一条手帕扔在上面。

"有的，"高龙巴笑着回答。

然后她拿起肖像，又道："你认为画得像不像？他人比这个好看多呢。"

"天哪！……"奈维尔小姐很难为情，"我无意中把它摘了下来……我有个坏习惯：什么东西都要动一下，不知道归还原处……你哥哥怎么啦？"

"还好。琪奥耿多今天早上四点以前到这儿来过，送来一封信……是给你的，丽第亚小姐，奥索没有写信给我。封套上写着：交高龙巴。但下面注明：转交 N 小姐。你放心，做妹妹的决不嫉妒。琪奥耿多说他写信的时候痛苦极了。琪奥耿多写得一手好字，提议教奥索口述，由他代笔。他却不愿意，自己拿着铅笔，仰躺着写的，勃朗陶拉岂沃替他拿着纸。我哥哥一边写一边老是想把身子仰起来，可是稍微动一下，手臂就痛得不得了。琪奥耿多说真教人看了可怜。这便是他的信。"

奈维尔小姐开始看信，大概为了谨慎关系，信是用英文写的。内容是：

　　小姐，劫数难逃，我竟到了这个地步，我不知道敌人们会说些什么话，造些什么谣言。只要你，小姐，只要你不相信，我就什么都不在乎。自从见了你以后，我做着不少荒唐的梦，直到这次闯了祸，我的理性才恢复过来。我看清了自己的前途，我认命了。你给我的戒指，我一向当做幸福的符咒，现在不敢再保留了。奈维尔小姐，我怕你后悔把这件礼物送错了人，我也怕它使我想起自己的疯魔。因此我教高龙巴把戒指奉还……小姐，从此告别了，你即将离开高斯，我不会再看见你了，可是希望你告诉舍妹，说我还得到你的敬意，而我也敢肯定的说，我始终没有失掉这资格。

O. D. R

丽第亚看信时把头掉在一边，仔细看着她的高龙巴拿戒指交给她，同时用眼睛的表情问她是什么意思。但丽第亚小姐连头都不敢抬起来，只是非常悲伤的瞧着戒指，一忽儿戴在手上，一忽儿脱下来。

"亲爱的奈维尔小姐，"高龙巴说，"能不能让我知道哥哥说些什么？有没有提到他身体的情形？"

"噢……"丽第亚脸上一红，"他没有提……他的信是用英文写的……要我对父亲说……希望州长能够想办法……"

高龙巴狡猾的笑了笑，坐在床上，拿着奈维尔小姐的两只手，用那双锐利的眼睛瞅着她，说道："你肯发个慈悲回他一封信吗？那他才快活呢！早上信送到的时候，我想来叫醒你的，可是我不敢。"

"那是你多虑了，"奈维尔小姐回答，"倘使我写几个字能使他……"

"现在没法再着人送信了。州长已经回来，村上全是他武装的卫兵。咱们以后再瞧着办罢。啊！奈维尔小姐，倘若你像我一样认识我哥哥的为人，你也会像我一样的爱他。他心多么好！多么勇敢！你想他何等英雄！

一个人敌两个人，还带着伤！"

州长回来了。他得到副村长的专差通知，便带着警察，巡逻兵，检察长，执达吏等等，来调查这件惊人的事故。它把比哀德拉纳拉两家的仇恨搅得愈加复杂了，或者可以说根本结束了。他到不多时，就见着上校父女，表示他很担心这案子的结局不妙：

"第一，那场恶斗没有证人，两个可怜的青年又是出名的好枪手，谁都不相信台拉·雷皮阿先生一个人就能把他们打死，听说他现在逃在土匪那儿，人家疑心他得到他们的帮助。"

"那怎么可能！"上校叫道。"奥索·台拉·雷皮阿是个血性男子，我可以担保的。"

"我也相信他，"州长说，"但检察长的看法对他不大有利，那些人是永远怀疑的。他还拿到一封信，对你们的朋友很不好。那是给奥朗杜岂沃的恐吓信，与他约期相会……而这约会在检察长看来便是设计埋伏。"

上校说："可是奥朗杜岂沃不肯堂堂正正的应战啊。"

"这儿不兴这一套。本地的风俗是暗中埋伏，背后杀人。对台拉·雷皮阿先生有利的证人固然也有一个，那是个小女孩子，说听到四声枪响，后面两响比前面两响声音更大，很像是台拉·雷皮阿先生的大口径的枪放的。不幸这孩子是土匪的侄女，土匪又被疑为帮凶，所以孩子的话是靠不住的。"

"先生，"丽第亚打断了州长的话，脸红耳赤，连眼白都红了，"放枪的时候，我们正在路上，听到的枪声也是这个情形。"

"真的吗？那可是非常重要的。上校，你也必定注意到罢？"

"是的，"奈维尔小姐抢着把话接了过去；"家父对武器很有经验，当时便是他说的：呦！台拉·雷皮阿先生用到我的枪了。"

"你熟悉的枪声的确是后听见的吗？"

"是后听见的，可不是，父亲？"

上校记忆力不大好，但他无论如何不愿意与女儿抵触。

"那么，上校，你应该马上去告诉检察长。我们等一个外科医生晚上来验尸，他可以查看两个伤口是否你说的那支枪发的。"

上校说道："那原是我送给奥索的，可惜我没把它沉在海里……噢，我的意思是说……我很高兴那家伙落到勇敢的奥索手中，要没有我那支芒东，我简直不知道他怎么能逃过那一关。"

一九

外科医生到得很晚，因为半路上出了些古怪的事。他碰见琪奥耿多·加斯德里高尼，被他非常恭敬的请去救护一个受伤的人，带到奥索那儿，动了手术。然后那土匪送了他好一程路，提到比士几个最有名的教授，据说都是他的熟朋友，使医生听了印象很深刻。

神学家和他告别的时候又道："先生，我非常敬重您，所以医生应当像忏悔师一样守口如瓶那一类的话，用不着再和您提了。"说着他把枪上的机钮扳弄了几下。"我们遇到您的地方，您还是忘了的好。再见了，非常荣幸能够认识您。"

高龙巴央求上校去参加尸体解剖，她说：

"家兄的枪，你比谁都熟悉，你能到场一定大有用处。地方上恶人那么多，要没有我们这方面的人出场辩护，真是危险的。"

家里只剩下丽第亚小姐了，高龙巴就说头疼得厉害，约她到村子外面去散散步。

她说："换换空气可以使我舒服一点，我好久没呼吸新鲜空气了！"她一边走一边谈着哥哥的事，丽第亚对这个题目也感到相当兴趣，没觉得已经和比哀德拉纳拉离得很远。太阳下山了，她才和高龙巴提到时间已晚，劝她回去。高龙巴说认得一条小路，回去可以近得多。于是她拣了一条人迹罕经的小道，又爬上一个险陡万分的山坡，一手攀着树，一手拉着同伴。走了好一会，她们俩登上一片小小的高地，到处是番石榴和杨梅树，还有大块的花岗石矗立在泥土外面。丽第亚小姐觉得疲倦不堪。村子还望不见，天色倒差不多黑了。

她说："亲爱的高龙巴，我怕我们是迷路了。"

高龙巴回答："别怕，跟我走就是了。"

"可是我准知道你走错了，村子不在那方面。我敢打赌，我们正朝着相反的方向走。你瞧，远远的有灯火的地方才是比哀德拉纳拉。"

"好朋友，"高龙巴神色很紧张，"你说得不错，可是再往前两百步……在那个绿林中间……"

"怎么呢？"

"……就是我哥哥所在的地方，倘使你愿意，我可以看到他，拥抱他。"

奈维尔小姐做了个大为惊讶的姿势。

高龙巴接着说："我从比哀德拉纳拉出来没有被人注意，因为和你在一起……要不然人家会跟着我的……和他离得这么近了，难道不见他一面吗？为什么你不跟我一同去看我哥哥？那他才喜欢呢！"

"可是，高龙巴……在我方面，这是有失体统的。"

"我懂得。你们城里女子老是顾到体统，我们乡下女人只问事情对不对。"

"天这么晚了！……你哥哥又要对我作何感想呢？"

"他会想到朋友们并没把他置之脑后，这一点就能减少他的痛苦。"

"还有我父亲，他不要急死了吗？……"

"他知道你和我在一起……好罢，你决定罢……"高龙巴又俏皮的笑着，补上一句："可是你今天早上还看他的肖像呢。"

"真的，高龙巴，那不行……我不敢……那边还有土匪……"

"呕！那些土匪又不认得你，有什么关系？你不是早想看看土匪吗？……"

"我的天哪！"

"快点儿，小姐，你决定罢。我不能把你一个人丢在这里，谁知道会出点什么事！要就一块儿去看看奥索，要就一块儿回家……以后我再想法去看哥哥……天知道什么时候……也许永远见不到了……"

"这是什么话呀，高龙巴？……好，咱们去罢！可是只能待一分钟，马上回家。"

高龙巴一言不答，握了握她的手，开始向前了。她跑得那么快，丽第亚小姐竟不容易跟上。幸而高龙巴不久就停下来说：

"没通知他们以前，咱们不能再往前了，不然很可能被他们打上一枪的。"

于是她拿手指放在嘴里打了个唿哨。过了一会，听见一声狗叫，土匪的步哨跟着就出现了。那便是我们的老相识勃罗斯谷，它立刻认出了高龙巴，替她引路。她们在绿林的小路中拐了许多弯，迎面遇到两个全副武装的人。

"是你吗，勃朗陶拉岂沃？"高龙巴问。"我哥哥在哪儿？"

"就在那边，"土匪回答。"你轻轻的走过去：他睡着呢。出事以后，这还是他第一次睡着。我的天！你真了不起。的确，魔鬼能去的地方，女人也能去。"

两个妇女小心翼翼的上前。土匪他们生着火，用石头堆起一堵小小的墙遮掩火光。她们看见奥索躺在火旁一堆凤尾草上，盖着一件厚大衣，脸色苍白，呼吸艰难。高龙巴过去坐在他身边，合着手静静的瞧着他，仿佛心中做着默祷。丽第亚小姐把手帕蒙着脸，紧紧的挨着她，但不时把头抬起，从高龙巴背后瞧着受伤的人。大家不声不响的过了一刻钟。神学家对勃朗陶拉岂沃递了个暗号，两人便钻进树林，使丽第亚大大的松了口气；破题儿第一遭，她觉得土匪的络腮胡子和那种装束地方色彩太浓了。

终于奥索身子扯动了一下。高龙巴立即伛下去把他拥抱了好几次，一叠连声的问他伤口怎么样，痛得怎么样，是不是需要什么。奥索回答说一切都很好，接着也提出许多问话，问奈维尔小姐是否还在比哀德拉纳拉，是否有信给他。高龙巴弯着身子，把丽第亚整个儿遮掉了，并且四下里黑沉沉的，也不容易让奥索辨认出来。她一边抓着奈维尔小姐的一只手，一边把奥索的头举高了一些，回答说：

"不，哥哥，她没有托我带信给你……你老想着奈维尔小姐，你真的很爱她吗？"

"还用说吗，高龙巴！……可是她呀……现在她瞧不起我了！"

那时奈维尔小姐挣扎着想把手抽回，但要挣脱高龙巴的掌握是不容易的。她的手虽小，也长得很好看，但它的气力以前已经表现过了。

"瞧不起你！"高龙巴嚷道，"你干了那样的事，倒会瞧不起你！……相反，她说了你许多好话……啊！奥索，关于她，我有好些事要告诉你呢。"

丽第亚始终想把手缩回去，但高龙巴拉着它越来越靠近奥索。

奥索说："可是为什么不复我的信呢？……只要几个字，我就觉得安慰了。"

高龙巴尽拉着奈维尔小姐的手，终于把它放在哥哥手里，然后哈哈大笑，说道：

"奥索，小心点儿，别说丽第亚小姐的坏话，我们高斯的土语，她都懂的。"

丽第亚马上把手抽回，支吾其辞的说了几个字①。奥索以为是做梦了。

"你在这里吗，奈维尔小姐？天哪！你怎么敢的？啊，我真快活极了！"

他挣扎着抬起身子，想靠近她。

丽第亚说："我是陪你妹妹来的，免得人家疑心她的行动……并且我也要看看……哎唷！你在这儿多么不舒服啊！"

高龙巴坐在奥索背后，很小心的把他的头放在自己膝上。她拿手臂绕着他的脖子，示意丽第亚要她近前。

"再靠近些！再靠近些！不能教病人说话太高声啊，"她说着，看见丽第亚小姐迟疑不决，便抓着她的手拉过来，使她的衣衫碰到了奥索的身体，而她那只始终被高龙巴握着的手也放在了奥索肩上。

"这样他就很舒服了，"高龙巴神气很高兴。"奥索，不是吗？在这样一个幽美的夜晚，待在绿林中间，睡在帐篷底下，多有意思！"

"噢，是的！这个幽美的夜晚！我永远忘不了的！"奥索回答。

"你真是受苦了！"奈维尔小姐说。

"我现在不觉得苦了，"奥索回答，"我真想死在这儿。"

他把右手移过去，靠近丽第亚小姐那只始终被高龙巴抓着的手。

丽第亚说："台拉·雷皮阿先生，我们非把你搬一个地方，好好看护你不可。看到你躺在露天……这样不舒服……我怎么还睡得着觉呢？"

"要不是怕遇到你，奈维尔小姐，我早回到比哀德拉纳拉自首去了。"

"奥索，你为什么怕遇到她呢？"高龙巴问。

"我没听从你的话，奈维尔小姐……我不敢在这个时候见到你。"

高龙巴笑道："你瞧，丽第亚小姐，你把我的哥哥要怎么就怎么。以后我不让你看到他了。"

奈维尔小姐说："我希望这件不幸的事很快就有个水落石出，使你不必再顾虑。我们走的时候，倘若法院能公平解决，承认你光明正大，承认你勇敢，我就很高兴了。"

"你已经要走了，奈维尔小姐？请你别提这个话。"

"那有什么办法！……家父不能老是打猎的……他想动身了。"

奥索把手挪开，不再搁在丽第亚小姐手上。大家沉默了一会。

---

① 支吾：用话应付搪塞；说话含混闪躲。

傅雷译作全编（注释版）

然后高龙巴说："我们不让你走得这么快的。在比哀德拉纳拉，我们还有很多东西要给你们看……你答应替我画像，根本还没动手……我也答应替你作一支七十五联句的赛莱那太……再说……呕，为什么勃罗斯谷叫起来了？……勃朗陶拉岂沃也跟着奔去了……让我去瞧瞧是怎么回事。"

　　她立刻站起来，老实不客气把奥索的头放在奈维尔小姐的膝上，跟在土匪后面奔过去了。

　　奈维尔小姐扶着一个俊美的男子，在绿林中和他单独相对，自己也觉得有点儿诧异，不知道怎么办了。她怕突然抽身使受伤的人叫痛。但奥索把妹妹替他安排的这个舒服的靠枕自动放弃了，抬起半个身子：

　　"这么说来，丽第亚小姐，你不久是要走了？我也认为你们不应当在这个可怜的小地方多逗留……可是……自从你来到这儿以后，一想到要和你分别，我就格外难过……我是一个穷酸的中尉……没有前途……现在又变了亡命之徒……而偏偏在这个时候我要和你说我爱你……可是要告诉你这句话，恐怕只有这个机会了。如今把心事说了出来，我倒觉得好过些了。"

　　丽第亚小姐掉转着头，仿佛在黑暗里还怕显出脸上的红晕。

　　"台拉·雷皮阿先生，"她声音发抖了，"我怎么会到这地方来呢，要是……"她一边说一边把埃及戒指放在他手里。然后她竭力压着感情，用平时说笑的口吻：

　　"奥索先生，你不该说这种话……在绿林中间，周围还有土匪，你知道我决不敢对你生气的。"

　　奥索把身子挪了一下，想亲她那只把戒指交还给他的手，不料丽第亚的手缩得太快了，他失了重心，竟合扑在受伤的背上，哼哼唧唧的叫起来。她赶紧扶着他，问："朋友，你痛吗？……怪我不好！对不起……"他们俩又低声谈了一会，彼此靠得很紧。高龙巴急急忙忙奔回来，发觉他们的姿势仍旧和她走开的时候一样。

　　"巡逻兵来了！"她嚷道。"奥索，想法站起来走路，我来帮你。"

　　"你们走罢，"奥索回答。"教两个土匪快逃……让人家把我逮走，没关系，可是你得带着丽第亚小姐，天哪，无论如何不能给人看见她在这里！"

　　跟在高龙巴后面的勃朗陶拉岂沃接着说："我不能丢下你的。巡逻队队长是巴里岂尼律师的干儿子，他可能不逮捕你而把你当场打死，事后推说是出于无意。"

奥索挣扎着站起来，居然走了几走，但不久就停下了：

"我走不了。你们快逃罢。再见了，奈维尔小姐，来和我拉拉手，再见罢！"

"我们决不离开你的！"两个女子一齐叫着。

勃朗陶拉岂沃便说："你要不能走，我就抱着你走。来，排长，拿点勇气出来。我们还来得及从后面的低地上溜。神甫会把他们挡上一阵的。"

"你们别管我，"奥索说着，躺在了地下。"哎哟，赶快把奈维尔小姐带走啊！"

"高龙巴小姐，"勃朗陶拉岂沃说，"你很有气力，你扛他的肩头，我扛他的脚——好，咱们走罢。"

不管奥索怎么推却，他们把他很快的抬着走了。丽第亚小姐跟在后面，吓坏了。忽然一声枪响，立刻招来了五六枪。丽第亚小姐叫了一声，勃朗陶拉岂沃咒了一声，但他加紧脚步。高龙巴也跟着他在树林中拼命的跑，根木不觉得树枝撩着她的脸，勾着她的衣服。

她招呼丽第亚："朋友，弯着身子走呀，你不怕流弹吗！"

大家这样连奔带跑的走了四五百步，勃朗陶拉岂沃说了一声吃不消，立刻倒在地下，不管高龙巴怎样的鼓励和埋怨。

"奈维尔小姐在哪儿呢？"奥索问。

奈维尔小姐被枪声一吓，又时时刻刻被密林挡着去路，和三个逃亡的人失散了，独自心惊胆战，留在后面。

勃朗陶拉岂沃回答奥索："她落在后面了，没关系，女人不会迷路的。奥索·安东，你听啊，神甫拿着你的枪玩得很热闹。可惜什么都看不见，黑夜里乱放一阵不会有什么死伤的。"

"嘘！"高龙巴叫起来。"我听见有匹马的声音，咱们得救了。"

果然，有匹马在绿林中走过，被枪声吓坏了，正在向他们走来。

"咱们得救了！"勃朗陶拉岂沃也跟着说。

他跑去找着马，一把抓着鬣毛，用根打结的绳子套在它嘴里当做缰绳：这些事由高龙巴帮着一刹那就办妥了。他说："得通知一声神甫。"

于是他打了一声唿哨，只听见远远的回了一声，芒东长枪的粗嗓子也跟着静默了。勃朗陶拉岂沃上了马，高龙巴把哥哥横放在勃朗陶拉岂沃前面，他一手抱着人，一手拉着缰绳。那匹马虽然载了两个人，但腹上挨了两脚，立即迈开大步，往险陡的斜坡直冲下去。在这种地方，只有高斯的马才能飞奔而不至于跌死。

高龙巴一路回头走，一路直着嗓子唤奈维尔小姐，始终没有回音……她胡乱走了一会，想寻来时的旧路，不料在一条小道中遇到两个巡逻兵，对她吆喝道："站住！"

"啊，诸位先生，"高龙巴俏皮的说，"你们砰砰訇訇，热闹得很！到底打死了几个啊？"

一个兵回答："你和土匪在一起，我们要把你带走。"

"好啊，可是这儿我还有一个女朋友，先得找着她。"

"她已经给抓住了，等会你跟她一块儿睡到监狱里去。"

"监狱？嘿，走着瞧罢。先把我带到她那边去再说。"

巡逻兵带她到土匪们刚才扎营的地方。士兵的战利品都堆在那儿，就是盖在奥索身上的厚大衣，一只破锅子，一个装满水的瓦罐。奈维尔小姐也在那里。她被大兵们撞着了，吓得半死。他们问她一共有几个土匪，往哪条路上逃的，她一声不出，只管掉眼泪。

高龙巴扑在她臂抱里，咬着她的耳朵："他们逃掉了。"

接着她对巡逻队的班长说："先生，你看她完全不知道你问她的事。让我们回村子罢，人家等我们等急了。"

班长回答："会带你们去的，我的乖乖，也许你还嫌去得太早呢。你们还得解释，在这种时间待在绿林中和在逃的土匪干些什么。那些强盗不知有什么妖法，真会迷女人，只要有土匪的地方，就有漂亮女人。"

高龙巴回答："班长，你倒会奉承，可是你说话还是留神一些的好。这位小姐是州长的亲戚，别跟她胡说八道。"

"州长的亲戚！"一个巡逻兵喃喃的向着他的长官说："不错，她还戴着帽子呢。"

"帽子有什么用！她们俩都跟神甫在一起，那家伙在本地最会勾引女人了。我责任攸关，应当把她们带走。咱们在这儿没事了。要不是该死的多邦上士……那个法国酒鬼，没等我把绿林包围好就抢着跑出来，我早把他们一网打尽了。"

"你们一共有七个人吗？"高龙巴问。"喂，诸位，要是甘皮尼，萨洛契，丹沃陶·包利三弟兄，跟勃朗陶拉岜沃和神甫，在圣·克利斯丁纳十字架那儿碰在一起，倒要你们大大的费一番手脚呢。你们和乡下司令^{此系丹沃陶·包利自称的头衔——原注}谈天的时候，我可不愿意在场。黑夜里枪弹是不认得人的。"

想到可能碰上高龙巴说的那般可怕的土匪，巡逻兵不由得心里一震。 287

班长嘴里不住的咒着那个混账法国人多邦上士，一边下令撤退。他的一小队人马带着大衣和锅子，向比哀德拉纳拉进发了，至于那个水罐，被他们一脚踢破了事。有个巡逻兵想去搀丽第亚小姐的手臂，被高龙巴推开了，说道：

"谁都不准碰她！你以为我们想逃吗？得了，丽第亚，靠在我身上罢，别像小娃娃似的尽哭了。这也是一段小小的奇遇，结果不会有什么事的，要不了半个钟点，我们可以吃晚饭了。我肚子饿得很哪。"

"人家要对我作何感想呢？"奈维尔小姐轻轻的说。

"他们以为你是在绿林中迷了路，不就完了吗？"

"州长又要怎么说呢？……尤其是我的父亲？"

"州长吗？……你教他别管闲事，只管他的衙门罢。至于你的父亲……照你刚才和奥索谈话的态度，我想你一定有话跟你父亲说的。"

奈维尔小姐把她的手臂捏了一下，不做声了。

高龙巴又喃喃的咬着她的耳朵："不是吗？我的哥哥的确值得人家的爱。你不是也有点儿爱他吗？"

"啊！高龙巴，"奈维尔小姐虽然难为情，也不禁微微的笑了，"你给我上当，我可是多么相信你的！"

高龙巴伸出手臂搂着她的腰，亲了亲她的额角：

"小姊姊，"她轻轻的说，"你原谅我吗？"

"怎么不原谅呢？可怕的姊姊！"丽第亚也还了她一吻。

州长和检察长住在副村长家。上校为了女儿十分挂心，已经来问过一二十次消息。最后他又在那里探问，正好一个巡逻兵奉了班长之命先来报告，说和土匪们恶战了一场，没有死伤，但掳获了一件大衣，一只锅子，和两个姑娘，据他说，她们要不是土匪的情妇，便是土匪的奸细。报告完毕，两个女的俘虏也由一队武装的士兵簇拥着出现了。那时高龙巴的得意，丽第亚的羞愧，州长的惊奇，上校的诧异与欢喜，都是不难想象的。检察长有心捉弄，把可怜的丽第亚盘问得狼狈不堪方始罢休。

州长说："我看这两位都可以释放。两位小姐在外边散步，那在这样美好的天气是不足为奇的，她们偶然遇到一个可爱的受伤的青年，那也不足为奇。"

然后他把高龙巴拉过一旁，说道：

"小姐，你可以通知令兄，说他的案子出乎我意料之外，形势转好了。验尸的结果，上校的供词，都证明他只是回击，而且当时只有他一个人。

所以一切都没问题，但他必须赶快离开绿林，自行投案。"

等到上校，丽第亚，和高龙巴坐上桌子，吃那顿菜都凉了的晚饭，已经是夜里十一点了。高龙巴胃口极好，把州长，检察长，巡逻兵，都取笑了一阵。上校吃着东西，一声不出，老望着女儿，她却是把头埋在盘子里，不敢抬起来。临了，他用英文和女儿说，声音又温柔又严肃：

"丽第亚，你是不是和台拉·雷皮阿订婚了？"

"是的，父亲，就是从今天起的，"她红着脸，可是语气很坚决。

然后她抬起眼睛，看见父亲脸上没有一点气恼的表示，便扑在他怀里把他拥抱了，那是有教养的小姐在这种情形之下应有的举动。

"好啊，"上校说，"他是个有为的青年，可是天哪！我们决不能留在这个鬼地方！否则我就不同意。"

"我不懂英文，"高龙巴望着他们，好奇到极点。"可是我敢打赌，你们说的话我都猜着了。"

上校回道："我们说要把你带到爱尔兰去旅行一次。"

"再好没有，那时我要变做高龙巴小姑了。上校，这算是确定了吗？咱们是不是彼此拍拍手呢？"

上校回答："在这种场合，咱们要拥抱才对。"

高龙巴

二〇

自从那一下一箭双雕，使比哀德拉纳拉村像报上说的群情惶惑以后几个月，某天下午，有一个年轻人，左肩用带子吊在颈上，骑着马走出巴斯蒂阿城，向加尔陶村进发。那是以温泉出名的地方，夏天有很好的饮料供给一般身体娇弱的人。一个身材高大，姿色出众的少女，骑着一匹小黑马陪着他。内行人一看就会赏识那匹马的力气与身段，可惜它以前遇到一件非常古怪的事，一只耳朵被撕裂了。到了村上，女的很轻盈的跳下来，先扶着同伴下马，再把系在鞍头上的几只沉重的皮袋卸下。牲口交给一个乡下人看管了，少女却捧着皮袋藏在面纱底下，年轻人背着一支双膛枪，拣一条陡峭的小路上山，那路好像不是通到什么住家去的。到了葛尔岂沃峰下的某一层梯台，两人就坐在草上像等人的模样，眼睛不住的望着山里边。少女还常常瞧着一只美丽的金表，或许一方面是要知道约会的时间有没有到，一方面也要把这件似乎新到手的饰物欣赏一下。他们并没等得太久。绿林中先钻出一条狗，听见少女叫着勃罗斯谷的名字就赶到他们身边表示亲热。不多一会，又出现了两个满面胡子的男人，臂下挟着长枪，腰里围着弹药带，侧里插着手枪。到处都是补丁的破衣服，和大陆上名厂出品的冷光闪闪的武器正好成为一个对比。这一幕中的四个人，虽则身份不同，却是很亲热的走拢来，像老朋友一样。

两个土匪中年长的一个说道："啊，奥斯·安东，你的案子结束了。不起诉处分。恭喜恭喜。可惜律师不在岛上了，看不见他那副气得发疯的样子。你的手臂怎么啦？"

"不出半个月，"年轻人回答，"据说可以不用吊带了。"勃朗陶，我的好朋友，明儿我就要上意大利，我要跟你和神甫告别，所以约你们来的。"

"你真是急得很，"勃朗陶拉岂沃说，"今天宣告无罪，明天就走了吗？"

"我们有事啊，"少女说话的神气很高兴。"诸位，我替你们带着晚饭来了：请罢，可是别忘了我的朋友勃罗斯谷。"

"小姐，你把勃罗斯谷宠坏了，但它一定很感激的。你瞧罢。——来，勃罗斯谷，"他一边说一边把枪横着伸出去，"为巴里岂尼他们跳一下。"

狗待着不动，只舐着嘴瞧着主人。

"为台拉·雷皮阿跳一下！"

它立刻跳了，还比枪高出一尺。

"朋友们，"奥索说，"你们干的这一行太苦了：将来不是断送在我们远远看到的那个广场上 _{此系巴斯蒂阿城行刑的广场。——原注}，便是在绿林中吃了警察的枪弹完事，那还算是最好的下场呢。"

"哎！"加斯德里高尼说，"那不是一样的死吗？比躺在床上害着热病死，听着你的承继人半真半假的哭哭啼啼，还痛快多呢。像我们这样过惯露天生活的人，最大的福气是临死不要像乡下人说的讨床席债。"

奥索又道："我希望你们离开这个地方……过一种比较安静的生活。比如说，你们干么不像好几个同伴一样，住到萨尔台涅 _{萨尔台涅为意属岛屿，在高斯岛之南去呢？我可以替你们想办法。}

"萨尔台涅！"勃朗陶拉岂沃嚷道。"他们的土话就教我听了有气。我们跟他们合不来的。"

"而且萨尔台涅也没生路，"神学家补充道。"我吗，我瞧不起那里的人。为了抓土匪，他们在民团中组织了马队，那才教土匪和老乡看了一齐笑话呢 _{作者有个朋友从前当过土匪，这些都是他的议论。他的意思是说，落在骑兵手中的土匪都是没出息的傻瓜；用马队剿捕土匪是没有结果的。——原注}。萨尔台涅，滚它的蛋！台拉·雷皮阿先生，像你这样风雅而博学的人，尝过了我们绿林生活的滋味，还不愿意参加，倒教人奇怪呢。"

奥索笑着说："虽然我很荣幸参加过你们的生活，可并不太欣赏那趣味。那美妙的一夜，勃朗陶拉岂沃把我当做包裹般横在一匹没有鞍头的马上：我一想到腰里就疼了。"

"逃出追兵的罗网，难道你不得意吗？"加斯德里高尼接着问，"凭着我们岛上这种美好的天气，过着绝对自由的生活：怎么你会看了无动于衷的？拿了这个法宝（他指着他的枪），我们在枪弹射程以内到处称王。你可以发号施令，可以除暴安良……先生，这的确是极道德的、也是极有意思的消遣，我们决不放弃的。既然武装与头脑都胜过唐·吉诃德，还有什么生活比流浪骑士的生活更美？没几天以前，人家告诉我小姑娘丽拉·鲁琪的叔叔不愿意给她一份陪嫁，因为那老头儿是个吝啬鬼。我便写信给他，没有一句恐吓的话，那不是我的作风。哎！他马上醒悟了，把侄女出嫁了。你瞧，我一举手就造成了两个人的幸福。奥索先生，你可以相信我的话，世界上没有一种生活比得上土匪的生活。哎！你没有和我们做同道，大概是为了一个英国女子，我只约略看过一眼，但巴斯蒂阿的人都把她夸得天仙似的。"

高龙巴笑道："我未来的嫂子不喜欢绿林，她在那里担了一场虚惊，害怕死了。"

奥索说："那么你们是决意留下了？好罢。告诉我，还有什么事我能替你们效劳的?"

"没有，"勃朗陶拉岂沃说，"只要你常常念着我们就行了。你已经给了我们多少好处。契里娜的陪嫁也有了，将来要找个体面的女婿，只要我的神甫朋友写一封不带恐吓意味的信就行。我们知道你已经吩咐佃户，必要时供给我们面包跟火药。好了，再见罢。希望不久还能在高斯见到你。"

奥索道："遇到紧急的关头，手头有几块金洋总是占便宜的。如今咱们是老朋友了，总能接受这个小小的荷包了罢，它可以替你生出别的荷包来。"

"排长，咱们之间不谈金钱，"勃朗陶拉岂沃语气很坚决。

加斯德里高尼也道："在外边，金钱是代表一切，在绿林中我们只看重勇气和一支百发百中的枪。"

奥索又道："分别之前，我可不能不留一件纪念品给你们。勃朗陶，你说，我能给你什么呢?"

土匪搔搔头皮，斜着眼把奥索的枪睃了一下：

"噢，排长……倘若我敢开口的话……噢，不，那你舍不得的。"

"你要什么呀?"

"不要什么……东西没什么道理，主要是看你的手段如何。我老想着那一箭双雕，而且单凭一只手……噢！那是可一不可再的。"

"你要这支枪吗？……我给你带来了，可是希望你少用为妙。"

"噢！我不敢答应像你这样用法。你放心，等到它到了别人手里，你就可知道勃朗陶·萨伐利不在人世了。"

"那么你呢，加斯德里高尼，我能送你什么呢?"

"既然一定要给我一件纪念品，我就老老实实要一本荷拉斯集子，开本越小越好。我可以消遣一下，同时也不至于忘了我的拉丁文。巴斯蒂阿码头上有个卖雪茄烟的姑娘，你把书交给她，她会带给我的。"

"博学先生，我给你一部埃尔才维版子的，我要带走的书里正好有这么一本——好了，朋友们，咱们分手啦。来拉拉手罢。有朝一日你们想着萨尔台涅的话，不妨写信给我，N 律师会把我大陆上的通讯处告诉你们的。"

"排长，"勃朗陶说，"明天你们坐着船出口的时候，请你瞧瞧这边山上，就在这个地方，我们在这儿拿着手帕和你送别。"

于是他们分手了。奥索和他的妹妹往加尔陶方面去，两个土匪往山里去。

二一

4月里一个天朗气清的早上，上校汤麦斯·奈维尔爵士，他的才出嫁了几天的女儿，奥索，高龙巴，一行四人，坐着敞篷马车出比士城，去参观一个伊达拉里亚人的古墓伊达拉里亚人为古民族，源出小亚细亚，公元前 8 世纪左右占有意大利大部，开化较拉丁民族为早。那是最近发掘出来而所有到比士来的外客都要去看一看的。进了墓穴，奥索和他的妻子一齐拿出铅笔来勾勒里头的壁画，但上校与高龙巴对考古不感多大兴趣，便丢下他们，径自到附近去散步了。

"亲爱的高龙巴，"上校说："我们来不及回比士吃中饭的了。你难道肚子不饿吗？奥索夫妻俩又浸到古物里去了，他们一块儿开始画画，就没有完的时候了。"

"是的，可是他们从来也没画成一幅。"

上校又道："我主张上那边的一个农庄去弄些面包，也许还有多斯加甜酒，说不定也有奶油和草莓，这样咱们可以耐着性子等两位画家了。"

"上校，你说得不错。家里只有我跟你是明理的，犯不上为这两个只知道风花雪月的爱人做牺牲。请你搀着我的手臂罢。你瞧我样样都学起来了。我挽着男人的手背，帽子也戴了，时髦衣衫也穿了，首饰也有了。我学了不知多少的漂亮玩艺，不是野蛮人了。你看我披着这条大围巾，风度怎么样？……那个黄头发的青年，你联队里的军官，前天来吃喜酒的……天哪！我记不得他的名字，只知道是高个子，卷头发，禁不起我一拳的……"

"是卡脱窝斯吗？"

"对啦！我可永远念不上这个字。是呀，他简直为我着魔了。"

"啊！高龙巴，你也会打情卖俏了。那不久我们又要办喜事了。"

"你是说我结婚吗？倘若奥索给了我一个侄子，谁带呢？谁教他讲高斯话呢？……是的，他非讲高斯话不可，我还要替他缝一个尖顶帽子气气你呢。"

"等你有了侄子再说罢，将来你还可以教他怎样玩匕首，要是你喜欢的话。"

"匕首从此不用了，"高龙巴挺快活的说。"现在我拿着扇子，预备你毁谤我家乡的时候敲你的手指。"

他们说话之间走进了农庄：酒，草莓，奶油，应有尽有。上校喝着甜酒，高龙巴帮着庄稼女人去采草莓。在一条小路的拐角儿上，高龙巴瞥见一个老人坐在太阳底下一张草秆坐垫的椅子上，好像有害病的模样，他腮帮和眼睛都陷下去了，骨瘦如柴，一动不动，没有一点血色，目光也定了，看上去像尸首，不像活人。高龙巴把他打量了一会，乡下女人看她好奇，便说：

"这可怜的老头儿是你们的同乡，因为，小姐，我听你的口音，认出你是高斯人。他在本乡遭了难，两个儿子都死得非常惨。小姐，你别见怪，听说你们贵乡的人有了仇恨，手段是很辣的。所以这可怜的先生变了孤零零的一个人，到比士来投靠一个远亲，便是我这个农庄的主人。老先生因为过分伤心，神志不大清了……我们太太家里客人很多，招留他很麻烦，便把他安顿在这儿。他脾气挺好，也不打搅人，一天说不上三句话。真的，他头脑已经糊涂了。医生每星期来看一次，说他活不久了。"

"啊！他没有救了吗？"高龙巴问。"像他这样，早些完了倒是福气。"

"小姐，你应该和他讲几句高斯话，听到家乡话，他或许精神会好一些。"

"那可不一定，"高龙巴冷冷的笑了笑。

她说着向老人走过去，站在他面前，把照着的阳光遮掉了。可怜的白痴这才抬起头来，眼睛直勾勾的瞪着高龙巴，高龙巴也同样的瞪着他，始终堆着微笑。过了一会，老人把手按着脑门，闭上眼睛，似乎想躲开高龙巴的目光，接着又睁开眼来，睁得异乎寻常的大，嘴唇哆嗦着，想伸出手来，但他被高龙巴慑服了，呆在椅子上，既不能开口，也不能动弹。临了，他眼中滚出两颗很大的眼泪，抽抽搭搭的发出几声哀号。

乡下女人说："这是我第一次看到他这个神气。"随后她对老人道："这位小姐是你的同乡，特意来看看你的。"

他嘎着嗓子嚷道："饶了我罢！饶了我罢！你还不满足吗？那张纸……被我烧掉的那张纸……上面的字，你怎么知道的？……为什么把我两个都去了呢？纸上又没奥朗杜岂沃的名字……得留一个给我啊……留一个啊……奥朗杜岂沃是不相干的……"

高龙巴轻轻的用高斯土话和他说："我非两个都要不可。枝条斫落了，老根要不是已经烂了，我也要把它拔起来的。得啦，别抱怨了，你受苦的日子不长了。我，我却是痛苦了两年呢！"

老人叫了一声，头支持不住了，倒在胸前。高龙巴转过身子，慢慢的向农庄走去，嘴里含含糊糊的哼着一支巴拉太中的几句："我要那只放枪的手，我要那只瞄准的眼睛，我要那颗起这个恶念的心……"

种园地的女人正忙着救护老头儿，高龙巴却神色紧张，目光如火，在上校的桌子对面坐下了。

"你怎么啦？"他问。"你的神气又和那天在比哀德拉纳拉，我们吃着中饭，外边飞进子弹来的时候一样了。"

"因为我想起了从前高斯的事。现在不想了。——将来侄子的教母总该轮到我罢？噢！我得给他题几个美丽的名字：琪尔福岂沃 - 汤麦索 - 奥索 - 雷翁纳！"

这时种园地的女人回来了。

"哎！"高龙巴态度镇静得很，"他是死了，还只是晕了一阵？"

"没有什么，小姐，可是他一看见你就变成这样，真怪啊。"

"医生说他活不久了是不是？"

"也许还不到两个月。"

"少一个这样的人也不是什么大损失。"

"你说谁啊？"上校问。

高龙巴若无其事的回答："说我们乡里的一个白痴。他寄宿在这里。我要随时打发人来问问他的消息——喂，上校，别尽吃啊，给我哥哥和丽第亚留点儿草莓好不好？"

高龙巴和上校出了农庄，向马车那边走回去，庄稼女人对他们望了半天，和她的女儿说道：

"你瞧那位小姐长得多漂亮，唉！可是我相信她的眼睛一定有什么凶神恶煞的魔力。"

1840 年　原作
1953 年 7 月　　译